人民共和國文化與文學叢書

六 編

李 怡 主編

第 1 冊

規訓與認同
——當代華語青春電影研究

楊 林 玉 著

花木蘭文化事業有限公司

國家圖書館出版品預行編目資料

規訓與認同——當代華語青春電影研究／楊林玉 著 — 初版 —
新北市：花木蘭文化事業有限公司，2018〔民 107〕
目 4+266 面；19×26 公分
（人民共和國文化與文學叢書 六編；第 1 冊）
ISBN 978-986-485-460-8（精裝）
1. 中國當代文學 2. 電影文學 3. 文學評論
820.8   107011330

ISBN- 978-986-485-460-8

9 789864 854608

人民共和國文化與文學叢書
六 編 第一冊   ISBN：978-986-485-460-8

規訓與認同
——當代華語青春電影研究

作　　者　楊林玉
主　　編　李　怡
企　　劃　四川大學中國詩歌研究院
總 編 輯　杜潔祥
副總編輯　楊嘉樂
編　　輯　許郁翎、王　筑　美術編輯　陳逸婷
印　　刷　普羅文化出版廣告事業
出　　版　花木蘭文化事業有限公司
發 行 人　高小娟
聯絡地址　235 新北市中和區中安街七二號十三樓
　　　　　電話：02-2923-1455／傳真：02-2923-1452
網　　址　http://www.huamulan.tw 信箱 hml810518@gmail.com
初　　版　2018 年 8 月
全書字數　260996 字
定　　價　六編7冊（精裝）台幣13,000 元

規訓與認同
——當代華語青春電影研究

楊林玉　著

作者簡介

楊林玉，湖南湘鄉人，生於 1982 年，2004 至 2007 年在北京大學藝術學系攻讀電影學專業碩士學位，2013 至 2017 年在北京大學中國語言文學系攻讀中國現當代文學專業博士學位，現為首都師範大學政法學院哲學博士後，副編審職稱，研究方向為電影文化、當代華語電影批評，出版譯著一部，在《民族藝術研究》《電影評介》等期刊上發表文學評論、電影批評等十餘篇。

提　　要

　　本書通過對 20 世紀 80 年代以來中國大陸、臺灣、香港三地青春電影的考察，歸納、提煉電影中的空間特性、主題與敘事方式，對照、分析其與電影產生的外部「語境」的關係，結合精神分析、意識形態批評等電影理論，考察當代華語青春電影敘事從以「規訓」為主導到以建構「認同」為旨歸的過程。規訓與認同，也是一體之兩面，「規訓」最終是要讓外在的「規訓」內化為「認同」，而「認同」也是在某種程度上達成了「規訓」之目的。華語青春電影的產生有著鮮明的意識形態語境，青春電影之「規訓」關聯著主流意識形態對現代性主體的形塑，20 世紀 80 年代以來大陸、臺灣、香港三地不同程度地處於現代化進程，銀幕現代性主體的演化表徵著時代的變遷。本書試圖立足於考察當代華語青春電影的發展、演化軌跡，比較、分析三地青春電影的特質，以「規訓」和「認同」為理論框架統括三地青春電影的空間構設與主題呈現，探詢其中所展現的現代性主體之建構策略，呈現三地青春電影之間的碰撞、交流以及逐步匯聚合流的過程，以期從現代性的角度提煉一種基於中國本土講述的、當代華語青春電影的特質，進而對華語青春電影正在發生的變化、將要面對的問題予儘量全面、深入的理論展望。

人民共和國時代的文學史料與文學研究
——《人民共和國文化與文學》第六輯引言

李　怡

人民共和國文學的研究同樣以文學史料工作爲基礎，這些史料既包括共和國時代本身的文學史料，也包括在共和國時代發現、整理的民國時代的史料，後者在事實上也影響著當前的學術研究。

討論共和國文學的問題，離不開對這些史料工作的檢討。

中國新文學創生與民國時期，其文獻史料保存、整理與研究、出版工作也肇始於民國時期。不過，這些重要的工作主要還在民間和學者個人的層面上展開，缺乏來國家制度的頂層擘劃，也未能進入當時學科建設的正軌。

作爲國家層面的新文學文獻史料的搜集整理工作始於新中國成立以後。

十七年間，作爲新文學總結的各類作家文集、選集開始有計劃地編輯出版。如在周揚主持下，由柯仲平、陳湧等編輯了《中國人民文藝叢書》。該工作始於 1948 年，1949 年 5 月起由新華書店陸續出版。叢書收入收作家創作（包括集體創作）的作品 170 餘篇，工農兵群眾創作的作品 50 多篇，展現了解放區文學，特別是自《在延安文藝座談會上的講話》以來的文學成果，從此開啓了國家政府層面肯定和總結新文學成績的新方式。此外，開明書店、人民文學出版社等也先後編選了一些現代作家的選集、文集，通過對新文學「進步」力量的梳理昭示了新中國所認可的新文學遺產。

除了文學作品的選編，文學研究史料也開始被分類整理出版，如上海文藝出版社影印了二、三十年代的革命文學期刊四十餘種，編輯了《魯迅研究資料編目》、《中國現代文學期刊目錄》等專題資料，還創辦了《中國現代文藝資料從刊》；作爲「內部讀物」，上海圖書館在 1961 年編輯出版了《辛亥革

命時期期刊總目錄》。這樣的基礎性的史料工作在新文學的歷史上，都還是第一次。第二年 5 月，在《中國現代文藝資料叢刊》的創刊號上，周天提出了對現代文學資料整理出版的具體設想，包括現代文學資料的分類法：「一、調查、訪問、回憶；二、專題文字資料的整理、選輯；三、編目；四、影印；五、考證。」〔註1〕標誌著中國新文學史料文獻研究之理論探討的起步。

作家個人的專題資料搜集、整理開始受到了重視，在十七年間，當然主要還是作爲「新文學旗手」的魯迅的相關資料。1936 年魯迅逝世後即有不少回憶問世，新中國成立後，又陸續出版了許廣平、馮雪峰、周作人、周建人、唐弢等親友所寫的系列回憶，魯迅作爲個體作家的史料完善工作，繼續成爲新文學史料建設的主要引擎。

隨著新中國學科規劃的制定，中國新文學（現代文學）學科被納入到國家教育文化事業的主要組成部分，對作爲學科基礎的文獻工作的重視也就自然成了新中國教育和學術發展的必然。大約從 1960 年代開始，部分的高等院校和國家研究機構也組織學者隊伍，投入到新文學史料的編輯整理之中。1960 年，山東師範學院中文系薛綏之等先生主持編輯了「中國現代作家研究資料叢書」，名爲內部發行，實則在高校學界傳播較廣，影響很大。叢書分作家作品研究十一種，包括《郭沫若研究資料彙編》、《茅盾研究資料彙編》、《巴金研究資料彙編》、《老舍研究資料彙編》、《曹禺研究資料彙編》、《夏衍研究資料彙編》、《趙樹理研究資料彙編》、《周立波研究資料彙編》、《李季研究資料彙編》、《杜鵬程研究資料彙編》、《毛主席詩詞研究資料彙編》等；目錄索引兩種，包括《中國現代作家著作目錄》、《中國現代作家研究資料索引》；傳記一種，爲《中國現代作家小傳》；社團期刊資料兩種，有《中國現代文學社團及期刊介紹》和《1937～1949 主要文學期刊目錄索引》。全套叢書共計 300 餘萬字。以後，教研室還編輯了《魯迅主編及參與或指導編輯的雜誌》，收錄了十七種期刊的簡介、目錄、發刊詞、終刊詞、復刊詞等內容。這樣的工作在當時可謂聲勢浩大，在整個新文學學術史上也是開創性的。另據樊駿先生所述，中國社會科學院文學研究所現代文學研究室在五十年代末也做過類似工作。〔註2〕

〔註 1〕 周天：《關於現代文學資料整理、出版工作的一些看法》，載《中國現代文藝資料叢刊》第 1 輯，上海文藝出版社 1962 年版。

〔註 2〕 《這是一項宏大的系統工程——關於中國現代文學史料工作的總體考察》上，《新文學史料》1989 年 1 期。

當然，這些文獻史料工作在奠定我們新文學學術基礎的同時也構製了一種史料的「限制性機制」，因為，按照當時的理解，只有「革命」的、「進步」的文獻才擁有整理、開放的必要，在特定政治意識形態下，某些歷史記敘和回憶可能出現有意無意的「修正」、「改編」，例如許廣平 1959 年「奉命」寫作的《魯迅回憶錄》，1961 年 5 月由作家出版社，周海嬰先生後來告訴我們：「這本《魯迅回憶錄》母親許廣平寫於五十年前的 1959 年 8 月，11 月底完成，雖然不足十萬字，但對於當時已六十高齡且又時時被高血壓困擾的母親來說，確是一件為了「獻禮」而「遵命」的苦差事。看到她忍受高血壓而泛紅的面龐，寫作中不時地拭擦額頭的汗珠，我們家人雖心有不忍，卻也不能攔阻。」「確切地說許廣平只是初稿執筆者，『何者應刪，何者應加，使書的內容更加充實健康』是要經過集體討論、上級拍板的。因此書中有些內容也是有悖作者原意的。」〔註3〕

而所謂「反動」的、「落後」的、「消極」的文獻現象則可能失去了及時整理出版的機會，以致到了時過境遷、心態開放的時代，再試圖廣泛保存和利用歷史文獻之時，可能已經造成了某些不可挽回的物理損失。

1950 年代中期特別是「大躍進」以後，以研究者個人署名的文學史著作開始為集體署名的成果所取代，除了如復旦大學中文系、吉林大學、中國人民大學、北京大學師生先後集體編著出版的《中國現代文學史》外，以「參考資料」命名的著作還包括東北師範大學中文系中國現代文學教研室《中國現代文學參考資料》（1954）、北京師範大學中文系編《中國現代文學史參考資料》（高等教育出版社 1959）、吉林師範大學中文系現代文學教研室《中國現代文學參考資料》（1961）等，所謂「資料」其實是在明確的意識形態框架中對文藝思想鬥爭言論的選擇和截取，東北師範大學中文系中國現代文學教研室《中國現代文學參考資料》在文學史的標題上彙編理論批評的片段，讀者無法看到完整的論述，而其他保留了完整文章的「資料」也對原本豐富的歷史作了大刀闊斧的刪削，甚至還出現了樊駿先生所指出現象：

> 「大躍進」期間，採用群眾運動方式編輯出版的一些「中國現代文學參考資料」書籍，有的不知是因為粗心大意，還是出於政治需要，所收史料中文字缺漏、刪節、改動等，到了遍體鱗傷的地步，

〔註 3〕 周海嬰、馬新云：《媽媽的心血》，見許廣平《魯迅回憶錄：手稿本》1～2 頁，長江文藝出版社 2010 年。

叫人慘不忍睹，更不敢輕易引用。理論上把堅持階級性、黨性原則和為無產階級政治服務的要求簡單化、絕對化了，又一再斥責史料工作中的客觀主義、「非政治傾向」，也導致了人們忽略這個工作必不可少的客觀性和科學性。〔註4〕

不過，較之於後來的「文革」，新中國十七年間得文獻工作還是值得充分肯定的，新文學的史料整理和出版在此期間的確在總體上獲得了相當的發展，——雖然「大躍進」期間也出現過修正歷史的史料書籍，不過，比起隨之而來的十年文革則畢竟多有收穫，在文革那浩劫的歲月了，不僅大量的文學文獻被人為地破壞，再難修復和尋覓，就是繼續出版的種種「史料」竟也被理直氣壯地加以增刪修改，給後來的學術工作造成了根本性的干擾，正如樊駿痛心疾首的描述：

　　「文化大革命」後期，有的高校所編的現代文學參考資料，竟然把胡適的《文學改良芻議》和陳獨秀的《文學革命論》，與林紓等守舊文人反對新文學的文章一起作為附錄。這就是說，他們不但不是「五四」文學革命最早的倡導者，而且從一開始就是這場變革的反對者、破壞者。顛倒事實，以至於此！不尊重史料，就是不尊重歷史；改動史料，就是歪曲歷史真相的第一步。這樣的史料，除了將人們對於歷史的認識引入歧途，還能有什麼參考價值呢？

　　「文化大革命」期間，朝不保夕的「黑幫」和準「黑幫」、他們的膽戰心驚的親屬友好、還有「義憤填膺」的「革命小將」，從各不相同的動機出發。爭先恐後地展開了一場毀滅與現代歷史有關的事物的無比殘酷的競賽。很少有人能夠完全逃脫這場劫難。不要說不計其數的史料在尚未公諸世人之前，或者尚未為人們認識和使用之前，就都化為塵土，連一些死去多年的革命作家的墳墓之類的歷史文物都被搗毀了。江青、張春橋等人為了掩蓋自己三十年代混跡文藝界時不可告人的行徑，更利用至高無上的權力查禁、封鎖、消滅有關史料，連多少知道一些當年剛青的人也因此成了「反革命」，甚至遭到「殺人滅口」的厄運。真可以說到了「上窮碧落下黃泉」的乾淨徹底的地步。

　　這類出於政治原因、來自政治暴力的非正常破壞所造成的損

〔註4〕 樊駿：《這是一項宏大的系統工程——關於中國現代文學史料工作的總體考察》上，《新文學史料》1989年1期。

失，更是不知多少倍於因爲歲月消逝所帶來的自然損耗。試問有誰能夠大致估計由此造成的史料損失？更有誰能夠補救這些損失於萬一呢？」〔註5〕

至此，我們可以說，中國新文學的文獻史料工作出現了中斷。

中國新文學文獻史料工作的再度復蘇始於新時期。隨著新時期改革開放的步伐，一些中斷已久的文化事業工作陸續恢復和發展起來，中國新文學研究包括作爲這一研究的基礎性文獻工作也重新得到了學界的重視。1980 年，在中國現當代文學研究剛剛恢復之際，作爲學科創始人的王瑤先生就提醒我們，「必須對史料進行嚴格的鑒別」，「在古典文學的研究中，我們有一套大家所熟知的整理和鑒別文獻材料的學問，版本、目錄、辨僞、輯佚，都是研究者必須掌握或進行的工作，其實這些工作在現代文學的研究中同樣存在，不過還沒有引起人們應有的重視罷了。」〔註6〕

新時期的文獻史料工作首先體現在一系列扎扎實實的編輯出版活動中。其中，值得一提的著作如下：

作爲文獻史料的最基礎的部分——作家選集、文集、全集及社團流派爲單位的作品集逐漸由各地出版社推出，人民文學出版社與各省級出版社在重編作家文集方面作了大量的工作，中國社會科學院文學研究所現代文學研究室主編的《中國現代文學創作選集》叢書，人民文學出版社編輯出版的《中國現代文學流派創作選》叢書，錢穀融主編的《中國新文學社團、流派叢書》等都成爲學術研究的重要文獻，大型叢書編撰更連續不斷，如《延安文藝叢書》、《上海抗戰時期文學叢書》、《抗戰文藝叢書》、《中國抗日戰爭時期大後方文學書系》、《中國解放區文學研究叢書》、《中國淪陷區文學大系》等，《中國新文學大系》的續編工作也有序展開。

北京魯迅博物館於 1976 年 10 月率先編輯出版不定期刊物《魯迅研究資料》，人民文學出版社於 1978 年秋季也創辦了《新文學史料》季刊。稍後，各地紛紛推出各種專題的文學史料叢刊，包括《東北現代文學史料》〔註7〕、

〔註 5〕 樊駿：《這是一項宏大的系統工程——關於中國現代文學史料工作的總體考察》上，《新文學史料》1989 年 1 期。

〔註 6〕 王瑤：《關於中國現代文學研究工作的隨想》，載《中國現代文學研究叢刊》1980 年第 4 期。

〔註 7〕 黑龍江、遼寧社會科學院文學研究所共同編印，不定期刊物，1980 年 3 月出版第一輯。

《抗戰文藝研究》、〔註8〕《延安文藝研究》、〔註9〕《晉察冀文藝研究》〔註10〕
等，創刊於六十年代初期的《中國現代文藝資料叢刊》於七十年代末期復刊〔註
11〕，創刊較早的《文教資料簡報》也繼續發行，並影響擴大。〔註12〕

　　1979 年中國社會科學院文學研究所現代文學研究室發起編纂大型史料叢
書《中國現代文學史資料彙編》，該叢書包括甲乙丙三大序列，甲種爲「中國
現代文學運動、論爭、社團資料彙編」30 卷，乙種爲「中國現代作家研究資
料叢書」，先後囊括了 170 多位作家的研究專集或合集近 150 種，丙種爲「中
國現代文學期刊目錄彙編」、「中國現代文學總書目」等大型工具書多種。甲
乙丙三大序列總計劃五六千萬字，由 70 多所高校和科研機構的數百位研究人
員參加編選，十幾家出版社分擔出版事務。這是自中國新文學誕生以來規模
最大的一項文獻整理出版工程。2010 年，知識產權出版社將已經面世的各種
著作盡數搜集，在《中國文學史資料全編‧現代卷》之名下再次隆重推出，
全套凡 60 種 81 冊逾 3000 萬字，蔚爲大觀。

　　一些較大規模的專題性文學研究彙編本也陸續出版，有 1981～1986 年天
津人民出版社出版的由薛綏之先生主編的《魯迅生平史料彙編》，全書分五輯
六冊計三百餘萬字，是對於現存的魯迅回憶錄的一種摘錄式的彙編。除外，
先後上海社會科學院文學研究聽主編的《上海「孤島」時期文學資料叢書》、
廣西社會科學院主編的《抗戰時期桂林文化運動史料叢書》、中國社會科學院
文學研究所魯迅研究室主編的《1923～1983 年魯迅研究學術論著資料彙編》
以及《中國人民解放軍文藝史料叢書》、《新文學史料叢書》、《江蘇革命根據
地文藝資料彙編》等。

〔註 8〕 四川省社科院文學所與重慶中國抗戰文藝研究會聯合編輯，1981 年底開始「內
　　　　部發行」，至 1983 年 1 期起公開發行，到 1987 年底共出版 27 期，1988 年 3
　　　　月起改由四川省社科院出版社出版，重新編號出版了 3 期，1990 年由成都出
　　　　版社出版 1 期。

〔註 9〕 陝西省社會科學院文學研究所和陝西延安文藝學會合辦的《延安文藝研究》
　　　　雜誌，於 1984 年 11 月創刊。

〔註 10〕天津社院文學所創辦，最初作爲「津門文藝論叢」增刊，1983 年 10 月出版
　　　　第一輯。

〔註 11〕上海文藝出版社 1962 年 5 月創刊，出版 3 輯後停刊，第 4 輯於 1979 年復刊。

〔註 12〕最初是南京師範學院內部編印的資料性月刊，創辦於 1972 年 12 月，1～15
　　　　期名爲《文教動態簡報》，從第 16 期（1974 年 3 月）起更名爲《文教資料簡
　　　　報》，並沿用至 1985 年底。1986 年 1 月該刊改名《文教資料》，1987 年 1 月
　　　　改爲公開發行。

　　上述「文學史資料彙編」中涉及的著作、期刊目錄可謂是文獻史料工作的「基礎之基礎」，在這方面，也出現了大量的成果，除了唐沅等編輯的《中國現代文學期刊目錄彙編》〔註13〕外，引人注目的還有董健主編的《中國現代戲劇總目提要》，〔註14〕賈植芳等主編的《中國現代文學總書》，〔註15〕《中國現代作家著譯書目》，〔註16〕郭志剛等編《中國現代文學書目匯要》〔註17〕，應國靖《現代文學期刊漫話》，〔註18〕吳俊、李今、劉曉麗等編《中國現代文學期刊目錄新編》等。〔註19〕此外，來自圖書館系統的目錄成果也爲釐清文學的「家底」提供了幫助，如國家圖書館、上海圖書館編《1833～1949 全國中文期刊聯合目錄》（補充本）、〔註20〕《民國時期總書目》〔註21〕等。

　　隨著史料文獻的陸續出版，文獻工作的理論探索與學科建設工作也被提上了議事日程。

　　20 世紀 80 年代以來，學術界即不斷有人發出建立「中國現代文學文獻學」的呼籲。《中國現代文學研究叢刊》1985 年第 1 期刊登了馬良春《關於建立中國現代文學「史料學」的建議》，他提出了文獻史料的七分法：專題性研究史料、工具性史料、敘事性史料、作品史料、傳記性史料、文獻史料和考辨性史料。《新文學史料》1989 年第 1、2、4 期連續刊登了著名學者樊駿的八萬字長文《這是一項宏大的系統工程——關於中國現代文學史料工作的總體考察》。樊駿先生富有戰略性地指出：「如果我們不把史料工作僅僅理解爲拾遺補缺、剪刀漿糊之類的簡單勞動，而承認它有自己的領域和職責、嚴密的方法和要求、特殊的品格和價值——不只在整個文學研究事業中佔有不容忽視、無法替代的位置，而且它本身就是一項宏大的系統工程，一門獨立的複雜的學問；那麼就不難發現迄今所做的，無論就史料工作理應包羅的眾多方

〔註13〕上下冊，天津人民出版社，1988 年。
〔註14〕南京大學出版社，2003 年。
〔註15〕福建教育出版社，1993 年。
〔註16〕兩冊（含續編），書目文獻出版社分別於 1982、1985 年出版。
〔註17〕小說卷、詩歌卷各一冊，書目文獻出版社，1994 年。
〔註18〕花城出版社，1986 年。
〔註19〕上海人民出版社出版，2010 年。
〔註20〕中央民族大學出版社，2000 年。
〔註21〕北京圖書館編，書目文獻出版社 1986 年～1997 年陸續出版。它以北京圖書館、上海圖書館、重慶圖書館的館藏爲基礎，收錄了 1911 年至 1949 年 9 月間出版的中文圖書 124000 餘種，基本反映了民國時期出版的圖書全貌。

而和廣泛內容，還是史料工作必須達到的嚴謹程度和科學水平而言，都還存在許多不足。」

1986 年北京語言學院出版社出版了朱金順先生的《新文學資料引論》，這是關於中國現代文學史料學的第一部專著。

1989 年，中華文學史料學學會成立，著名學者馬良春任會長，徐迺翔任副會長，並編輯出版了會刊《中華文學史料》，〔註22〕2007 年，中華文學史料學會在聊城大學集會成立了中國近現代文學史料學分會，標誌著新文學（現代文學）文獻學學科的建設又上了一個臺階。

進入 1990 年代，從學術大環境來說，新文學研究的「學術性」被格外強調，「學術規範」問題獲得了鄭重的強調和肯定，應當說，文獻史料工作的自覺推進獲得了更加有利的條件。近 20 年來，我們的確看到有越來越多的學者自覺投入了文獻收藏、整理與研究的領域，河南大學、清華大學、中國現代文學館、重慶師範大學、長沙理工大學等都先後舉辦了現代文學文獻史料研討的專題會議。2004 年至 2007 年，《學術與探索》、《中國現代文學研究叢刊》、《河南大學學報》、《汕頭大學學報》《現代中文學刊》等刊物闢專欄相繼刊發了專題「筆談」，《中國現代文學研究叢刊》還在 2005 年第 6 期策劃了「文獻史料專號」，《現代中國文化與文學》設立「文學檔案」欄目，每期發表新文學史料或史料辨析論文。新文學文獻史料的一系列新的課題得以深入展開，例如版本問題、手稿問題、副文本問題、目錄、校勘、輯佚、辨偽等等，對文獻史料作為獨立學科的價值、意義及研究方法等多個方面都展開了前所未有的研討。

陳子善先生及其主編的《現代中文學刊》特別值得一提。陳子善先生長期致力於中國現代文學史料研究，尤其對張愛玲佚文的搜集研究貢獻良多。2009年 8 月，原《中文自學指導》改刊成為《現代中文學刊》，由陳子善先生主持。這份刊物除了對中國現代文學研究突出「問題意識」之外，最引人矚目之處便是它為現代文學的史料文獻研究提供了大量的篇幅，不僅有文獻的考辨、佚文的再現，甚至還有新出版的文獻書刊信息及作家家故居圖片，《現代中文學刊》的彩色封底、封二、封三幾乎成為學人愛不釋手的歷史文獻的櫥窗。

劉增人等出版了 100 多萬宇的《中國現代文學期刊史論》，既有「中國現代文學期刊敘錄」，又有「中國現代文學期刊研究資料目錄」的史料彙編，從

〔註22〕《中華文學史料（一）》由上海百家出版社 1990 年 6 月推出。

「史」的梳理和資料的呈現等方面作了扎實的積累。〔註23〕2015 年 12 月，劉增人，劉泉，王今暉編著的《1872～1949 文學期刊信息總匯》由青島出版社推出，全書分四巨冊，500 萬字，包括了 2000 幅圖片，正文近 4000 頁，涵蓋了 1872～1949 年間中國文學期刊的基本信息。

　　一些著名學者都在新文學的文獻學理論建設上貢獻了的重要意見。楊義提出「文獻還原與學理原創」的「八事」：1、版本的鑒定和對這些鑒定的思考；2、作家思想表述和當時其他材料印證；3、文本真偽和對其風格的鑒賞；4、文本的搜集閱讀和文本之外的調查；5、印刷文本和作者手稿，圖書館藏書和作家自留書版本之間的互補互勘；6、文學材料和史學材料的互證；7、現代材料和古代材料的借用、引申和旁出；8、圖和文互相闡釋。〔註24〕

　　徐鵬緒、逄錦波試圖綜合運用文獻學、傳播學、闡釋學、接受美學等理論方法，對中國現代文學文獻學的基本概念進行界定，嘗試建構中國現代文學文獻學理論體系的基本模式。〔註25〕

　　2008 年，謝泳發表論文《建立中國現代文學史料學的構想》，〔註26〕先後出版《中國現代文學史料概述》（廈門大學出版社 2009 年版）和《中國現代文學史料的搜集與應用》（臺北秀威信息科技股份有限公司 2010 年版）、《中國現代文學史研究法》（廣西師範大學出版社 2010 年版），就「中國現代文學史料學」問題闡述了自己的詳盡設想。

　　劉增傑集多年現代文學史料研究和研究生教學成果而成《中國現代文學史料學》，〔註27〕此書被學者視爲 2012 年現代文學史料考釋與研究方而的「重大突破」。

　　最近十多年來，在新文學文獻理論或實際整理方面做出了貢獻的學者還有孫玉石、朱正、王得后、錢理群、楊義、劉福春、吳福輝、林賢次、方錫德、李今、解志熙、張桂興、高恆文、王風、金宏宇、廖久明、李楠、魏建等。

　　隨著中國文學傳播與研究的國際化，境外出版機構也開始介入到文獻史料的整理與出版活動，如香港牛津大學出版社出版蕭軍《延安日記》、《東北

〔註23〕新華出版社，2005 年。
〔註24〕楊義：《文獻還原與學理原創的互動》，《河南大學學報》2005 年 2 期。
〔註25〕徐鵬緒、逄錦波：《中國現代文學文獻學之建立》，《東方論壇》2007 年 1～3 期。
〔註26〕《文藝爭鳴》2008 年 7 期。
〔註27〕中西書局 2012 年。

日記》，臺灣秀威信息科技出版的謝泳整理現代文學史稀見資料，臺灣花木蘭文化事業有限公司自 2016 年起推出劉福春、李怡主編《民國文學珍稀文獻集成》大型系列叢書。

在中國現代文學的史料文獻意識日益強化的同時，當代文學的史料文獻問題也被有志之士提上了議事日程，洪子誠、吳秀明、程光煒等都對此貢獻良多，〔註 28〕這無疑將大大的推動新文學學科的文獻研究，更爲新文學研究走向深入，爲現代新文學傳統的經典化進程加大力度，甚至有人據此斷言中國新文學研究已經出現了現代文學研究的「文獻學轉向」〔註 29〕

但是，與之同時，一個嚴峻的現實卻也毫不留情地日益顯現在了我們面前，這就是，作爲新文學出版的物質基礎——民國出版卻已經逼近了它的生存界限，再沒有系統、強大的編輯出版或刻不容緩的數字化工程，一切關於文獻史料的議論都會最終流於紙上談兵，對此，一直憂心忡忡的劉福春先生形象地說：「歷史正在消失」：「第一，我們賴以生存的紙質書報刊已經臨近閱讀的極限；第二，歷史的參與者和見證者現在很多都已經再沒有發言的機會了。2005 年，《人民日報》海外版的消息，國家圖書館民國文獻，中度以上破壞已達 90%。民國初期的文獻已 100%損壞。有相當數量的文獻，一觸即破，瀕臨毀滅。國家圖書館一位副館長講：若干年後，我們的後人也許能看到甲骨文，敦煌遺書，卻看不到民國的書刊。而更嚴重的是，隨著一批批老作家的故去，那些鮮活的歷史就永遠無法打撈了。」〔註 30〕

由此說來，中國新文學的文獻史料工作不僅僅是任重道遠的沉重感，而且另有它的刻不容緩的緊迫性。

2018 年 6 月 28 日成都

〔註 28〕 參見洪子誠《當代文學的史料問題》（《長沙理工大學學報》2016 年第 6 期）、吳秀明、章濤《當代文學文獻史料研究的歷史與現狀——基於現有成果的一種考察》（《文藝理論研究》2012 年 6 期）、吳秀明、章濤《當代文學文獻史料研究的歷史困境與主要問題》（《浙江大學學報》2013 年 3 期）等。

〔註 29〕 王賀：《現代文學研究的「文獻學轉向」》，《長沙理工大學學報》2016 年第 6 期。

〔註 30〕 劉福春：《尋求中國現代文學文獻學學科的獨立學術價值》，《長沙理工大學學報》2016 年第 6 期。

目次

緒　論

　　電影是一門年輕的藝術，自誕生一百餘年以來，至今仍然充滿活力，它的呈現形態、敘事方式、主題、風格、修辭等諸多方面，仍處在一個不斷發展、變動的過程中。電影對其他藝術門類巨大的吸納、借鑒能力，以及相較其他媒介形式而言、對於社會現實之準確表達的無限可能性（「電影是現實的漸近線」），都使得電影成爲迄今爲止最具活力的藝術門類。電影同時也是一門擁有最廣大的年輕受眾群體的藝術，根據中國電影藝術研究中心與藝恩諮詢合作的調查，「從讀大學到畢業工作十年的青年是目前觀影主流群體」〔註1〕。2014年「我國電影觀眾中19至40歲觀眾占到總觀影人次的87%，貢獻了總票房的92%。」〔註2〕。到2017年，據新傳智庫發布的線下電影受眾調研報告稱，中國當下電影觀眾平均年齡爲24歲，30歲以下觀眾占比達88.9%。〔註3〕青年群體成爲電影觀眾的主力，也深深影響了電影的創作取向。越來越多的電影瞄準青年消費者群體，甚至爲某類青年群體量身訂作，這已成爲一種比較引人注目的「青春電影」現象。

一、選題的提出

　　在世界電影史範圍內考察，青春電影的勃興大多始自一個動盪的、價值

〔註1〕　于欣、邊靜：《中國影院觀眾的十年變化與影院經營服務》，載《當代電影》，2015年第12期，22～23頁。

〔註2〕　藝恩諮詢：《2014年中國電影市場影響力研究報告》，載藝恩網：http://www.entgroup.cn/news/Exclusive/0623127.shtml

〔註3〕　參見《中國電影受眾市場研究2017》，http://www.national-ciiez.gov.cn/newsdetail.aspx?rcid=3&cid=30&id=12612。該報告通過對全國22個省、35個城市、200家影院、1.6萬名觀眾的實地調查得出相關結論。

觀混亂的時代，舊的主流意識形態對於年輕一代而言已失去公信力、難以為繼，而新的還遠未成形，茲時代表各類群體訴求與思考的、種種關於構建更合理秩序之要求的博弈，就體現在作為大眾文化之顯影的電影銀幕上，尤其體現在最具有活力的青春電影中。比如德國 20 世紀 20 年代末至 30 年代初的青春片熱潮，「把矛頭公然指向成人專制者和他們的威權主義準則」，一方面表達了對政權的不滿、并預見了它的解體，另一方面對（現行）威權的批判恰證明了「威權不威」、即將解體。〔註4〕同樣，20 世紀 50 年代中期至 60 年代以《無因的反抗》（1955）為標誌的美國好萊塢青年反叛電影以及 50 年代末起以《四百下》《筋疲力盡》為代表的法國新浪潮青春電影，無不發自一個價值中空的時代，而日本經濟起飛、倫常失範的 60 年代亦萌生了以大島渚的《青春殘酷物語》為代表的體現青春黑暗、壓抑與絕望的青春電影。正是基於這種參照，本書從 20 世紀 70 年代末 80 年代初整個中國社會經歷政治、經濟、文化層面之劇變的背景下探源當代青春電影的發生。香港電影新浪潮、80 年代前期臺灣新電影運動以及 90 年代初以大陸第六代導演為主的電影革新運動皆有著波譎雲詭的時代背景，自主、自足的華語青春電影正是在這些電影運動中孕育、發展起來。以中國大陸為例，第六代導演登場的 90 年代初期「代表一個新的政治經濟體系，是當代中國文化史上新的一章」〔註5〕，它的開啟則源自 80 年代末業已形成的「眾聲喧嘩」的多元格局。80 年代後期以來中國大陸經歷了穩固、高效的主流意識形態日益式微的過程，借用互動論的視角，茲時的社會不再是一個結構整體，而是體現為「個體同他們組成的群體之間持續不斷的衝突和協商過程」〔註6〕。正是在這種背景下，真正意義上的中國大陸「青春電影」開始孕育，即銀幕上的「青年」不再是作為意識形態的載體、體現主流意志的行動者，也不是承載社會反思、顯影社會問題的「道具」，而是朝著自主的、有自我欲求的個體發展。

最早系統研究美國青春電影的學者康斯鼎（David M. Considine）認為，

〔註4〕 齊格弗里德·克拉考爾：《從卡里加利到希特勒——德國電影心理史》，黎靜譯，162～163 頁，上海人民出版社，2008。

〔註5〕 張英進：《20 世紀 90 年代以來中國電影的政治經濟格局》，載《電影藝術》，2006 年第 2 期，18 頁。

〔註6〕 彼得·J·馬丁：《文化、亞文化與社會組織》，載安迪·班尼特、基思·哈恩—哈里斯主編：《亞文化之後：對於當代青年文化的批判研究》，中國青年政治學院青年文化譯介小組譯，29 頁，北京，中國青年出版社，2012。

在青春電影中，「我們所看到的影像，所經歷的故事，被展示的主題，不僅僅反映了觀眾的思維和價值觀，電影工作者的態度和觀點，時代的社會現狀，更反映了所有這些因素之間存在的錯綜複雜的聯繫」〔註7〕。80年代以來中國社會大部分群體漸次經歷了失序、脫軌的過程，現代性的宏觀敘事也從一種頗具影響力的動員話語，到逐步喪失其合法性、甚至備受質疑。不同於此前銀幕青年主人公多半是最終接受主流意識形態規訓的「臣服者」，90年代以來銀幕青年日益流散爲無法被歸置的「游民」，邊緣人和底層人不約而同地成了大陸、香港、臺灣三地青年投射自我認同與反秩序想像的載體，至21世紀才日益呈現出返歸主流視野的趨勢。可以說，伴隨著主流意識形態的裂解與重構，投注了各類群體關於構建「更合理」的社會秩序之思考的青春電影也經歷了一個眾聲喧嘩、互相博弈，到漸至趨同的過程。本書試圖在青春電影的框架內，結合華語世界的現代性進程及其文化表徵，建構一種基於「規訓」和「認同」視角的青春電影闡釋模式。「規訓」與「認同」，不是截然對立的兩維，在大一統的主流意識形態主導青春電影的生產時，銀幕主人公大體承載了主流的「規訓」意旨，然有效的「規訓」倚賴於受眾建立起對銀幕主人公的深度認同，是以傳遞「規訓」亦要通過建構認同的策略予以達成。同樣，在一個價值觀多元的時代，青春電影有更多表達的自由，更傾向顯示青年主體性，往往與主流意識形態之間形成某種張力。然自由的表達背後亦有商業理性，群際壓力等等因素制約，追求認同是青春電影作爲一種文化產品的秉性，各種各樣的貌似「獨立」的製作在建構青年主體性認同的過程中，亦不其然傳遞了一種自認爲普適的「規訓」。

二、研究對象和範圍

1. 關於青春

　　界定「青春電影」，首先需界定一下「青春電影」的表現對象——「青春」。根據《現代漢語詞典》的解釋，「青春」指青年時期，「青年」指「人十五六歲到三十歲左右的階段」。〔註8〕錢穆曾考證「青年」二字是民國以來的新名

〔註7〕David M. Considine, *The Cinema of Adolescence*, Jefferson & London: Mcfarland, 1985,p11。轉引自周學麟：《表現青年：青年電影研究和新中國青年電影發展》，《當代電影》，2012年第4期，96頁。

〔註8〕中國社會科學院語言研究所詞典編輯室編：《現代漢語詞典》，1060～1061頁，

詞，古人「男二十而冠，女十五而笄」，及成年就開始婚嫁，「青春」大抵「當在成婚前後數年間，及其爲人父母，則不再言青春矣。」〔註9〕「青年」的年齡界定往往隨著社會政治經濟水平的發展而有所變化。聯合國於 1985 年國際青年節，首次將青年界定爲 15 至 28 歲之間的人。而根據世界衛生組織最新的界定，青年的年齡分段已延伸至 44 歲。〔註10〕中國共青團對青年的界定是 14～28 歲，中國國家統計局對於青年的界定是 15～34 歲。隨著近 20 年來華語世界年輕人在校受教育的時間延長，他們走向社會、獨自承擔起人生責任的時間點也在延後，許多人到了「而立之年」而不能「立」。伴隨著社會的日益發展，個體的成熟週期也在延長。按社會學家的定義，我國已基本進入「中喻」的時代，即時代發展迅速，父一輩的生活經驗、社會常識、生存技能僅部分於子輩有效，子一輩不能通過承襲而獲得立足的資本，子一輩還需要緊跟時代的變化，在承舊與習新之間找立足點。這無形中又拉長了個體適應社會、勝任成人重擔的週期。

　　時代在發展，關於成熟、自足的定義也在改變。梁啓超曾在《少年中國說》中引西諺「有三歲之翁，有百歲之童」，大體是在個體精神氣質上定義「少年」。在一個巨變的時代，年齡不能成爲區分成熟、理性與否的依據，個體是否具有吐故納新的能力是其最終能否成熟的關鍵。因此，在巨變的時代因循已習得的生存方式、倫理道德的人可能會顯得幼稚，即便生理上已成年，在心理上仍難成熟。總體而言，「青年期」是個體從成長到成熟的一個階段，鑒於當代華語世界（大陸少數民族地區、欠發達地區除外）青年普遍晚熟，本書將青年時期界定在 14～30 歲的未婚時段。20 世紀 80 年代以來，隨著年輕人的普遍晚熟，一個更爲通常的情況是，年輕人結婚的年齡推遲了，此前按照《中華人民共和國人口與計劃生育法》（1981 版）的規定，晚婚年齡是女 23 歲、男 25 歲。現實社會中，根據 2015 年中國婦聯發起的《中國幸福婚姻家庭調查報告》，我國平均結婚年齡爲 26 歲，3 / 4 的男性在 25～34 歲之間結婚。本書採取的「不涉及婚姻時段」的約定，亦考慮了隨著近三十年來我國社會發展而變動的「青年」界定。80 年代、90 年代以及 2000 年初大陸、臺灣、香港三地青春電影的目標觀眾群有所不同。21 世紀以來華語青春電影有

　　　北京，商務印書館，2016。

〔註9〕錢穆：《中國文學論叢》，26 頁，北京，三聯書店，2002。

〔註10〕《世衛組織確定新年齡分段：44 歲以下爲青年人》，見環球網，2013-5-13。
　　　　http://world.huanqiu.com/regions/2013-05/3930101.html

融合的趨勢，體現爲鮮明的觀眾定位意識，青春電影的目標觀眾集中在「80後」「90後」以及文革後出生的「70後」，作爲一個群類，他們是「後革命」的一代。與之對應的，他們的青年時期（亦是成爲電影主流觀眾的時期），大體對應20世紀90年代至今的三十多年時間。

2. 關於青春電影

　　青春電影，即表現主人公的青春歲月、體現鮮明的青年主體意識、以青年觀眾爲主要受眾群體的電影。青春電影主人公的年齡大體在 14 歲到 30 歲，止於婚姻之前。有小部分姑且可稱之爲校園青春電影，主體部分是校園青春故事，故事主體部分主人公所處的年齡爲十三四歲到 20 歲左右，一般不涉及複雜的社會關係，如《國中女生》（1990）、《五月之戀》（2005）、《盛夏光年》（2006）、《夏天的尾巴》（2007）、《九降風》（2008）等，這部分影片在新世紀以來的臺灣電影中比較成規模。有些社會關聯度比較深的影片，所涉主人公的年齡則在 30 歲前後，是青春期之後的青年，如方育平的《美國心》（1986），楊德昌的《獨立時代》（1994）等，這些影片中主人公已離開校園多年，但未進入穩定的角色，還在尋找身份的突破。隨著社會變遷，人的成熟年限拉長，人獲得穩定身份的時間也在拉長。這類大體可歸之爲「後青春」電影。儘管青春電影根據側重點的不同，在表現對象的年齡上有所游移，但總的來說其所表現的是青春或後青春歲月。有一點共識是青春電影無關婚姻生活。

　　有的電影因敘事的需要也表現了青春時段，但關注點不在於青春，而在於時代滄桑、個體遭際等等，如羅啓銳執導的《歲月神偷》（2010）中有回憶哥哥中學校園初戀的一段，但總體而言是抒發歲月流逝的感慨及對親情的懷念。又如張婉婷的《玻璃之城》（1998）中有對已逝的父母輩港大校園時光的鉤沉，但影片旨意在講述兩位中年男女一生的情感糾葛。在本書劃定的框架內，此類影片均不視作青春片。同樣，意圖概括人生各個階段的電影亦不在本框架內。如張楊的《愛情麻辣燙》（1997），借兩個籌辦婚姻的年輕人，串起了不同年齡階段的戀情，意謂「我們的過去、現在、將來」；又如楊德昌的《一一》截取時代的一個片段，折射三代人的生存現狀，有青春和對青春的追憶，而主旨在思索循環不息的人生。大陸第四代、第五代導演八九十年代的影片如《黃土地》（1984）、《紅高粱》（1987）、《黑駿馬》（1995）等，民族寓言志的意味較濃，有青春的身影，但講述的不是青春本身的故事，因

此不列入考察範圍。傳記性的影片亦不歸入本書所說的青春電影，如黃蜀芹的《人鬼情》（1987）講述了女藝術家秋芸一生的成長，從童年到青少年，直到中年，事業達到頂峰，「青春」是其中一個小篇幅的組成部分。

另一方面，「14～30 歲年齡段的青年主人公」也不是一個絕對的標準，本書選取的有些影片也涉及童年，如張楊的《向日葵》以「父子」糾葛爲視角，見證中國社會三十年的變遷，但主人公的青春階段以及主人公與父親的關係變化是講述的重心。又如，《童黨萬歲》（1989，余爲彥執導）的敘事貫穿了主人公石頭從 9 歲到 37 歲的人生，但其主旨是通過主人公的眼睛看四個青春的女性；虞戡平的《搭錯車》（1983）中歌手小美的自述跨越了她 20 多年的成長歲月，但影片以她步入青年階段以後的故事爲軸心。本論亦將此類影片視作青春電影。青春電影不是史詩片，其訴求不在搬演一個時代，而是傳達特定時代的青春故事，青春電影的重心是青春以及對青春的追憶。此外，青春電影中的青年主人公有自足性，因此，那些雖有青春主人公，但更側重於主人公職業身份的類型屬性（警察、罪犯、臥底等）的影片，如成龍的警察故事以及類似的警匪片、犯罪片等，在本書中皆不視作青春電影。

「青春電影」更多地關乎一種「青春氣質」，主要瞄準青年觀眾。所謂電影的「青春氣質」，主要體現在影片的價值觀上，即影片致力於營造爲青年群體所共享的價值觀，真正的「青春電影」不同於倫理教化意義上的主流電影，它帶有拒絕接受既定秩序、不與現狀妥協的激進。青春電影的核心母題是成長，或有可識別的成長儀式，或表現漸變式的成長經歷，或表現個體對局限／壁壘的體驗。可以說，對「成長」的關注是識別一部影片是否屬於「青春電影」序列的一個關鍵因素。

3. 關於華語電影

本書的研究對象是 20 世紀 80 年代以來大陸、臺灣、香港三地的青春電影。20 世紀 90 年代以來中國大陸、臺灣、香港的電影逐步進入了一個融合的通道，「華語電影」的概念出現並得到日益廣泛的使用。〔註11〕

〔註11〕 如陳犀禾 2007 年撰文提出：「華語電影概念的出現呼應了一個宏觀的歷史和時代變遷。從 80～90 年代以來，兩岸三地的中國電影開始進入一個跨區域的，互相滲透、影響、整合與競爭的新階段。它要求有一種關於『華語電影』的新概念、新思路和新方法：即把大陸、香港、臺灣兩岸三地的中國電影聯繫起來，進行整合性的思考。這無論對於理解特定背景下的三地本土電影的發展和性質，還是世界背景下的華語電影的整體狀態和前途都是至關重要的。」

　　首先是 80 年代以來華語電影中的語言使用折射出多元融合的趨勢。80 年代起大陸電影使用的語言突破了國語普通話的局限，各地方言開始出現在電影中，到 90 年代更是出現了純粹用方言、另配字幕的電影〔註 12〕。港臺電影則反之。在臺灣，最初是臺語片與國語片並存，隨著電影市場的融合，80 年代純臺語片在臺灣電影中已難覓其蹤，但臺語作為方言仍在臺灣國語電影中出現，沿襲了原臺語片的人物設定，代表了「消逝的影像」（臺語片）〔註 13〕在國語片中的復活。香港雖然 9 成人口說粵語，但國語片也一樣盛行〔註 14〕，且國語片一度壓倒粵語片，80 年代起二者界限日趨模糊，多數影片都同時有粵語版和國語版。臺語、粵語相對於國語普通話來說也是一種方言，作為純粹方言片種的臺語片和粵語片 80 年代中期基本消逝。語言的流行關聯著一整套的思維習慣與文化品性，電影使用語言的整合背後是觀眾群體的融合，無論是臺灣電影以國語為主、臺語及其他內地方言雜處，還是香港電影粵語版、國語版並存，皆是電影本身應對受眾群體的變化、力圖擴張其傳播場域所作出的調整。90 年代中期大陸電影中的方言現象一度成為學界關注熱點，但此時期大陸電影中方言的興起背後有一個更廣闊的華語世界觀眾的在場，不同於港臺 80 年代之前瞄準地方觀眾的臺語片、粵語片，90 年代大陸電影使用方言凸現了自身的多維與包容，是在日趨大一統的華語世界內部以局部的身份尋求普適性認同的一種嘗試。可以說，90 年代華語電影概念的出現與大陸電

見陳犀禾：《跨區（國）語境中的華語電影現象及其研究》，載《文藝研究》，2007 年第 1 期，86 頁。又如，海外學者魯曉鵬和葉月瑜在《華語電影：編史，詩學，政治》（Chinese Language Film: Historiography，Poetics，Politics）的導言《華語電影之概念：一個理論探索》中寫道：「華語電影是一種處於不斷演變、發展中的現象和主題，主要指使用漢語方言，在大陸、臺灣、香港及海外華人社區製作的電影，其中也包括與其他國家電影公司合作攝製的影片。因此華語電影是一個涵蓋所有與華語相關的本地、國家、地區、跨國、海外華人社區及全球電影的更為寬泛的概念。」參見魯曉鵬、葉月瑜：《華語電影之概念：一個理論探索層面上的研究》，載陳犀禾主編：《當代電影理論新走向》，北京，文化藝術出版社，197 頁，2005。

〔註 12〕參考金丹元、徐文明：《1990 年代以來中國電影「方言化」現象解析》，載《戲劇藝術》，2008 年第 4 期。

〔註 13〕廖金鳳在《消逝的影像：臺語片的電影再現與文化認同》（臺北，遠流出版公司，2001）中悲觀地把臺語片視作「消逝的影像」。

〔註 14〕70 年代港片的一大票房來源地——臺灣把國語作為官方語言，香港更是每年拍攝數十部國語片。參見〔美〕大衛・波德維爾（David Bordwell）：《香港電影的秘密》，何慧玲譯，26 頁、46 頁，海口，海南出版社，2003。

影的「方言化」現象差不多先後，其背後是多元融合的華語觀眾市場。

其次是三地之間日益緊密的電影合作促進了華語電影的整合。80 年代港臺之間的電影交流與合作已十分密切，港臺與大陸亦有電影方面的合作，90 年代以來大陸與臺灣、香港在電影產業方面開始了深度整合，尤其是香港電影產業，97 之後大舉「北上」、合拍成爲主流。「臺灣資金、香港技術、大陸導演」（侯孝賢語）一度成爲最佳配置，三地電影的整合也培育了一批具有相似的審美期待的電影觀眾。臺灣當局曾經嚴禁拍攝大陸題材的影片，亦禁止臺灣演員赴大陸。1983 年 2 月臺灣當局修正了關於影人私自去大陸即禁影的規定，改爲「私人行爲」不影響其在臺演藝事業的發展，只要表明立場仍可回臺〔註15〕。1991 年更是放開臺灣影視業到大陸拍片的限定，此後兩岸電影人之間的交流日趨頻繁，不僅採用彼此的題材，且在意識形態方面也不再固步自封，而是互相有所借視。據統計，1979～1996 年，大陸與臺灣的協拍片已達 34 部。〔註16〕2001 年大陸國營片廠（西安電影製片廠）還與臺灣製片公司聯合攝製了由林清介導演的青春電影《初戀的故事》（吳奇隆、蘇有朋、容祖兒、郝雷主演）。打破地域界限、互相滲透的華語電影統一體的觀念也影響了華語三大電影節。比如，原來只有港臺電影參與角逐的金馬獎，1996 年起也放開大陸影片加入〔註17〕。2005 年 6 月 28 日，在「華語電影與國際影壇接軌的挑戰」座談會上，侯孝賢認爲，大陸、香港、臺灣三地合作的電影將成爲華語電影的主流，所以臺灣必須調整有關大陸演職人員赴臺的政策。2007 年臺灣當局開放大陸演員赴臺拍片，2009 年又進一步開放大陸劇組赴臺拍片（以合拍片的形式、不超過總人數的 1 / 3）。

綜上，方言與國語普通話雜處的現象背後是華語觀眾市場的多元融合，而大陸、臺灣、香港三地電影日益融合的發展趨勢也使得此前各自爲綱的研究範式難以爲繼，華語電影的概念在 90 年代應運而生並非偶然。21 世紀以來隨著大陸、臺灣、香港三地之間電影業的滲透與互動日益頻繁，不僅地區產業之間的壁壘在逐漸消失，臺灣電影、香港電影以及我們所說的國產電影

〔註15〕黃仁：兩岸電影文化交流合作的影響和成果（1924～2005）（上），https://movie. douban.com/review/7566237/
〔註16〕黃仁：兩岸電影文化交流合作的影響和成果（1924～2005）（下），https://movie. douban.com/review/7566237/
〔註17〕1996 年夏雨憑藉《陽光燦爛的日子》成爲金馬獎最年輕的最佳男主角，導演姜文亦憑此片獲當年最佳導演獎、最佳劇情片獎。

（大陸出品）之間的界線亦在模糊，三地合拍片日益成爲主流，在這種情形下單純地研究某一地的青春電影已顯得觀念陳舊，故本書擬在三地電影業大整合的背景下構設華語青春電影的講述。

三、既有的研究、本書的研究視角及框架

1. 研究概況

近年來隨著青春電影的大熱，相關研究迅速興起，主要集中在大陸青春電影和臺灣青春電影，尤其產生了較多的碩士論文，聚焦青春電影的主題、類型化、敘事方式、同性戀現象、消費意識以及其所折射的社會文化心理等，但總的來說比較零散，流於印象式的點評，缺乏系統性的研究。換言之，青春電影作爲一個話題很「熱」，然關於青春電影研究卻大體停留在相關現象的總結、歸納上，雖也大量借用文化研究以及傳統的電影研究理論，然缺少基礎的、理論性的拓展，未能從青春電影的框架抵達一種理論維度，形成獨具一格的論述。

國內有關青春電影研究的專著尚比較匱乏，比較有代表性的有王彬《顛倒的青春鏡像：青春成長電影的文化主題研究》（巴蜀書社，2011）結合青少年研究與電影文化研究，從現代性文化的代際維度解讀青春成長電影的主題，以性與欲望、流浪與游蕩、暴力與對抗、死亡與毀滅四類文化主題引領相關闡述，探討電影表達青春經驗的影像策略及其背後的文化邏輯，研究對象不限國別，也不限時間，結構相對鬆散。作者認爲，在成人的文化語境中，「青年」往往被矮化，或神聖化，以致於青少年的世界成爲成人世界「顛倒的文化鏡像」，作者希望從青春成長電影的解讀入手，以達成對青少年世界的「平視」，著眼點在青少年問題層面。然恰是這一重出發點，使得作者在研究對象的選擇上偏重「異類」的青春影像，本質上還是一種「俯視」（或曰「窺奇」）的視點。此外，唐朝暉主編《青春電影志》（重慶出版社，2006）、胡志軍／劉翔主編《世界青春電影》（浙江文藝出版社，2006）、程青松主編《青年電影手冊：影史 100 佳青春電影》（中國友誼出版公司，2017）以及《青年電影手冊》系列之第一輯至第六輯等皆是類似概述加影片導讀性質的著作，向向的《成長現場——電影中的童年和青春》（湖南文藝出版社，2005）亦只是一些影片觀後感或電影故事之類的合集。與青春電影相關的研究散見於各種專著中的有不少，大體集中在青年導演研究、第五代和第六代導演研究，

電影中的青年形象研究、電影的青年文化研究以及華語電影潮流，如楊遠嬰的《電影作者與文化再現：中國電影導演譜系研尋》（中國電影出版社，2005）、李正光的《碎片化的影像：第六代導演的審美觀》（廣西師範大學出版社，2011）、錢春蓮《中國新影像：全球視野與民族認同——大陸、香港、臺灣青年電影導演研究》（上海戲劇學院學位論文，2006）、韓琛《漂流的中國青春——中國當代先鋒電影思潮論（1977 年以來）》（山東師範大學博士論文，2007）等等。在華語青春電影的框架內看，當代華語電影運動的研究，如臺灣新電影、新新電影和香港電影新浪潮、後新浪潮的研究皆包含青春電影相關的論述。青春電影相關研究文章中較有代表性的有張慧瑜《當下青春劇的文化想像與蛻變》（《南方文壇》2013 年第 5 期）、吳冠平《當下青年電影的立意與風格》（《當代電影》2011 年第 5 期）、邱子桐《華語電影中呈現的「青年」和「青春」》（《東南傳播》2014 年第 3 期）、陳旭光《近年喜劇電影的類型化與青年文化性》（《當代電影》2012 年第 7 期）及《女性自知視角、小資情調、物質主義與青年電影的「主流化」症候》（《當代電影》2012 年第 1 期）、韓琛《後革命時代的青春期小史——論青年亞文化與「第六代」電影的青春敘事》（《東方論壇》（2007 年第 3 期）等。關於青春電影本身的研究文章除了數量龐大的影評外，主要集中在大陸或臺灣青春電影中的主題、空間、音樂、文化精神、產業困境與對策、類型化等幾個方面，也有關於大陸與臺灣青春電影比較的文章。但目前將大陸、臺灣、香港三地青春電影放置在一個框架內展開的研究尚十分缺乏，且基本止於概括性的描述、比較。較有代表性的有錢春蓮的《多元不羈的青春書寫——內地、香港、臺灣青年電影導演青春片研究》（載《當代電影》，2010 年第 4 期），用關鍵字的形式概括三地青春電影的精神內核，再比較三地青春電影在時空書寫和歷史敘述兩方面的異同，脈絡比較稀疏，蜻蜓點水式地拾取二三十年來內地、香港、臺灣一些青年導演及作品加以描述，沒有觸及青春電影之樣貌背後的社會經濟動因，也沒有對三地青春電影之精神內核的歷史性考察。21 世紀以來華語青春電影數量之多、消費之眾以及其作為「話題」的全民參與程度皆是十分突出的，需要追問的是，哪些因素制約和影響了華語青春電影的面貌及其發展走向？華語青春電影的敘事方式給當代華語電影帶來了哪些變化和啟示？華語青春電影發展到今天，她有哪些缺陷？面臨什麼樣的發展困境？要回答這些問題，就必須對青春電影發生、發展、演變背後的歷史動因進行研究，考察三地青春電影的生成語

境，對這一當代重要的華語文化現象進行發生學意義上的溯源式研究。

　　總的來說，青春電影在華語電影界形成一種引人注目的「現象」是在 21
世紀之後，而華語青春電影的類型化生產更是晚近幾年才開始，是以 2000 年
之前學術界鮮有關於華語青春電影的自覺研究。從中國大陸的情況看，90 年
代初以「地下」形式登場的第六代導演以及 1993 年創辦的北京大學生電影節
逐漸引起了學術界的關注，90 年代中期才開始出現少量青春電影相關的研
究，聚焦這些在當時年輕人當中廣受歡迎的影片之「青春性」，切入視角主要
是青年導演群體和青年觀眾，如張同道的《都市情感與形式美學——談大學
生電影節都市青春片的發展》（《當代電影》，1996 年第 5 期）、《青春電影與青
年觀眾——1995 年以來的中國電影處女作觀察》（《電影藝術》，1997 年第 1
期），周星的《青春文化無可抗拒的魅力——略談大學生電影節的獨特性》（《電
影藝術》，1998 年第 6 期）等。2000 年之後當華語青春電影率先在臺灣形成
症候、并隨即影響到大陸、香港之後，學術界相關的研究才跟進，關於「青
春電影」的命名、指認才正式開始。隨著每年源源不斷的「青春電影」上映
及相關話題的火暴，各類研究也紛紛登場。如前所述，在華語電影界，「青春
電影」是一種「新現象」，且目前亦處在變幻之中，相關的研究歷史較短暫，
缺乏系統性的研究，遠未形成公認有效的闡釋模式，本書正是試圖在這一點
上取得突破。

2. 本書的研究視角

　　鑒於上文提到的當代華語青春電影研究中的問題，本書擬從發生學意義
上的溯源式研究入手，探析華語青春電影的產生、發展及其主要的影響和制
約因素，再從空間敘事和主題演變兩個層面闡釋當代華語青春電影的「存在
之由」，以「規訓」與「認同」之間的博弈來解釋其「變遷之故」〔註18〕。著
眼點之一是主流意識形態的「規訓」意志對青春電影的形塑以及青春電影作
為一種主體對這種「規訓」的反撥，可以說，青春電影的產生和發展一直伴
隨著規訓與反規訓的博弈。從共時性的層面看，同一時期不同代際導演的青
春電影、不同體制產生的青春電影之間也呈現出這種規訓與反叛之間的張

〔註18〕 王國維曾說，「凡事物必盡其真，而道理必求其是，此科學之所有事也。而欲
　　　　 求知識之真，與道理之是者，不可不知事物道理之所以存在之由與其變遷之
　　　　 故，此史學之所有事也。」見王國維：《王國維論學集》，404 頁，北京，中國
　　　　 社會科學出版社，1997。

力，比如 90 年代大陸青春電影，國營體制內出品與體制外的獨立製作，二者呈現出迥異的風貌。其二，考察青春電影中的「認同」建構。不同於以「規訓」為主導的 80 年代華語青春電影試圖建立一種對主流的認同，90 年代以來華語青春電影更著意於建立對「自身」（青春主人公）的認同。通過結構一種不同於主流電影、商業電影的攝影機「視點」，或選定一個特殊的人物作為「意識的中心」（亨利‧詹姆斯語），讓「觀者通過他的眼睛觀察整個活動」，〔註19〕青春電影能夠基於同樣的題材、建構出迥異於主流意識形態話語的內涵，對既定的合法秩序、定論等形成挑戰，從而建立起不同於主流約定的差異化認同。

　　如同青年亞文化對主流文化，青春電影對於主流意志而言，也是一個異質的存在，是一個有待收編、吸納以及隨時有必要加以矯正的對象。比如，90 年代初中國大陸第六代導演的地下電影普一出現，以電影主管部門為代表的整個電影生態環境隨即對這種異質性的影像形態展開密切關注，恩威並施，力圖使其返回正常的軌道。90 年代以來大陸社會層面所進行的階層重構在影像世界中體現為空間的重構，空間的特性、空間的內在結構及隱含的規則與權力的意志息息相關，同樣，空間的塑形與重構背後亦是規訓與反規訓的博弈。90 年代初隨著現代性宏大敘事的式微逐漸出現的是往日「父」的權威解體的過程，「父」在 90 年代華語青春電影中自動失勢、退位，到 21 世紀以來藉重其權力與資本重新上位。只不過此時的「父」已遠不是 80 年代前期國族寓言意義上的「父」，也不是 90 年代青春電影中平庸、卑微的現實生活之「父」，而是攜帶著資本與權力、重構了一套「實際主義」的天羅地網，將一切的反抗企圖囊入其中的「父」，他是無形的，又是無所不在的。近年來類型化的主流青春電影（青春片）呈現出對反抗的消解趨勢，映像了一代人的成長、成熟，以及與社會的妥協、與新的主流話語握手言和的過程。青春主人公從對規則的暴力侵犯，到試圖重建規則（如《我是你爸爸》，2000，王朔執導），到放棄自身試圖構築的規則，轉身擁抱「實際主義」的邏輯，背後是資本強大的吞吐能力以及資本對權力與意識形態的收編。

　　90 年代起中國大陸社會在體制層面開啟的轉型伴隨著社會階層重組、階層遷移的過程，造就了一大批「脫序」與「失序」的人，原有的意識形態詢

〔註19〕 貝‧迪克著：《電影的敘事手段──戲劇化的序幕、倒敘、預敘和視點》，見李恒基、楊遠嬰主編：《外國電影理論文選》，589 頁，北京，三聯書店，2006。

喚機制對於這些人來說已然失效。90 年代在港臺地區上演的則是後工業時代人的失重與異化。如果說七八十年代港臺地區經濟起飛的同時繁榮的類型電影發揮了熨帖工業化進程中人內心波折與失落的作用，90 年代以來逐漸具備現代主體意識的港臺大眾則拒絕了這一套重複造夢的生產機制。隨著臺灣、香港主流商業電影相繼衰微，港臺地區獨立製作日益成為主流，青年導演獲得了更多的自我表達空間，90 年代破土而出的是多元多聲部的青春電影，其本身的構成是繁雜多樣的。其中既有資本對市場、利潤的渴求，又有年青導演自我表達、尋求認同、發散影響力的強烈意願。自主的獲得，是以自我放逐到邊緣為前提。21 世紀以來資本日益取代官方意識形態成為新的主流，資本理性，或曰商業理性無形中亦寓含著規訓，但它是以一種圍繞主體、服務於主體的姿態，不是現代性的規訓那種高高在上、無瑕掩飾其霸權者的姿態，它更多地以詢喚認同為旨歸（這也是電影的市場訴求使之然）。是以 21 世紀的華語青春電影重返「舞臺的中央」。青年導演獨立製作的青春電影，表面上自在自為、帶有強烈的反主流規訓之意願，然電影本身的商業屬性使得一部電影作品絕無可能只是單純地自我表達，其背後必有某種強烈的尋求認同的訴求，而通過認同的建構最終達成對「自身位置」的指認、背後亦沿襲了主流規訓的邏輯。

電影生產體制、導演代際以及電影運動是本書考察華語青春電影的另一重視點。在國營（或黨營）的電影體制下，青春電影受主流意識形態因素影響較大，自上而下的「規訓」意圖較明顯，而在獨立製作的青春電影中，往往是反叛的、解構「規訓」的一面占主導。比如在電影體制改革之前，大陸青春電影導演群體可分為體制內與體制外（獨立製作）兩類，同樣是青年導演，大陸體制內的導演和體制外的導演，處理青春電影題材的角度就不一樣，比如張元（體制外）導演的《北京雜種》和路學長（體制內）導演的《長大成人》就是兩類完全不同的青春電影。《北京雜種》裏的搖滾青年是《長大成人》中的主人公周青所不屑的混混一類的人。野地生長的人和體制內生存的人發展出了兩套完全不同的審美追求和人生哲學。《長大成人》中的周青執拗地要尋找一個理想的、英雄的「父」——朱赫來，他在混亂年代的受挫、困惑並沒有使他自我放逐，也沒有使他發展出一套嘲弄權威、解構崇高的人生哲學。他仍執著於混亂的人世間尋找想像中社會主義時期的完美英雄——有責任、有擔當、敢於挺身抗暴的「朱赫來」——以此來完成自己的成人儀式。

如果說《北京雜種》面對90年代混亂、苦悶的社會環境充滿破壞與自毀的衝動，《長大成人》則是急不可待地要從前社會主義內部尋找精神拯救的資源，抓住那似乎馬上要隨商品時代大潮全面降臨而消逝的英雄遺跡，以此作為自我拯救的精神依託。

青春電影的導演雖以青年為主，但也包括其他年齡層次的導演。比較、分析不同身份、不同代際的導演對青春題材電影的不同處理有助於我們更好地釐清青春電影的一些特徵。圍繞主流意識形態的規訓與認同建構，同一時期由不同代際導演創作、由不同體制出品的青春電影形成了多聲部的青春講述。考察其中的規訓與反規訓的博弈，從中可能窺見華語青春電影從擺脫一種工具性的身份走向審美自足的歷程；考察認同的建構過程，從中可能探析青春電影從邊緣的自足到重返中心（以自主的姿態）、試圖參與新的主流意識形態塑造的軌跡。

3. 研究框架

道格拉斯·凱爾納認為，文化研究不是單一層面的，而應該包括：文化的製作與政治經濟學分析、文化文本分析以及受眾對這些文本及其影響的接受分析三個層面。換言之，文化研究應該是與社會、政治和經濟的研究密切相關的，文化必須被置於其得以形成和消費的社會關係（即語境）中加以研究。〔註20〕本書以20世紀80年代以來大陸、臺灣、香港三地青春電影的產生、發展為中心，以「規訓」和「認同」建構為視角，分析青春電影的空間敘事特徵與主題演變軌跡，尤其注重結合中國的現代性進程分析在當代華語青春電影的演變過程中究竟是哪些因素主導、幫助促成了這些特徵的形成及演變的發生，之後，再落腳在「銀幕現代性主體」的成長上，通過探析80年代以來華語青春電影建構主體性的策略及其現實語境，闡述銀幕現代性主體的成長軌跡。本書對華語青春電影的考察涉及主流意識形態和政治文化、電影體制、導演代際、市場因素、電影運動及美學潮流等。通過從源頭上探究當代華語青春電影的生成與發展，釐清在華語青春電影演變過程中的制約和影響因素，進而分析這種電影現象所折射的發展規律以及時代症候。

本書對華語青春電影空間、主題演變的研究緊扣「規訓」與「認同」的理論視角，結合宏觀把握與個案分析、文本解讀與社會語境分析，並借鑒了

〔註20〕〔美〕道格拉斯·凱爾納著，丁寧譯：《媒體文化》，20頁，北京，商務印書館，2004。

意識形態、精神分析、敘事學、社會學的相關方法。首先，綜合已有的華語青春電影相關研究，界定本書的研究範圍，在此基礎上，海量搜集 80 年代以來大陸、臺灣、香港三地青春電影相關資料，盡可能地審看一手電影作品及相關電影評論，以期對 80 年代以來至今三十多年間華語青春電影的發展形成一個整體的把握；之後，從追溯大陸、臺灣、香港青春電影產生、發展、演變的歷程出發，進入空間與主題的研究，以「規訓」與「認同」為主線統括 80 年代以來華語青春電影中的空間敘事及主題演變；最後，在此基礎上審察近三十餘年來華語青春電影建構認同的策略，從中探析「銀幕現代性主體」之成長的軌跡。在具體的研究中，充分參考電影產生的社會政治經濟文化背景、電影體制因素以及電影製作群體的代際特徵，以期與同時期青春電影文本的意識形態解讀、精神分析解讀形成某種印證。

第一章分別考察大陸、臺灣、香港三地青春電影的生態，在此基礎上概括華語青春電影的生發場域及其特徵，並對 21 世紀以來華語青春電影多元融合的趨勢予以探析。本部分將在考察 80 年代以來華語青春電影產生的產業環境、社會思潮、電影傳統的基礎上，把握大陸、臺灣、香港三地青春電影的主要特質。

第二章從當代華語青春電影折射社會變遷的角度來審視城市和鄉村在青春電影中的意義建構，試圖從青春電影的地域敘事中考察規訓、認同機制在青春電影中的表徵。本部分將借助現代性的視角考察城市與鄉村空間特性的建構與流變。「電影的特性是時代的特性。」〔註21〕青春電影中體現出來的社會結構變動尤其能反映時代的特質，考察鄉村與城市的地域敘事變奏，一方面試圖呈現現代化進程在主體的內心造成的震動，另一方面亦試圖從中窺探現代性主體在傳統鄉村與現代城市之間尋找精神資源、重建理想家園的意圖。本部分試圖基於青春電影空間意識形態的考察，探析城市與鄉村之空間構設中體現出來的規訓與建構認同的敘事表達。

第三章運用福柯的異托邦概念及蘇賈等後現代地理學的空間理論分析當代華語青春電影的空間演變。隨著全球化時代人員、資本、技術、信息等的交流日益頻繁，地域之間的界限也變得模糊，90 年代以來華語青春電影中的城市空間異質紛呈，空間性成了某種流動性的、異常繁複、難於界定的東西，此前承載著規訓意味的空間性一步步瓦解，取代而之的是多元混成的異質空

〔註21〕　〔蘇〕葉·魏茨曼：《電影哲學概說》，5 頁，北京，中國電影出版社，2002。

間。正是這種無法被本質化的、「去地域化」的、流動性的空間消解了此前青春電影中試圖借營造空間性達成的現代性管控。

第四章、第五章聚焦華語青春電影的主題研究，通過分析大陸、臺灣以及香港近 400 部青春電影的主題，選取最能體現青春電影成長內核的暴力－反抗和愛情主題來分析其主題敘事的演變。80 年代青春電影中的暴力－反抗更多負載的是主流意識形態的規訓與懲戒，如何消解青年身上的破壞性力量、引導其為社會所用是暴力敘事主要的出發點。90 年代以來青春電影中的暴力（犯罪）更多地作為一種狀態存在，是基於對暴力（犯罪）的一種現代性的認識。「暴力－反抗」不再被視為必須被規訓的對象，而是一種自在自為的存在，在資本理性的吸納包容下，「暴力－反抗」甚至具有了建設性的意味。通過探析華語青春電影中「暴力－反抗」主題的敘事演變，捕捉其中折射的社會語境變遷以及重要的時代症候。

第五章考察當代華語青春電影中愛情敘事的走向。80 年代以來三地青春電影的愛情敘事基本上朝向「自我」。現代電影關於愛情有另一重解讀，那是一種精神分析式的「自戀」，以完美的「自我」之影像投射於愛偶，與其說愛上愛偶，不如說愛上一個自己苦心孤詣構建出來的「完美的自己」。這亦是福柯所謂的「欲望的生長機制」一手導演的愛情傳奇，欲望主體沉溺在這傳奇中，反身靜觀一個因癡情而變得高貴的主角——自己，而更加自戀。後現代式的愛情則因主體的解構而徹底失去了「宿主」，人不自知，亦無從「自戀」，反而需要不斷地從他者身上尋找自我映像，以之建構自我認同。

第六章試圖在統括前五章的基礎上，以「銀幕現代性主體」的成長軌跡來分析 80 年代以來伴隨著現代性進程的華語青春電影建構認同的策略演變。銀幕現代性主體在某種程度上承載著社會文化規範對個體意識的塑造，籍由認同的建構，社會文化規範內化為主體的意識。通過考察銀幕現代性主體的成長敘事，包括成人儀式的設置、代際衝突－解決模式以及主體尋找自我的旅程等，探析現代化進程中主體建構的發展軌跡。

第一章　當代華語青春電影的
　　　　生長語境

　　20 世紀 80 年代大陸、臺灣、香港幾乎同時開始了電影美學革命，電影從戲劇、類型的枷鎖下解放出來，電影自身的語言特性被發掘。伴隨著語言形式革新同時發生的，往往是其背後意識形態的裂縫。正如「社會需要敘事，需要敘事建立起起碼的對社會事實的共識」，[註1] 當舊有共識不再能支撐起對時代變化的解釋時，新的敘事就產生了。臺灣新電影、香港新浪潮皆對此前被類型、或被官方主導的電影構成一種反撥，開啓了「第二歷史」[註2]——個人化地表述本土族群的歷史、情感體驗的歷史——的書寫，促成了本

〔註1〕　〔美〕詹姆斯·克利福德、喬治·E·馬庫斯編：《寫文化——民族志的詩學與政治學》，高丙中、吳曉黎、李霞等譯，總序 3 頁，北京，商務印書館，2006。

〔註2〕　查克拉巴蒂在他的著作《地方化歐洲：後殖民思想與歷史差異》中提出了第一歷史（History1）和第二歷史（History2）的概念：第一歷史是「歐洲中心」的、資本主義體系發展主導的歷史，歐洲以外其他地域的歷史、即便是由他們本民族的人書寫（如查克拉巴蒂參與的印度「底層研究」小組撰寫的歷史），亦是居於從屬的地位，原因是他們未能突破馬克思主義的「過渡敘事」框架，這種「過渡敘事」通常被理解為「普世性的」、從封建主義向資本主義的過渡，其中壓倒性的主題是發展、現代化和資本主義等。在這種「過渡敘事」的主導下，現代性或資本主義被描繪為全球性的，歐洲充任著火車頭，第三世界國家則永遠處在追趕現代化的過程中。這種論述是充滿偏見的。因而我們需要一種否定資本主義全球性發展軌跡的另外一種歷史，如審美的、情感的歷史，少數族群的特殊經驗的歷史，等等。用這種第二種歷史來修正第一種歷史的偏見——發展、進化的偏見。Dipesh Chakrabarty, Provincializing Europe: Postcolonial Thought and Historical Difference, Chapter 2. pp30～50, Princeton University Press, 2000.

土意識的形成。80 年代中期開始，港臺大製片廠逐步解體，獨立製作成為主流。處在大工業制度之外，年輕導演獲得獨立執導機會，亦意味著獲得了自我表達、自由探索的機會，這是華語青春電影發展的重要條件。80 年代華語青春電影不約而同地開發青春身體之市場價值，以期吸引更多年輕觀眾，一貫保守的大陸電影也在其青春題材影片中凸現年輕男女主人公的性魅力（典型的例子如《廬山戀》中張瑜飾演的女主人公時尚性感的裝扮）。大陸青春電影在電影藝術發展上稍微滯後於港臺。80 年代大陸第四代、第五代的電影美學革命開啓了現代意義上的中國電影，茲時前蘇聯、東歐以外的西方電影理論、思潮亦大量湧入，給國內的電影同仁帶來衝擊，至 90 年代電影業衰微之際、第六代導演在此基礎上以獨立融資的方式進一步探索極致的現代電影。與此同時，90 年代大陸也開始興起錄像帶、VCD，由大城市逐漸曼延至中小城市、縣城，這在很大程度上改變了傳統電影觀眾的審美口味，第六代導演先鋒性的藝術嘗試亦獲得了接受的空間。90 年代以香港王家衛導演、臺灣蔡明亮導演以及大陸第六代為代表的藝術電影實踐，存在主義色彩濃鬱，這類影片無關「規訓」，對於「認同」表面上無所謂、實則非常渴求，因而對於「認同」建構也表現得不那麼自在。如果將華語青春電影視作一個「大類型」來剖析其發展、演變的軌跡，那麼，90 年代這些先鋒氣質突出的青春電影則充當了 80 年代以規訓為主部的華語青春電影與 21 世紀以來以建構認同為主流的華語青春電影之間的一種過渡。

大陸青春電影受體制因素以及文化思潮的影響較大，尤其是 90 年代以青春電影為主的地下製作（導演繞開有資質的國營製片廠、在未取得「廠標」的情況下獨立拍片）興起之後，原來中國大陸電影全部由國有製片廠出品的格局改變了。也就是由這批作品起，一種真正具有青年主體性的青春電影形成症候。香港的青春電影則需要在它的類型片脈絡中去發掘。70 年代末 80 年代前期的香港電影新浪潮讓一批年輕影人嶄露頭角，這些影片青年題材比較密集，但大多包裹在類型片的外殼下，作為類型的氣質更為突出，此期間的香港電影也常被評論者們作政治寓言式的解讀，意寓「中英聯合聲明」的發表給港人帶來「九七」大限將至的惶惑。香港的青春電影很少單純地表現青春，香港電影業長期被商業把持，營利是片商最大的目標。香港年輕觀眾群體亦普遍不太關注影片的藝術內涵，對他們而言，看電影更多的是一項消遣，

加上本港年輕人數量有限，遠不足以影響港片的票房。是以香港不像大陸和臺灣，有現象級的青春電影問世，能夠形成蔚爲大觀的青春電影潮流。此外，大陸和臺灣皆有政府資金投入，一些實驗性強的影片亦能獲得投拍的機會，香港的電影業幾乎是商業主導，97 回歸之後，特區政府才著手電影產業的一些扶持政策，21 世紀以來低成本青春電影成爲香港大多數初執導筒者的首選。總體而言，香港電影對於華語青春電影的貢獻主要在於類型化策略，大陸青春電影的貢獻主要在於藝術化、多元化的探索，臺灣青春電影的貢獻在於結合藝術傳統與產業現實、積極探索作爲地區電影產業支柱的青春電影的多重面相。

第一節　大陸的電影生態與文化思潮

　　20 世紀 80 年代大陸電影被當作官方意識形態的載體，官方對電影的題材、數量、形式等皆有不同程度的管控。90 年代以來隨著電影體制改革的推進，電影作爲一種文化產品的特性凸現，對電影的管理轉變爲以市場引導爲主、行政監督爲輔，電影的審察制度也逐漸變得寬鬆、靈活，與之相應，青春電影也發展出日益豐富、多元的面相。中國內地電影體制的改革也是電影產業形勢倒逼所致。80 年代末開始，中國內地電影業陷入了前所未有的低迷，觀影人次急劇下降，電影從業人員的生計都有些難以維持，加上商品經濟潮流的推動，電影理論界與創作界互動，帶來了一個自覺的娛樂片拍攝熱潮。然而電影業整體的頹勢還是未能扭轉，1993 年至 1995 年電影體制改革進一步打破了發行壟斷和製片壟斷，一定程度上刺激了電影生產的積極性，但影片產量及票房收入還是連年下滑。面對 WTO 臨近，電影業危機畢現，2000 年廣電總局、文化部聯合出臺了組建電影集團、試行股份制、推進院線制的改革措施，隨後的幾年院線建設突飛猛進，票房止跌回升，以每年 20%～35% 的幅度攀升。〔註3〕2001 年 12 月 11 日我國正式加入 WTO，允許外資

〔註3〕 劉嘉、高紅岩：《2007 年中國電影院線與影院經營分析》，見《2008 中國電影產業研究報告》，中國電影家協會產業研究中心編，中國電影出版社，68～69 頁，2008。轉引自萬傳法：《當代中國電影的工業和美學 1978～2008》，220 頁，上海大學博士論文，2009。另據中國投資網的數據，從 2010 年起至 2015 年，中國電影票房連續 5 年保持了 40% 以上的增長，除去票房造假的因素，30% 的年增長是基本可信的。http://www.ocn.com.cn/chanjing/201612/sqhen21114640.shtml

進入電影放映業，並規定此後三年爲國產電影保護期，每年限進口 20 部分賬影片。緊接著，國務院頒布新的《電影管理條例》，鼓勵企業、事業單位和其他社會組織以及個人以資助、投資的形式參與攝製電影片。一系列措施促成了 20 世紀頭幾年的「大片熱」。2002 年民營資本及其他社會資本攝製的影片已占到中國大陸影片總產量的 1／3，此後民營投資影片產量連年上升，至 2007 年已達到 267 部（當年影片總產量 402 部）。〔註4〕民營公司的崛起改變了中國大陸電影業的格局，也改變了中國電影的美學風格。2003 年，隨著《內地與香港關於建立更緊密經貿關係的安排》（CEPA）簽訂，廣電總局出臺了實施細則，香港電影幾乎獲得了與大陸產影片在放映方面的同等資格，港商可以不超過 75% 的比例持股經營電影院。在製作方面，也給大陸和香港「聯合製作」影片提供了寬鬆的條件〔註5〕，種種有利政策促成了香港電影業大舉「北上」。從 2001 年到 2004 年間，中國大陸與香港的合拍片就達 77 部（此期間合拍片總量爲 101 部），香港電影的類型傳統、電影技術等方面的成就不僅僅體現在合拍片中，亦大範圍地被大陸出品的影片吸收、借鑒。近 5 年中國內地影片產量基本維持在五六百部的規模，其中投資規模在 500 萬以下的低成本製作佔了 60～70%，大部分是年輕導演初執導筒的作品，這其中又有相當一部分是青春電影。得益於 2006 年開始的數字院線建設（尤其是大專院校的數字影院建設）以及近年來蓬勃發展的網絡播映平臺，這類低成本製作的影片有了更多放映的空間。

中國大陸電影從 80 年代作爲一種意識形態載體全部由國家包辦、到 90 年代之後逐步放開壟斷，到 2000 年大刀闊斧地改革、走市場路線，大力整合港臺的電影資源，主流意識形態對青春電影的影響和制約也經歷了一個由全盤主導到幾近失控，到改頭換面、重新上位的過程。

1. 現代性的建構與反思：青春電影的規訓機制

中國大陸 80 年代正值「改革開放、思想解放」的大形勢，新啓蒙主義是最富有活力和影響力的社會思潮。一個巨變的時代必然會引發處於邊緣的各

〔註4〕 陸紹陽：《中國民營影視企業現狀考察及未來經營策略研究》，見《中國民營影視企業現狀與發展》，中國電影家協會編，北京，中國電影出版社，49 頁，2005。

〔註5〕 例如，規定合拍片故事發生地點不受地域限制，內地的主要演員的比例不少於主要演員的 1/3，底片、樣片的沖印及後期製作可以在香港完成，等等。

方湧動、積極參與建立新秩序的對話，占主流地位的國家意識往往在其中不動聲色地引導著新秩序建構的討論，化「異見」爲建構性的元素。比如文學領域貌似新異、叛逆的「傷痕文學」，本身「是直接從『十七年文學』中派生出來的。它的核心觀念、思維方式甚至表現形式，與前者都有這樣那樣的內在聯繫」〔註6〕，其從出現到命名皆「與新的時代話語體系密切相關，顯示出國家意識形態對『傷痕文學』有意識的規劃和建構。」〔註7〕作爲大眾媒介的電影有其產業的特殊性，它是一種昂貴的表達媒介，80 年代大陸的影業基本上是由政府掌控，配合這樣一個巨變的時代，電影也積極參與了新秩序建構的過程。另一方面，80 年代國營片廠沿襲師徒制，年輕影人要在其中摸爬滾打多年以後才有機會執導影片，故 80 年代的青春題材電影基本上是由中年以上的導演執導，反映了掌握話語權的階層對新秩序建構的想像，有無暇掩飾的規訓意味。

作爲一種官辦的大眾傳媒，電影經受的審察尺度比文學要嚴格得多，「文革」之後也出現了傷痕電影，如《苦惱人的笑》（1979）、《生活的顫音》（1979）、《巴山夜雨》（1980）、《天雲山傳奇》（1980）等，借青年的「文革」遭遇（被愚弄、被放逐、被欺侮）批判「文革」，創作意圖鮮明，由其開啓的「傷痕傳統」則成爲 80 年代初期青春電影的一種面向，並逐漸擺脫了政治批判色彩，轉而服務於現代性的建構。1981 年的《小街》（楊延晉執導）在控訴文革暴力的基礎上，加進了導演對主人公（「文革」後的當代青年）出路的幾種設想，開放式的結局顯現出編導參預新秩序建構的意願。不同於一般傷痕電影的是，《小街》中亦有對於過去年代的美好回憶，青春、友情、朦朧的愛情，作者不願將其一筆抹煞，而願意帶著它去尋找美好的未來。1981 年張暖忻執導的《沙鷗》中有過去時代的陰影（運動員荒廢的事業、沙鷗的疾患），立意則更多地在永不言敗的時代精神上，是面對命運的不公平、時代女性沙鷗迸發出來的勇氣與擔當。同樣拍攝於 1981 年的傷痕電影《被愛情遺忘的角落》則虛化了文革的時代背景，將故事地點選擇在農村，影片青年男女主人公遭受迫害的根源亦被轉換爲「封建」「愚昧」，被「愛情」遺忘的角落亦是被「文明」遺忘的角落，啓蒙的意味凸現。1983 年謝飛執導的《我

〔註6〕程光煒：《「傷痕文學」的歷史局限性》，載《文藝研究》，2005 年第 1 期，18 頁。
〔註7〕王瓊：《「傷痕文學」：作爲話語的權力書寫》，載《文藝理論與批評》，2006 年第 5 期，75 頁。

們的田野》對知青一代遭受的磨難有控訴，然敘事重心更落在苦難對青年人格的鍛造上，烈火現真金，主人公經歷過「被（國家）拋棄」的遭遇仍保有頑強向上的動力、不同流合污的品質。文革背景在影片中被弱化，施害者指向簡陋的生產、醫療條件及虛偽、冷漠的官僚，且後者只在被轉述時提到。對文革暴力的批判到了 1985 年張暖忻執導的《青春祭》中已消失，施暴的一方由面目猙獰的極左分子替換為無法抗拒的自然災害（泥石流），政治褪色為無關現實生活的遠景，主體部分是青春、美的覺醒，是知青李純哀而不傷的「青春祭」。〔註8〕

「傷痕電影」對「文革」創傷性經驗的重塑更重在建立一種關於現代性的想像，與此同時，80 年代建構性的話語體系亦在某種程度上援引了新中國前三十年的主流話語——愛國、艱苦奮鬥、服從規訓、奉獻，等等，試圖將這些話語整合到現代性的建構中，如 1981 年的《廬山戀》（黃祖謨執導），1983 年的《青春萬歲》（黃蜀芹執導）、《女大學生宿舍》（史蜀君執導）等。《廬山戀》中的愛情是由雙方彼此對祖國母親深沉的愛而產生的共鳴，是基於青年男女共同建設祖國的宏願而產生的結合，類似前三十年電影中的「革命加戀愛」。《廬山戀》第一次在新中國電影的銀幕上呈現了青春靚麗、性感時尚的女主人公形象，在當時引起轟動。女主人公瑜被設置為海外華僑，其形象在某種程度上亦體現了國人對於現代性主體的一種想像。《青春萬歲》則無論影像風格、人物造型、敘事邏輯都類似「十七年」的電影，影片情緒飽滿、立意鮮明，張揚了一種「在集體的懷抱裏，所有過去時代的人都可以輕裝上陣」的革命主義激情。〔註9〕然而 80 年代的現代化宏大敘事需要強大的、自足的主體來承擔，個人優秀，集體才有力量。影片的意圖與觀者的接受產生極大的反差，一種「意圖謬誤」不期然間發生〔註10〕。另一部表現 80

〔註8〕 導演張暖忻曾寫道：「傣族人民對生活的熱愛，對美的追求，使她（李純）從麻木中蘇醒，深藏在內心深處的青春火花被一點點燃燒起來。」見張暖忻：《〈青春祭〉導演闡述》，載《當代電影》，1985 年第 4 期，135 頁。

〔註9〕 導演黃蜀芹坦言，「對過去信仰過的，今天仍感到有它的魅力。三十年的生活本身教育著我，陶冶著我，使我想把美好的、真摯的東西從歷史中篩選出來……呈現給時代和社會，留作一個紀念。」參見黃蜀芹：《真摯的生活真誠地反映——我拍影片〈青春萬歲〉》，載《電影新作》，1983 年第 6 期，77 頁。

〔註10〕 據說當時此片在北京電影學院放映曾引起臺下年輕觀眾哄笑，參見九隻蒼蠅撞牆：《理想主義的價值（六）：青春……萬歲》，豆瓣電影，https://movie.douban.com/review/1346061/

年代大學生生活的《女大學生宿舍》則比較貼近時代，影片塑造了性格各異的五位青春女主人公，除了對「積極」的班幹部宋歌的小陰暗面有所批判外，對其他年輕主人公的塑造都是比較正面的，其中，堅強獨立的孤女匡亞蘭的身世與嬌憨任性的大小姐辛甘又糾纏在一起，勾連起十年「文革」的創傷性記憶〔註11〕。影片總體傾向是建構性的，突出集體的溫暖，也強調個人的追求，對於「文革」不原諒、亦不怨恨（摒棄了鬥爭／復仇思維），「團結一致向前看」，奮發自強、走出陰霾、邁向新生。

　　到 80 年代中後期，啟蒙主義的思潮逐步冷卻，關於現代性的反思亦開始在青春電影中浮現，不再有此前毫無保留擁抱現代性的熱誠，如 1984 年的《街上流行紅裙子》（齊興家執導）、1985 年的《少年犯》（張良〔註12〕執導）、1986年的《失蹤的女中學生》（史蜀君執導），等等。《街上流行紅裙子》將鏡頭對準市井生活、捕捉服飾潮流的變化，肯定青年人追求美的權利，但也對現代化進程中暴露出來的問題有所批判，比如物欲、虛榮對人真誠、質樸的一面的侵蝕。追求「美」給了勞模陶星兒自信、改掉了她從前的一些陳腐習慣，追求「美」也給了鄉下來的女工阿香虛榮心的滿足和經濟上的麻煩。影片旨在重申「外在美只有和內在美結合，才是健康的美」。《少年犯》和《失蹤的女中學生》則聚焦社會環境複雜、家庭教育缺失帶來的「失足少年」、「問題少女」，劍鋒直指現代化進程中泥沙俱下的社會環境給青少年的成長帶來的不利影響，對於一心奔「現代化事業」、疏於管教孩子的中年父母也給予了委婉的批判。弔詭的是，這些影片中代表規訓力量的一方越來越缺乏自足性，比如《街上流行紅裙子》中代表規訓力量的陶星兒是陳腐的體制挑選出來的勞模，在影片前半部分她受時代風向「美」的召喚重新煥發青春，在後半部分她又引世俗之鏡反照自身、承認自身的虛偽，規訓者本身又成了被規訓者。進一步分析，陶星兒之所以成為勞模，隱在的層面是她市儈的原生家庭以及當年下鄉時戀愛的心理創傷，使得她不願呆在家裏，寧願早出晚歸在車間忙碌，不談戀愛、也不追求時尚，深得不欣賞年輕一代的老車間主任的賞識，逐被一步步培養成勞模〔註13〕，顯在的層面上則是因為廠裏在申報成績時替

〔註11〕匡亞蘭的母親當年為了自保揭發了父親（間接導致父親處境惡化、慘死採石
　　　　場）、獲得了回城的指標，而今生活優渥、精神空虛，巧的是她再婚後的女兒
　　　　辛甘和匡亞蘭又考入同一所學校、成了舍友。
〔註12〕張良是曾經扮演董存瑞的著名演員。
〔註13〕包括交接班時產生的次布被安在別的女工頭上、以申報「三萬米無次布」的

她作假，令她心存內疚，只得拼命幹活來彌補，於是愈加成為勞動典範。成為勞模的代價是接受一套虛假的、「高大全」話語邏輯，同時被車間姐妹們誤解、疏遠。到影片後半部分，勞模陶星兒在阿香事發後借班組訓導阿香的場合，自我批判，承認虛假的生產紀錄，坦露內心，不僅贏得了好姐妹的諒解，也教育了眾人「心裏美才是真正的美」。影片的前半部分借舊體制選定的接班人陶星兒張揚新時代審美風尚，後半部分又讓她在自我批判的同時、傳達新主流意識形態的規訓，二者之間存在著明顯的裂縫。再如，《少年犯》中代表社會規訓力量的記者謝潔心忘我工作、同少年犯們同住，幫助他們修復家庭關係、見證他們走向新生，可最後自己的兒子卻因夫妻倆疏於管教、被警察帶走。同樣，《失蹤的女中學生》中最終解決問題、召喚回失蹤女中學生王佳的，不是警察、老師、家長，而是同齡人的友誼。王佳的父親是遠洋輪上的大副、母親是科研骨幹，二人都無暇顧及她，王佳離家出走才引起他們重視。主流話語的邏輯是捨小家、為大家，而遵從這套話語詢喚的代價卻是親情的缺失、給「大家」（社會）帶來更大的問題。在一個巨變的時代，規訓者乏力，亦缺乏自信，迷茫是在所難免。80 年代中後期體制內製作的、傳達主流意識形態訓誡的青春電影不期然間承擔了反主流的先鋒角色。

如果說 1984 年之前的社會主流思潮是重建現代化的信仰，那麼，1984 年之後則是從文化領域開始了反思現代化、重新審視中國傳統資源，以期建構一種包含了傳統因子的現代文明。1984 年旨在推動傳統的現代性轉化的中國文化書院成立，隨後是尋根文學的興起。電影方面也受到了「尋根熱」的影響，一些改編自尋根文學的電影相繼出現，如《孩子王》《紅高粱》等第五代導演的發端之作，這類電影更多地是再造了一個想像中的「古老中國傳奇」，類似抽象的民族寓言，無關當代中國的社會實踐，故本論不把這類電影作為當代的青春電影處理。作為新中國電影史上第一次有機會在年輕時就獨立執導影片的導演，成長於「文革」的第五代們初執導筒時似乎集體略過了他們的青春時代。只有陳凱歌的《孩子王》中出現了知青主人公，其設置了一組「有聲抽象的文化秩序與無聲具象的自然萬物」〔註 14〕的對峙，並設想主體通過突破前者而達成與後者的同一，是一種啟蒙者的姿態，然而其決絕地反

生產紀錄，以及廠裏寫宣傳稿時為拔高「勞模」，故意貶損其他女工，等等。

〔註 14〕韓琛：《漂流的中國青春——中國當代先鋒電影思潮論（大陸 1977 年以來）》，90 頁，山東師範大學博士論文，2007。

傳統亦是在更古的傳統之下進行。「尋根」亦是「啓蒙」的一部分，是借「尋根」來顛覆威權秩序，將個體意識從中獨立出來，是「探索、追求、尋找自己的前景、理想、力量和生命。」〔註15〕。「尋根」將整合在家國意識、政治綱領等形而上話語中的個體欲望抽離出來，賦之以多元的、流動的、物化的形態，而欲望的解放必然帶來欲望（對象）的商品化。

2. 城市化與青春電影的世俗化

80 年代是中國大陸城市化飛速發展的時代，從 1982 到 1990 年，中國大陸城市的數量（含地級市、縣級市）由 242 個增加到 464 個，幾近翻一番〔註16〕，城市化、市場化進程飛速發展的現實打亂了改革開放初期人們關於國家現代化的構想，伴隨著市場化而浮現出來的問題在 80 年代中期已開始令人迷惘。80 年代末青春電影已發展出與前期迥異的面相，同爲第五代的周曉文導演的《最後的瘋狂》（1987）、《瘋狂的代價》（1988）商業氣息濃鬱，個性解放與欲望放縱似乎難分軒輊，英雄與犯罪、正義與瘋狂之間，似乎也不是那麼界限分明了。與之相反，愈來愈懸殊的是城鄉差異。伴隨著飛速發展的城市化進程，一代人熟悉的溫馨家園轉瞬間被高樓林立、喧囂嘈雜的城市取代，他們慣常的生活方式亦被改變，個體在其中感到失衡，精神流離失所。與此同時，鄉村在這一波市場化的浪潮中遠遠地滯後於時代了，在城市日益光鮮的外表的映襯下，鄉村愈加卑瑣。現實的鄉村無從安撫這些城市的「精神流浪者」，審美的鄉村／舊時代成了他們寄託理想家園的所在。1987 年的《太陽雨》（張澤鳴執導）和《給咖啡加點糖》（孫周執導）中都出現了這種既享受城市的便利，又與城市疏離的城市青年形象，《太陽雨》中的女主人公亞曦的思維是計劃經濟時代的那一套，習慣穩當、妥帖地循著舊有的軌跡運轉，在她身上有一種恬淡、憂傷的美。而她身邊的人——無論是做廣告設計的男友，還是遵從現實需要嫁給港商的好友，都顯得浮躁不安，亞曦是 80 年代末重塑的一個關於舊時代的審美影像，然而她是無力的，不僅不能改變周圍的人，而且，她離不開他們。《給咖啡加點糖》則塑造了一個現代化的

〔註15〕李澤厚：《中國現代思想史論》，257 頁，天津社會科學出版社，2003。

〔註16〕參考中華人民共和國國家統計局．國家數據，http://data.stats.gov.cn/easyquery.htm?cn=C01；武力：《1978～2000 年中國城市化進程研究》，載《中國經濟史研究》，2002 年第 3 期。

旁觀者——剛仔，他雖然享受了城市生活帶來的滿足感，卻心屬別處，於光怪陸離的城市景觀中他獨獨看中了從農村逃婚而至本地、補鞋為生的林霞。作為城市的「異類」，農村姑娘林霞是他夢想的遠方，是他擺脫空虛、荒涼、困惑的城市體驗的良藥。然而二者之間的鴻溝（城鄉）不是愛情可以跨越的，林霞必須回去接受「換親」的命運，古老的鄉村法則在現代化的城市之鏡前，顯得格外殘忍。一面是回不去的過往，一面是未卜的前路，當一切處在劇變之中，「『80 年代』這個『未完成的現代性規劃』已經成為『後新時期』都市風景中無家可歸的遊魂。」〔註 17〕

與城市化進程相伴隨的是市民階層的崛起，不同於此前作為建構社會主義烏托邦的分子，80 年代末市民階層已從宏大政治體系中游移出來，作為市場經濟時代的勞動力而獲得了自足的存在，市井文化也因此重新繁榮。混跡街頭的無業游民重新活躍在大眾文化的視野中，遊走在各階層之間，充當了都市傳奇／幻滅的見證者，他們身上兼承載了城市人的自得、自滿與空虛、惶惑。80 年代末啟蒙現代性的話語已闡釋乏力，而被現代性實踐裹脅至此的人們只能在困惑、焦灼中繼續前行。從 1987～1988 年電影界關於娛樂電影的討論可以窺見，一種真正代表大眾文化風向的電影將成為主流，時任廣播電影電視部副部長的陳昊蘇明確主張，要「恢覆電影藝術的本原，即尊重它作為大眾娛樂的基礎的特性。」〔註 18〕八九十年代之交的電影作為其時大眾文化的一個組成部分，是對主流意識形態規訓的一種反撥。茲時密集地出現的關於王朔作品的電影改編即是突出的症候。

1988～1989 年根據王朔作品改編的青春電影《頑主》《輪迴》《一半是火焰，一半是海水》兼有前衛與媚俗的氣質，其中的主人公都是玩世不恭的青年，無正當職業，肆意調侃一切權威，以痞子自居，壞又壞得不徹底，臨了還要煽情一把。看似在現代城市裏無拘無束、逍遙自得的「頑主」，一旦置身冰冷的城市空間、面對非人／非理性的城市惡勢力時，老中國的「基因」立馬顯現，那是一個阿 Q 式的、拒絕承認弱勢，自閉於小天地中做白日夢的小人物。這些「玩世現實主義」的主人公脫離了規訓者的角色，又難以被規訓，甚至難以被闡釋，作為八九十年代之交的過渡者，他們承擔起了兩種電影文化之間的中介者角色，其一是從 80 年代精英主導的電影文化過度到 90 年代

〔註 17〕張旭東：《重訪八十年代》，載《讀書》，1998 年第 2 期，5 頁。
〔註 18〕章為：《中國當代娛樂片研討會述評》，載《當代電影》，1989 年第 1 期，4 頁。

世俗的、多元的電影文化，其二是從 80 年代整體上屬於規訓範疇的電影文化過渡到 90 年代漸趨存在主義的電影文化。王朔的「頑主」形象開啓了 90 年代第六代導演對於邊緣青年群體的關注，二者之間有一定的親緣關係，但後者走得更遠。如《北京雜種》（1993）中的邊緣群體——搖滾樂歌手就是典型的北京「頑主」，《小武》（1997）中的扒手小武也是這類頗具超越性，然而又無聊、無奈的邊緣人，他們游蕩在現代城市，一無所有，亦滿不在乎。

　　總體而言，此時期青春電影的規訓色彩已十分微弱，再無 80 年代前期那股昂揚的自信，更多的是無奈，還有幾分頹廢。比如，同樣是「失足青年重返社會」的故事，1984 年的《雅瑪哈魚檔》（張良執導）與 1990 年的《本命年》（謝飛執導）就決然不同，前者展示城市不良青年在社會的幫助下重新進入正軌、成爲個體經營者的過程，體現出了非常達觀的教化者姿態；後者對於越軌青年的規訓則顯得信心不足。《本命年》中，良善的鄰里環境、越軌者重返正軌的意向、政策扶助等各種元素都有，然而是徒勞，似乎如本命年般的宿命，主人公泉子只能走向毀滅。泉子是現代意義上的孤獨的個體，極力渴求的是幻想中的親密關係，以他人眼中的價值反身證明自身的價值。然而在 90 年代商品經濟大潮下，人與人之間的舊式情誼褪化爲紙糊的面具，經不起利益的半點誘惑，泉子尋找精神慰藉的期望總是一次又一次地落空。在這個金錢邏輯統治一切的時代，泉子只能擰巴地活著。《本命年》基本上否定了外力拯救的可能性。泉子是現代主義意義上自主的個體，他其實是不可被外力規訓的。影片中的泉子體格強健，對待女色有自制力，有勇氣去追求心愛的人、有膽識面對猙獰的社會環境，對給他帶來牢獄之災的在逃弟兄也夠義氣（這在法律層面是堅決禁止的），然而卻敵不過自己營構的幻象消失後的冰冷現實。他以爲純情有理想的姑娘，爲了名利毫不猶豫地出賣自己；他以爲夠哥門的人只爲騙騙他的錢。泉子，甚至作爲「流氓」前輩的尊嚴，也輕易地被小混混抹去。與其說泉子死於無名小混混的劫殺，不如說他死於精神幻滅——他的時代早已逝去。泉子的形象有存在主義的色彩，他的不受外力規訓的存在、他的自由意志與承擔、他的非理性衝動，他的虛無、孤獨以及宿命般的結局，都預示了青春電影的一種新的主體出現。

3. 體制內外／代際之間：青春電影的多重面向

　　1993 年中國大陸電影業開始了全面的體制改革，改變了原來計劃經濟體

制內電影「統購統銷」的做法，打破了中影公司對於影片發行的壟斷，甚至允許製片廠向國外自主發行拷貝，到 1995 年，進一步打破了國營製片廠對於製片業的壟斷，允許任何形式的社會資金以投資一定比例（70%以上）為條件，參與「聯合攝製」影片。文化多元、市場競爭機制下的 90 年代青春電影呈現分化的局面。一方面是年輕導演群體的分化。由於國有製片廠業務萎縮，年輕導演難得在體制內有獨立執導的機會，一部分人轉而利用體制外資金拍片、以國際電影節為主要的收回成本的渠道，如張元、婁燁、王小帥。小部分人則留守在體制內，如張楊、胡雪楊、阿年。另一方面，不同代際的導演在 90 年代皆有青春電影的佳作問世，他們之間關於青春故事的呈現形成一種多聲部的、對話的格局。相比年長的導演在現代性神話破產的情勢下仍執著於籍青年影像「建構意義」，年輕的導演則以一種存在主義式的虛無立場，由前期邊緣式的自我放逐，到後期底層的自我體認，完成了精英知識分子徹底的消泯自我的過程。

　　90 年代以來體制內外製作的青春電影呈現出不同的面相。在體制內導演（尤其是年長一輩的導演）的製作中，「青春」更多的是作為一種載體、素材，此類青春電影在很大程度上沿襲了現代性的思維，在反思現代性的同時，繼續尋找建構性的資源、寓規訓於其中。體制外的製作則致力於自我表達，將青春電影從主流話語的框架中抽離出來，賦予其自在自為的存在。前者如張暖忻的《北京，你早》（1990）、謝飛的《本命年》（1990）、周曉文的《青春無悔》（1991），李少紅的《血色清晨》（1992）等等。《北京，你早》試圖從十七年的社會主義建設中尋求精神資源，調和市場經濟與計劃經濟的衝突，同時，寬容對待市場經濟建設中出現的新現象。影片中三位年輕主人公，公交公司職員艾紅、鄒永強和王朗分別代表了三種潛在的階層走向：追求物質生活、心氣高的個體戶，追求安穩、愛好文藝的專業技術人員以及貧嘴、樂天知命的底層職工。影片試圖在階層分化的趨勢下以「都是大雜院出身」的階級感情彌合三人在價值觀上的衝突。技術人才在市場化大潮下是公私二方爭奪的對象，針對當時的「下海潮」，影片含蓄地以知恩圖報的道德規勸和安穩自在的生活保障來挽留國營公司培養的技術接班人，以老革命的父輩充任規訓者。周曉文的《青春無悔》在商業片的包裝下，也試圖援引社會主義革命的遺產來應對現代化建設過程中的問題，影片主人公鄭加農從前是戰鬥英雄，如今用幹革命的態度對待建設工作，並以之規勸在世俗潮流中流失本性、

變得斤斤計較的護士麥群（當年的暗戀者）。麥群最終受超脫性的革命價值觀感染，從一地雞毛的世俗中脫身出來，陪伴鄭加農走完了人生的最後一程。無悔的青春，既指鄭加農投身保家衛國、犧牲小我的無悔青春，也指麥群重新萌發的對英雄的愛情。以男性英雄的雄性魅力來替社會主義革命的遺產爭取受眾，是一種對於革命資源的想像性借用。比較特殊的是李少紅的《血色清晨》（1992），影片借一椿事先張揚的謀殺案的最終發生，令人觸目地呈現失去了傳統根基的、病態的現代性對人性造成的侵蝕，劍指荒誕的市場邏輯統領下愚昧、冷漠、荒蕪的鄉村，意在重提啟蒙。原計劃經濟時代完備的基層管理缺失，傳統中維繫鄉土社會人情臉面的儀式亦早已名存實亡，被現代化進程輾壓至底層的青年農民，在悲憤、絕望中（亦在眾人的「合力」下）被逼殺人，而整個事件的元兇——市場經濟的弄潮兒張國強——卻置身法外。被害人小學教師明光更像是病態現代化的祭品，封建保守的人看不慣他「勾搭」青年女性，勢利實用的人看不慣他手無縛雞之力、不能做活，作為本村唯一的知識分子（規訓／啟蒙的化身），他的死亡亦宣告了啟蒙的破產。

　　體制外的製作則主要指以「地下」姿態登場的第六代導演的作品。自第六代導演起，中國大陸的青春電影從國族寓言、現代性建構等話語體系中脫身出來，表現出一種鮮明的自主性，不同於此前青春電影的「靜觀」「審視」的態度，第六代導演的青春電影是一種強烈的自我表達，意在自身的存在狀態，無關規訓。也是在這種意義上說，自第六代導演開始，中國大陸才有了真正彰顯青春的青春電影。在 90 年代商品經濟飛速發展的「後革命」氛圍中，宏大的元敘事和曾經作為權威的歷史受到大眾的質疑，個人化的敘事獲得了存在的空間。以 80 年代末興起的市民文化為踏板，90 年代的青春電影呈現了它更為深入現實肌理的一面，在城市「頑主」的形象譜系之外，又增加了一系列邊緣人角色，行為藝術家、搖滾樂手、妓女、小偷等。90 年代前期，一方面電影體制改革，社會資本介入電影攝製，另一方面西方「後冷戰」的意識形態仍然是主導，西方國際電影節格外關注中國大陸的反叛青年、邊緣人題材。第六代導演走上工作崗位時正逢中國大陸電影業蕭索，留在體制內等待拍片機會可能遙遙無期。種種因素促成了這批剛出校門不久的青年導演大膽採用了一種不同於此前製片廠的拍片方式——自籌資金、自組製片班子、自主發行（主要瞄準海外藝術片市場）。第六代導演起初以夾縫中生存的邊緣人自謂，邊緣人的青春故事很大程度上也是他們自己或周圍人的青春故事。

90 年代後期以來，第六代導演轉而關注底層——真正沉默的大多數。比如王小帥執導的《扁擔·姑娘》（1996）、《十七歲的單車》（2000），管虎執導的《上車，走吧》（2000）、王全安執導的《驚蟄》（2004）中的主人公群體是農村進城務工青年，賈樟柯執導的《站臺》（2000）、《任逍遙》（2002），張元執導的《過年回家》（1998）、王全安執導的《月蝕》（1999）、王小帥執導的《日照重慶》（2010）等影片則聚焦小城鎮普通青年，此二類人員在當代中國人口當中佔有龐大的比例〔註19〕。

簡而言之，90 年代青春電影雖然因導演代際差異以及體制內外製片方式的不同而呈現出迥異的外貌，但有一點是共通的，即 90 年代青春電影深受存在主義思潮影響，體制內製作的青春電影在循慣性傳達「規訓」意圖時，也表現出規訓乏力、自我解構的一面。對存在的關注超過了規訓，不僅是因為權威敘事解體、規訓的話語資源貧乏，亦因為存在主義思潮與 90 年代的時代氛圍相當契合，作為大眾文化的電影難以置身其外。反觀之，第六代鏡頭下的邊緣人亦可以從 80 年代末體制內商業片中的「頑主」身上找到淵源。如果說「頑主」「邊緣人」或多或少還帶著孤傲、先鋒的意味，90 年代後期第六代導演青春電影中的底層鏡像則徹底抹去了「主體」的餘暈，將其還原為自在自為的凡俗大眾。中國大陸的青春電影也籍此真正切入中國社會的深層肌理，由此為出發點，在 21 世紀建構多元認同的後現代語境下得以發展出立足當代中國現實、反映當代青年訴求、引領當代青年文化的華語青春電影。

如果說 90 年代青春故事的主部是第六代導演鏡頭下「存在主義」式的、帶先鋒姿態的「殘酷青春」，2000 年以來青春電影則發展出了遠為繁複多樣的面相，不同年齡階段、不同背景的電影導演，運用各種各樣的電影資源，面向各類受眾表達並尋求認同。這是一個多元的時代，套用長尾理論〔註 20〕，

〔註19〕據統計推算，1997～2010 年間，我國農村進城務工人員總數從 3890 萬增加到 15355 萬（國家統計局，2010），占農村總人口的 22.75%。數據轉引自孫旦：《農村男女比例失衡對農民進城務工意願的影響》，載《人口研究》，2012 年第 6 期，58 頁。2013 年農村進城務工青年約 1 億（見鄧希泉：《中國青年人口與發展統計報告（2014）》，載《中國青年社會科學》，2015 年第 2 期，10 頁），城鎮青年人口約 2.6 億（參見鄧希泉：《中國青年人口與發展統計報告（2015）》，載《中國青年研究》，2015 年第 11 期，56 頁），其中，一線城市青年占比不足一成，絕大部分是一線城市以外的城鎮青年。由此，農村進城務工人員與普通城鎮青年人口之和約 3.4 億，占總人口的比例超過 1/4。

〔註20〕美國人克里斯·安德森提出的一種新理論，大意是網絡時代，商品的成本急

電影生產的成本降低，傳播渠道多元，表達各類訴求的電影都能找到受眾／存在的空間。2000 年以來的華語青春電影很難在外在形態上被概括、被整體描述，它不斷地自在自為地生長，類似一個可以無限分隔的異托邦。在主流社會看來需要被規訓的「青春」，在當下的華語青春電影中則是青年群體建構各種認同的所在。

第二節　臺灣的電影政策與電影傳統

　　不同於香港電影，臺灣電影有悠久的文藝片傳統，即便是早期有著庶民文化風味的臺語片亦是由文人擔綱，於底層視野中投注了濃鬱的人文關懷。在類型最為繁盛的 60～70 年代，臺灣電影亦有濃鬱的文人色彩，期間瓊瑤的文藝愛情片獨領風騷十餘載。70 年代末瞄準占全省人口 1／4 強的學生觀眾的學生電影興起，經 80 年代前期新電影熱潮之後、於 80 年代末又再度形成症候。80 年代新電影力除類型電影之流弊，提倡自然、寫實的美學風範，其作品融合個人成長史與臺灣經驗，意圖以個人的角度講述臺灣的族群史、社會變遷，在官方主流意識形態之外提供個人化的歷史體驗，為臺灣電影打下了青春的底色。90 年代臺灣主流商業電影基本陷入沈寂，在「國片」輔導金政策的支持下，有明顯「作者」印跡的「新新電影」承擔了存續臺灣電影的角色。「新新電影」的絕大部分作品都是中低成本的青春題材電影。21 世紀以來隨著產業環境的改善，臺灣電影籍有著良好觀眾基礎的青春電影開始了復興之路。

1. 臺灣電影的生態環境

　　臺灣人口有 98%是來自大陸的漢族，是典型的移民社會，其中講閩語的人占人口數量上的絕對優勢，據 20 世紀 50 年代的人口統計，講國語的外省人人口比例不到 15%〔註21〕。臺灣電影分國語片和臺語（閩語）片，此外，

劇下降，與此同時，商品的流通、展示渠道變得十分寬廣，幾乎任何看似需求極低的產品，只要有生產，就能有人來購買。

〔註21〕1956 年，臺灣局勢穩固，進行第一次正式人口普查，總人口（含軍隊）為 936 萬（「行政院」主計處，《臺閩地區戶口及住宅普查歷次普查結果》，2000 年），非臺籍人口約 93 萬人，加上未設籍軍人 27 萬人，共約 121 萬人，約占當時臺灣人口 936 萬人中的 13%。作者：林永青，來源：知乎，2012-05-05，

香港地區製作的電影在臺灣上映基本享受本土製作的待遇。從 1949～1994年，國語片與臺語片攝製比例大約是 2：1。〔註22〕臺語片大體上屬於一種庶民文化，其受眾主要是中南部的農村人口，以戲曲、傳奇、苦情戲爲主，後期轉向城市喜劇、愛情劇等，60 年代末期走向衰落，在此之前臺語片一直保持著對國片的絕對優勢〔註23〕。60 年代後期國語片中的瓊瑤浪漫愛情片一枝獨秀，瓊瑤風至 70 年代中期仍不減。此類浪漫愛情電影營造了一種「超越差異」的幻象，安撫了臺灣政治經濟快速變化之下、階層距離擴大帶給普通民眾的不安與焦慮。不同於香港，除了特有的「政宣片」之外，臺灣低成本的愛情文藝片在電影界長期穩坐主流，其餘幾大主要類型是犯罪片、喜劇片和武俠片〔註24〕。70～80 年代是臺灣工業化、經濟起飛的 20 年，70 年代鄉土文學興起，不同於香港電影，臺灣電影一直有改編文學作品的傳統。70 年代末期鄉土文學對電影的影響漸成氣候，這其中孕育了臺灣新電影的萌芽。而80 年代初支撐臺灣電影的類型片走到了山窮水盡的地步，浪漫愛情片與武俠片經過一再複製，已對大眾失去吸引力，而茲時來自香港電影新浪潮的衝擊也令臺灣電影界自我反省。臺灣電影此前有比較嚴格的審察制度，從 1983 年起，電影被當局定爲文化事業，對電影的審察亦逐步放鬆，電影創作者有機會忠實地紀錄自己的歷史與成長經驗，走出「逃避主義」的庇蔭。種種有利的情勢促成了臺灣新電影噴薄而出。

　　整個 70～80 年代，臺灣電影的生產與放映皆非常分散，幾大公司所佔的製片與放映比例約占整個電影業的 15%，其餘皆是小規模的電影公司，往往一部影片就有多家公司投資、參與製作，「電影界像個文化大賭場一樣，吸引許多大大小小的投機客」。〔註25〕這種電影格局也給了低成本獨立製作以自由的發展空間。80 年代中期，香港邵氏停產，在其基礎上發展出新藝城、

https://www.zhihu.com/question/19987167/answer/14364344。

〔註22〕陳飛寶：《臺灣電影史話》，69 頁，北京，中國電影出版社，2008。

〔註23〕如 1962 年臺語片冠軍年，全年共產 120 部影片，而當年國片總量只有 7 部。
參見盧非易：《臺灣電影：政治、經濟、美學（1949～1994）》，158 頁，臺北，
遠流出版事業股份有限公司，2000。

〔註24〕1949～1994 年間，文藝片總量 1276 部，占臺灣影片總量(3500 部)的 36.46%，
數據來源參見盧非易：《臺灣電影：政治、經濟、美學（1949～1994）》，圖十
二《歷年影片類型統計表（1949～1994)》，臺北，遠流出版事業股份有限公
司，2000。

〔註25〕陳飛寶：《臺灣電影史話》，267 頁、280 頁，北京，中國電影出版社，2008。

永佳、世紀等獨立製片公司，相應地，專業化經營管理的獨立製片人制度亦逐步取代大製片廠成爲主流，香港電影新浪潮主將許鞍華、徐克等導演皆成立了自己的工作室。香港成熟的獨立製片人制度被帶到臺灣〔註26〕，臺灣新電影導演亦紛紛加入獨立製片人的行列，以突破創作和資金上的限制，如侯孝賢、柯一正、萬仁、虞戡平、張艾嘉、朱延平等。臺灣獨立製片帶有強烈的個人風格、重藝術上的探索，較忽略市場、亦疏於管理和經營，不同於香港的獨立製片人（其製片管理與行銷仍遵循市場原則），加上臺灣偏嚴的電影審察以及偏高的電影票稅（8%），臺灣的獨立製片處境日益艱難。

　　另一方面，新電影期間（1982～1986）支撐臺灣電影產業的類型電影徹底走向衰落，唯有低成本的文藝片在新電影的勁風之下成爲主流，5 年間產量總計 142 部，占總量的 34%，犯罪片與喜劇片分別占 25.66%、19.66%，其餘類型（包括武俠在內）基本可以忽略。〔註27〕80 年代後期臺灣電影面臨產業升級時，卻因其自身的黑道陰影嚇退了資方，導致產業資本進一步萎縮，加上整個 80 年代錄像帶風行，影碟盜錄現象猖獗，「摧毀了臺灣電影（業）的最後生機」。〔註28〕1987 年臺灣當局解除戒嚴後，「基本不再干涉香港電影的政治立場問題」〔註29〕，在新電影落潮的同時，港片再次強勢佔領臺灣市場。1988 年 1 月，當局又在取消外片配額的基礎上開放了東歐七國的影片，是年創下外片進口量歷史新高。〔註30〕90 年代以後，臺灣電影業眞正進入大蕭條，至 1994 年影片產量已跌至 28 部，爲 1960 年以來的最低紀錄〔註31〕，臺產片票房佔地區總票房的比例更是跌至 2.05%。到 2001 年則所有華語片

〔註26〕香港新藝城負責人麥嘉、石天甚至親赴臺灣、成立工作室。見陳飛寶《臺灣電影史話》，273 頁，北京，中國電影出版社，2008。

〔註27〕數據來源參見盧非易：《臺灣電影：政治、經濟、美學（1949～1994）》，圖二十一《新電影時期臺灣影片類型統計表》，臺北，遠流出版事業股份有限公司，2000。

〔註28〕盧非易：《臺灣電影：政治、經濟、美學（1949～1994）》，245～289 頁，臺北，遠流出版事業股份有限公司，2000。

〔註29〕陳飛寶：《臺灣電影史話》，264 頁，北京，中國電影出版社，2008。

〔註30〕1986 年 8 月臺灣當局宣佈取消外片配額，進口送檢片由 1986 年的 462 部升至 1987 年的 532 部。到 1988 年底，當年外片進口量已達 791 部。參見盧非易：《臺灣電影：政治、經濟、美學（1949～1994）》，322 頁，臺北，遠流出版事業股份有限公司，2000。

〔註31〕數據來源參考盧非易：《臺灣電影：政治、經濟、美學（1949～1994）》，圖一a《歷年臺產影片送檢數量表（1949～1994）》，臺北，遠流出版事業股份有限公司，2000。

（包括大陸、香港、臺灣出品）加起來亦僅占總票房的 1.6%，其餘 98.4% 均為西片囊括。

在本土電影產業幾近崩盤的時期，臺灣電影資本大舉外出、尋求合作，起初是投資港片，因為港片在臺享有退稅等優惠政策，爾後亦開始涉足大陸電影業，因茲時大陸低廉的人力成本、場地費用頗具優勢。90 年代後半期臺灣資金、香港技術、大陸人力和場景的合作模式生產了許多武俠片。21 世紀以來，臺灣與香港和大陸在電影方面的合作有所深入，尤其是 2010 年與大陸簽訂 ECFA（《海峽兩岸經濟合作框架協議》）以來，兩岸電影界在資金、人力、場景方面的合作更加頻繁，臺灣電影越來越看重大陸市場，儘管臺灣電影在被大陸觀眾接受的過程中也發生了一些失敗的案例，但因大陸人口基數龐大，有些即便在大陸發行不如意的電影票房亦超過其在臺灣本土的收入。

2. 臺灣新電影與青春電影的源起

興起於七八十年代之交的「學生電影」，是臺灣青春電影的源頭之一。茲時臺灣政治結構的鬆動首先引起的卻是「電影界更進一步的墮落」，犯罪、賭博、滑稽打鬧充斥電影銀幕〔註32〕。在這種情形下，林清介、徐進良等導演獨闢蹊徑，借用紀錄片的手法，製作低成本的學生電影，如徐進良的《拒絕聯考的小子》（1979）、《年輕人的心聲》（1980），林清介的《一個問題學生》（1980）、《學生之愛》（1981），等等，刻畫當代年輕人的世界，反映一代人的青春迷惘，亦對教育問題提出批評，口碑和票房俱佳，為茲時占總人口 1 / 4〔註33〕的臺灣學生開闢了屬於自己的天空。林清介亦被媒體譽為「學生電影之父」〔註34〕。然而此後「學生電影」迅速被大量跟風製作，由反映學生生活主題變質為炒作青春性事、販賣青少年偶像。〔註35〕林清介在新電

〔註32〕 從 1978 年《錯誤的第一步》起，此前不過每年一兩部的規模，然至 1983 年，犯罪片已激增至 117 部。參見盧非易：《臺灣電影：政治、經濟、美學（1949～1994）》，261 頁，臺北，遠流出版事業股份有限公司，2000。

〔註33〕 1980 年起至 1994 年，臺灣學生占總人口的比例一直穩定在 24%略多一點的規模，參見盧非易：《臺灣電影：政治、經濟、美學（1949～1994）》，圖 20f《臺灣社會經濟變遷基本統計資料（其他）》，臺北，遠流出版事業股份有限公司，2000。

〔註34〕 陳飛寶：《臺灣電影史話》，290 頁，北京，中國電影出版社，2008。

〔註35〕 盧非易：《臺灣電影：政治、經濟、美學（1949～1994）》，262 頁，臺北，遠流出版事業股份有限公司，2000。

影勃興的 1983 年拍攝了有濃鬱本土風味、反映底層小人物辛酸的《臺上臺下》，之後繼續拍攝學生電影，代表作有《安安》（1984）等。1989 年臺灣電影沉寂的空檔，學生片出乎意料地又形成熱潮，年初金鼇勳執導的《風雨操場》大賣，一年前後學生片出臺近十部。〔註36〕

　　與臺灣電影業走向蕭條同時開始的，卻是其電影藝術成就的跨越，80 年代初興起的臺灣新電影帶來了電影美學與創作觀念上的革命，新電影的主將楊德昌、侯孝賢的電影更是爲臺灣電影贏得了世界聲響。新電影的出現某種程度上受了香港新浪潮的觸動。臺灣、香港電影一直有良好的交流，香港電影在臺灣放映亦與本地產影片享受同等待遇。70 年代末 80 年代初香港電影新浪潮興起。1980 年 10 年，臺灣「新聞局」邀請香港新浪潮的主要導演攜作品來臺，與臺灣電影人座談。新浪潮導演對他們的電影傳統的突破以及香港優越的產業環境、香港電影人表現出來的銳氣，都深深刺痛了臺灣電影界，如臺灣影評人梁良所言，臺灣電影「彷彿是一個滿身病痛的老頭面對著活力充沛的小夥子角力，自卑感油然而生……」〔註37〕同年，以攝製「文宣片」爲主導的「中影」因巨額虧損而被上級勒令縮減拍片。內憂外患之下，時任「中影」總經理的明驥大力改革，委任年輕的電影工作者小野和吳念眞（亦是青年作家）負責企劃和劇本編審，執行「低成本、低風險」的策略，大量啓用新人導演。1982 年 8 月「中影」推出新電影的開山之作《光陰的故事》，由陶德辰、楊德昌、柯一正、張毅四位新人導演拍攝了四個故事：《小龍頭》《指望》《跳蛙》《報上名來》，對應人的童年、少年、青年、中年四個人生階段，「表達人際關係的演變、異性關係的演變，及臺灣三十年的社會形態變遷」〔註38〕。「中影」動用了各方資源，以「『中華民國』二十年來第一部公開上映之藝術電影」爲名，大張旗鼓地爲這部新電影造勢，迅速引起各方關注，在臺北斬獲 400 萬新臺幣的票房。〔註39〕與之相映的是，同年 9 月「中影」攜 5 部代表作參加亞洲影展、全軍覆沒。自此，「中影」迅速轉向，力推新電影，從保守的營壘變身新電影的搖籃。

〔註36〕 梁良：《爲什麽總長不大——從學生片流行看臺灣製片環境的局限》，載《北京電影學院學報》，1990 年第 2 期，178 頁。
〔註37〕 梁良：《論兩岸三地電影》，330 頁，臺北，茂林出版社，1998。
〔註38〕 小野：《一個運動的開始》，94 頁，臺北，時報文化出版企業有限公司，1986。
〔註39〕 小野：《一個運動的開始》，102～103 頁，臺北，時報文化出版企業有限公司，1986。

　　《光陰的故事》基本上奠定了新電影的基調：反映個體的成長經驗，見證臺灣社會的變遷，亦不自覺地在其中顯現出深厚的本土意識。以新人導演、成長故事、臺灣經驗、散文式風格爲主導的新電影孕育了此後成爲臺灣一大標識的青春電影。1983 年新電影迎來第一個小高潮，《兒子的大玩偶》（侯孝賢、曾壯祥、萬仁執導）、《海灘的一天》（楊德昌執導）、《油麻荣籽》（萬仁執導）、《小畢的故事》（陳坤厚執導）、《看海的日子》（王童執導）、《臺上臺下》（林清介執導）、《搭錯車》（虞戡平執導）等佳作迭出，在口碑和票房上皆產生轟動效應，以至到 1984 年，臺灣電影就開始往香港輸出影響。〔註40〕這批電影基本都帶有「青春電影」的因子，個體的成長故事疊加在臺灣的現代化變遷史之中，以個人史映像族群史的意圖十分明顯。其中《小畢的故事》《看海的日子》《臺上臺下》《搭錯車》《風櫃來的人》等影片聚焦個體的青年時代、重心轉移至個人，已有當代青春電影的樣貌，尤其是《風櫃來的人》，已跳脫出「載道」的範疇，以躁動、茫然的青春爲主體，配之以高度寫實的影像風格，無關警世、寓言，是完完全全自在自爲的「殘酷青春物語」。但也是這部一舉拿下 1984 年金馬獎四項大獎、並爲侯孝賢帶來國際聲譽的佳作僅上映一週就下線，成爲侯孝賢「票房毒藥」的開始。同樣，楊德昌導演奠定了其個人風格的《青梅竹馬》（1985 年），投注目光於工業化背景下兩性情感的隔閡，冷靜地呈現舊情懷面臨新時代時產生的困惑、無助，在新電影高潮的 1985 年亦遭遇票房慘敗。相反，同爲新電影、講述溫情的成長故事的《小爸爸的天空》（1984，陳坤厚執導）於是年暑期檔打破票房1000 萬新臺幣大關〔註41〕，贏得了諸多學生擁蔓。正如許多論者所言，新電影工作雖帶有深厚的「同仁色彩」，但導演之間有並沒有統一的理念和共同的美學追求，比如，侯孝賢執著於寫實主義的理想，楊德昌傾心於現代主義風格，陳坤厚則秉持臺灣文人電影的優良傳統，在藝術和商業上保持著平衡。然而，這三位新電影主將的電影實踐共同爲此後成爲臺灣電影主流的青春電影奠定了美學風範。

　　1986 年新電影已呈退潮之勢，1987 年初新電影工作者集體簽名的《臺灣

〔註40〕1984 年 3 月 18 日～24 日，臺灣電影代表團攜 7 部作品參加香港藝術中心與
　　　　《電影雙週刊》舉辦「臺灣新電影選」的影展活動，引起較大迴響。參見陳
　　　　飛寶：《臺灣電影史話》，320 頁，北京，中國電影出版社，2008。
〔註41〕柯希：《品味志希的戲劇人生：新星的冉起——〈小爸爸的天空〉》，見「柯希
　　　　的博客」，http://blog.sina.com.cn/s/blog_61665e2301014aag.html

電影宣言》，表達了捍衛「另一種電影」（新電影）——「有創作企圖、有藝術傾向、有文化自覺」〔註42〕的電影——的決心，卻無意中宣告了作為一種文化運動的新電影落幕。但新電影在電影產業整體衰落的情勢下，開闢出「另一種電影」的路徑，以5年期間總產量占臺灣全部影片量（417部）14%弱的比例，佔據了媒體報導分量的60%左右〔註43〕，形成了強大的聲勢，其所開創的風格與創作觀念沉澱為臺灣電影的美學傳統，並對臺灣的文化藝術發展產生深遠影響。相比之下同時期香港的獨立製片人制度，在商業壓力下逐漸演變成「行政凌駕創作、監製取代導演」，唯市場為馬首，使得香港電影整體流於感官式的消費〔註44〕，鮮有建樹。另一方面，新電影以其自身的成績引臺灣電影進入國際視野，反過來促進了當局對電影文化的重視。1989年臺灣地區國片輔導金政策正式實施，此後輔導金總額連年攀升，1989年首屆輔導金總額3000萬，至2009年，已突破兩億。

3. 輔導金政策與作為「救市」的青春電影

臺灣的國片輔導金政策自1989年實施以來，對臺灣電影的選題、藝術風格、類型等皆產生了深遠的影響。2000年以輔導金制度逐漸調整為偏向新人導演，可以說新人導演層出、低成本製作主導的電影業格局以及文藝片傳統是臺灣青春電影自2000年以來成長為一個占絕對主流的超類型的主要原因。

得益於臺灣新電影產生的國際影響，臺灣當局開始謀劃將電影作為增加其地區影響力的媒介，國片輔導金的初衷是每年補助3～5部有文化性、觀賞性、可以代表臺灣參加國際影展的影片開拍，據「新聞局」1988年為申報輔導金上呈「行政院」的公函：

> 以（民國）七十六年（1987年）為例，我「國」計選送二十二部「國片」參加四十一項國際重要影展，大幅提升「國片」之國際地位並廣收國際宣傳效果，電影實為最佳宣（傳）媒體。本局駐外

〔註42〕陳飛寶：《臺灣電影史話》，323頁，北京，中國電影出版社，2008。

〔註43〕盧非易：《臺灣電影：政治、經濟、美學（1949～1994）》，279～281頁，臺北，遠流出版事業股份有限公司，2000。

〔註44〕周華山：《解構香港電影》，104～106頁，香港，青文出版社，1990。轉引自盧非易：《臺灣電影：政治、經濟、美學（1949～1994）》，287頁，臺北，遠流出版事業股份有限公司，2000。

單位近幾年亦開始運用電影媒體發展國際宣傳，所費有限，效果卻相當良好。〔註45〕

此後，輔導金制度在運行中不斷根據實踐作調整，從最初的小範圍補貼有望獲國際獎項的影片攝製轉向兼補助電影界新人拍片、以提高臺產優良影片數量。1997年嘗試將申請案分為藝術組和商業組，1998年起重心亦推及振興電影業，補助範圍擴大到影片的發行和放映環節。2000年則打破此前為防堵臺灣電影資金外流、不允許跨地區合作的影片申請輔導金的慣例，開始鼓勵合拍片。2005年起為增加新人導演獲得輔導金的機會新增規定：每位導演參與輔導金電影的製作以兩次為限。

在輔導金評審委員會的人員構成方面，1997年以前以專家、學者為主，此後則大幅減少了專家學者的比例，提高了電影從業人員的比例。2000年開始更是加進了普通觀眾代表，參與第二階段對完成影片的評判。〔註46〕但總的來說，2006年以前，輔導金政策對於那些有望獲得國際影展青睞的影片企劃案有明顯的傾向性，而已獲得輔導金資助的影片，亦努力向國際影展看齊，導致很長時間內臺灣電影忽略本土市場的傾向。2007年起，輔導金的宗旨重提市場價值的重要性，重點輔助兼具「文化藝術與商業價值」的影片。

國片輔導金制度實施二十多年來，在很大程度上左右了臺灣電影的格局。從1991年起，臺產影片數量長期維持在十幾部至四十部之間，從1991年至2008年18年間，申請輔導金拍攝的劇情片占影片總量超過50%的年份有7次，2002占比更是高達71%強。在產業整體低迷、臺產片票房占本土票房的比例長期徘徊在1%～2%〔註47〕的情形下，輔導金政策可謂保留了臺灣電影的火種。與此同時，爭取輔導金拍攝電影亦成了許多導演、尤其是新人導演的重中之重。輔導金給許多新人導演提供了拍片的機會，當年李安導演的「家庭三部曲」——《推手》《喜宴》《飲食男女》以及《少女小漁》（投拍

〔註45〕臺灣「新聞局電影處」：輔導金制度之效益與興革說帖，見周蓓姬：《2005年臺灣電影年鑒》，226頁，臺北，臺灣「行政院新聞局」，2005。轉引自孫慰川：《臺灣電影輔導金政策的嬗變》，載《北京電影學院學報》，2012年第5期。

〔註46〕臺灣「新聞局電影處」：《輔導金制度之效益與興革說帖》，見周蓓姬：《2005年臺灣電影年鑒》，229頁，臺北，臺灣「行政院新聞局」，2005。轉引自孫慰川：《臺灣電影輔導金政策的嬗變》，載《北京電影學院學報》，2012年第5期。

〔註47〕胡延凱：《從臺灣電影輔導策略觀察臺灣電影現況》，載《當代電影》，2012年第8期，109頁。可以類比想像一下，2003～2011年大陸產影片的票房占大陸總票房的50%以上。

時改爲張艾嘉執導）皆獲輔導金資助，正如他本人所言：「對於像我（當年）那樣沒沒無聞的新導演而言，輔導金的確發揮了相當的鼓勵作用，除了紓解實質的資金壓力外，連帶著也影響了創作的心情。」〔註 48〕蔡明亮當年亦依靠輔導金拍攝處女作《青少年哪吒》（1992）參加東京國際影展獲銅櫻花獎一舉成名，兩年後又獲輔導金資助拍攝《愛情萬歲》獲威尼斯國際影展金獅獎，迅速躋身世界名導之列，之後得以靠個人名氣吸引獨立投資，包括海外的（主要是來自法國的）藝術片投資。

　　總體而言，整個 90 年代臺灣主流電影近乎消亡，「作者」電影的概念開始流行，這一時期的導演漸次傾向都市、亞文化主題，有非常個人化的風格，加上他們的背景各異，流動性強，敢於嘗試各種手法，從好萊塢經典的流暢敘事到晦澀抽象的現代主義電影語言，到各種風格的雜糅、拼貼，等等，不一而足，很快引起了評論界的關注，被命名爲「新新電影」。1994 年《獨立時代》《飛俠阿達》《愛情萬歲》等優質影片相繼出現，臺灣「行政院」爲吸引臺灣大眾關注本土電影，舉辦了「迎接新新電影」系列活動，產生了一定的社會影響。如果說新電影定下了臺灣電影的「青春」底色，「新新電影」則進一步確立了青春電影的主體地位。不同於新電影時期，「新新電影」的新銳導演們已無國族、歷史包袱（有輔導金的支持，亦無市場包袱），他們更注重個人的感覺、個人的體驗，廣泛借鑒各類資源，大膽探索實驗性、顛覆性的電影語言，更集中於書寫青春主題。大部分導演走的都是爭取輔導金資助、入圍國際影展的路線，「他們的作品大都放棄用一般觀眾瞭解的方式說故事，在取材上也刻意挑戰道德禁忌，如：亂倫同性戀等等」〔註 49〕，蔡明亮執導的《青少年哪吒》（1992）、《愛情萬歲》（1994），林正盛執導的《放浪》（1996）、《美麗在歌唱》（1997）等都有此類特徵。楊德昌、侯孝賢、徐小明、張作驥等導演此期間的作品則部分延續了新電影的紀實風格，探討現代性的主題，以青春主人公的經歷映襯臺灣社會的變遷，表達工業化過程中一代人的「失序感」，無關溫情與規訓，只是冷靜地呈現，彌漫著無奈、無聊、宿命的情緒，如楊德昌的《牯嶺街少年殺人事件》（1991）、《獨立時代》（1994）、《麻將》（1996），侯孝賢的《好男好女》（1995），徐小明的《少年吔，安啦》（1992）、張作驥的《忠仔》（1996），等等。余爲彥的《月光少年》（1993）、陳玉勳的

〔註 48〕 胡延凱：《從臺灣電影輔導策略觀察臺灣電影現況》，載《當代電影》，2012
　　　　　年第 8 期，109 頁。
〔註 49〕 梁良：《九十年代臺灣電影的政策》，106 頁，載《電影藝術》，2001 年第 4 期。

《熱帶魚》（1995）、陳國富的《只要為你活一天》（1993）、《我的美麗與哀愁》（1995）則嘗試在融合類型元素的同時顛覆類型常規，營造超現實的詭譎氛圍，凡此種種，為 21 世紀以來臺灣青春電影的勃興積累了美學範式。可以說，90 年代低成本、探索性強的青春電影保存了臺灣電影的薪火。進入 21 世紀以來，隨著整體電影環境的好轉，臺灣電影籍著有良好觀眾基礎的青春電影開始了復興之路。

第三節　香港電影的類型策略與青春電影的發展脈絡

香港電影與好萊塢電影素有淵源〔註 50〕，不僅照搬好萊塢類型生產的經驗，且不遺餘力地抄襲、模倣好萊塢類型電影。不同的是，進行了本土化改裝的香港類型電影在表現方面更為熱烈誇張，幾近粗俗。總體而言，香港類型電影「追求激烈的官能快感」，甚至能把暴力和虐待（包括對觀眾生理不適的挑戰）變成電影的主要元素。香港導演黃志強界定的典型的香港電影是「非常賣力地去取悅觀眾的電影」。香港有著東亞、東南亞地區最為寬鬆的電檢政策，雖 1988 年實行電影分級制度〔註 51〕，然而很快分級制中的一級就形同虛設，因為香港電影中能夠被定為一級的影片寥寥無幾。絕大多數香港電影的製片商眼中沒有青少年受眾的概念。Sharon Kinsella 認為，香港電影傾向於個體「長大便是要有侵略性，而溫柔的惟一方式，便是倒退回童稚狀態」〔註 52〕，在香港文化中，「成年」與「童稚」之間似乎缺乏過渡，「成長」是被香港電影忽略的一環。

70 年代末 80 年代初香港新浪潮催生了一批類型+青春的電影，香港的青春電影由此發端。70～80 年代隨著香港進入長期的經濟繁榮期，一代受過高等教育（包括海外教育）的、較少受傳統影響的年輕人群體出現，他們不好

〔註50〕〔美〕大衛・波德維爾（David Bordwell）：《香港電影的秘密》，何慧玲譯，17 頁，海口，海南出版社，2003。

〔註51〕1988 年 11 月 10 日香港政府立法局通過《電影檢查條例》後，香港電影正式開始實施三級制，1995 年又將 II 級，細分為 II A（兒童不宜）、II B（青少年及兒童不宜），此後就一直延續著「四級制」的標準劃分。

〔註52〕Sharon Kinsella 曾在述作 *Women, Media, and Consumption in Japan*（Lise Skov 與 Brian Moeran 合編，Honolulu:University of Hawaii Press,1995,p220～254）中，撰寫「Cuties in Japan」一文，分析這種現象。轉引自〔美〕大衛・波德維爾（David Bordwell）：《香港電影的秘密》，何慧玲譯，14 頁，海口，海南出版社，2003。

傳統粵語類型電影。80 年代末香港電影的鼎盛時期，大製片廠製作的武俠片、犯罪片、動作片、情色片幾乎壟斷了市場，小型製作公司紛紛倒閉，一些另闢蹊徑的導演開始嘗試以這類高品味的觀眾爲對象，以優皮（yuppies，亦譯作「雅皮氏」）〔註 53〕爲主角，拍攝表現感情關係的電影，如張婉婷的《秋天的童話》（1987）、冼杞然的《三人世界》（1988）、爾冬升的《新不了情》（1993）等〔註 54〕，90 年代初成立的 UFO（電影人）拍攝了大量這類以 20 多歲的中產的感性生活爲表現對象的電影，深受大學生及白領的喜愛。

　　2000 年之後臺灣、大陸相繼出現了青春電影的熱潮，整個華語電影世界皆爲之矚目。香港電影自 2004CEPA 實施後合拍片成爲主流〔註 55〕，合拍片大多是承襲香港在類型領域經驗豐富的武俠、動作、犯罪等類型的大製作（比較文藝的青春電影是極少數），而占總量之小部分的純粹的香港電影（大多是留守影人的獨立製作）則以低成本的青春電影爲主，然而無論在數量及導演規模上都無法與同時期大陸、臺灣相抗衡，只能充當華語青春電影的一個小的分支。青春電影興盛的一大前提是青年導演群體湧現、青年觀眾積極參與、主流文化良性互動，而在香港本土影業整體蕭條的背景下，青年影人要晉身導演、獨立執導作品困難重重，另一方面，香港青年在香港影業的版圖中卻是沒有主體地位的群落。香港貧富非常懸殊，收入最高的一成的家庭擁有的財富占社會總財富的 42%，大學畢業生、年輕白領生活壓力很大。雖然與大陸臺灣同時期相比，香港青年接受高等教育的比例尚可〔註 56〕，但香港政府近二十多年來主要發展金融業、地產業和旅遊服務業，前兩部分產業能夠吸納的高端就業人口非常有限，而旅遊服務業能夠提供的大多是不需要大

〔註 53〕yuppies 是美國人根據嬉皮士（Hippies）創新出的一個詞，意思是「年輕的都市專業工作者」。Yuppies 從事那些需要受過高等教育才能勝任的職業，如律師、醫生、建築師、計算機程序員、工商管理人員等。參見百度百科「雅皮士」，http://baike.baidu.com/link?url=99_rrpy2aewyoCR4wJVFn5RyrsANzc06i_rOjKi9nyE0qPQUl-DNanKh5QcvUyMqtLsuHKYApV9fg6PCbmdsHzPYXnuovIc9RLrBbkr9Q43PyzpekVeG7TdSemfeRYRC.

〔註 54〕最先嘗試這類影片攝製的電影公司是珠寶商潘迪生成立的德寶公司，《秋天的童話》《三人世界》就是該公司投資，1992 年德寶停產，UFO（電影人）係在其基礎上組建。見〔美〕大衛・波德維爾（David Bordwell）：《香港電影的秘密》，何慧玲譯，53～106 頁，海口，海南出版社，2003。

〔註 55〕從 2004 年起，中國大陸與香港的合拍片基本保持在 30 部左右，約占香港影片總產量的一半。

〔註 56〕根據一項 2010 年香港政府統計處公佈的資料，香港青年男女修學大專課程的人數分別占 46.3%、53.7%。

學學歷的低端崗位，1998 年亞洲金融危機之後，香港受過大學教育的年輕人的薪資更是十餘年未增長〔註57〕。被評論界稱爲「對爛片有天生免疫力」〔註58〕的香港 70 後、80 後青年，生長於香港類型電影鼎盛的時代，在快節奏生活的當下，有一套被類型片訓練的觀影期待，青年導演、青春故事、自我表達在香港青年受眾中要形成影響力尚需時日。

1. 香港電影的產業傳統

　　香港人口約 730 萬，面積 1100 餘平方公里，人口密度居全世界第三，其人口的絕大部分擠在其中 40 平方公里的土地上〔註59〕。香港房價昂貴，政府大力推行廉租房制度，大多數市民生活空間狹窄，每天花費大量時間在公共空間，酒吧、咖啡廳、電影院、娛樂城等，公共活動豐富，電影是其城市文化的重要組成部分。另一方面，人口集中度高又非常有利於院線建設，可以說，香港有著發展電影業的得天獨厚的條件。香港是一個移民城市，移民主要來自上海和廣東。香港電影的本土觀眾主要由學生、低層白領以及中學或以下教育程度的人組成，其口味歷來比較狹窄，他們認可本土的香港電影，〔註60〕習慣聽粵語對白，喜愛在影片中看到熟悉的明星和街景，因而外地片商長期在香港處於劣勢地位，連好萊塢也只是在 90 年代後期香港電影頹勢畢現、放映美國片的影院增加之後，其在港票房收入才大幅提升。香港電影的境外票房來源主要是中國臺灣地區〔註61〕以及馬來西亞、新加坡等東南亞國家。香港電影有濃厚的商業傳統，製作週期短、效率高，製片公司一切決策圍繞票房，不僅給予海外發行公司自由剪片權，且專門應片商要求提供一部電影的不同版本。〔註62〕憑著對本土及東南亞觀眾觀影快感的操控以

〔註57〕 彭琳：《香港青年忍受低薪看不到未來》，見《新浪財經》，2013 年 12 月 28 日。http://finance.sina.com.cn/zl/international/20131228/103017782468.shtml

〔註58〕 村上秋褲：《香港電影消費：無懼爛片》，載《南方都市報深圳讀本》，「人文香港」欄目側欄，https://zhuanlan.zhihu.com/knowhk。

〔註59〕 〔美〕大衛・波德維爾（David Bordwell）：《香港電影的秘密》，何慧玲譯，22 頁，海口，海南出版社，2003。

〔註60〕 〔美〕大衛・波德維爾（David Bordwell）：《香港電影的秘密》，何慧玲譯，26 頁，海口，海南出版社，2003。

〔註61〕 90 年代初之前臺灣地區貢獻的票房占到香港電影總票房收入的 1/3 多。參見陳家樂、朱立：《無主之城——香港電影中的九七回歸與港人認同》香港，天地圖書有限公司，2008。轉引自付曉：《重繪香港電影新浪潮創作圖譜（1978～1984）》，載《浙江藝術職業學院學報》，2014 年第 3 期，54～62 頁。

〔註62〕 如臺灣當局重教化，新浪潮名片《殺出西營盤》的臺灣版中，岳華飾演的警

及嫻熟的類型片策略，香港電影一度雄視亞洲，僅次於好萊塢。從二戰後到90年代前期，香港這塊彈丸之地的影片產量長期高於內地。〔註63〕

香港電影的產業集中度高，80年代電影院線是「三足鼎立」，邵氏（1986年起由德寶公司接手其院線）、嘉禾、新藝城三大公司各有其各自的衛星公司為之提供充足的片源，批量生產動作片、犯罪片、喜劇片、千術片等類型電影，三家的電影收入占到香港影片的一半以上〔註64〕。20世紀80年代也是香港電影的黃金時代，以黑幫犯罪片為極盛，茲時香港黑社會開始投資蒸蒸日上的電影業，而電影也開始美化黑幫文化。〔註65〕這股熱潮到90年代初才平息，部分原因是犯罪片的氾濫，給青少年觀眾帶來不良影響，引起教育界及影評界持續抨擊。90年代以來三大院線公司相繼解體，衛星製片公司和院線母公司之間穩固的合作模式被打破，一方面使得80年代興起的獨立製片在此時日益成為主流〔註66〕，另一方面也給了電影人很大的自由創作空間。然而90年代初的香港電影產業整體有盛極而衰的跡象，沿襲80年代的類型片在創新上難以突破，觀眾開始厭倦，香港電影導演也「實際上出現了斷檔」〔註67〕。香港本土的電影資源被過度開發，香港電影人轉而從內地尋找資源，「內地熱」興起。隨著內地電影體制轉軌，香港導演開始成規模地北上，尋求與內地電影製片廠的合作。90年代起臺灣資金湧入香港不再只是購買拷貝，而是以電影投資為主。90年代後期，面對好萊塢的大舉擴張策略和臺灣出臺的幾乎令香港電影退出臺灣市場的電影政策〔註68〕以及 1997～

探死而復生，在主角高達夫（秦祥林飾演）完成報仇大業後突然現身，輕鬆將其抓捕歸案；又如，新加坡和馬來西亞電檢不認可《古惑仔》系列影片美化黑幫的立場，製片方就加拍了些鏡頭反轉敘事，把那些二十來歲的古惑仔設置為警方臥底。

〔註63〕〔美〕大衛·波德維爾（David Bordwell）：《香港電影的秘密》，何慧玲譯，26～46頁，海口，海南出版社，2003。

〔註64〕許樂：《香港電影文化歷程 1958～2007》，71頁，北京，中國電影出版社，2009。

〔註65〕〔美〕大衛·波德維爾（David Bordwell）：《香港電影的秘密》，何慧玲譯，30頁，海口，海南出版社，2003。

〔註66〕祁志勇：《90年代香港電影工業狀況》，載《世界電影》，2002年第2期，85～86頁。

〔註67〕許樂：《香港電影文化歷程 1958～2007》，127頁，北京，中國電影出版社，2009。

〔註68〕臺灣當局90年代前期只有港片和臺灣片上映無限制，外片是被嚴格限制的，且規定進口好萊塢電影只能一次上映8個拷貝，到1995年臺灣當局不再限定外片拷貝進口數量，而1997之後香港電影在臺又不再享受「國片」待遇。

1998 年亞洲金融危機的衝擊，香港電影的東南亞市場全面萎縮。加上 1997 之前幾年港英政府利用信息不對稱大肆渲染回歸的恐怖氣氛，催化了電影業的急功近利，港片質量下降、電影人才外流。雪上加霜的是，1996 年起盜版 VCD 產業在香港呈蔓延之勢，至 1998 年已達 600 餘條 VCD 生產線、日產 VCD1200 萬盤的規模。〔註 69〕盜版產業的猖獗加劇了影院觀眾的流失，香港電影業自此一蹶不振。

　　90 年代香港電影業的低迷使電影人不約而同地把目光轉向了內地，但 90 年代內地有嚴格的境外片進口配額（港片亦在此列），於是合拍片就成了生存之道（根據內地的電影政策，香港與內地的合拍片可不受進口配額限制）。但在 1995 年中國政府對於合拍片作了進一步的規定：後期剪輯及配音必須在國內完成，底片也必須留在國內。〔註 70〕因此，1997 至 2004 年 CEPA 實施以前，香港電影基本可以分為兩部分，一部分是「北上」的香港電影人拍攝的以大陸市場觀眾喜好為考量的電影，一部分是固守本土、服務本土觀眾的電影。但總的來說，此期間的港片已發展出不同於傳統港片的風貌，更多地考慮普適性。最典型的例子是 2002 年的「救市之作」《無間道》，不再以血腥、暴力為吸引元素，亦不再以古惑仔或黑幫英雄式的好勇鬥狠結構線索，而是以「鬥智」形成戲劇張力，揉合了藝術片的手法〔註 71〕；《無間道 II》則首次在港片中以「親情」的角度切入黑社會，《無間道 III》又首次將心理片的元素引入香港警匪電影中〔註 72〕。據編劇麥兆輝所言，1991 年他就寫好了《無間道》的劇本，然而「多次嘗試都沒人願意拍」〔註 73〕，也只有到了十年後，港片的生態發生變化、電影業本身求突圍、港片嘗試定位於新的主流觀眾的情形下才獲得機會投拍。2004 年 CEPA 實施以來，內地與香港的合拍片成為市場上的主流，合拍片更多地定位整個華語市場。作為一個中轉港，香港的文化有很大的靈活性和包容性，香港電影業也不例外。今日以大陸地區為主的華語世界觀眾與港片 80 年代的觀眾已不可同日而語。合拍片在保留了香港電影傳統中更具有普適性的部分的同時，摒棄了那些低俗、

〔註 69〕陳野：《1990 年代香港電影掃描》，載《電影藝術》，2001 年第 4 期。

〔註 70〕參見舒琪在 1997 年 4 月 10 日在「光影繽紛五十年」研討會上的發言。

〔註 71〕導演劉偉強曾與王家衛合作拍攝《旺角卡門》《重慶森林》，深受後者藝術片格調的影響。

〔註 72〕許樂：《香港電影的文化歷程》，166 頁，北京，中國電影出版社，2009。

〔註 73〕央視網：《第 31 屆香港電影金像獎最佳導演提名麥兆輝、莊文強〈竊聽風雲 2〉》，http://news.cntv.cn/20120411/104400.shtml

過火、癲狂的東西，積極融入華語電影的主流。定位小眾的純港片，近年來亦隨著電影生態的發展而尋求革新，體現在類型雜糅、反類型、拼貼敘事等方面，是華語青春電影可資借鑒的美學來源之一。王家衛的《重慶森林》（1994）始創拼貼劇情的結構〔註74〕，反古惑仔片始自葉偉信的《旺角風雲》（1997），解構了古惑仔的傳說、將其還原成世俗中人，2003年彭浩翔的《大丈夫》發展到戲仿警匪片的範式講「大丈夫」們的偷情故事，2005年他的《青春夢工廠》則與許鞍華紀念「香港民運十年」的《千言萬語》有千絲萬縷的聯繫，不僅《青春夢工廠》中籌資借拍 AV 片與 AV 女星性交的學生仔以民運英雄爲楷模，且其「幹大事」的風範亦戲仿民運英雄。背靠淵遠的類型片傳統，港片有豐富的類型資源，被港片玩到極致的拼貼和解構手法亦對當代華語青春電影的發展產生了深遠影響。

2. 新浪潮與香港青春電影的發生

　　新浪潮的開山之作《茄喱啡》就是一部青春喜劇電影，講述失業的年輕人在片場做臨時演員的故事，類似「小人物狂想曲」〔註75〕。香港青春電影發端於新浪潮電影，是在香港電影業獨立製作開始出現、受過現代專業電影教育的年青導演及影評人集體湧現、電影能夠承載導演個性化表達的背景下出現的。香港影評人與香港電影互動密切，新老兩代影評人〔註76〕共有一套頗固定的「典範準則」，尤其推重新浪潮，將其中湧現的許多電影奉爲港片經典。香港影評人的「典範」注重中國人的「載道」「啓智」傳統以及導演的社會批判責任。可以說，影評人與電影的對話參與了助產香港電影新浪潮，新浪潮反身證明了本土電影亦可作爲一種嚴肅處理當代人生活的藝術。

　　新浪潮之前香港龐大的商業類型電影中亦有年輕的男女主人公，但其各有各的類型脈絡，與「青春」有關的青年男女主人公只是作爲類型符號存在，本身沒有主體性，與香港社會現實的關聯度亦不大。青春電影熱潮的一個條件是有自由表達空間的青年導演密集出現，如大陸90年代初的第六代導演和

〔註74〕〔美〕大衛・波德維爾（David Bordwell）：《香港電影的秘密》，何慧玲譯，164頁，海口，海南出版社，2003。

〔註75〕石琪：《香港電影新浪潮》，190頁，上海，復旦大學出版社，2006。

〔註76〕指活躍於七八十年代的、支持傳統電影的老一輩影評人和時下年齡在 20～40 歲的、口味偏西方藝術電影的影評人，後者大多爲 1995 年成立的香港電影評論學會會員。

臺灣 90 年代輔導金制度下湧現的大批年輕導演。雖然香港影業也喜愛啓用不計報酬、不辭勞苦的青年影人，但是較少給他們自由表達的空間。大製片商把持的影業，更多地以批量生產類型片、爲自己的院線提供充足片源爲首任。

七八十年代之交的「新浪潮」電影爲香港青春電影的出現提供了一個契機。新浪潮的一個特點是導演的個人風格很鮮明，不同於此前製片廠制度下的類型製作。有評論者認爲，20 世紀 70 年代末 80 年代初香港電影新浪潮以後，作爲本土文化組成部分的香港電影才開始成形〔註77〕，香港電影與香港一種「鏡」與「城」的關係得以建立。在新浪潮導演的部分文藝片中，可以找到一個微弱的香港青春電影的脈絡，這些電影是香港龐大的電影產業的一小部分，如霍耀良執導的《失業生》（1981），蔡繼光執導的《喝采》（1980）、《檸檬可樂》（1982）、《男與女》（1983），吳小雲執導的《彩雲曲》（1982）、黎大煒執導的《靚妹仔》（1982）、方育平執導的《半邊人》（1983）、嚴浩執導的《似水流年》（1984），張婉婷執導的《非法移民》（1985）、《秋天的童話》（1987），單慧珠執導的《忌廉溝鮮奶》（1981）、《愛情麥芽糖》（1984），許鞍華執導的《投奔怒海》（1982），等等，是比較嚴肅的反映青年訴求、體現青年現狀以及探討與青年有關的社會問題的青春電影。

但 80 年代香港新浪潮與青春題材相關的影片更多的是裹脅在「類型」的外衣下，其總體旨趣不出香港商業類型電影的範疇，影片中青春是作爲商業類型片的附屬存在，青春是類型片採用的消費元素之一，設定青年主人公也是出於建構類型敘事的需要。如，徐克執導的《第一類型危險》（1980）、嚴浩執導的《夜車》（1980）是驚悚／犯罪加青春主角，章國明執導的《邊緣人》（1981）〔註78〕是犯罪加青年主角，譚家明執導的《烈火青春》（1982）是愛情／驚悚加青春，梁普智執導的《等待黎明》（1984）是動作／戰爭加青春，麥當雄執導的《省港旗兵》（1984）以及麥當傑執導的《省港旗兵 2》（1987）是動作／犯罪加青年主人公，林嶺東執導的《龍虎風雲》（1987）、《學校風雲》（1988）是動作／犯罪／驚悚加青春主角，王家衛執導的《旺角卡門》（1989）是犯罪加青春，等等。典型的如《省港旗兵》雖然號稱根據當時眞實案件改編，但完成影片基本不考慮還原現實的問題，更多地渲染槍戰、暴力、色情

〔註77〕許樂：《香港電影文化歷程 1958～2007》，72 頁，北京，中國電影出版社，2009。

〔註78〕此片亦被稱作香港「臥底片」鼻祖。

等商業元素，主人公（六個當年的大陸紅衛兵）皆是臉譜化的形象，是心狠手辣、不講情義的亡命之徒，有學者解讀為中英聯合聲明發表的背景下港人對於大陸無產階級的恐怖性想像〔註79〕。又如《烈火青春》雖然有大量的青春戲，且「企圖表現典型殖民主義化的香港青年問題」〔註80〕，諸如崇洋、身份困惑、民族自尊等，但其對青年男女性愛過度的色情渲染以及結尾處突兀地轉入「瘋狂大砍殺」，極大破壞了影片的現實感，青春戲被商業類型的巨大陰影綁架了〔註81〕。作為羅海德所謂的「寫實主義者對本土身份特殊性的承擔」的新浪潮電影尚且承受了非人化的片廠制度的重壓，其個人化的表達被扭曲至此，新浪潮之外那些有青春元素但屬非現實題材的類型片更難以稱作青春電影，其年輕的男女主人公與當代香港社會現實比較疏離，更多的是為完成類型片而建構的符號，且此類青年主人公是固化的形象，隸屬於類型片的角色設定，自身並不體現自主性，故不將此類影片列在本論所界定的青春電影的框架下來闡釋。

3. 青春＋類型

　　香港的青春電影一開始就是嫁接在類型的土壤上，除了少量作為「異數的」現實題材文藝片（嚴格來說文藝片在 90 年代以來亦逐漸發展為一個類型〔註82〕）以外，有關青春的電影大多可以放在類型或反類型的框架內考察。研究香港青春電影，很難把類型電影排除在外。比如，90 年代前期一度被抑制的黑社會片從 1996 年起以《古惑仔》系列重返銀幕，持續在香港引起觀影狂潮。《古惑仔》系列電影將青春時尚的元素注入古老的黑社會片，

〔註79〕電光幻影：《血染的風采——〈省港旗兵〉系列的戲劇衝突比較》，
　　　　https://movie.douban.com/review/3342307/
〔註80〕石琪：《香港電影新浪潮》，5 頁，上海，復旦大學出版社，2006。
〔註81〕據說，譚家明拍攝此片長一年還未結尾、超支嚴重，監製余允抗中斷了他的導演工作，另安排唐基明接手，匆匆設計了這場「海灘大砍殺」作結。關於此事可參見兩段史料，其一，陳冠中：《事後：H 埠本土文化態》，江西教育出版社，2009 年 5 月第 1 版，第 25 頁；其二，翟浩然：《光與影的集體回憶（第二版）》，明報週刊，2012 年 3 月，第 33 頁。轉引自付曉：《重繪香港電影新浪潮創作圖譜（1978～1984）》，載《浙江藝術職業學院學報》，2014 年第 3 期，54～62 頁。
〔註82〕劉曉寧：《香港電影愛情文藝片發展概述》，載《電影文學》，2007 年 10 月上半月刊，24～25 頁。

且試圖以「合理性存在」的社團組織取代以往的對抗法治秩序的黑社會，為其「正名」，其主人公都是二十幾歲的年輕人，有香港時下年輕人所有的一切苦惱——找工作很難，戀愛很麻煩，與家庭關係隔膜……他們只有在「社團」中才能活得自如。銀幕上的他們裝扮很酷，一度引領香港年輕人的時尚。大衛·波德維爾回憶當年觀影時座上四周的觀者大多是穿戴很潮的年輕人，他認為「古惑仔」系列影片的觀眾半數是「身處角色世界的年輕人」——古惑仔自己。〔註83〕1996年同時也出現了「反古惑仔電影」（如《旺角風雲》，葉偉信導演），解構了「古惑仔」電影所建構的浪漫江湖。到1997年古惑仔熱潮也不像1996年那般狂熱，相反，「反古惑仔」電影的思維得到延續，陳果的反映香港青少年殘酷成長經歷的《香港製造》就是傑出的代表。如果說《香港製造》是無可爭議的青春電影，那麼就不得不追溯到其所「反」的「類型」——黑社會青春片。

雖然90年代香港電影業經歷了由盛轉衰，但是其強大的商業類型傳統仍如慣性一般，烙印在90年代的青春電影上，考慮到此時愛情文藝片已發展成一個類型，故只有極少數的影片跳脫出了類型的範式，如王家衛執導的《阿飛正傳》（1990）、《重慶森林》（1994）、《墮落天使》（1995）、《春光乍泄》（1997）以及陳果執導的《香港製造》（1997）、嚴浩和徐克聯合執導的《棋王》（1991）等。但即便是此類存在主義色彩濃鬱的影片亦與類型有著千絲萬縷的聯繫，如《阿飛正傳》本身就雜糅了愛情文藝片、犯罪片兩種類型，《重慶森林》《墮落天使》可視作解構類型的影片，雖有類型的外衣，然影片內核無關類型，只是依賴類型的景觀給觀眾營構一種似曾相識之感。改編自內地與臺灣兩部同名小說的《棋王》則是港片的一個異類，香港電影劇本絕少改編自文學和戲劇〔註84〕，本片集合了大陸、香港、臺灣的優秀電影資源（阿城小說、侯孝賢策劃、徐克監製、嚴浩執導），融傳奇、現實主義、政治隱喻、商業批判於一爐，以60年代和80年代的兩代棋王串聯起這一切，也指涉了兩代人的青春歲月。真正脫離類型藩籬的青春電影在1997香港回

〔註83〕〔美〕大衛·波德維爾（David Bordwell）：《香港電影的秘密》，何慧玲譯，21頁，海口，海南出版社，2003。

〔註84〕高志森的《我和春天有個約會》（1994）與舒琪的《虎度門》（1996）都改編自舞臺劇，在港片中已屬異數，改編自文學作品的電影，則以武俠小說為主，參見〔美〕大衛·波德維爾（David Bordwell）：《香港電影的秘密》，何慧玲譯，85頁，海口，海南出版社，2003。

歸之後才成規模出現，如許鞍華執導的《千言萬語》（1999）將青春電影融鑄了史詩品格，陳果執導的《榴槤飄飄》（2000）用平實的筆觸描寫現實殘酷青春，黎妙雪執導的《玻璃少女》（2001）則拼貼了政治隱喻與存在主義哲學，等等。總之，90 年代以來隨著大製片廠制度解體、獨立製作成為主流，青年導演獲得更多的執導機會。如果說 80 年代新浪潮初起時的青春題材電影還是類型加青春的模式的話，90 年代「青春」已排在「類型」之前，成了首要的考量對象，類型更多地成為演繹青春故事所借助的商業包裝。少量跳出商業傳統、專注於青春故事表達的影片大多是藝術片，有濃鬱的政治隱喻和存在主義哲學色彩。此外，值得注意的是，1997 以來香港與大陸合拍的青春電影繼續發揮了香港電影的類型特長，以青春＋類型的方式居多，雖數量較少，亦不乏精彩之作，如張婉婷執導的《北京樂與路》（2001，劇情／歌舞）、關錦鵬執導的《藍宇》（2001，劇情／愛情／同性）、黎妙雪執導的《戀之風景》（2003，劇情／愛情／動畫）、陳可辛執導的《如果·愛》（2005，劇情／愛情／歌舞）、羅卓瑤執導的《如夢》（2009，劇情／懸疑）、爾東升執導的《我是路人甲》（2013，劇情／喜劇）、曾國祥執導的《七月與安生》（2016，劇情／愛情），等等。

　　從上述青春電影的角度看，1997 也是香港電影的轉折點，回歸後的香港電影已不再如大衛·波德維爾引述紐約時報影評歸結香港電影特色時所述的那般「盡皆過火、盡是癲狂」〔註85〕，電影開始更多地承載導演冷靜的社會思考。遙想 90 年代初香港財富總量曾在亞洲僅次於日本和新加坡，位列第三，人均區內生產總值居全球第三，僅次於美國和瑞士，而「九七」前後，「香港人一連遭受了幾大困惑，對自身歷史的迷失、亞洲金融風暴的衝擊、世紀末集體的憂患意識、港人的生活水準普遍下跌……他們也失去了一貫良好的自我感覺，陷入一種被壓抑、被擺佈的情緒之中。」〔註86〕1997 年就有論者預言「以往在殖民地環境下，中西文化混種生成的『香港人』將不復存在，一種新的香港人將會出現。」〔註87〕與之相應地，所謂「地道」港片的風貌亦將隨之改變，「一些太出軌的意識……相信從一開始便會胎死腹中」。

〔註85〕〔美〕大衛·波德維爾（David Bordwell）：《香港電影的秘密》，何慧玲譯，7～16 頁，海口，海南出版社，2003。

〔註86〕左亞男：《黑色江湖：類型中的對話——後九七香港強盜片研究》，載《北京電影學院學報》，2005 年第 4 期，10 頁。

〔註87〕茹國烈等：《圖錄香港大趨勢 1997》，香港商務印書館，236 頁，1997。

〔註 88〕這也是香港電影融入 21 世紀以來愈來愈成爲一個整體的華語電影的必經過程。

第四節　多元融合：21 世紀華語青春電影的類型化發展態勢

　　20 世紀 80 年代起香港、臺灣、大陸三地電影先後開啓了傳統電影向現代電影的轉變，香港電影新浪潮、臺灣新電影皆表達了與此前電影觀念的決裂，從個人化的視角出發、表達個體訴求，現代電影觀念下的青春電影應運而生。同時期大陸電影則力圖以「青春電影」爲「改革」開道，以反叛者的姿態傳達對新主流的皈依，塑造了一批充滿銳氣的「時代之子」，年輕一代的心聲也部分得以展露。20 世紀 90 年代是中國大陸全面推進改革開放、進行市場化轉軌的開始，第六代導演此時的集體登場源於體制的鬆動以及拍片資金來源的多樣化，年輕導演有了相對獨立的自我表達的機會，大陸的青春電影此時才眞正開始成爲一種被研究的對象。臺灣則在 1991 年起全面解除戒嚴〔註 89〕，對文化產業的管制放鬆，與此同時海外片商大舉入侵，本土電影業萎縮，靠「國片」輔導金制度（1989）維持拍片產量，導演不考慮市場，愈加墜入藝術片的小圈子，看重海外電影節的認同。可以說，大陸、臺灣 90 年代年青導演執導的青春電影皆不同程度地忽視本土觀眾、更在意國際電影節的標準。90 年代華語青春電影的一個共同的特點是表現邊緣群體，尤其在青年導演初執導筒的作品當中，邊緣人的題材比較集中，邊緣人成爲一代青年的定位參照。這類 90 年代被冠以「先鋒」標識的影片在 21 世紀以大陸「文青」爲主的一些青年觀者當中引起廣泛共鳴，弔詭的是，當這些作品以清醒冷酷的現實主義逐漸獲得擁眾的時候，它們的製作者大多已轉而投向主流商業大潮。

　　21 世紀以來華語青春電影有兩種主要的青春敘事：「大眾」青春與「小眾」青春，「大」與「小」是相對的。前者是類型片策略下的青春片發展路線，力圖抹平時間、空間座標，建構一種消泯了時空差距的、爲華語世界共

〔註 88〕湯禎兆：《CEPA 所帶來的新埠片變化》，見湯禎兆：《香港電影血與骨》，54
　　　　頁，上海，復旦大學出版社，2010。
〔註 89〕臺灣本島及澎湖地區是 1987 年 7 月 15 日解禁，金門和馬祖則是 1991 年解
　　　　禁。

享的青春認同。後者是藝術片以及低成本製作的小眾青春電影（亦可視作一種類型）。得益於影視技術的發展、低成本製作成為可能，原先作為一種昂貴的表達方式的電影也可被普通人運用，如郝傑的《美姐》（2012）、《我的青春期》（2015）等，表現八九十年代大陸農村少年的青春故事，在中國是沉默的大多數人的青春，然被消費的可能性較低，此前要借用電影這個昂貴的表達媒介傳播幾乎是不可能的。技術發展帶來的電影表達的平民時代，使得這類致力於建構大眾認同的「小眾」電影成為可能。

1. 類型化與「新主流」

21 世紀以來三地青春電影主題與敘事之間的差異在縮小，資本及其商業理性主導的「新主流」在逐步成形中，並開始發揮它強大的吞吐能力，是以進入 21 世紀以來，作為一種異質的青春電影的表達空間日益縮塌，院線青春電影表現出越來越多的與主流電影、商業電影趨同的面相。近 10 年中國電影產業突飛猛進，發展類型電影也被視為建構電影強國的必經之道。在「類型」的大旗下，即便是第六代導演亦不再執著於他們初登場時倚重的「不撒謊」的攝影機，而是返回戲劇路線，精心結構故事。同樣，臺灣新電影對紀實美學的倚重以及其執著於形而上的哲學旨趣，在 21 世紀重歸主流的華語青春電影中褪色為一抹淺淺的背景色，更不用說香港電影早在 1997 回歸之後即已開始拋棄那些「過火的」「癲狂的」形式和內容，自覺向具有普適性的華語世界之審美風範靠攏。

近 10 年華語青春電影主要走的是類型化的嘗試，青春片成為一種引人注目的文化現象，「青春片」是青春電影在資本浪潮裏脅下進行的商業化嘗試，評論界對此批判的居多。2013 年及其後有許多跟風炮製的、消費「青春」的青春片，以炒作明星、話題為至勝法寶，如《小時代》系列（2013～2015）、《左耳》（2015）、《何以笙簫默》（2015）、《怦然星動》（2015）等，這些速興速朽的青春片很快透支了觀眾的期待，那樣一種剝離了所有深度思考的、只剩下校園多角戀、喝酒、打架、墮胎的青春，外表清俊、內裏圓滑，鮮有「青春氣質」，被學者抨擊為「沒有青春的青春」〔註 90〕。然而作為一種類型的嘗試，青春片試圖在最廣大的範圍內勾連起青年人的成長記憶，其題材內容是被限定的，選擇一種「讓過去合法化」的懷舊式敘事是討巧的策略，

〔註90〕張慧瑜：《青春片需要多種可能性》，載《人民日報》，2014 年 12 月 6 日。

它的問題不在於主題的狹隘，而在於呈現方式的蒼白，說到底，是一種現代電影敘事強調的「準確的表達力」的缺失。近年來一種引人矚目的混雜著懸疑、犯罪類型因素的黑色電影，如《一頁臺北》（2010）、《艋舺》（2010）、《志明與春嬌》（2010）、《七月與安生》（2016）等，在敘事上大膽革新，在運鏡、用光、構圖方面吸收了 90 年代青春電影的先鋒手法，然並不晦澀生硬，體現了影像「表達」的功力，較好地把握了個人表達和觀眾接受之間的「度」，在儘量減少個人追求方面妥協的同時，友好地達成了與觀眾的交流，是青春電影類型化的一種較爲成功的嘗試。此外，近年來，隨著數字技術的發展，影片拍攝成本大大降低，電影亦成爲一種不那麼昂貴的表達方式，越來越多有各種背景的新人加入導演行列，拍攝他們的青春故事，比較典型的如李霄峰執導的《少女哪吒》（2014）、郝傑執導的《美姐》（2012）、《我的青春夢》（2015），王一淳執導的《黑處有什麼》、相國強執導的《少年巴比倫》（2015）、張大磊執導的《八月》（2016）、閆然執導的《不朽的時光》（2016）、韓天執導的《那一場呼嘯而過的青春》（2017）等，這類絕非小眾的「青春」敘事此前在銀幕上是缺席的，得益於技術的發展與電影融資的靈活，這類代表沉默的大多數的青春影像得以以一種原生態的、非俯視的角度呈現。這類中小成本的個體化青春敘事日益成爲華語青春電影一股引人注目的趨勢，籍由這些作品，一個覆蓋了「沉默的大多數」之青春經驗的異托邦在銀幕上得以呈現，折射出一種繁複多樣的、立體化的青春圖景。

如果說「類型電影，特別是邁入全球化產業運作中的類型電影，強調的是一種服務於強勢文化傳統、審美意識和消費觀念的文化結構」〔註 91〕，那麼，華語青春電影在進入 21 世紀以來日益發展爲一大類型的現象則顯示承載華語世界青年文化的青春電影已脫離被規訓的、被代言的、邊緣的位置，開始步入主流，並在建構其自身所屬的亞文化群體認同的過程中，參與新主流的形成。不同於 80 年代承擔著主流意識形態規訓的青春電影，雖然也處在彼時的主流世界，但銀幕主人公及其青春故事的敘述方式皆服務於一種讓現在「合法化」的歷史修辭，以敦促年青人呼應主流意識形態的詢喚、認領各自的位置，21 世紀以來日益重返主流之中心的華語青春電影是在自主意識主導下、積極主動地表達自身訴求、參與新的主流意識形態構建。

〔註91〕趙斌：《亞洲類型片的流變：規律與趨勢》，載《當代電影》，2005 年第 6 期，120 頁。

2. 跨類型青春片的認同建構

　　當下華語青春電影處在一個類型化的過程中，也在與其他各種類型電影展開對話，它立足於成長敘事、對其他類型片的敘事手法兼收並蓄，這類的「亞類型」青春電影越來越成為華語青春類型片的主流。相反，元青春，或曰青春本位的青春電影，在經歷了以《致青春》《小時代》等驟然出現的「消費青春」高潮之後，有向小眾化的、自傳式的藝術青春電影發展的趨勢，一如 90 年代密集出現的第六代導演的早期作品。只不過 90 年代第六代導演的青春電影往往固執地將非常態的、邊緣的人物常態化，而近年來的「元青春」電影則聚焦於平凡個體（也是沉默的大多數）的青春體驗，如前文提及的《少女哪吒》（2014）、《我的青春夢》（2015）、《八月》（2016）等。「元青春」是以「青春」為表現對象的電影，是「關於青春的青春再現」〔註 92〕，而當下數量龐雜的青春片更多是「青春」與其他類型拼貼的產物。

　　在華語青春電影類型化的大潮中湧現出了幾類初具類型雛形的青春片，這些青春片往往立足於廣泛的社會語境，關注當下的社會熱點，回應大眾的情感需求，而不僅僅是單純的青春敘事。相應地，這些青春片亦不同於《那些年》《致青春》這種類型訴求純粹的「元青春片」，而是雜糅各種類型元素，積極地拓展「青春」的能指，將「青春」演繹為一種與年齡關涉不大的、生命常新的狀態，盡最大限度地勾連不同代際、不同品味的觀眾的生存體驗，尤其迎合底層文化的樂天知命。這些跨類型的青春亞類型在人物角色、衝突設置、價值取向等方面具有較大的靈活度，它既可以挪用其他類型片的敘事陳規，又可在其中展開對類型陳規的改造、顛覆。青春片的觀眾吐故納新的能力較強，對類型實驗有較強的包容性，因而青春片在很大程度上充當了類型實驗的演練場，新的亞類型源源不斷地被嘗試。目前華語青春片跨類型主要有青春+犯罪片、青春+勵志片、青春+喜劇片、青春+愛情片等幾種模式。這些亞類型青春片往往以青春片加某種類型為主，兼雜糅了其他類型，彼此之間亦有交集。通過這些源源不斷產生的亞類型青春片，「青春」的氣質、青春電影的思維滲透進主流「強勢文化傳統」，並日益彰顯其魅力和影響力，進而影響、重塑主流文化的情感結構。

　　比如，在香港地區有著悠久類型傳統的犯罪／黑社會片，90 年代後期起

〔註92〕何謙：《致青春——作為另類歷史、代際經濟與觀看方式的美國青春片》，載《電影藝術》，2017 年第 3 期，26 頁。

與「青春」合謀，以期挽回自身的頹勢，2000 年以來更是發展出一種青春+犯罪片類型。香港 90 年代後期大熱的「古惑仔」系列黑幫青春片，將青春時尚的元素注入古老的黑社會片，試圖將黑社會描述為「合理性存在」的社團組織、為其「正名」，其風靡的背後是香港年輕人的焦慮和現實困境，正是在「社團」這種灰色組織中，年輕人得以擺脫重荷、「活出真我」。可以說，茲時銀幕上的暴力犯罪承載了年輕一代對社會象徵體系的壓制之反抗，而銀幕上的犯罪分子實質上代表了這個社會中某些無法解決的癥結、某些潛在衝突的爆發點。21 世紀以來青春犯罪片承載的反抗性弱化，暴力犯罪的消費屬性被進一步開發出來、滿足人們的窺奇娛樂心理，比如新世紀初持續大熱的港片《新紮師妹》系列（2002 至 2007 年出品了 4 部）中，警匪的衝突轉換為兩性的追逐，雙方在彼此的衝突、誤認中製造一連串的喜劇效果。又如《火鍋英雄》（2016，楊慶執導）中少年時代的愛人充當了解開困境的鑰匙，青春已逝的主人公被當年的「青春愛人」救贖。以兩性情感來彌合衝突、解開癥結也是主流類型片的慣用之策，同時，籍「愛上他／她」這種最高層次的認同投射，反身達成自我價值的確立。

21 世紀以來在強大的商業理性主導下，華語青春電影中的反叛性也被資本收編、改造為一種無害的存在，其表現方式之一是將「反抗」的對象替換為無所具象的庸常生活，以「夢想」之類的可被消費社會開發的東西填充「反抗」的所指。在近年來的《11 度青春之老男孩》（2010）、《翻滾吧，阿信》（2011）、《逆光飛翔》（2012）、《中國合夥人》（2013）、《我是路人甲》（2013）、《狂舞派》（2013）等勵志類青春電影中，主人公反抗社會無形之網對其實現自我的鉗制，拒絕平庸、卑微的現狀，是以其將全部能量投入資本主義體系嘉許的渠道來實現的，夢想承擔了引導青年消耗過剩能量的功能。這類青春勵志片致力於建立一種「奮鬥」的認同，影片展現奮鬥者所逢遇的挫折是對現存體制／社會的批判，然最終的逆襲故事又代表主流對奮鬥者實施了表彰。新舊時代的轉換（褒揚前者、否定後者），或小圈子／大社群的轉換，是這類影片實現主流合理化表述的常見策略，以主流對奮鬥者的最終認同抵消了社會對於個體發展的禁錮。而另一方面，勵志故事也會以自我解構（解嘲）的面目出現，迎合當下盛行的「屌絲」文化，典型的如《煎餅俠》（2015），將逆襲的過程夢幻化、搞笑化，以勵志片的形式顛覆了關於奮鬥改變命運的勵志神話，亦可稱之為「反勵志片」。這類反勵志的青春喜

劇片還發展出一種雜糅穿越／魔幻元素的新類型，如《夏洛特煩惱》（2015）、《重返 20 歲》（2015）、《28 歲未成年》（2016）等。《夏洛特煩惱》中主人公籍穿越、重返青春，體驗不一樣的人生，大起大落之後一切看淡，爾後醒來、心安理得地繼續寡淡的人生。影片有漫畫化的青春片人物設置，然顛覆了青春片中的「女神」形象，穿越時空中終於到手的女神變成「蕩婦」。從某種程度上說，影片亦對經典愛情片元素實施了改寫，主人公不是越過障礙、贏得女神，而是將女神污名化，轉而心平氣和地接受命運拋來的「遺憾的伴侶」。反勵志青春片雖亦不乏對現實的批判性視角，然重心在解構「夢想」之類的勵志敘事，迎合「樂天知命」的大眾心理，重新肯定庸常生活的價值。

　　青春片對日常生活的重新定位，也從一個側面反映出年輕一代與世俗的和解。從這個角度看，青春愛情片的敘事轉向亦與商業理性相關，贏得「愛情」的認同，也即獲得自我的實現。近年來典型的青春愛情片如《杜拉拉升職記》（2010）、《志明與春嬌》（2010）、《前度》（2010）、《失戀三十三天》（2011）、《北京遇上西雅圖》（2013）、《被偷走的那五年》（2013）《前任攻略》（2014）、《撒嬌女人最好命》（2014）等，衝突模式已由經典愛情中個體對秩序的反抗轉換為三角戀、多角戀，主要的敘事動力是對愛偶的爭奪，失去愛情不僅意味著自身在他人眼中的貶值，也使自身限入現實困境。古老恒定的愛情法則在當下是失效的，當下更受期待的是失戀、移情別戀、曖昧關係之類的愛情敘事。在一個一切處在流動狀態的後現代語境之下，個體如何在變動不居的愛情遊戲中贏得主動、在與愛情捆綁的生存資源的分配中佔據主動成了更具看點的敘事。同時，收穫愛情的過程也是自我療癒（恢復）、重建自我認同的過程。

3.「元青春」電影的反類型書寫

　　近兩年消費青春的熱潮退卻，華語青春電影大體分化成兩類，一類往類型雜糅的方向發展，形成了上文所述的青春亞類型，另一類青春電影則在堅持「元青春」敘事的立場上，往超類型、反類型的方向上發展，演變為一種個體化的青春經驗的表達，如《少女哪吒》（2014）、《黑處有什麼》（2015）、《少年巴比倫》（2015）、《我的青春期》（2015）、《八月》（2016）、《不朽的時光》（2016）等。不同於《小時代》《致青春》等元青春類型片，這類元青

春電影往往有著散文化的結構，沒有儀式性的成長瞬間，衝突的結構性意義被弱化，暴力是驟然而至的，反叛也似乎是無因的，而看似平淡無奇的講述卻往往直抵極具私密性的生命體驗。兼具普泛性與私密性，盡可能地還原生活的原初體驗，但又避免淪為某種原教旨主義式的紀錄，對於創作者和觀眾而言，這類元青春電影是溝通自我內心與他人世界的媒介，「沉默的大多數」得以在這一關於青春的表達與消費中「舒緩身份缺失造成的焦慮」〔註93〕。

　　另一方面，這類超類型、反類型的元青春電影也處在當下類型電影的大格局中，與類型陳規或觀眾的類型片經驗展開了對話。通常人們期待從敘事中「發現」潛藏的秩序、索求一種對生活的解釋，這也是類型片的粉絲基礎，而這類新興的元青春電影敘事本身是不完整的──如《少女哪吒》中有意的敘事留白以及《黑處有什麼》對於「黑處有什麼」這一疑問的懸置──而且敘事並不遵循它的某些被證明行之有效的闡釋「模式」，相反，它致力於顛覆這些「成功的」模式、改變觀眾的認知結構。《少女哪吒》將「成長」與「反成長」的命題並置，叛逆不羈的李小路最終接受社會、學校的規訓，步入主流白領階層，而優等生王曉彬則自決於學校、家庭，自我放逐於社會的洪流之中，拒絕給出自身行為的解釋，也拒絕給觀眾提供一個完整的故事。影片溢出了「成長敘事」的地界，對「成長」本身也予以置疑，少女「成長」路上的重要設置──愛情被一筆帶過，似乎完全無視觀眾對於青春電影之重頭戲「愛情」的消費期待，類似於當下德國「後青春」電影中愛情只是充當意義找尋和自我身份尋求的一個載體。〔註94〕這類元青春電影的反類型還體現在敘事高潮的弱化以及對「傳奇」敘事的顛覆。如《我的青春期》（2015）中反愛情傳奇的敘事、《少年巴比倫》（2015）中反勵志傳奇的設置，都藉重了觀眾的愛情片、勵志片觀影經驗，只不過隨著敘事的走向，愛情或勵志傳奇被無聲地解構了。又如，《黑處有什麼》（2015）中反高潮的情節敘事，屢次讓觀眾在以為接近真相的「關鍵時刻」預期踏空，影片徒有懸疑片的外觀，卻無解疑的設置。不僅如此，影片還鞭撻了這種「敘事上的完滿」，正是這種必須揪出犯罪分子的、強迫症式的「敘事上的完滿」製造了冤案，而所有渴望「完滿」的人們皆成了同謀。

〔註93〕譚苗：《當代青春文學的時代特徵、敘事主題及視角研究》，載《中國文學評論》，2017年第1期，106頁。

〔註94〕張陶：《影像中的德國式後青春──當代德國青年電影導演的青春敘事及其社會語境》，載《當代電影》，2016年第7期，116頁。

元青春電影的生命力建築在超類型、反類型的基礎上，它總要以一種具有超越性、革新性的類型姿態，突破既有的成規。不同於《致青春》中人物一開始到最後基本沒有轉變，似乎一踏入青春，每個人的角色即已定型為某類恒定的文化符號——拜金、愛情至上或實用主義，在上述元青春電影中，角色是處在變化當中的，且角色本身承擔了多重身份，有時甚至是兩種相互矛盾的身份。從某種程度上說，青春電影對於成長主題的關注與其成為類型之間天然存在著矛盾。「成長」的著眼點在於角色的動態轉變，而類型片中通常「類型角色在心理上是靜止的——他／她只是一種態度、一種風格、一種世界觀，還有一種預先決定的、並且在本質上不變的文化姿態的肉體化身」。〔註95〕這些元青春電影更多傳承了 90 年代華語青春電影的反叛性內核，籍「反叛」的敘事重新建立起對「青春」本體的認同，作為一種小眾的存在，它亦對當下日益主流化、類型化的青春片形成一種反撥。

本章小結

80 年代大陸、臺灣、香港三地電影皆處在電影藝術本身的變革時期，大陸七八十年代之交開始打開國門、改革開放，電影從業者逐步接觸此前未觸及的西方電影理論、電影作品，對照之下，深感此前自身的電影觀念、手法陳舊落後，有一種追趕時代的迫切需求。大陸 80 年代也出現了《丟掉戲劇的拐杖》《電影與戲劇離婚》《談談電影語言的現代化》等指向現代電影理論探索的論文，代表了新時期革新電影語言的籲求。新的意識形態需要有新的敘事方式，然茲時電影攏歸在官方體制之內，擔負著官方喉舌之功能，且電影從業者尚處在一種師徒相授的生產體制中，所謂的青春電影絕大多數是由中年以上導演執導，帶有濃厚的訓喻色彩。80 年代的主題是現代化建設，圍繞這一時代強音，80 年代前期青春電影在銀幕上展開了現代性的建構，基調是昂揚、樂觀的，到 80 年代後期起則出現了關於現代性的反思，具體說，是關於建設一個怎樣的現代化的反思。80 年代末 90 年代初大陸青春電影的主場轉向城市，現代性的話語被世俗話語取代，消費主義一度盛行，但總體而言，90 年代大陸青春電影的主部是極具破壞性的「反叛」，第六代導演是創作主力。90 年代大陸電影體制分化、意識形態紛爭日益明朗，體制內外、

〔註95〕〔美〕托馬斯・沙茨：《好萊塢類型電影》，馮欣譯，32 頁，上海，世界出版社、上海人民出版社，2009。

不同代際導演的青春故事呈現出迥異的面相，體制外導演的青春電影往往充當著反陳規體制、反主流的先鋒。巧合的是，90 年代同樣在「官方體制」（國片輔導金制度）下求生存的臺灣青春電影亦是以一種反美學陳規、探索形式之新異的面目出現，倚重形而上的現代性困境的表達，亦是一種罔顧世俗審美趣味的姿態。

八九十年代港臺地區社會發展水平整體上高於大陸，其電影觀念、敘事手法亦努力向現代電影靠齊，香港電影新浪潮與臺灣新電影中湧現出大批受過專業電影教育的年輕編導以及具備現代電影理論修養的影評人，製作者與影評人的良性互動促成了「浪潮」式的電影現象，瞄準青年受眾的青春電影從此間起步。然差不多同時期起步的港臺青春電影卻有著迥異的風貌。香港電影新浪潮大體發生在電影業內部，變革仍是在濃鬱的商業意識驅動之下發生，注重與其類型傳統的結合，起初是以類型片加青春元素為主，至 90 年代大製片廠制度瓦解、獨立製片成為主流的產業格局下，才出現以青春為主體、類型作為包裝元素的青春電影，這部分獨立製作的青春電影在 21 世紀日益成為留守本港電影製作的主流。另一方面，「北上」的影人將香港強大的類型傳統及先進的電影技術在合拍片中發揚光大，為融合中的華語電影增添了美學範式。臺灣新電影則一開始就帶有「黨營」的色彩，服務於家國話語、族群意識，有為「當代臺灣」代言的野心，重藝術性探索、輕商業性的操作，發展至後來極度依賴官方的「國片輔導金」維繫製作，也愈來愈脫離普通觀眾。臺灣青春電影在 21 世紀臺灣電影復興中回歸文藝片傳統，充當了臺灣電影業的龍頭，其發展出來的小清新式的審美情調一度引領華語青春電影的潮流。

21 世紀華語青春電影走向多元融合，一方面在類型化的趨勢下，華語青春類型片（包括亞類型青春片）致力於書寫「大眾」青春，消泯時空、地域差異，以期借一代人青春經驗的重構整合儘量龐大的受眾，這類影像日益構成一種霸權式的「青春」話語，不斷擠壓異質性的青春話語的生存空間。而另一方面，得益於電影的平民化時代，低成本製作的小眾青春電影頑強地生長，原先在華語青春電影中缺席的「沉默的大多數」得以逃離「被代言」的桎梏、獲得自我表達的空間，一種試圖建構「大眾」認同的「小眾」電影成為可能。正是這些源源不斷生長出來的、風格各異的小製作青春，使得被主流青春電影遮蔽的個體青春經驗得以呈現，從而以自己的方式參與到華語世界新主流的形成當中。

第二章　城市與鄉村：當代華語青春電影的地域敘事

　　城市與鄉村在華語青春電影中不僅是空間議題，也是時間議題，城市脫胎於鄉村，卻是在否定鄉村價值觀的基礎上發展而來。城市與鄉村的空間對疊也表現為由傳統到現代的時間體驗。正是區域發展的落差使得現代人可以在同一時間的不同空間裏體驗「穿越感」。大陸和臺灣、香港電影的共同源頭——20 世紀 20 至 30 年代的上海電影中城市與鄉村的對立已初顯，在「鄉土中國」的視角下，「鄉村是樸實善意的符號，都市通常充滿罪惡、誘惑及紙醉金迷的浪蕩。」〔註1〕80 年代以來隨著電影語言的發展，在大陸與臺灣的青春電影中，城市與鄉村這一對古老的藝術母題超越了作為影片故事之背景以及人物活動的空間範疇，超越了簡單的善惡符號，具備了一定的主體性，是融合了創作者自覺建構的鄉村意識與城市意識的產物。愛德華·蘇賈認為空間的組織和意義是「社會變化、社會轉型和社會經驗的產物」〔註2〕。電影中的空間是一種想像的空間，但大眾在銀幕構想的空間中獲取空間觀念，並將其投射到經驗世界，因而空間是被生產的，同時又具有生產性。

　　80 年代中國大陸的主流話語是改革開放、奔向現代化，體現在電影文化中，「現代性頑固地作為一種強大的敘事而存在」〔註3〕。表面上看，現代性

〔註1〕 張江藝、吳木坤：《映畫神州：中國電影地域紛呈》，246 頁，北京大學出版社，2005。

〔註2〕 愛德華·W·蘇賈：《後現代地理學：重申批判社會理論的空間》，121 頁，北京，商務印書館，2004。

〔註3〕 〔美〕羅麗莎：《另類的現代性——改革開放時代中國性別化渴望》，黃新譯，

的敘事把改革開放描述成線性歷史發展的先進方向，但是 50～70 年代大陸社會主義城市體制對於「集體消費」〔註 4〕的掌控既帶有晚期資本主義的特徵，又因提供這種服務是針對特定空間區域中的人，故而它又類似一種「政治動員」，是國家機器運用空間規劃的權力來實施的規訓。正如列斐伏爾所說，「社會空間允許某些行爲發生，暗示另一些行爲，但同時禁止其他一些行爲」。〔註 5〕大陸的體制改革將這些此前由國家包辦的「集體消費」讓渡給市場，在資本主義發展的脈絡中來看，其實與「先進的方向」無涉。無論是社會主義時期的城鄉二元、還是改革開放後的城市化進程（將鄉村發展爲城市），空間的規劃永遠是「政治性的和策略性的」〔註 6〕（列斐伏爾語）。愛德華・蘇賈認爲，「城市化是對現代性空間化以及對日常生活的戰略性『規劃』的概括性比喻」〔註 7〕。在「現代化」這種「特定的發展模式」下，城市或鄉村之類的空間形式會「表達並實施國家的諸種權力關係」，與此同時烙上「被壓制的主體反抗的烙印」，最後，社會運動會挑戰空間的結構並企求推出新的空間功能和空間形式。〔註 8〕

第一節　現代性的規訓與質疑：大陸青春電影中的城鄉對峙

　　大陸青春電影中的城市與鄉村是一對超越了地域指涉，蘊含著文化、價

---

　　13 頁，南京，江蘇人民出版社/鳳凰出版傳媒集團，2006。

〔註 4〕集體消費指的通常由國家集體性提供的服務形式，如大眾住房、交通、醫療設施等。*Urban Sociology, Capitalism and Modernity,* Mike Savage and Alan Warde, Macmillan, 1993, p.28.轉引自包亞明主編：《現代性與空間的生產》，6 頁，上海教育出版社，2003。

〔註 5〕*The Production of Space*, Henri Lefebvre, Blackwell, 1991, p85. 轉引自包亞明主編：《現代性與空間的生產》，10 頁，上海教育出版社，2003。

〔註 6〕Henri Lefebvre（1977）「Spatial Planning: Reflections on the Politics of Space」, in Richard Peet（ed.）*Radical Geography: Alternative Viewpoints on Contemporary Social Issues*, Chicago: Maaroufa. pp. 342. 轉引自中譯本亨利・列斐伏爾：《空間政治學的反思》，陳志梧譯，見包亞明主編：《現代性與空間的生產》，62 頁，上海教育出版社，2003。

〔註 7〕愛德華・W・蘇賈：《後現代地理學：重申批判社會理論的空間》，77 頁，北京，商務印書館，2004。

〔註 8〕卡斯特利斯：《城市與鄉村》（1983，4），轉引自愛德華・W・蘇賈：《後現代地理學：重申批判社會理論的空間》，108 頁，北京，商務印書館，2004。

值觀的母題，由於大陸與港臺地區的社會經濟發展水平以及社會思潮等方面的差異，城市與鄉村在八九十年代大陸與港臺地區的青春電影中被建構成不同的文化景觀，「城市與鄉村」的母題在大陸青春電影中表現得尤其突出，投注於城市與鄉村的想像「變成了一種具有生產能力的社會力量，成爲自我認識、身份定位、意識形態和觀念建構的重要因素」〔註9〕。

青春電影中的鄉村想像在 80 年代前期和後期體現出不同的意識形態，80 年代中期之後以鄉村爲主要故事場域的青春電影如《人生》（1984）、《青春祭》（1985）、《孩子王》（1987）等影片中，「鄉村」在導演鏡頭的審視下產生了「陌生化」的樣態，染上了文化、審美的意味。大規模的知識青年「上山下鄉」運動爲電影這種現代工業藝術與傳統鄉村的聯結提供了機緣。80 年代浮現的這批導演絕大部分都有被權力支配下鄉、回城的經歷，正如旺暉所說，「對土地的表現依存於創作者與土地的分離，對『土地』文化意義的發現，依存於離開了土地的人的那種既熟悉又陌生的感覺、體驗和目光」。〔註10〕正是在這批「城市的流放者」的眼中，鄉村被賦予了莊嚴、肅穆、寧靜的美學風範以及蘊含著原始衝動的生命力，同樣也是在「城市流放者」的審視下，鄉村成了愚昧、殘忍、待開化的文明荒漠。鄉村一分爲二：審美意義上的、被讚美的鄉村和現代性話語下的、待啓蒙的鄉村。對應的是當代青年對城市的雙重體驗：喧囂、混亂、令人惶恐的水泥森林和開放的、充滿活力和機遇的舞臺。

1. 80 年代以來大陸青春電影中城市與鄉村的演變

80 年代大陸青春電影中的城市影像總體而言是整潔、漂亮、又不失溫馨，現代氣息十足，如《廬山戀》（1980）、《逆光》（1982）、《都市裏的村莊》（1982）、《街上流行紅裙子》（1984）等青春電影中的城市場景無形中營造了一種現代性的生活模式：亮麗的時裝、氣派的大樓、機械化的廠房、窗明幾淨的室內以及電話、汽車、家電等一系列彰顯現代生活品質的器具，於電影敘事之外，另外建構了一個關於現代化生活的富足映像。此時期青春電影中的鄉村則聯繫著雙重的匱乏，物質的貧困與精神的愚弱，是「城市的流放

〔註9〕 孫紹誼：《「無地域空間」與懷舊政治：「後九七」香港電影的上海想像》，載《文藝研究》，2007 年第 11 期，33 頁。

〔註10〕 汪暉：《當代電影中的鄉土與都市——尋找歷史的解釋與生命的歸宿》，載《當代電影》，1989 年第 2 期，13 頁。

者」眼中亟待逃離的地方。相比之下，此時期的當代鄉村題材影片雖對鄉村亦呈現出愛恨交織的複雜情態，但並不是單純的以現代性視角審視鄉村，在鄉村與城市的角逐中，雖然城市的趨勢無可阻擋，但這類影片大多會給予鄉村以道德的、倫常的優勢，如胡炳榴的《鄉情》（1981）、《鄉音》（1983）、《鄉民》（1986）〔註11〕。至80年代後期在飛速變化的城市面前感到惶惑的「歸來者」又開始以審美的視角重新打量記憶中的鄉村，試圖從中提取精神慰藉的資源。投注於鄉村的道德、審美光暈在2000年以後的青春電影中大體轉向異域色彩的少數民族地區、深山老林。

　　城市在80年代大陸的青春電影中經歷了一個由虛到實，由老平房區到新城區的過程。老平房區帶有鄉土社會的遺存，新城區是朝向未來的，兼含憧憬和隱憂。二者之間的角力也是在另一個層面展開的城市與鄉村／傳統與現代的較量。《沙鷗》（1981）基本是室內場景，在訓練場和小平房的家中，間或有街道或大樓的側影。《廬山戀》整個場景都在廬山上，只有女主人公客居的賓館有現代化的氣息。男主人公在山上寫生，對著空曠的山下描繪了一片現代化的城市藍圖。《小街》則虛化了故事發生的場景，影片籠罩在一片朦朧的回憶色調中，小街，小樓，公園，野外，虛虛實實，似夢境。城市作為實體凸現在銀幕上始自1982年的《逆光》和《都市裏的村莊》，除了現代化的廠房以及作為背景的高樓外，二者幾乎都是把主要鏡頭對準老街區，以游子歸來的眼光打量變化中的家園，在拔地而起的高樓面前，小平房、棚戶區顯出它的寒酸，然而也保留著老街區特有的親和與生機。《都市裏的村莊》中的長樂村、《逆光》中的棚戶區皆有鄉村文化的遺存，街坊之間待人熱情、坦率，然而也黏惹了一些小市民習氣，比如自私、愛計較、講究實際（繼承了十七年電影中對小市民及其代表的城市文化的批判視角），等等。影片在工人階級與社會各階層、祖國與國際大舞臺之間建立了一組類比，此時期面對打開的國門，國家主體意識還是工人階級式的。《逆光》中還出現了小資產階級情調的舞廳、高檔飯店，代表了城市文化萎靡、虛無的一面。影片為這「城市病」開出的良方是——「要有那麼點精神」。幹部子弟夏茵

〔註11〕80年代中期以來當代農村題材影片急驟減少，不再是批評話語的中心，1989～1991年連續三年產量只有七八部，此後在「提倡主旋律」的主導方針下，電影主管部門每年資助10部農村題材影片拍攝，這一有獨特文化意義的電影題材基本靠資助維持。參見楊紅菊：《中國鄉村電影的生存現狀與發展前瞻》，載《電影文學》，2007年第1期（下），8頁。

茵從城裏「下嫁」棚戶區的工人階級先進人物廖星明，棚戶區的女兒廖小琴則拋棄了棚戶區青梅竹馬的戀人、轉投城區青年小齊的懷抱。兩種區域的流動，後者是世俗大流，前者是大流中的「逆光」，作者試圖從棚戶區保留的精神中提取醫治可能蔓延的「城市病」的藥方。然而弔詭的是，引導廖星明從他生長的愚昧環境中走出來的「這點精神」又源自 12 年前風華正茂的江老師和她的戀人——大學生蘇平。江老師於武鬥瘋狂的歲月裏造訪棚戶區，給少年廖星明帶來思想上的震動，江老師、蘇平的造型酷似五四青年，一種接續遙遠的啟蒙時代的意味彰顯。現實中的江老師已臣服於世俗生活，蘇平亦於愛情破滅之後躲進了象牙塔。影片以棚戶區出身的劇作家蘇平的視角，將正能量重新賦予棚戶區工人廖星明，凸現他在勞動中的健美身姿、在圖書館的專心致志以及在抵擋利誘面前的堅定意志，將其樹立為新時代的楷模，並讓其最終獲得事業和愛情的雙贏。1984 年的《街上流行紅裙子》《雅瑪哈魚檔》則進入了城市生活的內裏，影片呈現的不再是疏離者審視的目光下的城市。新老城區的各個層面展現在銀幕上，堪稱時代的影像志，火熱的、生機勃勃的世俗生活成了主角。對於燈紅酒綠的新城區及新的城市人群（如個體戶）不再有居高臨下的批判姿態，而是試圖去理解其作為現代城市的一部分，其內裏的運行邏輯與價值觀。

　　同時期青春電影中的鄉村則負載了矛盾的意象，從起初被批判的、作為現代性反面存在的場域，到被重新評估，到化為美學意象、以「缺席的在場」的方式存在於 80 年代末期及其後的青春電影中。《被愛情遺忘的角落》中（1981）鄉村是封建的、「極左」的、被現代文明遺忘的角落，兼存有新舊社會的糟粕，對「文革」的批判與對傳統鄉村的批判重合了，激進革命的「文革」等同於殘忍、愚昧的「封建」本身。接受了現代性洗禮的知識分子反身發現了封建鄉村的殘忍、愚昧，將其與「文革」的發生聯結在一起，「文革」的災難被解釋成「鄉村式的」——啟蒙缺失以及物質與精神的貧乏所致。到《人生》（1984）、《青春祭》（1985）和《孩子王》（1987）中，「鄉土中國」顯現出它在當代生活中「巨大的現實存在和恆久的文化力量」〔註12〕，鄉村重新成為孕育一切的原初之地，《人生》重提鄉村的價值評估，以「鄉土」的厚重、質樸、包容，重新接納它的「逆子」——逃離鄉村、闖蕩城市的青

〔註12〕汪暉：《當代電影中的鄉土與都市——尋找歷史的解釋與生命的歸宿》，載《當代電影》，1989 年第 2 期，16 頁。

年，並給予其重新面對生活的力量。《青春祭》則試圖從鄉土中國尋找「生命之美」的源頭，來激活被工業城市抑制的人的本性，從中獲得力量，療癒歷史的創傷。《孩子王》中鄉村重新顯現出「靜穆的莊嚴」，是蘊含大道之所在，相反，是加諸其上的政治文化及其慣性生存禁錮了鄉村的活力，一種去智返樸的幽思氤氳其上。對鄉村的價值評估亦伴隨著鄉村的「缺席」以及「鄉村」形象的美學化。在《街上流行紅裙子》（1984）中，鄉村是「缺席的在場」，農村來滬的女工阿香忌諱被看作「鄉下人」，阿香鄉下的哥嫂卻因承包致富、給她帶來了城裏人也稀罕的收音機。改革開放之初、雖有少數沿海村莊短暫的財富增殖爲鄉村贏得了一絲榮光，而城鄉二者之差經過 50～70 年代城鄉二元體制的加劇，已是判若雲泥。「鄉村」成爲禁忌的苗頭初顯。80年代後期以來實體的鄉村在青春電影中基本消失，代之以一種美學想像的方式投射在其他事物上。1987 年張澤鳴的《太陽雨》和孫周的《給咖啡加點糖》是典型的都市青春電影，二者皆有鮮明的都市意識、都市體驗，然而其背後掩飾不住的是「都市流浪者」疏離的、審視的目光，不同於 80 年代初的《逆光》《都市裏的村莊》中帶規訓意味的審視，這兩部影片傳達的都市體驗是矛盾的，參雜著嚮往與拒斥，是一種創作者自身也難以廓清的困惑與悵惘。一方面宗法制的鄉村已經在新啓蒙過程中呈現出它的愚昧、殘忍，現代性城市以它無可匹敵的優勢引領了時代潮流，另一方面，處身嘈雜的城市及其日益精密的結構之中、人的異化不可避免，想像中鄉村的寧靜、自然又似乎更適合安放人的身心。《太陽雨》將承載城市與鄉村的意象投射在影片的幾位青年男女主人公身上，作者的重心落在充滿懷舊氣息、恬靜優美的、與時代格格不入的圖書館員亞義身上，社會主義建設時期再度與「鄉村」氣質重疊，改革開放、商品經濟則被填充進「城市」內涵中。《給咖啡加點糖》將鄉村的投影具象化爲農村來城裏謀生的姑娘林霞，林霞之於男主人公剛仔與其說是愛偶，不如說是對城市文明感到惶惑的主體需要求助的對象。「城市游民」剛仔內心分裂，一方面享受著現代化的城市帶來的種種便利，一方面在這飛速運轉的城市面前感到失重，不由自主。他與鄉村姑娘林霞（一個顯然與城市格格不入的人）的戀愛更像現代人向前現代人絕望地乞求聯結，以求擺脫失重感，重新找到位置。在這裡，鄉村與前現代（現代人的過去）等同，空間「時間化」，鄉村被賦予了懷舊的特質，成爲寄寓詩意家園的審美對象。80 年代末青春電影中的城市一度演變爲剝離了所有崇高屬性的荒誕空間，不

再有寄寓救贖的對象出現。這些影片以滑稽、調侃的方式消解了一切莊嚴、沉重的東西，自身也墮入虛無，如 1988 年的《頑主》《輪迴》，然而「頑主」們的內裏還是前現代式的，因其曾經秉持的理想主義已死滅，不能直面這光怪陸離的現世，遁主流話語的規訓、假裝與之和諧共處，故以一種消遣、解構的姿態宣示自甘作「邊緣人」的「特立獨行」。縱觀 80 年代以來的青春電影，鄉村形象與社會主義革命時期幾度重疊，從被批判的對象到懷舊的載體，到被供呈於祭壇之上的純真年代的圖騰，一步步抽象化。

2. 城市－鄉村－城市：80～90 年代大陸青春電影的空間政治學

在 50～70 年代中國大陸的社會主義實踐中，城市被當作舊社會的遺留，是資產階級文化滋生、流佈的地方，是需要被規訓、被改造的對象，城市題材的電影也極易受到批判，城市只有被結合進工業題材才能獲得正面的講述。與之相反，社會主義的鄉村是力量之源，是輸出樸素價值觀的地方，農村題材電影也一度成為主流。80 年代商業性的城市開始出現在銀幕上，城市自身獲得了自足的存在，並且在改革開放的背景下成為承載現代化想像的場所，鄉村則逐步跌至底層，成為被啟蒙、被拯救的對象，鄉村題材影片驟減，以至靠政府資助維持。與此同時，城市的多重面向開始展露。景觀層面的摩天大樓、擁擠嘈雜的街道、車流、人流、地鐵，室內的咖啡廳、檯球室、酒吧、賓館，還有棚戶區、廢墟、建築工地等，林林總總，不一而足。另一層面是城市中的各色人等，如小職員、學生、司機、個體戶，甚至邊緣人等，逐漸取代了 50～70 年代城市空間的主角──工人和小知識分子。與之相應的，城市中個體的人際關係、心態、生活方式等亦成為銀幕上的表現對象。

中國大陸青春電影在 80 年代中期起已較少立足於鄉村講述，年青人的舞臺在朝城市轉移。在為數不多的涉及鄉村場域的青春電影中，鄉村總的而言代表現代性的反面，是落後、閉塞、愚昧的表徵，如《被愛情遺忘的角落》（1981）。在知青題材《今夜有暴風雪》（1984）、《青春祭》（1985）中鄉村代表有原始性的美、是與獻祭的青春聯繫在一起的帶有光暈的場域，然而亦是知青堅定不移地要離棄的場域，在《人生》（1984）、《老井》（1986）中，則是語義含混的既帶有寬厚溫和的、自足的審美意蘊，又是貧窮、落後的底層，也是追求上進的農村青年一心要逃離的場域。在《孩子王》（1987）中

鄉村已不具自足性，表面與自然渾然一體的鄉民卻無視自然的能量，反倒是來自城裏的老杆及其他知青更放肆的生活方式、更靈活的思維意識與古板的村支書、循規蹈矩的鄉村師生形成對照。影片中所呈現的 70 年代的大陸鄉村，在一整套「革命的」政治文化疊加傳統慣性的雙重規約之下，異化成凝滯的時空。無論如何，80 年代鄉村在與城市的對峙中，至少以審美性的一面保持微弱的魅力（在當年返城離去、如今回望鄉土的第四代、第五代導演的鏡頭下）。鄉村不至被徹底否定，因爲那也意味著一代人否定自己的青春。然而在國家現代主義的宏大敘事層面，鄉村無可避免地要成爲一個被離棄的場域。80 年代鄧小平開啓的改革開放以「讓一部分人先富起來」、讓一部分地域先發達起來爲宗旨，鄉村在經歷過短暫的知識青年上山下鄉的囂鬧之後，迅速倒退到前現代，在日益現代化的城市面前，內陸鄉村彷彿無處安放的暗瘡，已無從在主流銀幕上找到位置。

　　90 年代青春電影中的鄉村已完全失去與城市抗衡的資本〔註13〕，與此同時，老城區在沿海大城市經濟起飛的映像下，也露出了它荒涼、落寞、疲憊、邊遢的一面。在現實主義的鏡頭下，城市的現代化光暈褪去，粗糲的一面展現出來，最有代表性的是 1990 年的《北京，你早》（張暖忻），一部以大都市的早晨命名的影片，鏡頭下的北京城大部分時間是破落、蕭瑟的，環繞主人公馬曉晴的是低矮破舊的小平房、肮髒的工作環境（公交口）以及不得不忍受的粗鄙人群。年輕人馬曉晴對這份體制內工作的態度也由知足發展爲厭惡——在與同年齡夥伴比較的基礎上。同樣，在謝飛的《本命年》（1990）中，現代城市對於失足青年的規訓自信也遠不如 80 年代的《雅瑪哈魚檔》，恰恰是飛速變化的、光怪陸離的城市讓出獄後的泉子無所適從，與其說他死於街頭小混混的無端挑釁，不如說他死於精神的幻滅。另一方面，90 年代商品經濟飛速發展，隨著沿海開放城市與內地城市之間的發展差異加大，銀幕城市空間亦發生了分化，老城區、老廠區代替 80 年代的鄉村，成爲舊時代的載體，與日新月異的都市形成新的空間對峙。而鄉村，則基本不在此時期的青春電影中實存。整體上由第六代導演擔綱的 90 年代的青春電影幾乎完全避開了鄉

〔註13〕 在 90 年代少數的農村題材影片中，鄉村與其說是傳統與現代碰撞的場域，不如說是現代性宏大敘事征服的對象，如《秋菊打官司》（1992）、《香魂女》（1993）、《二嫫》（1994）、《被告山槓爺》（1994）、《吳二哥請神》（1995），等等。

村，如果說 80 年代二元對立的場域是城市與鄉村的話，90 年代鄉村則基本被放逐在視野之外。第六代被稱爲「城市的一代」，他們沒有鄉村的經驗，茲時的鄉村發展已遠遠落後於城市，亦不復具有相較於城市文明而言的審美特性，第六代導演的青春電影基本聚焦城市，鄉村已無關當代人的青春。然而也正是在第六代導演的電影中，來自現代性內部的反思開始出現。張元的《北京雜種》（1993）、管虎的《頭髮亂了》（1992）、阿年的《感光時代》（1994）、婁燁的《週末情人》（1995）、何建軍的《郵差》（1995）、王小帥的《扁擔·姑娘》、章明的《巫山雲雨》（1996）、路學長的《長大成人》（1997）、賈樟柯的《小武》（1997）等影片中，有更複雜的對於現代城市的反思，在這些青春電影中，現代性的敘事已裂隙叢生，現代性關於進步的允諾被肆意地嘲弄。如在《小武》中，投身現代化潮流、金盆洗手的大勇（小武昔日的兄弟），所幹的「大事」不過是一種改頭換面的「坑蒙拐騙」，其惡劣性更甚於小武的小偷小摸（至少小武秉持著傳統的「盜亦有盜」），卻被主流媒體表彰爲「先進企業家」。

　　90 年代有少量故事場域設置在鄉村的青春電影，集中在有過鄉村生活經驗的第五代導演的作品當中。根據筆者的梳理，90 年代影片場景設置在農村的青春電影主要有李少紅的《血色清晨》（1992）、何群的《鳳凰琴》（1993）、張藝謀的《一個都不能少》《我的父親母親》（1999）以及陳沖的《天浴》（1998）等。如果說第六代青年導演鏡頭下的城市負載了現代性的反思，那麼第五代導演鄉村場域裏的青春故事則接續了 80 年代前期的現代性思維。《我的父親母親》中的鄉村完全抽離了現實土壤、只作爲一處虛化的浪漫愛情的背景存在，引娣（章子怡飾演）對小學教師的愛慕亦可解讀爲（文盲）鄉村對（知識）城市的渴慕，引娣的美貌與執著爲她贏得了改變命運（獲得城裏人青睞）的機會，編導對「父親母親」執著愛情的展現亦可解讀爲鄉村對現代性文明的尊崇與一往情深。在其餘的幾部青春電影中鄉村則是以險酷的面目出現，鄉村對於當代青年來說已不啻於地獄般的存在。李少紅導演鏡頭下的鄉村是一個恐怖的場域：貧窮、愚昧、陰暗，幾乎是所有人合謀殺死了本村唯一代表知識與光明的小學教師。《鳳凰琴》中地處山區的界嶺小學，物質極度貧困，生存環境惡劣，所有代課教師心心念念的都是那一紙代表著逃離的「轉正表」。在張藝謀的勉強可歸作青春電影的《一個都不能少》中，鄉村完全淪爲弱勢者，亟待城市的拯救。作爲精英階層的電影導演讓鄉村在銀幕上顯

影、引人注目（而不是屏蔽），更多的像觸碰禁忌、以身試險，爲「無聲的賤民」發聲。陳沖的《天浴》則進一步粉碎了關於鄉村的審美想像，在荒誕的政治權力與鄉村無恥男性的聯合絞殺下，小城姑娘文秀的青春被玷污、被埋葬。鄉村成了集中國社會所有醜惡於一體的污泥潭，彷彿黑洞一般把所有靠近它的美好事物都吞噬，而悲劇的根源是無限膨脹的權力落到了粗鄙者手中。被權力污染過的鄉村不復再有審美的意味。至此，鄉村已徹底失去作爲敘事原代碼之一與城市比較的地位，失去了它唯一的資本——可以成爲審美對象的人與景。與此同時發生的是作爲現代性表徵的城市的分化：內陸小城與沿海大城市，待拆遷區與新城安置區；體制內（安分守己的小角色）與體制外（下海弄潮者）。前者代表落後、拘束、匱乏，代表舊時代，後者代表先進、開放、富足，代表新時代。2000 年以後城鄉對立的母題在青春電影中逐漸消失，鄉村的貧困愚昧、荒涼慘烈的景象也隨之消失，銀幕鄉村蛻化爲某種奇觀展覽的符號，或者作爲「浪漫主義者的精神遐想」〔註14〕空間，更多地呈現爲異域（少數民族居住區、深山老林、未開化地）景觀，如霍建啓的《那山那人那狗》（1999）《暖》（2003）和《1980 年代的愛情》（2015）、章家瑞的《婼瑪的十七歲》（2003）和《花腰新娘》（2005）、戴思傑的《巴爾扎克與小裁縫》（2002）、蔣欽民的《天上的戀人》（2002）、呂樂的《美人草》（2004）等。

縱觀 80 年代以來大陸青春電影中的城市與鄉村從並列、對峙，到鄉村基本沉陷，城鄉的母題消失，城市在自身內部重新結構了一組二元對立，放逐鄉村於銀幕之外，恰恰對應的現實是改革開放、打破城鄉二元劃分、取消價格雙軌制，允許農村人口有限度地流動到城市的八九十年代。而 50～70 年代新中國電影中代表正面價值、輸出能量的鄉村正是在 50～70 年代底層化，鄉村也是此時期新政權以接受「貧下中農再教育」的名義流放「異端」／容納城市待業青年的地方。70 年代末開始的回城潮，在古板的戶籍制度下、個中的曲折艱辛，使得「回城」（原城市子民）、「逃離鄉村」（農村青年）成爲一代人的情結。終於「逃離」的鄉村成了 90 年代青春電影的一處禁忌，又在 2000 年以後的青春電影中以異域的方式回現。

〔註14〕尹曉麗：《試論新中國電影視野中的鄉村景觀》，載《文藝理論與批評》，2005 年第 6 期，100 頁。

第二節　反思現代性：臺灣青春電影中的區域建構

臺灣青春電影中城鄉的區隔並不是地理上的，更多的是體現在心理上的。如果說 80 年代大陸青春電影的背後有一個巨大的現代性敘事的在場，80 年代臺灣發源自新電影的青春電影則被反現代性的「鄉土意識」所主導。經歷過經濟起飛的 80 年代臺灣地區城鄉並沒有物質生活上的顯著差異，城市在鄉村面前並不必然有如大陸城市對鄉村那般顯而易見的優勢。新電影以「鄉土」爲本位建立的本土意識，將城市與殖民地歷史以及改造鄉土的工業化進程疊加，形成了對城市的批判性意象。90 年代臺灣青春電影中的城市是絕對的主角，傳統意義上封閉自足的鄉村已消失，偶而出現的鄉村是城市的輻射區域，亦是一個開放、流動的空間。2000 以後日益佔據空間主體位置的是小鎮，處於城鄉之間的小鎮成爲傳統與現代的爭鋒之地，一方面保留著鄉村的熟人社會特徵，另一方面受到外來勢力的衝擊，傳統的價值觀面臨瓦解。

1. 鄉土意識與臺北中心

臺灣青春電影中的城市想像始終帶有鄉土意識的印痕。臺灣未實行大陸 50 年代後期開始的城鄉二元體制，城鄉經濟水平差距不大，亦未發生如大陸 80 年代那般國門洞開之下迅猛的現代化實踐以及啓蒙思潮影響，鄉村在臺灣的青春電影中始終是一處柔軟的、承載溫情的地方，無關愚昧、殘酷。相反，城市在臺灣青春電影中一開始就是一個異己的存在，城市不其然間與殖民的歷史關聯在一起〔註 15〕，臺灣新電影承襲了 70 年代「回歸鄉土」思潮中湧現的對現代性／殖民地政治文化遺產的批判，「充斥著對都市文化的拒斥性指認」〔註 16〕。臺灣青春電影中的鄉村與城市的差異不像大陸 80～90 年代電影中顯現的那般懸殊、不可逾越，另一方面也因爲六七十年代臺灣當局「鑒於此前上海左派電影的龐大影響力」，嚴加鉗制島內電影中的左傾意識，對於帶有階級色彩、挑拔社會不公及貧富差距的影片一律嚴加禁止，此等禁忌已深入電影從業人員內心〔註 17〕。典型的例子如 1979 年李行的《早安臺北》，外

〔註 15〕相關論述參考韓琛：《臺灣新電影三十年：鄉土與本土的糾結》，載《臺灣研究集刊》，2012 年第 1 期，80～81 頁。

〔註 16〕葛紅兵：《農耕文化背景下的都市書寫》，載《文匯報》，2006 年 2 月 9 日。

〔註 17〕20 世紀 60 年代臺灣的主要片商戴傳李，曾提及當時噤若寒蟬的狀況：「有輕描淡寫社會的不平，但不敢深入說明，太露骨的話，不要說惹事上身，只要禁演，就賠大了。」參見盧非易：《臺灣電影：政治、經濟、美學（1949～1994），

表光鮮亮麗的臺北在各色人等眼中其實是差異懸殊的，但葉天林家的花園洋房與其好友唐風寓居的雜居公寓（堆滿各類商品）之間、繁華臺北和破落漁村之間的差異在朦朧的鏡頭、溫情的影調下被淡化到不易覺察。花園洋房和合租公寓之間有葉、唐之間的友誼聯繫，更以葉天林與其父吵架後搬入合租公寓消彌了彼此的距離感。偏遠漁村與都市臺北是女主人公蘇琪（唐風女友）的老家和工作的地方，亦以葉天林對於蘇琪自然成長的羨慕（反襯自身被父權鉗制的音樂夢想）、對蘇琪的愛慕（愛屋及烏），賦予漁村世外桃源般的光暈。李行不完全媚俗的地方在於，他最終安排了孤兒院出身的唐風疲於奔命（白天跑單、晚上上課）、被大都市臺北吞噬了年輕的生命，同階層的女友蘇琪則帶著創傷、返回漁村。然這僅有的一點批判現實主義的鋒芒又被包裹在一個「圓滿」的潛層敘事中，唐風之死一方面為其所心心念念的孤兒院帶來轉機，另一方面則暗示了一個「成全」愛情的故事（唐風女友與其好友顯然萌生了不可抑制的愛情）。

80 年代臺灣新電影大體聚焦六七十年代臺灣地區的平民生活，不同於 60 年代的「健康寫實主義」影片如《蚵女》《養鴨人家》中抹除了階級差異、地域差異的「健康寫實」作風，新電影「回歸現實」、裂解了此前官方意識形態營構的虛假的臺灣影像，「新電影的創作者大多以中國知識分子自居，充滿了憂時傷國精神，企圖借電影的寫實反映民間疾苦。」〔註 18〕新電影中占相當比例的成長電影是當代臺灣青春電影的源頭之一。新電影的開山之作《光陰的故事》（1982）用四段故事（《小龍頭》《指望》《跳蛙》《報上名來》）講述了童年（小學）、少年（中學）、青年（大學）、成年（社會）四個人生階段，一種以個體成長史帶出臺灣經驗的意圖初顯。影片的場景從童年時的鄉村、到成年時的大都市，總體過渡自然，沒有顯著的差異，前三段故事都比較平和，第四段對成年故事發生地的都市流露出黑色幽默式的無奈，都市人流動頻繁，不似鄉土式的熟人社會，個體竟會面臨證明身份的困難。新電影緊接著推出的《小畢的故事》（1983）也跨越了 20 餘年的臺灣歷史，但空間場景的變換亦不見顯著差異，更談不上對城鄉衝突的關注。

真正打破無差異的地域、呈現不同空間對峙的是在隨後幾部新電影的傑

98～99 頁，臺北，遠流出版公司，1998。

〔註18〕梁良：《香港新浪潮與臺灣新電影》，載《北京電影學院學報》，1989 年第 2 期，58 頁。

作中開始的，如 1983 年侯孝賢的《風櫃來的人》、王童的《看海的日子》、林
清介的《臺上臺下》以及虞戡平的《搭錯車》。《風櫃來的人》中高中畢業等
待徵兵的阿榮、阿清從臺灣海峽東南部的半島風櫃來到南部大城市高雄，小
島風光乾淨明媚，海邊潮聲中打鬧的少年少不了惹出麻煩，到了高雄，鏡頭
節奏徒然加速，嘈雜喧鬧的街頭、不懷好意的搭訕者讓這幾個沒有準備的鄉
下少年不知所措。然而也正因為陡然置身迷離的大城市，經歷複雜的人和事，
懵懂少年邁出了成長的腳步。《臺上臺下》則結構了兩個對立的空間：富裕、
有教養的臺北（說國語）和貧困、粗鄙的臺南（夾雜閩語），借出身臺北的攝
影記者跟蹤拍攝臺南鄉鎮巡迴演出的歌舞團、最後和其中的一位結婚，串聯
起兩種不同的地域階層，尤其是最後婚禮上俗豔的歌舞表演、新娘姐姐得意
飛揚的作態和新郎家人尷尬無奈的表情無疑表明了不同出身及生活層次的人
並置時的不諧。《搭錯車》則旗幟鮮明地批判了都市文明對傳統鄉村的侵蝕。
影片中啞叔居住的貧民區與養女小美發達後輾轉的大都市，有著絕然不同的
運行邏輯，貧民區的子民無論遇到多大的天災人禍，總能互相幫護著淡然走
過，而一旦家園被拆毀，住進城市安置區，則喪失了直面生活的力量，小美
在原鄉本土時是重情義、孝順的，一旦接觸燈紅酒綠的都市就抵擋不住誘惑、
迷失了自我，淪為任經紀公司擺佈的搖錢樹。

　　海歸左派陳光興曾言，新電影的重要之處在於發現和建構臺灣自身的經
驗﹝註19﹞，這其中，日新月異的大都市臺北是一代人的焦點。在 80 年代中期
以後的青春電影中，臺北影像變得複雜化，城市的立體面顯現出來。1985 年
萬仁的《超級大國民》、楊德昌的《青梅竹馬》都將鏡頭對準臺北，《超級大
國民》以臺南北上尋找妹妹（兼找工作）的男主人公的視角映照出臺北底層
的地獄圖景，主人公目標未達成、臺北夢破碎，南歸臨行前又改變主意留下
來，他和與妹妹有些瓜葛的小偷成了好友，感覺到黑暗底層中的真情，這給
了他留下來的勇氣。《青梅竹馬》則以一對青梅竹馬的戀人各自活動的區域結
構了東、西臺北兩個區間，東區是國際化的、囂鬧的、然而人際關係疏離的
新臺北，西區是老式臺灣人居住的、落寞的、重情義的傳統臺北，男女主人
公青梅竹馬的戀情抵擋不了時代潮流下各自所屬的人群區隔，兩人在房、車
以外的公共空間裏始終無法融為一體。最後，侯孝賢飾演的前棒球隊國手阿

﹝註19﹞ Kuan-Hsing Chen, 'Taiwan New Cinema', in John Hill and Pamela Church Gibson
　　　（eds.）*The Oxford Guide to Film Studies*, 557～561，Oxford U Press, 2000.

隆在東區被路邊摩托車男偷襲、又被的士車拒載，突兀地死去，蔡琴飾演的一心嚮往美國的公司白領阿貞則失而復得了滿意的職場空間，影片無可奈何地致舊時代以輓歌。值得注意的是，阿隆正是以西區傳統臺灣人的方式看似「很在行」處理阿貞在東區惹下的麻煩時渾然不覺地被重傷，爾後在馬路上攔車時又出其意外地被怕事的司機拒載，一個人失血過多無聲無息地死在東區的垃圾堆旁。東區的規則是叢林式的，充滿兇險，人與人之間小心計算，因為「一點點偏差，都可能造成致命的錯誤」，影片開始阿貞所在的公司因為「10 公分」的建築誤差被人抓住把柄、官司纏身，竟致被收購，影片末尾阿隆在東區的夜晚因一時疏忽挨了摩托車手致命的一擊，同一座城市、不同的區域，已分屬不同的人群、彼此敵視，越界即意味著兇險。

　　總體而言，80 年代初臺灣新電影受鄉土文學的影響較深，許多新電影的名作就改編自鄉土文學，有鮮明的「反思臺灣殖民現代性」的意識。臺灣新電影中的多數場景發生在亦村亦鎮（如眷村）、礦區、小市鎮一樣的地方，對殖民現代性的批判性指認更多地通過個體的遭遇、心理感受來傳達，至 80 年代中期都市／現代化空間的立體景觀呈顯，通過其與傳統／鄉村景觀的對立，一種都市現代性的批判視角初現。90 年代臺灣進入後工業社會，城市文明對人的異化成為青春電影結構城市空間的主體意象，2000 年以後空間構造的關注點轉換為全球化對地域文化的衝擊，即一種在全球化時代如何保有身份標識的焦慮。在臺灣近年來的「小清新」電影中，主人公由城市到小鎮的流動基本不體現空間的對峙，換言之，主人公在小鎮與都市之間沒有差異性的體驗，現代化的臺灣小鎮有了某種自足的文化自信。

2. 本土化之於認同建構

　　正如許多論者指出的那樣，80 年代前期臺灣新電影的「鄉土意識」是與「大中華」的國族想像聯繫在一起的，發展到後來，卻被 80 年代後期臺灣解嚴後愈來愈兇猛的「本土化」思潮解讀成一種「本質主義的臺灣性」[註20]，是以 90 年代以來臺灣電影中對都市、現代性的批判亦可視作對臺灣本土性遭到侵蝕的一種抗議，只是茲時從臺灣主體意識出發審視的外來勢力中，不僅包括大都市、後殖民時代的日本與美帝，亦複雜地包含了大陸的想像。比

[註20] 韓琛：《臺灣新電影三十年：鄉土與本土的糾結》，載《臺灣研究集刊》，2012 年第 1 期，83 頁。

如，將 80 年代「新電影」推向風口浪尖、并最終贏得大眾支持的「削蘋果事件」〔註 21〕（《兒子的大玩偶》），背後是「大中華」子民對帝國主義壓制的不滿，《蘋果的滋味》中臺北的貧民區與美軍駐地醫院的區別有如天堂地獄，小工阿發被美軍汽車撞斷腿反倒像是交了好運，讓阿發一家見識了「天堂」以及可能的「天堂之路」。同樣，《琪琪的帽子》中表面恬靜的鄉村背後亦是日本傾銷不安全商品的陰影。琪琪的禿頭、阿發的斷腿以及鄉下進城務工青年坤樹變形的身體（《兒子的大玩偶》），隱喻後殖民時代資本主義對鄉土中國的改寫。而 1987 年侯孝賢的《戀戀風塵》中大量出現的臺灣農村景觀、火車站、鐵軌以及處在工業起步期的臺北街市、半手工作坊，則被後來日益主流化的臺灣民族主義意識形態追加了「形塑臺灣本土特質」的解讀〔註 22〕。影片中處於工業化起步階段的臺北其外在景觀與鄉村區別並不明顯，臺北與鄉下的區域對立更多體現在心理空間上，主人公阿遠在給戀人阿芬的信中描繪臺北如天堂，事實上臺北並不能給予他們一份存身立命的保障，是以阿芬在阿遠服兵役後孤身在臺北、僅憑著阿遠的來信抵擋不了對未來的恐慌。1991 年的《牯嶺街少年殺人事件》則打破了官方意識形態下統一的大中華想像，在臺北結構了本省人聚集區與外省人聚集區的對峙，並潛在地設置了一組本省人與外來者、知識分子與威權政府、本分的內地移民（廣東人）與油滑的政治掮客（上海人）之間的對立。正是在這種二元的建構中產生了關於臺灣本土性的解讀。

　　總體而言，在非青春電影中，這類表現族群矛盾、身份困惑以及建構臺灣主體性的意圖較明顯，如 1989 年侯孝賢的《悲情城市》和王童的《香蕉天

〔註 21〕　《兒子的大玩偶》包括三個短篇《兒子的大玩偶》《琪琪的帽子》以及《蘋果的滋味》。其中萬仁執導的《蘋果的滋味》，寫貧民區工人阿發被美國上校的小轎車撞斷雙腿，得到後者一大筆賠償和資助其女兒去美國讀書的承諾，阿發誠惶誠恐，對上校連連道謝。50 年代臺灣靠美援資助，二者之間形成一種不正常的關係。影片中原有美國國旗下躺著被撞傷的阿發以及阿發狼吞虎嚥吃蘋果的特寫，因被影評人協會的人告發而不得不刪除，此事經《民生報》電影記者楊士琪揭發，在媒體中引起軒然大波，諸多批評指向電影當局及影評人協會，同時亦引來了廣大知識分子和大專學生對國片的支持，此即轟動一時的「削蘋果事件」。《兒子的大玩偶》當年賣座超常，成為 1983 年度臺灣十大名片之首。

〔註 22〕　可參考韓琛：《臺灣新電影三十年：鄉土與本土的糾結》，載《臺灣研究集刊》，2012 年第 1 期，83～84 頁相關論述，另參考陳孔立：《臺灣去中國化的文化動向》，載《臺灣研究集刊》，2011 年第 3 期。

堂》，林文淇也認為，這兩部電影表現了不同於中國的臺灣主體性。〔註23〕其他比較被評論者關注的是吳念眞的《多桑》（1994）和侯孝賢的《好男好女》（1995），前者對於日殖時代父輩頑固的日本認同的悲情刻畫、後者對「中華國族」神話的後現代解構〔註24〕都是一種去中國化的臺灣敘事，且這類電影往往語言駁雜，國語、閩語、日語，變換頻繁，不分主次。但縱觀90年代的臺灣青春電影，這類本省人／外省人之間的區域對峙、身份困惑及其相關的本省／底層庶民／本土黑幫與外省／國家機器／上海黑幫之間的衝突卻很少出現。80年代起外省人聚居的眷村面臨被拆除，本省人與外省人之間居住區域已逐漸模糊，年輕一代對二者之間的區隔亦不再敏感。此外，70年代起在臺灣大眾文化中閩語已退至邊緣、國語是絕對的主流，語言的一體化也在年輕一代的成長經歷中起到了消除族群區隔的作用，上述這類帶有建構上輩人歷史記憶意圖的、語言龐雜的影片較少在青年觀眾中產生影響。是以90年代臺灣青春電影中更多出現的是以臺北為意象的現代都市與代表傳統的老式建築、漁村、小鎮、臺南鄉下之類的空間對峙，如徐小明的《少年吔，安啦》（1992）、陳玉勳的《熱帶魚》（1995）等，或是中西文化碰撞、信息爆炸、秩序重構下大都市本身異質紛呈的社會映象與超現實空間的並置，如賴聲川的《飛俠阿達》（1994）、陳國富的《我的美麗與哀愁》（1995），亦或是巨無霸一樣壓抑、密集的高樓與人際關係疏離的人群、繁華的街市與冷寂的內心之類的囚城與人的對峙，如蔡明亮的《青少年哪吒》（1992）、《愛情萬歲》（1994），等等。臺灣青春電影並不負載太多的家國敘事與身份迷思，更貼近當代青年的是變幻莫測的都市與波瀾不驚的「原鄉」記憶之間的差異性體驗以及全球化對區域文化的衝擊。2010年鈕承澤執導的懷舊式青春電影《艋舺》中，本土與外省，外省與大陸，大陸與國際之間互相指涉，莫辯彼此。臺北傳統旺市艋舺的本地黑幫面臨外省黑幫插足，自以為對本土忠心耿耿的蚊子卻有一個未相認的外省人父親（蚊子一直自以為父親是「日本人」）、并死於互不相知的外省人父親一手導演的本地兩個黑幫碼頭的火拼中；而傾向於與外省人聯夥的艋舺「內鬼」一方面把外省人（及其背後的上海黑幫、上海黑

〔註23〕林文淇：《九0年代臺灣都市電影中歷史、空間與家\國》，見劉紀蕙編：《他者之域：文化身份與再現策略》，275～296頁，臺北，麥田出版公司，2001。

〔註24〕吳佳琪：《剝離的影子──談〈好男好女〉中的歷史與記憶》，見林文淇等編：《戲戀人生──侯孝賢電影研究，303～320，臺北：麥田出版公司，2000。

幫背後的國際組織）踏足艋舺視作如日本侵入臺灣一樣的時代巨變，一方面又毫不含糊「識時務」充當外省人的內應，將之視作保存艋舺本地派香火的唯一出路。

　　21 世紀以來的臺灣青春電影中臺北／都市與臺南／鄉下的區域對峙亦在淡化。2005 年的《等待飛魚》（曾文珍執導）中的都市臺北與東南小島「蘭嶼」之間的想像性對峙已無衝突的意味，女孩晶晶失去了臺北男友，但在「蘭嶼」又收穫了真摯愛情，原著民聚居的「蘭嶼」以其原始、淳樸的情感撫慰游離於都市中的現代年青人，臺北女孩與「蘭嶼」原住民之間的愛情亦代表兩種屬地文化之間互相吸引、融合。正如李政亮所言，「在臺北之外，二十多年後的新新臺灣電影則展現了更多樣的臺灣印象。臺北不再是唯一，導演們也翻轉長期以來從臺北看臺灣的觀點」〔註 25〕，取代而之的是風光優美、風情各異、自滿自足的現代化小鎮，而這類小鎮亦被解讀為塑造臺灣的本土化想像，並接續上新電影時期導演鏡頭下的「本質主義的臺灣地理風貌」〔註 26〕。如《漂浪青春》（2008，周美玲執導）、《帶我去遠方》（2009，傅天餘執導）、《當愛來的時候》（2010，張作驥執導）等青春電影中故事的發生地是臺南或臺中風光小鎮，徹底擺脫了臺北的影子，成為一種自在自為的空間存在，《陣頭》（2012，馮凱執導）、《總鋪師》（2013，陳玉勳執導）等影片更是深入臺中臺南的地域歷史，細緻地鋪陳一系列風物遺存，頗有民俗志的意味，影片講述的故事被疊加在地域空間主體中，成為空間自身的一部分。

　　列斐伏爾曾預言，對大工業國而言，為生活必需品而發生慘烈鬥爭的時代早已過去，將來匱乏的是自然環境，將會出現對於殘存之自然區的集體所有權和集體經營的爭奪〔註 27〕。作為發達工業地區的臺灣保有如此豐富的「自然區」是其本身區別於世界其他地區的標誌性資源，充分利用和開發這些稀缺資源也是一種空間的意識形態。誠然，21 世紀以來面對愈演愈烈的全球化浪潮對地域文化的衝擊，重提「本質主義」的地域文化建構有它合理的一面，但此類青春電影中的小鎮已無關 90 年代臺灣本土化意識下的「去中國」想像，相反，它是在大中華文化圈內尋找、建構認同的積極嘗試，可將

〔註 25〕 李政亮：《「新新臺灣電影」中的臺灣再現》，見戴錦華主編：《光影之際》，210
　　　　　頁，北京大學出版社，2011。
〔註 26〕 參考韓琛：《臺灣新電影三十年：鄉土與本土的糾結》，載《臺灣研究集刊》，
　　　　　2012 年第 1 期，79～86 頁。
〔註 27〕 包亞明主編：《現代性與空間的生產》，66 頁，上海教育出版社，2003。

其類比 90 年代以來大陸電影中出現的方言現象以及 21 世紀以來在主流商業電影之外帶有濃鬱地方色彩的、小眾性的青春電影衝出地表、謀求認同的實踐。此外，考察臺灣本土化思潮興起之始就作爲標識性的閩語，在 90 年代被解讀爲形塑臺灣本體意識的臺灣電影中歷來充當著「在地性」的重要成分，與國語形成區域性的對峙，而在 21 世紀以來臺灣青春電影的這類現代化小鎮中，閩語幾乎消失，只間或在講粗口、黑話或不便大聲言明的話時使用。國語是絕對強勢的存在，其背後仍是日益成爲統一體的大中華觀眾。與其說臺灣青春電影中這類帶有原始風光的現代小鎮負載的是政治意圖，不如說其更多蘊含的是「行銷臺灣」的旅遊期待。

第三節　他者之域：香港青春電影中的「鏡」與「城」

　　香港 1997 年以前在英殖民政府的託管下，實行的是有公民無國民的教育，英殖民政府「對殖民地統治只重制度和經濟，不重文化。影響所及，英國殖民地的人民對於英國主子的文化並沒有深刻的認識，當然也沒有依戀可言。」〔註 28〕相反，中國內地的傳統文化（尤其是嶺南文化）及以內地移民爲主體的香港人的國族意識得到保留。1997 年以前香港適用英國的普通法，但大清律令和傳統的鄉規民約在香港都是適用的，最後一條律令到 70 年代才廢除（70 年代以後香港才禁止納妾），在新界，有些鄉規民約到現在都還是被承認的，比如遺產傳子不傳女。〔註 29〕但是，50～70 年代香港與大陸的相對疏離以及 70 年代香港經濟起飛（相比之下同時期的內地迅速落後）使香港人產生了對殖民統治的認可，沒有明顯的排斥殖民宗主國的意識，甚至滋生了崇洋的心理。1997 以前香港大抵以中國大陸與西方世界之間的窗口自居，面對大陸，香港是現代性的前沿，是聯接大陸與國際舞臺的中介；面對西方，它有背後龐大古老的「原初性」大陸，爲其提供現代性世界稀缺的「原力」。同樣，香港在 2008 年臺灣與大陸三通之前，一直於二者之間充當著中介碼頭，此外亦在二者爭鋒相對的意識形態之間扮演著調和者的角色，小心保持著平衡。作爲移民城市，香港的城市特質是多元混雜的，連同它對內地的認同亦是「多元混成」的。香港電影中的城市鏡像就是這種多元混成的產物。

〔註 28〕李歐梵：《尋回香港文化》，2 頁，桂林，廣西師範大學出版社，2003。
〔註 29〕石劍峰：《20 世紀 70 年代以前大清律令在香港一直適用？》，載《東方早報》，
　　　　2010 年 12 月 17 日，http://history.people.com.cn/GB/198305/198865/13513345.html

1. 移民與中轉站

　　楊錦麟曾形容香港「難民城市痕跡明顯、移民社會印記凸顯」，與之伴隨的是在「借來的時間、借來的地方」謀生拼搏的經濟主義、機會主義生活態度〔註30〕。80 年代新浪潮中的香港電影，被評論界看作是形塑香港本土性的開始。作為歷史較短的中轉港口，香港並沒有可以追溯的、可以形成傳統性的本土特質，如果有的話，那也是流動的、多變的、雜質紛呈的。80 年代新浪潮當中產生的青春電影中，香港的城市鏡像絕少以家園的面目出現，它是個永遠的中轉站。蔡繼光的《檸檬可樂》（1982）中張國榮飾演的中四學生傑遜陳的目標是出國，為此不惜與戀人婷婷分手，因為怕被這段感情拖累。同樣，在蔡繼光的《男與女》（1983）中的邊緣人大陸偷渡女思晨和泰國歸僑江遠生蝸居在高大上的香港的內裏——破舊、骯髒的貧民區，或是垃圾場的簡易木屋，香港對於他們來說也只是個中轉站，遠不是理想家園。思晨想攢夠了錢去臺灣，江遠生則希望借打拳出名去美國。香港是找機會、奮鬥、發財的地方，卻也是堅定要離棄的場域。對於上層社會的人而言同樣如此，香港即便是現在的落腳點，也是載滿著對遠方的想念。比如譚家明的《烈火青春》（1982）中富家子 Kathy 和 Louis 兩姐弟，一個是東洋粉（穿歌舞伎服飾、有日本男友），一個是西洋迷（聽貝多芬、其生母生前曾主持西洋古典音樂電臺節目），二人在香港海邊的別墅裏總顯得神思飄忽不定，各自沉浸在自己營構的「母國想像」中。許鞍華的《投奔怒海》（1982）雖然將地獄場景設置在胡越，其前情卻是香港民眾對於九七回歸的末日想像，同為「社會主義」世界的越南之地獄慘景似乎暗示香港回歸後可能落入的境況，青年男女千方百計逃離越南（奔向美國）也就具有了超出影片表層敘事的意味。同樣，香港對於亡命之徒而言亦非久留之地，《省港旗兵》（1984）中從大陸偷渡去港的「大圈仔」主要目的也是幹一票發財、迅速逃離，香港在這些人眼中是紙醉金迷的都市、冒險家的樂園。

　　1983 年的《家在香港》是新浪潮中湧現出來的探求香港本土性的影片之一，影片片名將香港與「家園」聯繫在一起，但影片內容無一處不是在呈現香港的「非家園」屬性，影片中香港如末日圍城，一邊是源源不斷的內地人逃港，一邊是本港人惶惶不安地逃往海外，底層人無望掙扎、上層人倉惶外

〔註30〕錢超英：《追尋身份：香港文藝與香港意識》，見中國作家網，http://www.china writer.com.cn/bk/2007-08-25/29394.html

逃、年輕人命運多舛，諸此種種，無一不顛覆了影片中流行配樂塑造的香港形象。〔註31〕影片中自黑龍江逃港的女知青婷婷為了不連累港人亞倫、拒絕了與他同當難民共同流亡的計劃，獨自離去，她歷盡千辛萬苦才踏上「自由」的土地，也不願再當一名無國籍的難民。本港人亞倫則一夜之間失去一切：公司倒閉、老闆跑路，女友不辭而別，好友被打殘，老友被警察逼迫突發心臟病身亡……香港不是家園，而是幻滅之城。《家在香港》對新移民與老移民之於香港的關係也作了深入探討，影片中老少兩代港人對新移民的態度迥異：劉德華飾演的「孤兒」王偉倫代表了香港 60 年代經濟起飛後成長起來的一代年輕人，他們對新移民的看法帶有毫不掩飾的敵意，因為「他們」辛苦努力建設的香港被新移民坐享其成（與殖民政府灌輸的理念相仿）；虎伯則代表了有著強烈民族自尊感的老一代移民，視新移民為血緣上的後輩，不遺餘力地幫襯，在他的影響下，王偉倫也改變了對新移民的看法。影片中兩位年輕女主人公皆是移民，然一個是非法進入，一個是倉皇出走：大陸孤女婷婷懷抱著父親的遺作偷渡來港，紅紅一家卻在「九七」大限的遙遙恐懼中，逼著紅紅拋棄現任男友、隨富商老闆移民美國──投奔者與背離者，誰更能代言移民城市香港？這裡顯然流露出編導者對於香港身份的質疑。此外，婷婷來港險遭香港的表舅父表舅媽逼迫嫁給弱智表哥，而紅紅一家離港亦是以紅紅出賣自己為代價，這些以正宗香港人自居的市民唯利是圖、將一切事物商品化，比之底層的看門人虎伯，二者之妍媸立現。虎伯超越了地域歧見，認可自身作為中華民族的一分子，然虎伯的邊緣人身份以及他最後為護衛婷婷死於心臟病突發的結局卻預示了這種國族認同的弱勢。另外，影片中大拆大建的香港像一個巨大的工地（一種重構的隱喻），而建設過程中的偷工減料、潛規則橫行等又預示著危機四伏的重建，片名「家在香港」恰恰不是對「家園」的頌揚，而是對重建家園的期待。

移民成為新浪潮電影建立本土意識的首選載體，移民也成了 80 年代香港青春電影的一大主題，80 年代前期香港電影中的移民主要是大陸偷渡客，80 年代後期至 90 年代的移民敘事則主要聚焦本港人在海外，如張婉婷執導

─────────────

〔註31〕影片中的女主人公之一歌手小紅出場時（13'45"）在酒吧唱歌，歌詞頌揚香港是「闊少豪客真天堂，窮鵰亦有鷩企望」。而影片中香港既不是闊少豪客的天堂，窮人也絲毫沒有希望。小紅的男友打黑拳被傷成腦震盪，將在精神病院度餘生；婷婷投奔香港表舅卻被表舅一家捆綁起來、以圖給他們的傻兒子當媳婦；扮成越南難民逃往海外的人則死的死，傷的傷……

的《非法移民》（1985）、《秋天的童話》（1987）、陳可辛執導的《甜蜜蜜》
（1996）。《非法移民》中男女主人公的父輩講山東方言，《秋天的童話》中
船頭尺號稱他和他那幫兄弟「從上海打到香港，從香港打到紐約」，亦暗示
了香港作爲移民中轉站的位置。移民眼中的香港映像亦是香港描摹自我的過
程中生產的範本，借用福柯的「欲望的生產機制」解讀，香港這一外來移民
眼中「冒險家的樂園」、本港外遷人眼中的「沉淪之地」是 80 年代香港借他
者投諸自身的雙重鏡像，亦是這座城市自我建構的一部分。

　　香港是個沒有家園感的地方，「偷渡」與「逃離」是兩個同時存在的主題。
香港不是外來人的天堂，也不是本地人的天堂。香港是彈丸之地，不如大陸
和臺灣，有廣闊的天地、年輕人總可以找到地方重振旗鼓、從頭開始，大城、
小城、小鎮、鄉村，各級地域層次井然、可各尋所需。香港則讓人有一種空
間被折疊的感覺，逃無可逃，只能徹底棄絕過往，到一個全新的地方去重新
開始。這類絕決式的逃離在 80 年代的青春電影中多半以慘烈的毀滅告終。比
如《第一類型危險》（1980，徐克執導）中缺乏關愛的、整日在外晃蕩、做惡
作劇找刺激的三個少年、一個少女，無意中搶了一本巨額日本支票，計劃換
成現金後去加拿大，結果引來了洋人和本地黑幫的追殺、死於非命；《男與女》
中同是淪落人的男女主人公最終美國夢碎、血肉模糊倒在香港的街頭；《投奔
怒海》中的越南華僑被他行賄的「集中營」隊長出賣、死在逃離的船上；《省
港旗兵》中的「大圈仔」被香港黑幫出賣、被醫生家人出賣、被圍殲在私家
醫院的閣樓上，等等。在 80 年代後期的香港青春電影中，香港也從來不是產
生童話的地方，甚至在外埠縮微複製的「小香港」亦不例外，如《非法移民》
中幾乎複製了香港底層社會圖景的紐約唐人街並不能給人浪漫的想像，在男
女主人公終於拋卻「假結婚換綠卡」的契約、產生眞感情時，女主人公卻無
端死於黑社會之間的爭鬥，本來期望以教堂結尾的故事最終落幕於墓地。同
樣《秋天的童話》中「船頭尺」與留學生李琪的「童話」最終得以實現，也
是因爲船頭尺棄絕了底層華人社會混混的生活，融入紐約主流社會，在海邊
風景區開了屬於自己的餐館，成爲有產者（「美國人」）。僅僅是身體離開香港，
還不能眞正從頭開始，只有徹底禁絕那些從香港帶出來的負面因子（在某種
程度上也是前現代社會的一些特徵）如熟人社會、無視規則、拼意氣、講面
子、嗜賭、逞勇好鬥，等等，才能眞正在他鄉從頭開始。90 年代香港青春電
影中「香港」自身仍未建立起對自身的認同，它既沒有對於外來投奔者（偷

渡者）的文化自信，亦缺乏對本港人而言的歸屬感。如 1991 年的《雞鴨戀》（唐基明執導）中劉嘉玲飾演的「北姑」小紅在香港當應召女郎，與她的培訓師本地舞男 SAM 墜入情網，二人最終要離開香港、一起去日本乾乾淨淨地從頭開始。又如，《甜蜜蜜》（1996，陳可辛執導）中來自廣東的李翹和來自北方小城的黎小軍同在香港討生活，香港既讓他們得到了自己想要的——李翹（用香港的暴發的方式）跟了黑社會老大、過上光鮮亮麗的香港人的生活，黎小軍（用內地的漸進的方式）也如願接未婚妻來港結婚——又讓他們都失去了，兩人之間幾度交織又分叉的人生旅程，要到了紐約之後，才能真正重合，又一次印證了香港的中轉站性質，竟不能成全一場同是天涯淪落人的愛情。即便是在「九七」大限前後，香港青春電影中仍不乏這種對城市自身的否定性意象，如《春光乍泄》（王家衛執導）中張國榮飾演的何寶榮總對黎耀輝（梁朝偉飾）說「不如我們重頭來過」，一種棄絕過往、否定現在、寄希望於未來的情結。二人似乎總在尋找家園，即便跑到了世界的盡頭，也不曾想起回香港的「家」。

　　八九十年代香港青春電影中的主人公多半來自平民階層，場景多集中在當時相對落後的油麻地、尖沙咀、旺角、九龍寨（三不管地帶）以及各類屋村所在地（如天水圍）等，較少有光鮮亮麗的、代表都市正面形象的場景出現，這也從另一方面印證了作為大都市的香港本身對於城市的否定性意象。趙衛防就認為，香港電影有較偏激地敘寫普通人在其中受迫害的傾向，「將香港這個國際大都市描繪成了一個壓抑個性、禁錮自由的鋼筋牢獄，人人深陷其中，都無從逃脫，只能是被其壓碎、磨滅。」〔註 32〕這類影片中，無論是本地黑幫活動的空間，還是外來移民聚居的處所，亦或是「邊緣青年」進出的場景，都像是香港這座高大上的國際大都市的內臟，比較突出的例子如《男與女》，高大上的香港鏡頭只在影片的開頭和結尾出現，中間幾乎全是底層破爛的貧民窟，從移民聚居的山上木屋，到本地底層人雲集的屋村，影片所展現的是另外一重人間，類似解剖外表光鮮亮麗的香港，露出其令人不忍卒睹的內裏。在《第一類型危險》中空虛迷茫、整天尋刺激的少男少女們活動的空間是陰暗、逼仄的樓道、電影院和廢棄的屋舍、破舊的印刷廠，視覺感壓抑，唯一開闊的場景是結尾處的墓地，也是這幾個少年或死或瘋的墳場。《香港製造》（1997，陳果執導）中的空間營構也類似，主人公居住的破舊、擁擠

〔註32〕趙衛防：《香港電影史》，293 頁，北京，中國廣播電視出版社，2007。

的樓舍，是一種陰冷的、令人「逃無可逃」的絕境空間，同樣唯一空闊的場景是結尾處主人公自殺的墓地。八九十年代的香港貧富分化懸殊，空間亦有階層的屬性，但香港青春電影中較少出現光鮮亮麗的上流社會空間，少數影片營建的「上流空間」也往往承載著批判性的意象。如新浪潮的代表作《烈火青春》中出身上流社會的姐弟倆 Kathy 和 Louis 在自家的海邊別墅裏總顯得神思煥散、頹喪空虛，而一進入平民街區就似乎恢復了生氣，當姐弟倆各自與平民階層的 Pong 和 Tomato 戀愛，青春的活力才迸發出來。影片中死寂、陰冷的上層空間與熱情、生機四溢的底層空間對比鮮明。90 年代青春電影延續了新浪潮對都市空間的批判性想像。如《新不了情》（1993，爾冬升執導）中失意的主人公與歌星女友同居的高檔公寓及進出的酒吧、歌舞場是時尚的香港，而主人公與上層社會決裂後搬進的破舊樓舍以及在夜市營生的粵劇歌舞團鄰居們構成了一個暗影下的香港，黑暗中頑強生存的底層世界隱喻被擠壓的「傳統」生生不息的活力，而正是這個被高樓遮蔽在角落的、江湖式的傳統空間給了被上流社會放逐的主人公療癒性的力量，從中不難窺見影片對傳統的浪漫想像及其對現代性都市的批判視角。

2.「家園」想像與「混成認同」

　　八九十年代香港青春電影中，年輕人眼中的理想家園往往在彼處，比如美國、加拿大，香港只是暫駐的中轉站，而能夠慰藉身心、給年輕人家園感的地方往往是遠離鬧市的離島區〔註33〕、澳門或廣東鄉下之類的「老家」，如《似水流年》（1984，嚴浩執導，與內地合拍）中的潮汕農村、《旺角卡門》（1988，王家衛執導）中的大嶼山，《天若有情》（1990，陳木勝執導）中的澳門鄉下外公家等，這類充溢著田園牧歌情調的鄉村、漁村承載了「家園」的意象。值得注意的是，在香港電影中，「家園」在鄉下，但鄉下卻不一定是家園。簡而言之，2000 年以前香港青春電影中的「鄉下」一般特指大陸，大陸是大都市香港建構他者之域（包括「家園」和「敵營」）重要的參照物。如果說 80 年代香港青春電影中的「鄉下」往往具象化為對岸的農村，90 年代這種「鄉下」的意象則進一步抽象化，轉而以符號式的（來自大陸的）人物負

〔註33〕離島區由二十多個大小島嶼組成，遍佈香港的南面及西南面，離島區包括赤鱲角、長洲、喜靈洲、交椅洲、南丫島、大嶼山、坪洲、蒲苔群島、石鼓洲、索罟洲、小鴉洲、大鴉洲。其中，大澳、長洲、南丫島這些昔日漁村如今已成為出名的旅遊熱點。離島區保留了較多傳統風俗習慣。

載關於「鄉下」的想像。2000 年以後隨著大陸與香港的往來日益頻繁，以及回歸後香港社會經濟的平穩發展，香港青春電影中的「他者」鏡像逐漸消隱，一個突出的變化是，關於「家園」的想像開始出現在本港自身，如《一碌蔗》（2002）中的長洲、《大藍湖》（2011）中的西貢蠔湧村、《尋找心中的你》（2015）中的坪洲等，同時，內陸的城市也在香港的銀幕上展現出它的正面、積極的意味，如《戀之風景》（2003，黎妙雪執導）中的青島。影片中香港女孩到青島追尋已故男友蹤跡的旅程，是為了祭奠愛情、療癒創傷，然香港人到同樣有殖民地歷史的青島「尋根」、獲得前行的能量亦隱喻香港從廣大內陸城市尋求相似認同，尋找建構性資源。

　　80 年代尚處在「前現代」的大陸鄉下是港片想像家園所借助的資源，最典型的如《似水流年》。影片中的港女珊珊來自潮汕農村，籍祖母病故得以回到闊別 20 年的老家，似時光倒流一般，故鄉一切如舊，簡單、質樸，與她紛紛擾擾的都市生活形成鮮明對比。電影中營構的中國南方農村之田園詩意景象以及民俗學視角審視下的鄉野風情、古樸韻味，在丘靜美看來充分發揮了其「象徵意義」，籍此「一個神話式的國家油然而生」，這種「桃花源世界」的美妙意境，對於生活在紛擾複雜的都市港人而言「具有相當的醫療效果」。〔註34〕《似水流年》與《省港旗兵》是絕然不同的兩種關於大陸的想像，在後者的視域中，破舊、落後的廣東小城混雜著社會主義革命專制的政治痕跡和「文革」無政府主義的武鬥遺風。丘靜美將其理解為一種「混成認同」，這種混成認同是香港移民社會的特性以及被殖民的歷史造成的，對於大陸的這種曖昧不清的「混成認同」一方面是因為，作為資本主義殖民地的香港在冷戰意識形態下分享視大陸為敵對「他者」的想像，又在現代性意識形態下將大陸視作貧窮、落後、野蠻之地，而另一方面，香港的絕大部分移民都來自廣東、上海以及內地其他省份，在國族主義的立場上，香港與大陸共同分享對殖民主義的反抗情緒，而對大陸「故園」式的審美想像亦是在光怪陸離的大都市中沉浮的香港人不可或缺的精神慰藉。港人對國族認同的複雜態度亦部分源於香港自身缺乏安全感，比如，《第一類型危險》中洋人黑幫（遠比《省港旗兵》中的「大圈仔」更為暴虐殘忍）踏足香港傳統小黑幫的地盤，將後者摧枯拉朽般一筆抹除，本港警察（洋上司）卻投鼠忌器、莫衷一是。在這

〔註34〕 丘靜美：《跨越邊界——香港電影中的大陸顯影》，唐維敏譯，見鄭樹森編：《文化批評與華語電影》，138～139 頁，桂林，廣西師範大學出版社，2003。

裡，本地小黑幫亦是「本土性」的一部分，當它遭遇外來勢力清洗時，「統治機器」竟不能有所作為。在更具迫切性的安全感面前，國際大都市香港的虛榮讓位於反殖主義的國族認同。

香港這座城市本身的不自主和無力感深深地影響了 90 年代的青春電影。前文提及，80 年代香港電影新浪潮已開始主動探討香港的本土性，然而更多地是通過建構一種「他者」想像來映證自身，最初這種「他者」主要影射大陸，80 年代後期隨著移民題材的興起，「他者」之域逐漸擴展至紐約、洛杉磯、巴黎等大都會。80 年代中英首次將香港問題提上日程時曾帶給香港巨大的恐慌情緒，《省港旗兵》（1984）把大陸的前紅衛兵小將妖魔化，《投奔怒海》（1982）借胡越地發生的地獄場景影射大陸。90 年代的港片中不再有對內地的赤裸裸的敵意，開始調整自身定位，一方面彰顯其在大陸和臺灣之間的中介身份，意圖在調和兩種意識形態紛爭中尋找位置，另一方面也試圖挖掘自身內部的建設性因子、自我描摹。前者如《表姐你好嘢！》（1990～1994）中不困圍於歷史的男主人公（香港警察）在父親（前國民黨軍官）和大陸女公安爭鋒相對的舉動之間調停，隱喻了香港在臺灣和大陸之間的居間者位置。又如《棋王》（1991）在現實生活中的臺灣（商業異化）和回憶中的大陸之間設置了一個居中的角色——香港。〔註 35〕影片中的大陸代表荒誕、極權、無人道的前現代社會，臺灣則是冷漠、異化、資本掌控的後工業社會，香港則在這種差異性的呈現中起到黏合劑的作用。1991 年的《雙城記》（陳可辛執導）是香港電影自我描摹的一個頗具悖論性的文本，它試圖在本港建立一種「家園想像」，試圖援引六七十年代香港飛速發展時期頑強向上的草根精神為自身塑像，然又清醒地意識到了這一切的虛妄。影片給少時隨父親逃債至洛杉磯、對香港魂牽夢繞的主人公志偉安排了宿命般的結局。志偉對香港的懷念主要源自對友情的執著，是以在舊金山飄泊的年月裏，香港是承載他故園想像的地方，而當他長大後返回香港，雄心勃勃地開始自己的事業、并迎來遙遙可見的愛情時，一切化為泡影——愛戀對象被摯友奪去，颱風也將他苦心經營的養雞場摧毀，一無所有的他再次黯然離去。如果說少時志偉離港時還滿懷著對香港的眷戀，茲時離港已是為了忘卻的創傷。值得注意的是，影片中一

〔註 35〕影片的現實故事中，臺灣的電視臺女主持丁玉梅因收視率下降面臨被炒，來自香港的程淩趕來相助，策劃用象棋神童的節目來挽回觀眾，在尋找神童的過程中，程淩回憶起年少時去大陸跟表哥參加上山下鄉運動、遇見棋王的往事。

對好友的結局，志偉期望通過實業致富，阿倫則夢想被經紀公司看中、登上演藝界，二者一敗一成，90 年代香港已非定位於勤儉積累的實業，更傾向一夜暴發的娛樂業、金融業、地產及貿易之類的。新興的產業有較高的准入門檻，社會貧富分化亦加劇，年輕人的機會愈來愈少。志偉之悲劇源自其對 60 年代香港的浪漫化想像，即一種允諾通過勤懇努力、即可實現人生進階的「神話」，而這種信念早已被茲時香港這座城市拋棄。本港人在異國始終是一種「無根」的狀態，而香港本身又不能承載「故園」的憧憬，90 年代大陸在香港青春電影中仍是一個巨大的「在場」。

　　90 年代香港青春電影中一個引人注目的現象是「北姑」「大陸仔」的形象增多，從稱謂來看即具有十分鮮明的地域指涉意味，是承載香港青春電影鄉村／大陸想像的載體。沿續了 80 年代香港電影中對大陸的「混成認同」，然 90 年代的鄉村／大陸想像更趨世俗化，其作爲「家園」的一面光暈在消散，而作爲「敵營」的想像亦被施以搞笑化的處理。「北姑」「大陸仔」之類的稱謂背後是無暇掩飾的輕蔑（或曰自嘲）。概言之，90 年代香港青春電影中的「北姑」大都是來自內陸農村、小城市的年青女性，追名逐利，氣質與香港相類，最後被香港同化，相反，「大陸仔」則往往以其純樸、天眞的本性最終感化了勢利的香港本地人。比如文藝片《雞鴨戀》（1991）中，劉嘉玲飾演的「北姑」小紅一心想當高級應召女郎、快速致富，後來與她的培訓師舞男 SAM 日久生情，約定雙雙棄絕這種「雞鴨」的生活，去日本從頭開始。影片中的「北姑」大可以替換成「港女」。「北姑」與「大陸仔」的不同文化意味在《甜蜜蜜》（1996）中亦十分鮮明。影片中來自廣東的李翹（張曼玉飾演）精明、勤奮，迅速在這個大都市混開場面，打幾份工，步步進階著發財夢，而來自北方小城天津的黎小軍（黎明飾演）則樸實木納，唯一的目標是攢錢接未婚妻來結婚。對於香港而言，整個內陸都是鄉村，不過這個「鄉下」又可以進一步細分爲能夠給予能量的、帶有魔幻色彩、代表傳統／拯救力量的故鄉和令人厭惡的、需要被改變的、官僚／迂腐的封閉小城市。前者如《夢醒時分》（1992，張艾嘉執導）、香港臺灣合拍的《旋風小子》（1994，朱延平執導）、周星弛的《食神》（1996）等。《夢醒時分》中生於香港、長於北京的女主人公在繁華都市香港迷失了自我，要借助於故鄉北京歷經劫難仍堅韌樂觀的精神才得以自我救贖；《旋風小子》中的主人公面對校園黑勢力的脅迫，「適時」前往大陸邂逅少林小子、習得武藝回港，乃一戰英雄成

名；而《食神》中的主人公史蒂芬周要重鑄自我、棄絕過往，在香港這座浮華的城市是不能完成蛻變的，只有古老、原力充沛的內陸深山（河南嵩山）才有力量完成對一個底層混混脫胎換骨的改造。後者如 1990 年至 1994 年連續拍攝 4 部的喜劇片《表姐你好嘢！》〔註 36〕中的來自大陸的女公安鄭大姐，古板迂腐、剛愎自用，在日常接觸中慢慢受有國際視野的香港警察伍衛國（梁家輝飾演）之影響，兩人竟漸生情愫。較之作為「原力」之源的內地鄉村，90 年代前期香港電影中構想的內地小城大多是閉塞落後而不自知，政治意識蓋過基本人性，是需要國際大都市香港加以改造、馴化的對象。無論是勢利虛榮的「北姑」，還是勤勉踏實的「大陸仔」，亦或是其身後的迂腐「小城」、古樸「鄉下」，皆是香港引鏡自照，給自身描摹的世俗鏡像。總體而言，承擔規訓／感化的一方是男性、大陸，而被規訓／被同化者則往往是女性、香港。

　　隨著回歸後大陸和香港的交流日益頻繁以及電影產業的深度融合，關於內地人的這種他者的對峙在香港青春電影（包括合拍片以及小眾化的港產片）中逐漸消失，取代而之的是一種你中有我、我中有你的複雜指涉。比如，2004年的《旺角黑夜》（爾冬升執導）內在地結構了一系列他者——在香港討生活的大陸移民與過客——包括老移民六哥（既是警察線人，又混跡於黑社會）、新移民林素兒以及被騙至香港賣淫的丹丹和初來乍到香港的來福，而這類「他者」有的業已成為香港的一部分。影片中的旺角是個藏污納垢的處所，各人被污染的程度幾乎與其到港的時間成正比，最黑心的六哥幹的是替黑社會找殺手、替警方當線人的雙重生意，為了金錢可以出賣一切，包括老家表兄弟的性命；最清白的是剛在香港落腳的、來自大陸農村的來福（吳彥祖飾演），編導在他身上投注了關於前現代鄉村的浪漫化想像，將其塑造成一個情聖兼俠客〔註 37〕。同樣來自湖南農村的林素兒、丹丹則是被騙來香港、破罐子破摔，在灰色行當討營生。香港是沉淪之地，丹丹必須是遇見了來福（遙想到

<hr>

〔註 36〕「嘢」字是粵語專用字，有多種意思。「嘢」前面加「好」字，組成「好嘢」，有喝彩和叫好的意思。如果再在「好嘢」前面加一個「你」字，則語意發生較大的改變，起到一種類似於「恐嚇」的作用。換句話說，「你好嘢」這三個字其實是含有敵意的。參見羅納爾少：《香港影人看大陸》，載豆瓣電影 https://movie.douban.com/review/5276365/

〔註 37〕影片中湖南鄉下的來福為尋找女友千里迢迢到香港，為應付生計，不得已替黑社會做殺手，與同樣來自湖南的丹丹因相識於一個頗有武俠色彩的場面——丹丹被惡棍糾纏、暴打，來福出手相救。

來福身後的故鄉）才能猛然回頭、從污泥中拔身遠去，六哥也是在面對來福、以來福（故鄉）為鏡時才能猛然發覺自己的罪惡、精神崩潰。在這裡，故鄉既是都會的一面鏡子，又內在於都會自身；新老移民以及過客之間既互相糾纏，其身份亦處在動態之中。

本章小結

　　華語青春電影中鄉村意義的建構是相對於城市而言的，銀幕鄉村的想像分裂為「審美的」鄉村和「現代性的」鄉村，對應的是當代青年對城市之「叢林」與「舞臺」的雙重體驗。城市之「人生舞臺」的意象對應的是現代性缺失的、閉塞愚昧的鄉村，而以「城市的流放者」自居的一群對城市體驗的不適反身又促成了審美鄉村的出現。80 年代前期大陸青春電影中的城市表述大體承襲了「現代性」的邏輯，城市代表現代化的方向，「農村」的意象則由起初作為現代性的反面、積弱貧瘠之處所，演化為矛盾、含混的場域，到80 年代末一度成為附載詩意想像的「家園」。然隨著 90 年代以來第六代導演為主體的「城市的一代」登上舞臺，鄉村在青春電影中逐步消失，偶而出現是在第五代導演的鏡頭中、以偏遠山區極度貧困的婦孺形象為表徵，期望震醒城市觀眾日益麻木的神經，在拯救鄉村的同時完成自我救贖。2000 年以後大陸青春電影中的鄉村復歸「審美」的維度，然已是作為異域、奇觀式的陳覽，「鄉土中國」一步步由主體淪為了他者。經歷了快速工業化的臺灣社會則產生了一批身處都市的「鄉村游民」。活躍於 80 年代的臺灣新電影導演的成長歷程伴隨著臺灣經濟起飛，他們沒有經受過大陸這類啟蒙主義、現代性思潮的劇烈衝擊，此外，臺灣的工業化過渡相對和緩，農村的發展亦未急劇落後於城市，加上這一代創作者基本是在上一代人「懷鄉」情結的薰染下成長的，對於鄉村的情感想像又與「故國」的思念參雜在一起。是以臺灣青春電影中的城市意象偏向於負載社會的負面情緒，而「鄉村」則在臺灣的青春電影中保持了一種質樸、純真、安祥、自在的美學基調。進入 21 世紀以來一種保留著鄉村社會的人際結構、景觀，兼具有同步於現代性的物質基礎的「小鎮」日益成為臺灣青春電影的主流空間。香港則因其與老上海的淵源一直以大都會自居，外地（大陸）就是他們眼中的「鄉下」。不同於臺灣青春電影中抹之不去的對工業社會的現代性反思，香港的本土意識形成之初

就借了「大都市」的文化想像〔註38〕以及資本主義全球化擴張的實踐，並以資本的形式參與了改寫內地的城市景觀，是以香港青春電影中沒有發展出「城市」與「鄉村」的藝術母題，關於「鄉村」的想像更多地投射在內地以及內地來港者身上。作爲移民城市，香港文化中先天地匱乏有關「家園」的想像，在 80 年代開始探索本土性的香港電影新浪潮中，香港的地域特質與「中轉站」緊密關聯在一起。八九十年代香港青春電影中交織著對於大陸的複雜情緒，體現出對於「故國」之認同與排斥的矛盾心理。在這些影片中的大陸形象是多元混成的，它可以是純靜、溫暖、遠離喧囂的世外桃源，亦可以是貧窮、刻板、冷酷的無產階級專政大本營。尋找「家園」的衝動在 21 世紀以來獨立製作的青春電影中日漸明晰，香港不僅從其自身的新界山區、離島區或潮汕鄉下，亦開始從內地城市中尋求建構「家園」的素材。

〔註38〕 參考孫紹誼：《「無地域空間」與懷舊政治：「後九七」香港電影的上海想像》，載《文藝研究》，2007 年第 11 期，32～37 頁。

第三章　異托邦：當代華語青春電影中的空間演變

異托邦的法文單詞 Heterotopia 原為醫學用語，「hetero」意為「其他的」、「不同的」，Heterotopia 指錯位或冗餘的器官，也指異位移植。福柯在 1966 年出版的《詞與物——一種人文考古學》的序言中首次提到「異托邦」的概念，1967 年他在建築研究學會（Architectural Studies Circle）上的一次講演（1984 年以《異質空間》*Des Espaces Autres* 為題刊出）中闡釋並界定了「異托邦」的六大原理。〔註 1〕據有學者考證，福柯提出的「異托邦」與中國文

〔註 1〕其一，每一種文化都可能構成異托邦，可分為兩個主要類型：原始社會危機（應對）的異托邦和現代社會偏離的異托邦；其二，在一個社會的歷史進程中，某種既在的異托邦可以一種相當不同的方式發揮作用，如墓園——隨著「無神論」的傳播及相應的對「屍身」的重視、死亡的個體化以及將死亡當成「病魔」侵襲——從城市的中心（神聖、不朽的教堂內），遷移至城市的外圍，變成「另一種城市」；第三，異托邦能在一個實際存在的場所併置幾個空間、幾個彼此不相協調的設置，如劇場（將一個又一個相異的空間搬上長方形的舞臺）、古代波斯的花園（可參考博爾赫斯筆下的「交叉小徑的花園」）；第四，異托邦朝著可稱之為異托時（時間上的異托邦）的另類時間開放，當人們與傳統意義上的時間發生某種絕對的斷裂時，異托邦就開始發揮作用，如博物館（「準永恆性」），節慶的街道或度假村（臨時性、瞬間性），福柯文中舉度假村的例子是那種給城市居民提供濃縮的原始體驗的波里尼西亞村落；第五，異托邦總是預設了一個開關系統（不像公共空間可自由進入），以隔離或使它變得可進入，也就是說異托邦之間的進出必須獲得特定的許可，擺出特定的姿式或經過某種儀式，有些異質空間看起來全然開放、然卻隱藏了奇怪的排他性（福柯舉例，從前巴西或南美洲大農場那些著名的臥室——向過路人提供居所，但並不是邀請陌生人進入主人的起居空間）；第六，異托

化大有干係〔註2〕。在《詞與物》的序言中，福柯談到他的寫作動機源於他所讀的博爾赫斯（Borges）所引用的某部中國百科全書中有關動物分類的文字〔註3〕——一種令人（西方人）瞠目結舌的、含混不清的分類。福柯認為，一種條分縷析的「定位」的缺失以及由這種缺失引發的不安感是異托邦的主要特徵。「異托邦」的概念貫穿於福柯的知識－權力論述。福柯意謂，透過權力的運作機制，我們可能發現，我們所自以為身處的那個具有最大公約數、具有最大同質性的貌似井然有序的日常的空間其實並不存在，我們周遭的空間是一個雜糅了各種氣質（或許同時還縈繞著幻想〔註4〕）、可能被無限辨識出來的各種各樣的異托邦。在《異質空間》中，福柯提出，異托邦兼具想像性和現實性，它雖真實地外在於我們，卻不是自我呈現的，它需要去發現。福柯舉鏡子為例，鏡子使「我看到了不存在於其中的自我」，「我」因此從鏡中的虛像空間返回「我」自身，審視自身，在我所在之處重構自身。當「我」凝視鏡子時，鏡子使「我」的在場連同「我」周圍的空間顯得格外地真實，同時又不真實——為了感知它，「我」必須穿透鏡中的虛像空間。鏡子裏反映「我」在場的地方是虛像，但它又是真實存在，這就是它的異質空間屬性。在某種程度上說，電影銀幕空間正是這樣一種能讓我們身處其中的空間顯影的「異托邦」，它使我們「能在自己缺席之處看見自身」。

邦對其餘的空間發揮著作用，它或者創造一個幻覺的空間（以揭露所有真實空間是更具幻覺性的），或者創造一個別樣的、實際存在的、經過仔細安排的空間（如某些耶穌會會士在南美洲建立的管理得無微不至的殖民地，其空間布局複製了耶穌基督的「十字」符號），以襯出我們現今所處空間的雜亂無章。此段概括參考了福柯 Des Espaces Autres 的兩個譯本：李康譯、李猛校：《另類的空間》，見《福柯文選》第 4 部分——話語分析：語言與知識，http://www.docin.com/p-675939087.html；陳志梧譯：《不同空間的正文與上下文》，見包亞明主編：《後現代與地理學的政治》，18～28 頁，上海教育出版社，2001。

〔註2〕 周桂君：《福柯「異托邦」對中國文化的誤讀》，載《湖南師範大學社會科學學報》，2009 年第 6 期，93 頁。

〔註3〕 這段文字提到「動物可以劃分為：(1) 屬□皇帝所有，(2) 有芬芳的香味，(3) 馴服的，(4) 乳豬，(5) 鰻螈，(6) 傳說中的，(7) 自由走動的狗，(8) 包括在目前分類中的，(9) 發瘋似的、煩躁不安的，(10) 數不清的，(11) 用精細的駱駝毛筆劃出的，(12) 等等（其他類），(13) 剛剛打破水罐的，(14) 遠看像蒼蠅的」。見福柯著，莫偉民譯：《詞與物》前言，1 頁，上海三聯書店，2001。譯文引用時根據英文版作了校正。

〔註4〕 福柯著，李康譯、李猛校訂：《另類的空間》，見《福柯文選》第 4 部分——話語分析：語言與知識，http://www.docin.com/p-675939087.html。

　　90 年代以來華語青春電影的主場是「城市」。現代化進程中的城市難以被捕捉到可資描述的「靜態」，它總是處在變化之中，生成了太多相互衝突的形象和令人困惑的歷史印記，而這些雜質紛呈的東西在空間上佔據著同一個點，在一個「巨大的瞬間」〔註 5〕闖入人的眼簾，讓人幾乎喪失了界定的能力。與之相應的，華語青春電影的地域指涉意義亦變得含混猶疑，此前承載著規訓意味的空間性一步步瓦解，取代而之的是多元混成的異質空間，對於空間的特性描摹讓位於對空間影像的瞬時捕捉。空間不再只是社會活動和社會關係的「容器」，它自身具有了主體性，空間性既是被生產的、又反過來具有生產性。如果說八九十年代華語青春電影中的空間因其負載的規訓屬性過於鮮明而使青年觀者喪失了從中反回自身、獨立地審視自身的能力，21 世紀以來華語青春電影的一個明顯表徵是銀幕空間愈來愈呈現為一個開放的系統，一處異托邦屬性鮮明的境域，觀者臨鏡自照，皆可從中看到那個「身之所在」的空間，「認同」的訴求壓倒一切。現代化進程中空間劃分所承擔的規訓功能失效了，後現代的空間是多元混成的。全球化時代人、資源、信息等頻繁的跨地域流動已打破了心理空間的邊界，甚至滲透到物理空間的形塑。

　　異托邦空間理論質詢空間性營造背後的意識形態色彩，挑戰物理空間的邊界，將空間同質性的表述視為一種霸權或表象，指出各個空間存在的多層次體系，聲稱這些空間結構是「易變的」「可置換的」。聯繫安東尼·吉登斯在《社會的建構》中所闡釋的「區域化」理論，一方面人們假設「各種社會始終是具有同質性和統一性的系統」〔註 6〕，另一方面「在抗衡這種假設的過程中」、在謀求全球化時代「存在感」的訴求中，「地域化」又是一個尤其被倚重的策略。21 世紀華語青春電影中空間的異托邦屬性正是在現代化進程中空間的重組運動中顯現出來，「流動的空間性」被廣為接受，然全球化時代、在「同質化」的危機中堅持自我的訴求也一直存在，21 世紀臺灣青春電影提取現代化的、同時保有原始自然風貌的「小鎮」作為名片即是其建構自身身份認同的策略之一。

〔註 5〕　豪爾赫·路易斯·博爾赫斯：《交叉小徑的花園》，13，轉引自愛德華·W·蘇貫：《後現代地理學——重申批判社會理論中的空間》，333 頁，北京，商務印書館，2004。

〔註 6〕　安東尼·吉登斯在《社會的構建》一書中提到了「區域化」這個概念時所作的相關闡釋。轉引自愛德華·W·蘇貫：《後現代地理學——重申批判社會理論中的空間》，224 頁，北京，商務印書館，2004。

第一節　模糊的邊界與分眾的時代

　　21 世紀以來中國的電影工業發生了顯著的變化，一方面是大陸、臺灣、香港三地電影業之間的界線日趨模糊，建立在三地電影業融合基礎上的華語電影的概念被廣泛使用，此前電影銀幕空間的界線設置亦趨模糊，另一方面則是電影觀眾群體的分化以及小眾消費的流行使得中國電影的文化生態版圖亦經歷著不斷的分化、組合。21 世紀以來少量商業主流大片席捲了中國電影市場，然而很快就頹勢畢現，在統一的意識形態話語分崩離析的大趨勢下，意圖取悅各類人群的「普適」電影只能是一廂情願。不僅是意圖代表主流意識形態訴求的「大片」難以統括各類人群，且「大片」本身的表意系統亦是裂隙叢生、布滿疑點。正如卡林內斯庫所說，現代性的宏大敘事土崩瓦解之後，取代而之的是大量異質性的、局部的小史（petites histories）——往往有著高度自相矛盾的、悖謬推理式的本性。〔註7〕同樣，空間的邊界變得曖昧含糊，除了界標之外，沒有什麼特定的屬性，好比殖民者在美洲或非洲大陸劃定的縱橫交錯的界線，除了標識主權以外，沒有其他附載的含義，界線內外，風物人情如故。在後現代語境下，所有與特定邊界聯繫在一起的習俗、規則，甚至地貌，都變成可複製的東西，正如蘇賈所描述的洛杉磯城：

> 洛杉磯的空間性對正統的分析和闡釋構成了挑戰，因為它也似乎是漫無邊際的，而且始終處於運動之中，從未靜止得讓人可以接納，處處都是「他者的空間」。

> 洛杉磯是全球性的……在其幾乎無處不在地將自己展現為一個完全實現世界夢想的機器方面，沒有任何其他地方能比洛杉磯表現得更加明白清楚……洛杉磯也許會成為世界城市的縮影……

> 每一個地方似乎也（同時）在洛杉磯。〔註8〕

1. 空間的生產性：流動的空間

　　21 世紀以來隨著全球化進程的加速以及大陸、臺灣、香港三地的電影產業的融合度日益增加，瞄準共同的受眾——華語世界青年群體的青春電影表

〔註7〕〔美〕卡林內斯庫（Matei Calinescu）著，顧愛彬、李瑞華譯：《現代性的五副面孔》，295 頁，北京，商務印書館，2002。

〔註8〕愛德華·W·蘇賈：《後現代地理學——重申批判社會理論中的空間》，331～332 頁，北京，商務印書館，2004。譯文引入時有改動。

現出越來越多共有的特徵，最鮮明的一點是此前各自青春電影中地域對峙的意味逐漸減弱、地域自身的面目也日趨模糊。根據蘇賈的第三空間（類似福柯的「異質空間」）理論，界定區域的空間性「既是社會行爲和社會關係的手段，又是社會行爲和社會關係的結果」〔註9〕，具體的空間性是一個充滿了競爭的場所，其對社會生活的建構過程充滿了衝突和張力，不是企圖鞏固現有的邊界，就是旨在深度的重構。大陸、臺灣、香港青春電影中的地域對峙消泯的前提是區域發展的大致平衡，在區域間隔即代表等級劃分的情形下，無論是內地與沿海，還是大陸的城市與鄉村，亦或是臺灣的臺南與臺北，構建區域和突破區域的兩極運動不會停止。一方面是處在「高階」區域的個體要維持自身的地域優勢必然要對後來者設置重重障礙，不斷地建構地域性、在此過程中將不符合地域特性的東西「合法地」排除出去，另一方面被權力歸置在「低階」區域的個體在發展的過程中勢必會努力突破地域的屏障，爲自身謀得更好的發展前景。

　　移民與反移民就是這種打破地域性與捍衛地域性的衝突的外顯，香港本來是一個移民的中轉站，當它經歷了經濟起飛，發達程度遠超周邊地域時，定居者開始增多，與之相應的是，建構地域性的需求浮現，一方面是尋求認同，另一方面是區隔後來移民，尤其是來自彼時尚十分落後的大陸的移民。七八十年代之交的香港電影新浪潮在很大程度上助推了這股界定本土性的衝動，茲時的新浪潮影片從多方面探討香港本土的特性，在無法擺脫的「中轉站」標識之下，著力提煉出頑強向上的草根精神代表香港。與英殖民政府管控移民的權力意志與法律手腕不同，新浪潮電影雖然呼喚本土性，也帶有排外情緒，然對於外來移民的態度是一分爲二的，即代表昂揚拼搏的香港精神的移民（無論合法與否）皆被接納，反之，即便是法律上的合法居民亦在被排斥之列。例如《男與女》（1983）中從廣東農村偷渡來港投親的孟思晨和泰國華僑江遠生，二人爲了美好明天在港頑強生存的努力就被編導投注了深深的認同，而諸多偷渡客躲在山間木屋如原始人一樣的苟且生活以及思晨的香港親戚之勢利冷漠，又是編導著力鞭撻的。同年的《家在香港》影片結尾處代表港人青年精英的王偉倫（孤兒）與大陸偷渡客婷婷（孤女）由互相敵對到情愫暗生，乃至彼此爲了對方以身赴險，二者關係超越了世俗愛情，上升

〔註9〕　〔美〕愛德華・W・蘇賈：《後現代地理學——重申批判社會理論中的空間》，197頁，商務印書館，2004。

爲一種精神上的互相拯救：正是不與黑暗妥協的婷婷讓王偉倫正視了自身的
墮落，使他下決心不再做上等人的玩物，勇敢地做回自己；也正是王偉倫的
慷慨赴險，讓婷婷決心不連累愛人、獨自面對前途兇險。港人的新生是借了
外來者這面鏡子達成的（二者互爲鏡像），編導意謂認同香港的投奔者比背棄
香港的逃離者更有資格稱香港人，影片中流動的人群、施工中的建築、被扭
曲的規則也暗示「香港」並無恒定的屬性、而是始終處於建構過程之中，從
這個角度說，影片《家在香港》對於香港地域屬性的構設已十分超前。

　　正是在打破地域性與建構地域性的角力中體現了空間的生產性，銀幕香
港的異托邦屬性也在此過程中展露無遺。銀幕香港的空間屬性始終處在一種
流動的狀態、難以捕捉，移民城市及居住在其中者的過客心理注定了香港不
太可能保持某種恒定性的品質，即便在時空的某一點上，香港於不同的人眼
中也呈現出迥異的面貌，它本身融合了各種差異性的元素，各人只能於特定
的時點體驗香港，各人的感受也只能說明其所處的位置。在 2000 年陳果執導
的《榴槤飄飄》中，香港的城市空間除了影片開場時呈現爲繁華都市的遠景
外，其餘鏡頭下的空間場景都是一派骯髒的、逼仄的灰色調，華麗的都市與
底層人的生活無關，它只存在於底層人的想像中、期待中。主人公秦燕到過
香港，她其實又等於沒到過，她前前後後的足跡不超過旺角那一片小天地：
宿舍、飯店、小旅館，擁擠的後巷，所接觸者除了皮條客、性工作者、客人，
就是打黑工的阿芬——她在香港唯一穩定的人際關係。秦燕在香港的三個月
僅涉獵了一個非常狹小的空間，僅與和她一樣身在暗影裏的人接觸。客人大
多是「摳門的」香港人，平日裏有各式身份，一進入旺角的灰色地帶，亦隱
藏起自己平常的身份。在旺角這個異托邦中，各色人等須剝去他們原有的身
份，「擺出特定的姿式」，在其中充任一個臨時的角色。旺角這樣一個陰暗的
角落不僅人流量巨大，且與其同質的空間在香港絕不是少數，換言之，旺角
的生存規則大可放至香港各處通行，其魚龍混雜的空間特性也是香港這座城
市的一部分。作爲港口城市，其巨大的人口吞吐量可以迅速將生活在其中的
個體熟悉的生活圈子打散重組，同時，它亦要求新加入者遵循它臨時分派的
角色規則。在旺角灰色地帶，個體被從先前穩固的社會關係中拔離，不斷置
身於陌生人的環繞中，他／她也可以任意編派自己的身份，比如影片中秦燕
對客人說她是四川人，湖南人，上海人，新疆人，香港本地人……然絕不是
「東北人」。她對同事說自己是「東北人」，然也絕不會和她們有進一步的聯

繫，她的確切地址只留給了打黑工的阿芬一個人，只有在阿芬面前，她才坦露自我。秦燕的自我形象在她的人際關係的三個維度——朋友（阿芬）、同事、「客人」——中是分裂的、也是彼此隔絕的，在最外圍的「客人」面前，她是「職業」的性工作者，也是一個可被任意編派身份的消費品。秦燕身處的灰色旺角是一個異托邦，它與另一個異托邦——如海洋公園——所指稱的「國際都市」香港並置，從第一性空間（物理空間）的角度看，二者彼此鄰接，然從第二性空間（心理空間）的角度看，二者又是永遠隔絕。就旺角本身來說，它亦是一個由無數次級異托邦組成的系統，各個系統間彼此交融，又互相隔絕。如同樣是住在破舊的後街，同樣是幹一份黑色營生的底層流民，性工作者與勤雜工又是兩個冰火不容的群體，一旦交集，必然大動干戈。秦燕破例與阿芬交往的前提是，秦燕在她面前隱藏了自己性工作者的身份。影片中秦燕帶著對香港的想像而來，帶著能承載香港想像的掛曆而走，她與「國際都市」的香港的聯繫始終停留在符號層面，唯一的實物聯繫是那個始終像「異物」一樣的、又臭又硬的榴槤，它一出場時是「武器」，落幕時又作為禮物，見證了秦燕與香港不願被提及的過往。

電影文化對空間性／地方性的解構呼應了20世紀末期理論界對於空間的生產性認識，「空間的孤立性或連貫性以及空間的同質性表象，均是社會的產物，而且常常是政治權力的工具性的有機組成部分」〔註10〕，從後現代地理學〔註11〕的角度來看，第一性空間的地域邊界本身是社會活動和社會關係的產物，而在當下的時代，其正經歷著在第二性空間層面（即心理空間）的瓦解，空間性不是與生俱來、亦不是恒久不變，它處在一個生生不息的社會性生產過程當中。比如在2010年彭浩翔執導的《志明與春嬌》中，空間的生產性及其與權力的關係就十分明顯。影片開始港府一紙禁煙令將寫字樓背後逼

〔註10〕 列斐伏爾、福柯、吉登斯等人皆以不同的方式表述過此意，參見愛德華·W·蘇賈：《後現代地理學——重申批判社會理論中的空間》，191頁，北京，商務印書館，2004。

〔註11〕 蘇賈在兩種空間——第一性空間是具有物質特性的物質空間、第二性空間是認知和表徵的心理空間——的基礎上提出第三性空間：具有主體性的「社會生產的空間」，並認為，第一性空間和第二性空間都是由社會生產和再生產的。「第一性」的特徵並不是天賜的，也不是孤立的，因為其社會影響總會通過「第二性」產生，而「第二性」是產生於人類勞動和人類知識的有組織和累積性的應用，空間性的社會生產也會將心理空間的各種表徵和意指盜用、並重塑為社會生活的一部分。愛德華·W·蘇賈：《後現代地理學——重申批判社會理論中的空間》，182～185頁，北京，商務印書館，2004。

仄的後巷變成一個新型社交場所,各色煙民聚集在此,噴雲吐霧、交流各類段子,煙民之間的禮節以及曖昧的遊戲規則維繫著這個臨時異托邦。而一旦打破規則(比如春嬌和志明),越過了曖昧的界限,個體之於異托邦的位置亦不復存在。

2. 分眾的「異托時」:以 90 年代「先鋒」青春電影的傳播為例

　　90 年代華語青春電影呈現出多元的探索,以中國大陸第六代導演的青春電影、臺灣的新新電影以及香港的後新浪潮電影為代表的「先鋒」青春電影,立意開創一種不同於前人的「青春故事」,這些影片大多是獨立製作、在分眾圈子獲得口碑和票房,爾後影響力擴散,現代都市裏的青年白領和高等院校的學生是他們主要的擁躉。這類先鋒青春電影的傳播是一個「異托時」發生的過程,同一部影片在同一時間的不同地域、不同時間的同一地域傳播所收到的反饋差異極大。這也是所謂的現代化進程中的時間差異在空間上的顯影,反過來促使影片製作者們考慮分眾的訴求,努力在一部影片中彌合不同意識形態的差異,是以 21 世紀以來院線青春電影呈現出越來越趨同的面相。

　　伴隨著傳統社群(包括鄉村和老式街區)的裂解,原子化的個體失去了過去時代藉以定位自身的「網格」,在新型都市中人與人之間彼此疏離,一面是無限在眼前敞開的外在視界,一面是極度內陷、自我裂變的人格,這種存在主義式的都市敘事在 90 年代後期華語青春電影中佔據相當大的比例,確也能夠喚起在都市化進程中體驗到異化的青年群體的共鳴,然而只是在極其小眾的圈子內發生。比如,對於大陸同時期其他中小城市或廣大農村的青年群體而言,臺灣新新電影中的現代性批判以及王家衛電影中游戲人生式的哀怨、虛無主義情調就顯得有些無病呻吟,茲時大陸大多數中小城鎮、鄉村還處在前現代,年輕人的奮鬥之旅往往是由鄉村至城市,由小城至大城,大陸特有的城鄉二元結構以及區域性發展的不平衡在 90 年代還未得到根本的改觀。年輕人的「突圍」之旅往往是為著奔向一個更好的發展空間──一個充分現代化的都市,同時期港臺青春電影中將都市比作圍城的意象實難以觸動廣大內陸青年。同樣,大陸第六代青春電影先鋒的影像風格、內省式的鏡頭語言、迷離的城市敘事也要到了 20 世紀之後中國整體城市進程加快、觀影主體具備了都市生活經驗之後才能與之建立起溝通的橋樑。此前第六代大多數導演處於「地下」狀態時,其作品只是在極為小眾的藝術圈子內流傳。某種

意義上說，這類產生於 90 年代的文本其閱讀的歷史卻是建立在 20 世紀之後，無意中為 21 世紀青春電影的分眾運營提供了某種可茲借鑑的範式。進一步說，這類影片的傳播面變寬，同時其生命線被拉長了，某時不是這類電影的目標觀眾，彼時可能躋身其中，成為其忠實的擁躉。對於特定影片而言，一方面它面對特定的分眾，一方面它又面對流動的受眾，影片從上映始累積的觀影體驗也在改寫著影片的內涵，進而影響後來者對影片的接受。這是一個典型的福柯意義上的異托時的發生過程。圍繞著一部影片傳播的軌跡，空間的落差以時間的方式顯現，即影片旅行所經之地理空間的階梯效應在綿延的時間中逐步展現，比如，在一線城市青年群體中收穫共鳴的情緒若干年後在二線、三線、四線及以外的城市青年中逐漸引起共鳴。

當年無聲無息的電影以網絡、盜版 DVD 以及小眾、小屏幕放映的方式重新被打撈出來、進入公眾視野時，這些小成本製作的影片中零碎的敘事、迷亂的意象以及粗糙的光影調度被小眾傳播的觀影方式所掩蓋，化身為一種先鋒。由於中國社會區域發展的階梯化，90 年代標榜現實主義的第六代導演的青春敘事在 21 世紀的審美接受中被追加了「先鋒」的光暈，不同代際的觀影群體由觀看這些影片重新認領了自己的成長記憶，與此相關連的是電影史的改寫。比如管虎就他的首作《頭髮亂了》（1992）發表的「剖白」聲稱，影片是「本著一種區別於當代中國電影（指商業電影）的嚴肅的批判現實主義態度來敘事」〔註 12〕。同時期評論者劍虹、呂豔等也認可編導對於用電影表述當代青春的真誠，但認為這類第六代導演的作品帶有「浮冰」的特質，易碎、易消解〔註 13〕，言外之意其生命力可能不會長久，然到了 21 世紀，第六代的這類「習作」不僅沒有湮沒，反倒被一再解讀，並在新的語境下被賦予了時尚的色彩〔註 14〕，在主流已然被解構、人人都自稱非主流的後現代，第六代導演的青春敘事甚至被標識為非主流年青人的成長史〔註 15〕。

〔註 12〕 管虎：《〈頭髮亂了〉的剖白》，載《北京電影學院學報》，1995 年第 1 期，189頁。

〔註 13〕 參見呂劍虹：《第六代：河流上的浮冰──〈頭髮亂了〉隨想》，載《電影評介》，1995 年第 2 期，25 頁：呂豔：《腳下就是遠方──關於〈頭髮亂了〉與〈週末情人〉的話題》，載《北京電影學院學報》，1995 年第 1 期，142～146頁。

〔註 14〕 參見李正光：《「第六代」電影中的時尚元素分析》，載《藝苑》，2007 年第 7期，39～42 頁。

〔註 15〕 參見王曉平：《〈頭髮亂了〉：1980 年代一代「非主流」年青人的青春成長史》，

　　同樣，楊德昌的《牯嶺街少年殺人事件》（以下簡稱《牯嶺街》）也是在其誕生近 10 年之後在大陸被持續不斷的觀摩、評論，從而奠定了其牢不可破的經典地位。值得一提的是，楊德昌在 90 年代改編這起 60 年代的新聞事件時提到，「那個年代有很多線索可以讓我們看清楚現在這個年代，這是我做這個片子的最大動力」〔註16〕。這部 90 年代初的臺灣電影在 21 世紀初的大陸年輕觀眾當中產生巨大共鳴，其背後的深層原因恰是以 80 後為主體的大陸年輕觀眾在影片中認領了自身在 90 年代的成長記憶。混亂、壓抑的社會環境，頹勢漸現的家境以及理想的破滅同樣是大陸 80 後集體成長記憶的一部分。楊德昌在影片中苦心孤詣地復原的臺灣 60 年代的風物幾乎可無縫對接 90 年代大陸南方小城。對於 21 世紀的大陸年青觀眾而言，這樣一部「神片」就不僅僅是臺灣的，更是「我們所共有的」。《牯嶺街》自 1992 年起在大陸開始有相關介紹性的文章問世〔註17〕，2000 年之後影片的翻刻 VCD 版開始在文藝青年、高校學生當中傳播〔註18〕。起初大陸評論界對楊德昌的研究集中在其影片中的現代性表述上，《獨立時代》（1994）、《麻將》（1996）、《一一》（2000）等拍攝日期晚於《牯嶺街》的影片是論者關注的焦點，相反這部公映於 1991 年的《牯嶺街》之評論文章到了 2004 年之後才出現，從一些外圍的藝術類雜誌逐漸蔓延至專業的電影評論雜誌，關於該影片的專論目前在中國知網上可以找到 11 篇，包括一篇碩士論文。《牯嶺街》的經典化過程亦是一個異托時的發生過程，楊德昌 90 年代初表述的 60 年代臺北眷村的記憶不其然觸動了 21 世紀大陸年青觀眾關於 90 年代的成長體驗。

　　與之相類的是，90 年代港臺獨立製作的青春電影，如楊德昌的《獨立時代》《麻將》，蔡明亮的《青少年哪吒》《愛情萬歲》，王家衛的《重慶森林》《墮落天使》《春光乍泄》等影片中縈繞不散的存在主義色彩在當時曾被譏諷為迎合西方電影節評委、罔顧本土電影觀眾的產物，卻在十多年後以大陸為主的華語青年觀眾群體中、在小眾放映或私人空間的傳播過程中被一再地玩味、

　　　載《藝苑》，2016 年第 4 期，34～37 頁。

〔註16〕 大齒膏：《〈牯嶺街〉25 週年：一部華語神作是如何誕生的》，載《騰訊娛樂》，2016-07-27. http://ent.qq.com/a/20160726/029902.htm

〔註17〕 參見嚴敏：《第 28 屆金馬獎述評（外二篇）》，載《電影評介》，1992 年第 2 期。

〔註18〕 時代映畫社：《〈牯嶺街少年殺人事件〉調查》，載微信公號「奇遇電影」，2015-11-13. http://mp.weixin.qq.com/s?__biz=MzAxNTU4MDQ5NA==&mid=400279749&idx=1&sn=dfbe6c14ea4ffe8ea3fa61560878d411&scene=2&srcid=1113YZNJcm8cOgftFSnaGdKY&from=timeline&isappinstalled=0#wechat_redirect

被再解讀、被經典化。上述第六代導演及 90 年代港臺小眾青春電影的接受過程是一個「異托時」的發生過程，他們的作品不是作為當下現實的在地呈現而受到關注，相反，是產生它的語境變遷之後，作為一種「博物館式」的展覽、在廣大的華語青年群體範圍內引發共鳴，並參與了這一代人對青春記憶的改寫。當這些作品被抹除了出品年份、再度以先鋒的面貌融入了當代青年文化、進而完成了自身「經典化」的同時，其自身也轉化為一種消費時尚。

第二節　「去地域化」與「在地化」

安東尼·吉登斯認為，全球化是傳統社會向現代社會轉型的必然結果，這個過程的主要動力來源之一是「脫域機制」的發展，它使得社會行動從地域化的情境中抽離出來，並跨越廣闊的時間－空間距離去重新組織社會關係。〔註 19〕「脫域機制」將原屬他域的社會事件、社會關係進行在地的移植，想像性地參與「鮮活的、本土的經驗」建構，阿帕杜萊（Arjun Appadurai）也提出要捕捉「去地域化」對於重塑本土想像的影響。〔註 20〕阿帕杜萊在《泛現代性：全球化的文化維度》（ *Modernity at Large： Cultural Dimensions of Globalization* ）中借列菲弗爾「空間的生產」概念，提出了「地方性的生產」（the pro-duction of locality）。媒體技術的發展使不同空間的人們可以共享即時的信息、敘事，「脫域機制」能夠迅速地將某地的社會關係、消費方式複製到彼處，加上人口遷徙、地域交流頻繁等因素，原先相對固定的民族地域間隔已被打破，「地方性」「地方特質」成為「流動性」的、可複製再生產的東西。〔註 21〕

在全球化時代電影作為文化產品的特性決定了其將努力迎合不同地域消費者的「觀看情境」，要產生跨地域的傳播效應，勢必對自身特質作一些揚棄，比如，香港電影匯入華語電影範疇後逐漸摒棄此前那些標識性的「過火」「癲狂」的東西以及涉嫌地域歧視的一些表達，面對整個華語電影市場（乃至全球市場）檢視自身、不難發現這些低級趣味的做派與全球化時代有

〔註 19〕 安東尼·吉登斯著，田禾譯：《現代性的後果》，47 頁，上海，譯林出版社，2000。

〔註 20〕 Arjun Appadurai: *Modernity at Large: Cultural Dimensions of Globalization*, p52, University of Minnesota Press, Minneapolis, 2005.

〔註 21〕 Arjun Appadurai: *Modernity at Large: Cultural Dimensions of Globalization*, pp194～195, University of Minnesota Press, Minneapolis, 2005.

競爭力的文化產品所必須具備的「寬厚的普遍主義」（good universalism，約翰・湯姆林森語）〔註22〕不吻合，另一方面 21 世紀以來日益形成一個整體的主流華語青年觀眾已不同於此前香港電影所定位的偏低端觀眾群體，此前在粵語片中暢行無阻的一些敘事可能會在 21 世紀的主流華語觀眾那裡遭遇接受上的不適。

1. 語言之於「在地化」

不同於八九十年代中國大陸、臺灣、香港青春電影中鮮明的地域意識，21 世紀以來日益成為一個整體的華語青春電影呈現出「去地域化」的特徵，其表現之一是曾經密集出現的方言（包括粵語、閩語以及大陸各地的方言）在青春電影中逐漸淡出，近幾年更是只在極少數小眾青春電影中留存，取代而之的是幾乎清一色的國語普通話，港臺地區青春電影中的國語普通話甚至還夾雜著英語、日語，標識著一種國際化的屬性。90 年代後期至 2007 年前後華語青春電影中方言一度流行〔註23〕，方言電影以一種「先鋒」性的電影現象出現，到此後其被「收編」的過程，同時也是方言作為一種地域性的表達方式、其異質性因子被改造、吸收後，匯入國語普通話的表達系統之中的過程。方言的「普適化」部分源於華語電影營構大一統的「在地化」想像、整合盡可能多的受眾之審美期待的需要。

電影中使用方言無疑增加了影片的真實感，同時使用方言也是一種意識形態，電影中的方言總是聯繫著草根氣質、標誌著非主流的身份〔註24〕。比如賈樟柯的《世界》（2004）中在北京世界公園謀生的山西「盲流」所使用的山西方言與世界公園廣播裏播放的普通話代表了兩個世界，方言代表了落後的、前現代的「盲流」世界，普通話代表虛假的、仿象堆疊的後現代世界，後者表面上開放、實則拒人於千里之外，二者之間橫著不可逾越的鴻溝。近十年來華語青春電影中國語普通話的絕對主流也從側面反映出這種「方言

〔註22〕「英」約翰・湯姆林森著，郭英劍譯：《全球化與文化》，98 頁，南京大學出版社，2002。

〔註23〕參考金丹元：《1990 年以來中國電影「方言化」現象解析》，載《上海戲劇學院學報》，2008 年第 4 期，104～108 頁；馬可：《方言電影：文化意識的蘇醒與深化》，載《觀察》，2006 年第 18 期，60～61。

〔註24〕鄭曉嫻：《方言電影熱的社會學分析》，載《福建論壇》，2007 年第 8 期，54～57 頁。

式」的意識形態被全球化的潮流掩蓋，在後現代的消費社會，一切意識形態都可被引導、轉爲某種消費性的產品，比如方言使用的喜劇化〔註25〕，消解了方言空間的私密性、特殊性，將方言空間展現爲一種具備消費屬性的、奇觀化的空間。方言的使用一方面可以給年輕編導增加自信，籍由一套小眾的話語體繫傳達自身「小眾」的訴求，既具有原生態的生猛，且似乎更容易駕馭。另一方面，方言也隱喻現代化進程中邊緣化群體的困境——無法與全球化或現代化的世界通融〔註26〕。從這重意義上看，90 年代後期至 2007 年前後初執導筒的年輕導演在其執導的青春電影中密集使用方言無形中亦暴露了這種「難以通約」的表達焦慮。

　　大陸和臺灣青春電影一直以國語普通話爲主流，方言只是插曲式的存在。就大陸的情況而言，以方言爲主要語言的青春電影主要集中在 2007 年前幾年，以小眾的、實驗性的青春電影爲主，如顧長衛的《孔雀》（2005）使用了河南方言，韓傑的《賴小子》（2006）以山西方言爲主，呂樂的《十三棵泡桐》（2006）基本使用的四川方言，應亮的《背鴨子的男孩》（2006）中全部是四川方言，李楊的《盲山》（2007）使用的是四川方言和陝西方言。2007 年之後大陸青春電影中只有極少數執著用方言呈現的影片，如郝傑的首作《光棍兒》（2010）是山西方言，其後的《美姐》（2012）是山西方言，再之後《我的青春期》（2015）也是以山西方言爲主。90 年代後期至 21 世紀前幾年臺灣青春電影中亦出現了以閩語爲主的「方言」青春電影，代表了一種建構「臺灣性」的文化意圖，如張作驥的《忠仔》（1996）對白使用閩南語、《美麗時光》（2001）使用客家話，林正盛的《愛你愛我》（2001）以閩南話爲主，周美玲的《豔光四射歌舞團》（2004）中有大量閩南語，等等。香港電影產業北上以後留守本港的電影人出品的小製作青春電影中亦有少數僅使用粵語（無國語配音版）的，如黃眞眞執導的《六樓後座》（2003）、黃修平的《當碧咸遇上奧雲》（2004）、鄧漢強的《B420》（2005）、林子聰的《得閒飲茶》（2006）、劉國昌的《圍‧城》（2008）等，2008 年以後像麥羲茵《曖

〔註25〕參見賀彩虹：《詼諧中的消解與堅守——論近期喜劇電影中的方言言說》，載《東嶽論叢》，2010 年第 2 期，91～95 頁。

〔註26〕魯曉鵬在《21 世紀漢語電影中的方言和現代性》一文中提到，「《世界》、《天下無賊》和《手機》中的地方方言就其本身而論並非關於地方的，而是現代化努力下民族困境的象徵。」見上海大學學報（社會科學版），2006 年第 4 期，17 頁。

昧不明關係研究學會》（2014）這類只有粵語版（夾雜著「港式」英文）的青春電影已比較罕見。從產業的角度看，90 年代後期至 21 世紀前幾年華語青春電影中方言相對密集出現的現象也與電影的平民化時代來臨有關，隨著數字技術普及、電影回收成本的渠道增加，電影投拍的資金門檻進一步降低，使得電影不再是一種昂貴的表達方式。根據長尾理論，再小眾的需求在互聯網的時代也可以得到滿足。在這種情況下，電影從業人員可能嘗試一些針對小眾的作品。方言的使用固然使影片的表達更為真切、形象，然也在一定程度上影響了影片的傳播面。這些以方言為主的影片大多是獨立製作，較少在院線公映，其傳播渠道主要是網絡、DVD 以及高校、書城、咖啡館、沙龍點映。

從代際的角度考察，大陸 70 後已基本接受過完整的九年義務教育，接受國語普通話沒有障礙，80 後、90 後更不用說，除了與少數親密關係的人交流用到方言外，一般都講國語普通話。大陸青春電影中的語言大體在 2007 年之後回歸以普通話為絕對主流，包括之前採用方言的導演在 2007 年之後也改用普通話呈現，如李玉 2005 年執導《紅顏》以四川方言而主，而 2011 年其執導的《觀音山》故事發生地仍在四川，然已完全使用普通話。其次，即便是故事發生地語言特色突出的影片亦使用普通話，如 2011 年的《郎在對門唱山歌》故事發生地是紫陽（位於陝西與四川交界處），影片中有關於紫陽民歌的演繹、地域色彩十分鮮明，然影片全部使用普通話。2010 年的《日照重慶》、2013 年的《初戀未滿》（劉娟執導）故事發生地皆在地域特色鮮明的重慶，二者也全部使用普通話。從港臺的情況看，臺灣 50 年代即大力推行國語，50 年代中期開始出現的臺語片 80 年代初已消失，大體是一代人的時間，此後即是國語片的天下。香港國語普通話的推廣是 1997 之後才被提上日程，此前只是在部分小學的四五年級開設，中學以後就基本棄置。1997 之後香港藝人紛紛努力學習國語普通話〔註27〕，香港電影產業「北上」之後，在香港與內地合拍的影片中，香港演員也大多講普通話。

80 年代前期臺灣青春電影間或出現的方言基本依角色而定，且方言的出現大抵與底層生存空間聯繫在一起。如 80 年代前期臺灣新電影中操各式內地

〔註27〕 香港媒體曾經有個排行榜，不定期選出 10 位普通話說得最爛的知名香港藝人。參見《知名香港藝人「普通話最差」榜曝光：古天樂奪冠》，http://hm.people.com.cn/n/2014/0106/c42272-24038146.html

方言或本地方言的人群基本是年長的下層勞工，國語的使用者往往是公職人員、年青一代，這種語言所代表的空間等級在 90 年代臺灣青春電影中沿襲。21 世紀前幾年臺灣青春電影中偶而出現以方言爲主要語言的影片，已屬極少數情況，2005 年之後「方言」青春電影幾乎絕跡，絕大多數青春電影都是使用國語普通話，少量以國語普通話爲主，間雜有閩南語以及其他族語或外語，體現出一種語言上的開放性。語言所代表的空間層級亦殘存在近年來的臺灣青春電影中。這些影片中的閩語更多地是標識其多元空間性的「黑色」維度，且「黑色」並不意味著「陰狠」，相反，它空有「黑色」的模樣、實屬弱勢，如此一來，往往產生喜劇性的效果。如《寶米恰恰》（2011）中的雙胞胎姐妹與姐姐的追求者徐永平，前者是中產家庭，講普通話，後者的家庭成員在黑道營生，家中長者在家庭內部空間講閩南語，標識黑社會的閩語空有其屬害的表面、實無危險性，更顯得喜劇性十足，聯結「黑道」家庭與校園空間的徐永平本人則無論在家、還是在學校皆講國語，顯示出對閩語空間的無視。再如，《艋舺》（2010）中本地黑幫講閩南語，貌似疾言厲色的閩南語臺詞卻並不必然與「險惡」之類的標識相關，講粗俗閩語的本地黑幫反倒在操普通話的「彬彬有禮」的外來黑幫面前顯得十分弱勢。

　　香港電影雖然在 80 年代已不再分國語片和粵語片，但演員同期聲基本使用的是粵語，國語版多半係後期配音。值得一提的是，在八九十年代香港的「青春＋類型」影片中，「青春」嫁接類型最多的是文藝愛情片，其次才是喜劇片和動作片。有些電影的國語版（主要是喜劇片），在內地觀眾看起來也會有些「違和」感，因爲有些粵語特有的搞笑語彙找不到很好的國語普通話來表達，硬生生地轉譯之後、語意就變了。恰恰是在香港電影中屬於小類、但定位高端觀眾群體的文藝愛情片較好地習得了國語普通話的思維，在整個華語觀眾世界取得了「最大通約數」。香港的動作片則早已在港臺流行文化風行的 90 年代被大陸觀眾廣爲接納，香港動作片的一整套語彙、程序時至今日已早爲大陸觀眾所熟稔，亦對大陸動作片的製作產生了深遠影響。21 世紀以來香港電影在努力地適應包括大陸在內的整體華語觀眾群，學習用「國語普通話」來思考，正如 2001 年中國大陸與香港合拍的青春電影《北京樂與路》（張婉婷執導）中「在香港出生、在美國長大、中英文都很爛」的創作歌手 Michael（吳彥祖飾）要聽從在大陸爲李嘉誠蓋樓的父親建議「學好普通話」「用普通話想問題」，香港電影產業要真正融入內地，最重要的就是學會「用國語普通

話表達」。

　　銀幕方言的密集使用也間接豐富了國語普通話的語彙，此前專屬某地的方言亦有了它的被其他地域觀眾廣爲接受的形式和內涵。地域性的思維匯入普通話思維中，豐富了普通話的表意系統。此外，90 年代以及 21 世紀前 10 年港臺流行文化（包括影視劇、流行音樂、綜藝節目等）在華語世界引領潮流，港臺兩地普通話與彼時大陸觀眾使用的普通話尚有一定的差異，然因流行文化的影響，「港臺腔」被許多大陸觀眾（尤其是南方觀眾）傚仿，成爲他們由方言轉普通話的參考樣本。是以 2000 年之後那些製作於八九十年代的港臺青春電影以 DVD、網絡傳播的形式被許多大陸年青觀眾逐步接觸到時，「港臺腔」的普通話在大陸很多地方令觀者感到親切，絕少產生違和感。「港臺腔」普通話於大陸南方觀眾而言其親緣性甚至大於「北方正統」的普通話。另一方面，如前所述，由於地域發展程度的差異與文化習俗上的同源，八九十年代的港臺青春電影在 2000 年之後陸續登臨大陸時，港臺電影（尤其是臺灣電影）中關於六七十年代的成長記憶亦在大陸成長於 90 年代及其後的年青觀眾當中引起共鳴。

　　近十年來華語青春電影中國語普通話一枝獨秀的背後是電影業自身基於愈來愈趨於統一的華語青年觀眾群體的考慮。國語普通話的使用在某種程度上消泯了地域差異，語言背後是一整套思維方式、生活習慣，將當地人習用的方言轉換爲銀幕上的普通話，一方面是設想銀幕之下整個華語世界觀眾群的在場，在華語世界這樣一個範圍內審視發生在本地的故事，於本地觀者而言可能產生了一定的新異感，於外地的觀眾而言，則是因想像性地與茲地人物共享一套語言交流系統而對茲地產生了更多親切感。國語普通話的使用使得 21 世紀以來的華語青春電影在中國各地的青年觀者眼中產生了「在地化」「情境化」的效應，其背後是華語青年觀眾所共享的語言邏輯及其相應的語言意識形態，籍著這份語言的親緣感，中國各地的青年觀眾得以從中體認共同的語言文化承載的成長記憶，想像性地在銀幕上安放自身的位置，參與華語世界青春文化的建構過程。

2. 「去地域化」的空間：以銀幕香港的空間演變爲例

　　香港早期是一個移民社會，兼有「中轉站」的性質，各色人等，來來往往，較少視其爲安居之所。香港的空間性一開始就是流動的、異質紛呈的，

因而也是難以界定的，是以香港青春電影中的物理空間較少呈現出區隔與對峙的意味，更多是以人與人之間的關係來指涉空間關係。1984 年「中英聯合聲明」發布，港人因意識形態差異對「回歸」懷有恐懼，另一方面兼因自身在經濟發展上的優越感，一度盲目排斥內地、甚至在電影中將內地人妖魔化，這也是其自身身份認同混亂、大眾心理浮躁的外顯。恰恰在 90 年代前期香港電影業陷入衰落的時期，香港青春電影中出現了一些摒棄意識形態偏見、認真對待內地文化資源的影片，也是從 90 年代前期起，銀幕香港的空間設置漸次消解了這種「我他」對立，「內地人」形象更多地負載了認同的意願，而不是作為「異己」。2000 年之後香港電影產業大舉北上，合拍片成為主流，商業理性主導了這些影片中的空間建構。

　　90 年代前期香港以「北上」影人徐克為代表的新武俠電影營構的理想化家國圖景是試圖從歷史和地理兩個維度上將香港置於大中華內部、從中尋找歸屬感與民族認同，而留守香港本土的影人中以周星馳導演作品為代表的喜劇則通過設置「內地人」／本地人的二元對峙呈現本土與內地的水乳交融，從本地人與「內地人」的關係中想像性地界定香港在「大中華」世界內部的位置。二者殊途同歸，同樣是對始於 80 年代香港電影新浪潮中的建構本土性、開發本土空間資源的一種反撥。97 前後香港因為金融危機、股市動盪、經濟衰退等影響經歷了一段混亂、迷惘的時期，同時期青春電影亦顯得異質紛陳。例如，1996 年香港青春電影中的黑社會風籍「古惑仔」系列迅猛來襲，部分評論者將其視為「97 大限」臨近港人集體焦慮症在銀幕世界的宣洩。津津樂道於黑社會這樣一種被大陸絕對禁止的地下組織的發家史，對於茲時尚以嚴肅古板形象示人的中國政府而言頗有挑釁意味。不同於 80 年代末 90 年代初黑幫投資拍攝的、為自身正名的《賭聖》（1989）、《賭俠》（1990）之類的黑幫造神片，「古惑仔」系列將黑幫分子從「神」還原為「人」，並試圖將其走上黑道、從事黑道的過程合理／合法化。然幾乎在「古惑仔」系列風行的同時，「反古惑仔」電影也應聲出世，如《旺角風雲》（1996）、《旺角揸 Fit 人》（1996）以及《香港製造》（1997）等影片旗幟鮮明地解構了黑社會的價值觀，突出了黑社會組織對年青人的扭曲、異化，重申了教育、法治在為年輕一代構造健康生長環境中的重要性。對照其時的香港社會背景考察，90 年代前期起香港警方加大了對黑社會的打擊力度，加上對回歸後的預期，黑社會分子紛紛轉行，「古惑仔」系列青春電影的迴光返照折射出回歸前香港複

雜的社會心理，一面企圖借前現代的江湖遺風重建現代「社團」，並將其表述爲某種「香港性」的存在，以期在回歸後的香港繼續保有「黑社會」的一席之地；一面則是人心思定，期盼回歸後由「大亂」達至「大治」，所有「地下」的交易轉爲「地上」，給予民衆更多安全感、自主感。

資本主義積累的地域差異、普遍性的區間發展不平衡導致一部影片中的空間營造在不同時間、不同地域傳播時發生「意象重構」。互聯網普及之前，現代權力可以有效地操控傳播範圍，比如臺灣八九十年代電影在 2000 年之後方傳入大陸，在大陸觀衆當中形成一種錯位的「歷史投射」和「地理投射」（約翰・伯傑語）。同樣，90 年代香港黑社會電影在大陸以盜版 VCD 及錄像廳放映的形式傳播，資本主義空間發展的不平衡性也造成了後者接受上的「時差」，90 年代中期已式微的香港黑社會一度在銀幕空間迴光返照，而在茲時大陸觀衆看來香港黑社會正如日中天。進一步說，90 年代中期香港黑社會在回歸臨近以及香港警方大力肅清的形勢下，早已風光不再，而同一時期大陸正經歷嚴整有序的計劃經濟體制的「大崩潰」，大批原來各就各位的人從不同的位置被流放到市場上，意識形態空前混亂，是以大陸青年觀衆普一接觸香港亂世英豪的傳奇，很容易將其視爲一個新的開篇。

2000 年之後香港青春電影中的空間構設趨於理性，也更具建設性。正如前文所提到的，香港青春電影開始在香港自身、乃至大中華世界內部尋求建構「家園」的資源，這些遠離都會香港的邊陲山區、鄉下、離島區，內陸及澳門鄉村等原生性的地域資源被挪用來建構香港的空間性。另一方面，在香港的青春題材電影中，後現代都會與前現代鄉村的並置，二者之間已不必然包含對峙，如《一碌蔗》（2002）中主人公的故鄉長洲與其成年後居住的大都市香港，二者聯結的是香港的過去和現在。長洲並無特有的「香港」地域氣質，同樣「香港」也只是一個現代都市。《向左走，向右走》（2003）、《早熟》（2005）、《時光倒流的話》（2007）、《生日快樂》（2007）等有時間跨度的青春電影中，略帶懷舊氣息的「香港」幾乎可以是大中華內部任一小城，「香港」並沒有其標識性的東西，或者這類青春電影根本無意於去建構「香港」獨特的地域性，而是致力於捕捉華語世界年輕人共通的情感結構。相比之下，2000 年之後香港電影中有一些定位較年長觀衆的家庭倫理片在空間構設上偏重對香港本土空間意象的發掘，這類本土訴求鮮明的影片大多帶有濃鬱的懷舊情緒，倚重歷史感強的空間元素，如《朱麗葉與梁山伯》（2000，

葉偉信執導）將故事發生地點設定在香港西北邊緣的新界元朗，凸現元朗區的風物古蹟、人情掌故，都將元朗結構爲一個不同於都會香港的、帶有港式溫情的「家園」。又如，《歲月神偷》（2010，羅啓銳執導）中保留了60年代港人生活空間結構的永利街，上爲住宅、下爲商鋪的「唐樓」以及依山而建的「唐樓」前狹窄的、作爲鄰里公共活動空間的「臺」，亦寄寓了港人溫情脈脈的「故園」想像。其他類似的如《大城小事》（2004，葉偉信執導）、許鞍華執導的《天水圍的日與夜》（2008）、《桃姐》（2011）等，這些影片之影調帶有迷蒙的懷舊氣息，力圖在「城」與「人」之間的特定關係中探析本土空間的獨特屬性。

　　總體上看，近年來定位年青觀眾的香港青春電影則更多偏重於作爲國際化都市香港的空間塑造。早在1994年《重慶森林》（王家衛執導）中對於都會香港的奇崛新異的呈現方式已奠定了後現代都會香港的銀幕美學，影片中複雜、俗豔、詭異的重慶大廈，曾被美國《時代》雜誌選爲亞洲最能反映全球化的地方，其他如職場精英雲集的中環、魚龍混雜的旺角、中西雜糅風格的軒尼詩道等地，亦是近年來香港青春電影中密集出現的場景。一面是放之四海皆通融的國際大都市空間，一面又是異質紛呈、複雜多變的流動性空間，如蘇賈筆下的洛杉磯城，它是「漫無邊際的」，「從未靜止得讓人可以接納」，同時它又比任何地方更能提供關於「夢想舞臺」的想像。典型的如麥曦茵執導《曖昧不明關係研究學會》（2014）中的都市空間，從建築、街景看，幾乎沒有任何地域性的特徵，它可以是世界上任何一個發達資本主義社會的都市，而從影片營造的心理空間看，它又是流動的、曖昧不明的、無限繁複的。同樣的空間距離，反映在人的心理上則可近可遠，同樣的空間景觀，在不同人、不同時間裏體驗到的意象不同。人與人的關係處在一個曖昧的、動態的過程中，空間感是含混、多變的，正如影片中李寧所說，分開太久，兩個人的思想也會有時差。導演徹底打散了時空次序，片段化的敘事前後是彼此不相鄰接的時空，片片段段的時空被剪下來、重新按情感意象排列，如同做研究，將相同主題的材料歸置在一處，片段的原生語境已被棄置不顧，重點是片斷被打碎重組之後生成的意象，然而這些意象本身亦是難以界定的：拋出曖昧的信號也許是「一廂情願的強人所難」〔註28〕，這樣一來表面的配合曖

〔註28〕　「曖昧原來是……一廂情願地強人所難——曖昧不明法則（李寧）」，引自影片字幕。

昧實則是對確定關係的永久抗拒；糾纏不清的曖昧也可能是彼此心心念念的人苦心經營著的「場」，然誰也不敢越過這個「場」，唯恐前進一步前功盡棄。從影像片段中提煉的曖昧法則貌似成立，然它本身也處在不斷的被推翻、被修正的過程當中，正如影片結尾所說的，「曖昧不明關係」的研究還將繼續。

　　21 世紀以來華語青春電影的一個重要轉向是電影中的地理空間標識模糊，與此前電影中明顯的地域標識（如臺灣新電影中頑固出現的地點標識）形成鮮明對比。21 世紀以來華語青春電影的主場——城市的地理空間指向變得難以識別，創作者有意無意抹除了地理空間指標，與此同時，城市內部的空間呈現出同質化的傾向。如李欣的《花眼》（2002）中上海空間的呈現「極大地顛覆了觀眾對上海的空間認知」，使上海成了一座「看不見」的城市，鏡頭下次第出現的上海城市的地標性建築是變形、模糊、難以辨識的，其都市內部的空間要素亦「呈現為一種隨機的自由拼接」〔註29〕。這樣的都市空間是生活在各個城市中的年輕人所熟悉的，其呈現方式亦與他們快節奏、高壓力之下的都市生活的空間體驗相類。詹姆遜認為，後現代的空間是碎片化的，「企圖恢復以往的空間座標，那是一種可憐的、或者確切地說絕望的努力」〔註30〕。即便是可辨識的城市，影片的空間敘事亦無關城市特質，更像是一種放之四海皆有感應的「心理空間」構造，比如《蘇州河》（2000，婁燁執導）中穿城而過的蘇州河定義了影片的地理位置（上海），但是影片鏡頭集中在蘇州河所在的老城區一端（卻無老城區風物的痕跡），本身隱含了傳統與現代、本土與國際之間的交融與對峙，而這種情感結構又可加諸比如臺北的東區／西區以及其他都市的新城區／舊城區。如此，銀幕上海的空間結構就不是上海所獨有，正如《曖昧不明關係研究學會》中香港的空間結構一樣，它所呈現的更多的是當代都市青年的心理空間。

第三節　從區隔對峙到多元混成

　　八九十年代華語青春電影中空間的區隔對峙是現代化進程的產物，由於

〔註29〕 轟偉：《想像的「本邦」與「看不見」的都市——試論新世紀以來上海電影敘事的空間轉向》，載《當代電影》，2009 年第 6 期，37 頁。

〔註30〕 〔美〕詹姆遜：《文化轉向》，胡亞敏等譯，14～15 頁，北京，中國社會科學出版社，2000。

大陸、臺灣、香港三地社會經濟水平及電影藝術發展的差異，空間劃分作為現代性的一種管控手段在 80 年代以來的三地青春電影中呈現出時間上的落差。臺灣青春電影中的空間對峙在 80 年代前期「新電影」作品中體現得較突出，往往表現為「高階」空間對「低階」空間的一種「規訓」，大陸青春電影中的空間規訓則更多體現為一種鞏固邊界的意圖，在市場化進程加速的 90 年代伴隨著階層大洗牌，其原有空間層級體系的內在衝突日益彰顯。銀幕香港的空間性建構在 70 年代末 80 年代初的香港電影新浪潮中表現為一種「我他」對峙，新浪潮及後新浪潮電影對香港空間性的建構主要通過對比／參照的方式，試圖在不斷的肯定／排除中塑造香港的「本土性」。從社會發展的層面看，物理空間界限的破除有賴於政治經濟發展的平衡，無論是臺灣的臺南臺北，還是大陸的城市鄉村，邊界既關乎生存資源的分配，則突破邊界的反抗亦不會停止。

1. 從「邊界即禁止」到「跨地性」認同

　　「邊界即禁止」是指空間的邊界（包括有形的、無形的）代表了某種行為方式被許可／禁止的範圍，邊界內外是兩重世界，在華語青春電影中更多體現為處在現代化進程不同階段的區域之間的對峙。空間的界線即代表禁止，而越界往往意味著遭受傷害。從傳統到現代性空間的轉換無形中傳達了規訓的信號，那是現代性進程中對習慣了自然、隨心狀態的前現代個體的一種示警。換言之，現代化進程要求一切精細化，一方面將混沌的狀態規範、細分，找出差異、制定對策，另一方面又希望泯滅個體差異、地域差異，將一整套標準化的管控程序在地移植。

　　80～90 年代臺灣香港以及中國大陸先後經歷了工業化飛速發展，青春電影中的空間衝突往往關聯著當代人面對日新月異的生存環境而產生的分裂感。臺灣、大陸、香港皆經歷過現代化的洗禮，傳統與現代（過去和現在）的衝突在銀幕上往往具象化為空間轉換的差異性體驗。臺灣 80 年代前期、大陸的 90 年代初以及「九七」前後的香港，這種空間的錯亂感在銀幕中表現得最為突出，比如楊德昌執導的《青梅竹馬》（1985）、謝飛執導的《本命年》（1990）、陳可辛執導的《甜蜜蜜》（1996）。《青梅竹馬》中臺北高樓林立的現代化東區與傳統落魄的、舊式人物聚居的西區各有各的人際關係、處事規則，青梅竹馬的戀人分處東西二區，各有自己慣熟的行為方式，分道揚鑣是

不可避免的，悲劇的是，西區青年阿隆（侯孝賢飾演）以西區的慣常做派粗枝大葉地處理東區女友阿貞（蔡琴飾演）的情感麻煩時，卻受到致命的傷害，身手不錯的他被街頭小青年偷襲、又被冷漠的東區出租車司機拒載、竟無聲無息地倒在垃圾堆旁。東區的邏輯嚴密，它是冷冰冰的、毫不留情的，一不留神就滿盤皆輸，就像阿貞所在的前建築公司，因 10 公分的誤差被甲方告上法庭、既而被收購。在秉持反現代性立場的楊德昌看來，現代化的臺北東區表面明朗、內裏陰狠，傳統的西區則表面混沌、內裏坦蕩。90 年代的北京也經歷著新舊交替的洗禮，傳統／現代的時空對峙亦鮮明地體現在青春電影中，如《本命年》（1990）中因過失殺人入獄、刑滿釋放的前街頭青年泉子（姜文飾演）本質上是一個老中國的「游民」，他因替哥們出氣、誤傷人命入獄，待重返家園時，北京城已發生了翻天覆地的變化，社會框架日益嚴密的都市已沒有他這類「江湖游民」的生存空間，飛速發展中的城市裏交易性的人際關係、隨「物」賦形的潛規則以及街頭環境都讓他無法適應，「異托時」發生在他的身上，他帶著懷舊的靈魂與面目全非的「家園」陡然相觸，如困獸般四處碰壁，無從反抗，無處排遣。最後昔日「大流氓」泉子死於街頭無名小混混的劫殺，他的孔武有力的身手關鍵時刻卻無力施展。確切地說，泉子的世界早已坍塌，他在陌生的「家園」裏再也無法恢復活氣，他那終日被酒精麻醉的軀體也早已形同死亡。空間的改變對於慣熟之前所處的空間之規則、以為可在地適用的人的傷害總是令其猝不及防。同樣，《甜蜜蜜》（1996）中香港黑社會的豹哥（曾志偉飾演）跑路到國際大都市紐約，就在他悠閒地在路邊等人的片刻工夫，幾個搶錢的街頭小混混掏槍對準了毫無防備的他，草草率率地下了殺手。身為香港黑社會的大佬，豹哥熟諳港式的江湖，冤有頭、債有主，得罪了人就趕緊跑路，卻不期命斷與其無冤無仇的紐約街頭小混混之手。從空間的外在景觀看，90 年代同為國際都市的香港與紐約之間差異性並不明顯，而從空間的內在層面看，90 年代香港的江湖法則本質上還是作用於一個前現代式的熟人社會，紐約則不同，全然是陌生人的世界，在這裡，人與人的關係具有隨機性、偶發性。黑人小混混街頭隨機的打劫並不必然致命，然如果被打劫者是個語言不通的、又嬉嬉笑笑的黃種人，又碰巧打劫者一無所獲、惱羞成怒，則後果難料。簡而言之，八九十年代青春電影中的銀幕空間，如果說一開始還是以明顯的空間景觀標識界限，此後的趨勢是，空間外在標識日益模糊，空間的心理結構日漸凸現。空間的「時差」被放大了，

越界者需迅速調整自己與周遭的關係，重新定位自身，而不能意識到新的空間運作規律的人則往往被淘汰。

　　21 世紀以來隨著中國的全球化進程加速，人員、資金、訊息、產品的大規模流動使原先無關涉的區域之間建立起聯繫，地域的壁壘被打破，一種「跨地性」的認同形成。關於「家園」的理念也變得複雜起來，「家」成為「植根於某一地、由多個地方組成的網絡」〔註31〕。斯圖亞特‧霍爾（Stuart Hall）曾分析了從前的「離散者」（diaspora）對多地的家園認同，他認為，「對離散者來說，『家』不止一處，家的認同是對多個地方的想像；他們通過多種方式找到『在家』的感覺，因為這些離散者能夠勾畫出不同的意義地圖，從而在不同的地理環境中找到『家』——因此，認同是多元的，尤其對地點的認同。」〔註32〕同樣，我們也可以說，21 世紀全球化加速的時代「跨地性」的家園認同愈來愈成為主流，跨越原生「家園」邊界並不必然意味著對峙和危險。邊界形同於禁令的魔咒被打破，「身之所在即故鄉」。如《戀之風景》（2003）中，香港與青島，兩座城，因一個人而聯結在一起，你中有我，我中有你。對女主人公而言，不僅愛情的氣味相似，孕育愛情的風景亦相似，在女主人公對愛情的追懷中，個體蒞臨陌生空間的差異感消失了，取代而之的是無限親切的「故園感」。影片中香港長大的女孩籍尋找已故男友（生於青島）的遺跡，想像性地認領了青島作為記憶中的家園，並與一位土生土長於青島的男孩萌生情愫，開啓愛情的重生。「跨地性」認同發生在主體的心理層面，然它也是全球化進程中空間景觀趨同所致，不再有物理層面對峙的空間，此前對峙的空間之間的張力業已消泯，如《十七歲的天空》（2004）中主人公千里迢迢從臺南至臺北來尋愛，臺南臺北之地域界限所代表的階級對峙已無存，空間距離的設置只為凸現男同主人公對愛情的渴望。對於男同圈中人而言，臺南臺北本是無關緊要的，男同自成一個小世界，與外圍世界既相融，又隔離，有通行的語言、共享的私密、傳奇以及與異性戀世界沒有

〔註31〕　Tim Oakes and Louisa Schein（eds.），*Translocal China: Linkages, Identities, and the Reimagining of Space*, London: Routledge, 2006, p. xii, p.19. 轉引自張英進著、易前良譯：《全球化與中國電影的空間》，載《文藝研究》，2010 年第 7 期，88 頁。

〔註32〕　diaspora 指流散在世界各地的猶太人。Hall, "*New Cultures for Old*," in Doreen Massey and Pat Jess（eds.），*A Place in the World? Places, Cultures and Globalization*, Oxford: Oxford University Press, 1996, p.207. 轉引自張英進著、易前良譯：《全球化與中國電影的空間》，載《文藝研究》，2010 年第 7 期，88 頁。

什麼區別的愛情法則。《雲水謠》（2006）更是將臺灣與大陸兩地五六十年代顯著的政治語境差異消融在濃墨重彩的愛情傳奇中，以倫理血脈以及情感上的親緣關係屏蔽了兩地空間內部結構的差異，使得一個時間跨度長、空間跨度大的影片中的空間建構一方面呈現出無限豐富的地域景觀，另一方面卻讓人喪失了指認影片具體發生時空的能力。觀眾原有的審美儲備中相關歷史空間、地理空間的認知被抑制，空間景觀的營造徒具其形，它是作為（也僅僅是作為）愛情的場域被賦予意義。

在《臺北晚九朝五》（2002）、《向左走、向右走》（2003）、《漂浪青春》（2008）、《如夢》（2009）、《北京遇上西雅圖》（2013）、《七月與安生》（2016）等影片中不僅此前對峙的地域空間、其對峙意味消失了，且空間的轉換幾乎不影響人物的生存境遇，與之相應的是，空間之間的遷移亦無助於困境的紓解。如《臺北朝九晚五》中從紐約回臺北的 Eva 懷有對傳統愛情的執念、抗拒婚前性行為，而她臺北的好友幾乎都是性生活隨意的「夜生族」，與紐約大抵無異，Eva 於紐約、於臺北皆是疏離者，只能浮在城市的表面，無法進入其內裏。Eva 與她的「夜生族」朋友，表面親密無間，實則無法通融，她深愛的男友會離開，她的那些閨蜜們也只是為了抵抗孤獨而聚在一起。一言蔽之，所有的聚類都是臨時形成的，背後的動因只有一個——孤獨。同樣，《漂浪青春》中主人公跨越了漫長的年代、廣袤的空間，而時空更迭卻似乎沒有對主人公的精神狀態施加影響，作為同性戀者，其精神空間的困局始終無解。精神空間超越物理空間成為更真實可靠的存在，《星月童話》《如夢》《北京遇上西雅圖》等影片中的現代化都市香港、東京、上海、紐約、北京、西雅圖等地域的界限基本可以被忽略，空間的轉換幾乎要靠字幕來辨識，能給予主人公安全感的是精神空間的穩固。《如夢》中夢境空間與現實空間甚至可以互相轉換，影片中夢境空間與主人公所在的現實空間相隔千里，卻比現實空間更真切地存在，夢境空間的魅惑最終引導主人公跨越了夢境空間、將夢境空間現實化。在 2016 年內地與香港的合拍片《七月與安生》中，鎮江小鎮與上海之間的趨同性亦遠大於差異性，以致主人公往往「誤將他鄉作故鄉」，無法確切地定位自身之所在，繼而愈加倚賴於尋找／抓住一個同類來固著自身。如果說八九十年代界線分明、禁令森嚴的空間至少給安於其位、謹守律令的個體以安全感，21 世紀以來無界線的空間，貌似無限自由，然亦使人迷離失所。

2. 地域景觀：從「透視」到「散點」呈現

　　在八九十年代規訓意識主導的華語青春電影中，地域特質的形塑本身也傳達了價值規訓，地域的邊界代表了某種行為被許可的界線。21 世紀以來華語青春電影中地域之間的區隔漸趨消失，與特定的景觀、價值觀、行為方式捆綁在一起的地域特質亦不復存在。如果說此前地域之間的區隔對峙總有一個「主位」，透過它看其他地域，相應地形成了一套地域的層級譜系，21 世紀以來華語青春電影中地域之間的主次秩序則被打亂，取代而之的是從各個點發散開來的視角，自在自為地呈現地域自身多元混成的特質，而不必然參考某個中心點。

　　80 年代華語青春電影中的地域空間界限鮮明，空間的層級意識亦十分突出，佔據高階位置的空間往往承擔著施予規訓的功能，大陸青春電影中的「北京」、臺灣青春電影中的「臺北」，往往是其影片中心視點之所在。臺北幾乎是所有八九十年代臺灣青春電影空間構建的首選參照，大部分青春電影的故事發生地在臺北，餘下的則無論故事發生在何處，總會或遠或近地與臺北發生關聯，臺北的地域屬性也在這種關聯中一點點建立。如《臺上臺下》中「從良」嫁給臺北記者的臺南舞女，很快接受了臺北的價值觀，反過來為在婚禮上大跳豔舞的昔日姐妹感到羞恥。歌舞團之生存場域在臺南，是底層民眾喜愛的娛樂，然從臺北中產者的視點看，這類草臺班子十足的低俗、滑稽，是有教養的人士所不能容忍的。臺北的「規訓」者地位及其規訓方式，也並不總以一種高大上的面目出現，相反，「臺北中心」的規訓話語總顯得裂隙叢生，如《看海的日子》中女主人公白玫被臺北瑞芳九份的養父賣到臺南蘇澳漁港的私娼寮，養父一家靠著白玫度過了艱難時代、兒女都出落得有出息，其後養母希望她從良。養父母與養女的地域設置暗寓「臺北」靠剝削「臺南」登上文明世界的列車，反過來規訓臺南「從良」。其他的如《早安臺北》《兒子的大玩偶》《風櫃來的人》《戀戀風塵》等臺灣新電影中臺北都是一個處在工業化早期的、充滿掠奪性的都市，與淳樸善良的鄉下形成對比——雖然青春的主人公們或早或遲地皆要進入都市臺北的軌道。90 年代青春電影中的臺北則開始呈現出複雜的內涵，如《忠仔》（1996）中忠仔一家人居住的關渡平原上的水鳥保護區（位於臺北市最西北處），集原生態、傳統文化、粗礪的底層風格以及現代性的宿命困境於一體，《放浪》（1996）中的臺北呈現為遠離現實的晦暗空間，而《黑暗之光》（1999）中的臺北在少女康宜眼中則

是一個感覺淡漠的地方（儘管她在此求學）。

　　2000 年以來臺灣青春電影已反轉了從臺北中心看臺灣其他地方的視點，臺灣青春電影中的地域呈現愈來愈表現爲一種散點透視，遠離都市喧囂的風光小鎮日益成爲青春電影的主場，而臺北自身已然成了一處具有巨大包容性的、無限繁雜的異托邦，臺北的特性就是面目模糊、沒有特性。《臺北晚九朝五》（2002）、《臺北二一》（2004）、《一頁臺北》（2010）《臺北星期天》（2010）等以「臺北」命名的影片中，臺北已沒有八九十年代臺灣青春電影中的「氣質」和屬性。臺北的空間屬性是流動的、無法界定的，如《臺北晚九朝五》中夜夜笙歌的臺北在從紐約返臺的 Eva 眼中，已與紐約無二，她的前現代式的婚戀觀注定無法在臺北「故土」生根發芽。而《一頁臺北》如其片名，展開的只是臺北的一頁，這一頁解構了往日銀幕空間上演的爛俗愛情劇、誇張警匪劇，還臺北以瑣碎、平淡、無稽的自然面目，唯一得到誠意對待的是平靜如水中滋生的「愛情」，愛情是臺北永恆的主題。《臺北星期天》這部以在臺菲律賓勞工爲題材的影片則從影片內外兩方面同時展現了作爲全球化都市臺北的矛盾性，一方面以兼容者的姿態吸納各方人士，一方面又隱含著對這些人的奇異排斥。影片中兩位爲情感困擾的外勞，偶然在大街上發現了被人遺棄的紅色沙發，二人決定把它搬回工廠宿舍、放在樓頂上，以便沒事時「可以舒服地坐在上面」。外勞眼中的臺北就是這種慵懶、舒服的沙發空間，也是他們的夢想。他們身在臺北，然幾乎與臺北日常生活隔絕，只在星期天的臺北街市、在搬著沙發的旅行中見識了臺北，公路片一樣的設置恰表明了主人公他者的身份，而不花錢雇車、在街上赤膊搬運沙發的行爲本身就構成了臺北的異類景觀。外勞在臺北，類似大陸的農村進城務工者，是城市中占比龐大的邊緣人群，城市既需要他們，然又對其設置了種種無形的屏障。而影片自身，不僅因菲律賓語占比大而在申請「國片輔導金」的過程中受挫，更因影院經理擔心菲籍人士聚集在影院而被拒絕排片。〔註33〕《臺北二一》中臺北的異托邦屬性最爲鮮明。影片中衣著光鮮的男女主人公穿行在高大上的寫字樓與破敗的「蝸居」之間，表面的風光與檯面下的混亂失序雜糅在一

〔註33〕據導演陳駿霖説，影片原擬申請國片輔導金，第一階段申報已通過，然在審片階段因國語所佔份量不夠被擱淺，影片上映時亦因是菲籍勞工題材而被影院排斥──院線經理給出的理由是，「不希望菲律賓人聚集在戲院門口」。參見 Hairyhead 的美加部落格，2010-04-30，http://www.usee.com.tw/driven/blog_article.asp?id=13380.

起。情侶在鬧哄哄的小麵攤沉默進食，表面看在解決一頓午餐、實則在挽回一段感情，表象與真相差之千里，不是個中人，實難心領神會。而臺灣電影中一再出現過的日本人來臺尋根的敘事〔註34〕又一次強化了往昔臺灣（銀幕臺灣）作為他鄉人的「故鄉」的意象。在遠離高樓鬧市的廢棄戲院、古舊街道中，在荒草野樹叢繞的老舊別墅中，尋根的日本人中島找到了家的感覺。一個因為影像迷戀而執著在現實中找到原型、將家園的想像落實在現實世界中的「皮革馬利翁」式的故事，最後，受雇幫中島找房的男主人公阿宏從中島身上找回了某些久違的東西，這個被現代都市的臺北壓榨得無力顧念愛情的男人從中島投注了原鄉想像的臺北空間汲取了力量，重燃對生活的渴望。最後，一直念念著要逃離的人反而成為堅守者，以將寓所粉飾為明亮的地中海風格的方式想像性地實現了從臺北骯髒住所的「飛越」。值得注意的是影片中的地鐵空間，新電影時期以火車、鐵軌標識其所在的臺北，常與飛速工業化、都市／鄉村的「時差」相關，到 21 世紀地鐵取代了火車，成為都市臺北喧囂又疏離的流動空間的指稱。與黑夜、霓虹燈，眾聲喧嘩、清冷孤寂等矛盾的都市意象聯繫在一起，地鐵在城市的地下黑暗空間中穿行，吞吐都市孤獨疲憊的遊魂。形形色色的人在這裡交匯、分開，地鐵無比的開放，它兼容並包，同時，地鐵特殊的空間又將一切鬼魅化，寂寞的人躲進地鐵的軀殼裏，想像被包裹的溫暖，驀然間卻發覺那熙熙攘攘的一切更像是鬼影綽綽。《開往春天的地鐵》（2001）中的都會北京亦有這種接納孤獨者兼密佈鬼魅氣息的地鐵意象。華語世界其他的大都市如香港、上海等地的空間亦大抵如是，它是異質紛呈、無所不包的，它是兼容開放的、然又隱含著奇特的排斥。

如果說 80 年代港臺青春電影中區域等級主導下的人與人之間的階層壁壘似乎被有意無意地忽略，尤其是在愛情敘事中，愛情往往成為開啟空間邊界的鑰匙，那麼，在同時期大陸青春電影中，空間的界限則往往是愛情的障礙。大陸長期的城鄉二元體制已然結構了兩種不同的人類，以至大陸青春電影已喪失了這種想像跨越階層（城鄉）空間之愛情的能力。我們對比一下八九十年代臺灣、香港、大陸幾部影片的愛情與空間敘事即可窺見端倪。港臺青春電影不乏這種跨階層空間的愛情，比如《臺上臺下》（1983）中在草臺班子討

〔註34〕其餘例子如鄭文堂的《經過》（2004）中的島英一郎，王明臺執導偶像劇《心動列車》中第三個故事「廣島之戀」中的風間樹，等等。

生活的臺南舞女與高大上的臺北記者、《阿郎的故事》（1989）中落魄的前賽車手阿郎與跨國公司女高管以及《天若有情》（1990）中的富家千金與街頭浪子，等等，「高階」空間規訓／救贖底層空間是通過「愛情」來實現的。區域界限及其所代表的階層區隔通過愛情即能聯通，借用胡克的說法，此類設置也是電影文化「留給下層社會發揮想像力的領域」〔註35〕。值得指出的是，香港青春電影中的區域層級是相對的，香港自身並不必然佔據高階位置和中心視點，相反，香港電影更多地借用他者視點反觀自身、自我指涉，如前文分析的香港青春電影中香港的空間性建構，90 年代起內地已然成為香港的拯救性資源之一。

　　大陸 80 年代青春電影中的城鄉對峙帶有明顯的劃分階層的屬性，相比港臺，經受過多年階級教育的大陸，其青春電影中絕少出現跨階層的戀愛與婚姻。換句話說，大陸 80 年代青春電影中的空間規訓是致力於鞏固邊界，而不是促成（指向）融合。最典型的如《人生》（1984）中的高加林從村小被「貶」回家務農後，巧珍才敢向他表露自己的愛戀，同樣，高加林進城後，不知不覺就疏遠了鄉下的巧珍，而當他又再度被「遣」回鄉下時，城裏的相好亞楠也不可能繼續和他在一起。在這裡，城鄉地域法則凌駕於兩性法則之上，地域的界線不言不語，卻有如王母娘娘的髮簪劃下的天河，瞬間將有情人兩隔。90 年代大陸城鄉二元結構始鬆動，城市內部亦開始分裂，城鄉的區隔不再如天河般橫亙在男女之間，而此時代替有形的城鄉區隔的是無形的階層壁壘。如《北京，你早》（1990）中售票員艾紅的男朋友從同為售票員的王朗到新來的年青司機鄒永強，到「新加坡留學生」陳明克，三者之間連綴成一幅清晰的階層梯度圖，艾紅意圖以年輕貌美為資本不斷進階，最終也只能駐留在同階層〔註36〕。出身底層、向上游動（尋找認同）的個體總會被打回同階層，個體想要突破空間禁錮、自由發展的企圖總會被澆滅，從這一點來看，80 年代大陸青春電影中經由現代性的空間規劃實則傳達了「各安其位」的規訓，而這又恰恰抹殺了現代性的活力。90 年代以來大陸青春電影以城市為主場，有形的、地域之間的區隔漸次被無形的、地域自身產生的區隔（階層、情感結構、意識形態等）代替。多重區隔下的城市空間呈現出多元混雜的面貌，城市自身的特性也日趨立體多元，不再有簡單、明瞭的標識。2000

〔註35〕 胡克：《香港電影對大陸的影響》，載《電影藝術》，1997 年第 4 期，8 頁。
〔註36〕 影片中艾紅後來發現陳明克是假留學生，下海與陳明克一起幹起了個體戶。

年以來「北京」也日漸失去其在大陸青春電影中的「中心」位置，在不同人視點下北京亦呈現出不同的特性，對比 2001 年三部關於「北京」的影片不難發現這一點。在香港導演張婉婷的鏡頭下古老的北京城是個蘊含著草根活力的大村莊，交織著濃鬱的市井氣與藝術精神，是大都會香港的拯救性源泉，不冷不火的香港音樂人 Michael 正是在這裡找到創作靈感（《北京樂與路》，2001）；而在重慶出生的導演張一白的眼中，北京是個令外地年輕人悲傷的、孤獨的、絕望的、冷冰冰的大都會，偶而閃現的一絲美好都讓人不忍正視、恐它轉瞬即逝（《開往春天的地鐵》，2001）；在北京本地人寧瀛的眼中，北京則是隨著現代化的滾滾車輪迅速裂變的異托邦，階層壁壘在財富重新分配的改革大潮下以另一種方式凸現，不動聲色地區隔各色人等，北京作為中心城市的優勢已不再，連帶著貶值的是北京底層土著的城市戶籍（寧瀛執導「北京三部曲」之一《夏日暖洋洋》，2001）。

　　與都市空間的日益繁複、多元同步是，隨著全球化進程的加速，資本以最便捷的手段將成功的商業空間模式複製再生產（比如港資對內地城市景觀的塑造），城市之間的面貌由此愈加趨同。在華語電影產業的大環境下，特定城市的意象（比如北京、上海、香港、臺北等大都市）成了某種可供搬演的想像性資源，它本身不斷地被生產出來，在改寫著城市特質的同時，亦被抽象為某種可資借用的「流動的能指」，「地方性」本身成了可移植的東西。比如香港電影中對老上海風情的想像性藉重是其在「後九七」時代重新界定自身身份的嘗試[註37]，2016 年彭秀慧執導的影片《29+1》中老上海式的慢生活與國際都市的快節奏即是香港描摹自我的雙重鏡像，又比如《海角七號》（2008）中以恒春依山傍海的優美風光為底色，挖掘日據時代的愛情故事、搬演時尚符號（樂隊、演唱會），加上本土傳統風物的民俗化展覽，一個國際化的浪漫小鎮在遙遙地招手——最重要的是，年輕人在臺北破碎的音樂夢想，又在恒春小鎮重燃。至此，華語青春電影中地域所負載的規訓性意圖已被建構認同的訴求所取代。

本章小結

　　21 世紀以來華語青春電影中關於地域界限的呈現發生了鮮明的轉變，首

〔註37〕 參考孫紹誼：《「無地域空間」與懷舊政治：「後九七」香港電影的上海想像》，載《文藝研究》，2007 年第 11 期，32～37 頁。

先是香港青春電影中一度執拗的「我他」對峙消失了，香港自我鏡像中的「中轉站」特質也在一步步地消彌，香港青春電影中勉力外遷尋找「家園」的衝動在回歸後的平穩局勢中亦逐漸消散，取代而之的是在大中華世界內部尋找、建構「家園」；其次，臺灣青春電影中的臺北中心解構了，取代而之的是從此前的各個邊緣區域出發、自給自足地呈現自身，21 世紀以來臺灣青春電影中的邊陲小鎮因其保有豐富的自然資源兼有現代化的基礎設施及便利的生活，超越了作為銀幕美學的存在，而對年輕人具有了現實的吸引力；最後，大陸青春電影中權力規訓下的城鄉區隔及其對年青人發展的禁錮亦隨著 21 世紀以來中國大陸城市化進程加速、城鄉壁壘日漸消除而消解。人口自由流動頻繁，空間特性是流動的、混雜的，與固定的居民、空間景觀及通行規則捆綁在一起的地域對峙亦消失。

　　八九十年代華語青春電影中地域空間的劃分承擔著規訓的功能，青年個體反抗規訓的行為部分地呈現為打破空間界限、尋求自由的發展空間。正是在這建構空間與打破空間的二維運動中，空間的異托邦屬性日益鮮明起來。90 年代後期大陸第六代導演青春電影以及臺灣新新電影、香港後新浪潮電影中的城市空間已溢出了原有的空間階序，其本身是異質紛呈、難以界定的，同一空間具有多元雜糅的屬性，內裏可無限細分，各個「子空間」之間既區分、又混同。同樣，這類影片的意義生產亦隨著其傳播的時間、地點發生改變，這是一個典型的、福柯意義上的「異托時」的發生過程。21 世紀以來華語青春電影中的城市空間呈現出「無地域」的特徵，相較 90 年代中期至 21 世紀前幾年方言在青春電影中密集出現，近十年來的一個趨勢是國語普通話成為絕對的主導，其背後是對一個愈來愈趨於統一體的華語青年觀眾群體的預設，同時，這也間接起到了消泯地域差異的作用。香港是「無地域」空間的典型代表，香港青春電影中的空間構設偏重香港作為國際大都市的一面，相對忽視城市地標、風物的呈現，重視建構心理空間，其空間屬性是流動的、曖昧不明的。銀幕香港在香港的青春電影中呈現出蘇賈筆下洛杉磯城的特質，它彷彿無處不在。「無地域」空間的營造以及國語普通話的一枝獨秀為華語青春電影的觀者提供了「在地化」的想像，籍著語言的親緣以及空間的似曾相似，華語世界的青年觀眾總能從自己的位置出發，從中找到認同。

第四章 規訓與反規訓：
當代華語青春電影暴力
－反抗主題的敘事演變

　　暴力與反抗是青春電影中非常具有代表性的主題，一方面是年輕的身體本身具有的巨大能量往往令成人社會感到難以把控，青年對社會／秩序的反叛往往以暴力與對抗的方式表現出來，如何消解青年身上具有的破壞性力量、引導其為社會所用是規訓意識主導的青春電影對暴力／對抗主題的詮釋方式。另一方面，現代性國家的發展過程本身離不開「壓制」，它通過有組織、有秩序地控制資源的消耗來改變事物的位置，「擴展一些領域同時收縮另一些領域」，與此同時，「有序化」天生地要製造差異，將不適合秩序的對象篩選出來，加以放逐或改造。是以披著「文明進程」外衣的現代性關注的是有關暴力的再分配。〔註1〕從某種意義上說，暴力與對抗互為因果。以「國家」為主的統治機器在一個特定的領域內壟斷著有形暴力的合法使用，強制性的暴力因此被區分為兩種類型，第一種是馬克斯・韋伯所說的「國家的強制」，「國家的強制」被尊稱為合法的、必要的、有用的「法和秩序的實施」，與之相對的是非法的、有害的、受人譴責的「暴力」。〔註2〕然而「受人譴責的暴力」其實也是關於某種秩序。它可能與「國家的強制」相對抗，其背後

〔註1〕齊格蒙・鮑曼：《生活在碎片之中——論後現代道德》，郁建興、周俊、周瑩譯，158～160頁，學林出版社，2002。
〔註2〕齊格蒙・鮑曼：《生活在碎片之中——論後現代道德》，郁建興、周俊、周瑩譯，160頁，學林出版社，2002。

是群體性的政治訴求；或者是以暴力對暴力的反抗，與個體自我意識的覺醒
和主體身份的確立相關。暴力與反抗如影隨形，佔有優勢（如力量、武器、
話語權等）的一方對劣勢一方施加的暴力，往往伴隨著劣勢一方對暴力的反
抗。暴力的「合法」邏輯其實是暴力的等級秩序，由國家加諸個體，由強者
加諸弱者，由男性加諸女性，由長者加諸幼者，等等。個體層面的暴力往往
另有一重語境，個體可能既是施暴者，又是暴力的承受者。國家／制度暴力
的實施又最終指向個體層面，是它本身（的施暴行為）造就了個人性的暴力
反抗。如此，就是暴力的弔詭循環，一方面合法的秩序與非法的暴力之間處
在永恆的鬥爭中，另一方面「秩序的形象如同秩序保持者自身那樣變化無常」
〔註3〕，秩序本身邊界模糊，可以說，制度／秩序內在地建構了反叛者，一
如《黑客帝國》中計算機人工智慧系統「母體」自身設置了人類拯救者「尼
奧」，或如《雪國列車》中「定期革命」是列車的管理系統為自身永久運行
設置的「安全閥」，暴力的管控機制自身醞釀了暴力／對抗。

　　青春電影中的暴力往往指向身體。現代社會機制意圖將能量充沛的青春
個體歸置在可控的社會空間內，而一旦對這些能量的引導、疏散不當，就可
能導致這些能量以暴力的方式發洩出來。在與「國家強制」暴力的對抗，以
及對於「非法暴力」的以暴抗暴的過程中，青春個體旺盛的能量得以找到消
耗的渠道。琳達‧威廉斯在論及春宮片、恐怖片等「非同一般」的類型對人
體暴力的突顯之所以誘人最根本的原因是「它們帶來最本真的、非社會的感
情」〔註4〕，強烈的暴力加諸於人體，給人視覺以及生理以代償性的快感。鮑
曼認為，每個文明人心中都有一個野蠻的人性潛伏著，現代性的個體好比獄
吏監守著監獄中那個「精神病患者」，而國家／制度「設定了它自己的遊戲規
則，並為自己保留了決定誰是野蠻人的權利」。〔註5〕接受規訓的現代性個體
必須在日常生活中把「野蠻」抑制在潛意識層面，而電影對於身體暴力的呈
現恰釋放了個體對規則與秩序的違抗衝動。

　　進入21世紀之後，現代性強大的資源整合功能已基本完成了它的使命，

〔註3〕齊格蒙‧鮑曼：《生活在碎片之中──論後現代道德》，郁建興、周俊、周瑩
　　　　譯，161頁，學林出版社，2002。
〔註4〕D‧麥金尼：《暴力：強度與輕度》，犁耜譯，載《世界電影》，1998年第3期，
　　　　40頁。
〔註5〕齊格蒙‧鮑曼：《生活在碎片之中──論後現代道德》，郁建興、周俊、周瑩
　　　　譯，164～165頁，學林出版社，2002。

後現代機制逐漸成爲日常生活的組成部分，與此同時開啓的是「暴力行爲的後現代模式」。在現代性的機制下，個人主要被組織成生產者或士兵；在後現代的情形下，個人主要被組織成消費者和遊戲者〔註6〕。從事生產的人在社會體系的生存和再生產中絕非邊緣性的，然而他們在整個社會分工中卻越來越被置於邊緣性的位置，〔註7〕如生產 Iphone 的工人和消費 Iphone 的消費群體。消費變得日益重要，在某種程度上說，是消費使得再生產得以實現。主導消費的市場逐漸代替有形的制度性強制，與其對抗的暴力被分散、失去了具體目標。另一方面，從前被遵循爲慣例行使的一些權力被貼上了暴力的標籤，暴力泛化了，深入到社會肌體的毛細血管中。暴力的無所不在產生了矛盾的效果，一方面是「最終解放的、令人振奮的經驗」，另一方面是「對於完全失去管制、不可控制的世界的一種折磨人的恐懼」。〔註8〕暴力的「自行其是」，「無因的反抗」成爲後現代暴力與對抗的特性，它本質上是現代性控制的解除、權力的分散以及「身份問題的私人化」〔註9〕的產物。整體而言，21 世紀以來港臺地區以及大陸漸次進入了後現代語境，一方面實現了較開明的社會發展環境，有形的制度暴力對年輕人發展的禁錮弱化，另一方面，用馬克斯·弗里希的話說，告別了物質匱乏與精神匱乏的個體似乎「能夠爲所欲爲，而唯一的問題是我們想要什麼」〔註10〕。選擇越多，越無從選擇，自由選擇的代價是自行承擔選擇的後果。巨大的自由倏地推送到還沒有準備好享用它的人面前，帶來短暫的欣喜之後，是更深切的彷徨、恐懼。

第一節　從規訓懲戒到製造奇觀：暴力敘事重心的遷移

總體而言，80 年代大陸與臺灣皆經歷了強大的主流意識形態走向衰微的過程，80 年代前期的青春電影規訓意識鮮明，影片中暴力－反抗的主題更多

〔註6〕 齊格蒙·鮑曼：《後現代性及其缺憾》，郇建立、李靜韜譯，43～45，學林出版社，2002。

〔註7〕 齊格蒙·鮑曼：《生活在碎片之中——論後現代道德》，郁建興、周俊、周瑩譯，173～174 頁，學林出版社，2002。

〔註8〕 齊格蒙·鮑曼：《生活在碎片之中——論後現代道德》，郁建興、周俊、周瑩譯，177 頁，學林出版社，2002。

〔註9〕 齊格蒙·鮑曼：《生活在碎片之中——論後現代道德》，郁建興、周俊、周瑩譯，182 頁，學林出版社，2002。

〔註10〕 齊格蒙·鮑曼：《生活在碎片之中——論後現代道德》，郁建興、周俊、周瑩譯，157 頁，學林出版社，2002。

的呈現爲對暴力的收服與管控過程，80 年代末期起隨著主流意識形態式微，青春電影中暴力所寓含的規訓意味減弱，銀幕暴力的消費屬性被開發出來，至 90 年代先鋒電影中暴力更是演變爲一種存在主義的狀態，如第六代導演、臺灣新新電影以及以王家衛導演爲主的青春電影中，暴力已不是一種需要被規訓的對象，它是這個混亂的社會偶然的、也是必然的存在，難以對其進行深刻的社會性解讀，或附加道德評判。

2000 年以來華語青春電影中的暴力－對抗母題漸次模糊，暴力並不與規訓相關，對暴力的反抗更像是爲了配合「暴力的演出」，暴力場景自在自爲地形成一種美學奇觀。究其原因，一方面是華語世界走過了秩序轉型期的混亂，形成了更爲開明、有序的社會格局，另一方面則是青年叛逆精神的消失，在強大的資本邏輯面前，一切的暴力－反抗都被收編爲一種建設性或消費性的資源。有形的暴力反抗被壓抑，代之而起的是微觀的、多面向的、多種形式並存的「反抗」。

1. 80 年代前期暴力－規訓的社會語境

80 年代大陸青春電影中絕少正面呈現暴力犯罪，暴力犯罪往往作爲影片的前史被忽略，銀幕主要聚焦於主流社會對有暴力前史之個體的規訓。如《雅瑪哈魚檔》（1984）和《少年犯》（1985）對於暴力（犯罪）採取了歷史化的處理，影片並未交待主人公犯罪的前史，而是先在地設置其爲問題青年／少年，在此情境下展開對其的馴服／拯救過程，最終讓其重返正軌，體現了國家／制度的優勢。80 年代臺灣青春電影的一大主題亦是對叛逆者的規訓，比如《小畢的故事》（1983）中叛逆的、與父權對抗的小畢最終被規訓爲一個「對社會有用的」青年，《風櫃來的人》（1983）中整日無所事事、打架鬥毆的少年們也終要被城市所代表的現代社會規則以及兵役代表的國家機器馴服爲合格的社會人，而《竹劍少年》（1983）中意圖以暴制暴的竹劍少年們終究會明白「暴力」改變不了社會，社會反身教會了他們更深刻的東西，令他們從暴力崇拜中走出來。相比同時期大陸青春電影中暴力的隱匿以及臺灣青春電影中對青少年暴力的弱化處理——如《風櫃來的人》中對暴力的遠距離呈現——香港青春電影中的暴力則更多以血淋淋的、驚悚怵目的方式呈現，如徐克的《第一類型危險》（1980）、嚴浩的《夜車》（1980）、黎大煒的《靚妹仔》（1982）等青春+類型的影片以獵奇性的鏡頭呈現了街頭少年、「魚

蛋妹」等游離於社會主流的邊緣人群的暴力生存圖景，然無一不給予這些游離者以慘烈的下場，非死即傷。

　　正如理查德・本傑明在分析美國青春啓示電影時提到，「對暴力、無序、失範和墮落等現象的社會焦慮以電影的方式被置換、轉移到青春的身體上來」，〔註11〕青春電影中的暴力主體在滿足了他們自身反抗、消遣、性愉悅或者從那種「看似可選擇、實則被支配的『現實』中脫離出來的自由」的同時，也以違禁身體的被毀壞完成了福柯所說的經由身體承載主流意識形態的規訓過程。福柯曾在《規訓與懲罰》一書中分析 18 世紀以及 19 世紀前期西方統治階層對犯「忤逆罪」者（包括「弒君者」）所施加的肉身懲罰之酷烈反倒將當眾行使合法暴力的劊子手變成罪犯、「把受刑者所蒙受的恥辱轉換成憐憫或光榮」〔註12〕，爾後，才有了「文明」社會以對靈魂的懲罰代替對肉身的懲罰，現代性的監禁、管制系統即建立在這種理念的基礎上。不可否認，廣場酷刑的圍觀者們也在其中體驗了暴虐的快感、釋放了違禁衝動，施加於「違逆者」身體的令人恐怖的酷刑也暴露了統治階層對其自身合法性、穩固性的焦慮。現代懲戒機制則將懲罰的場景隱匿，以「科學－法律綜合」的譜系賦予懲罰權力以自身的基礎、合法／合理性的證明以及實施規則等（如界定犯罪和相應的懲罰措施）〔註13〕。「廣場謝罪」式的、肉身毀壞的懲罰被「駕馭肉體力量的政治技術學」取代，廣場宣洩功能被模擬懲罰的戲劇承攬，也自然被戲劇的姐妹——電影習得。80 年代前期香港新浪潮電影中那些沒有意義、沒有對象的極端暴力往往帶有偶發性、即時性，雖顯示了極大的破壞性力量，然往往以暴力釋放者的自我毀滅告終，觀者在釋放／體驗了「違禁」衝動的同時，又接受了道德勸諭。

　　從 80 年代初三地青春電影所處的社會治安情況看，大陸在 70 年代末 80 年代初正處於刑事案件高發期，1981 年甚至達到新中國成立以來刑事立案數的最高峰〔註14〕，其中青少年作案占比較之五六十年代有了驚人的增長。據

〔註11〕理查德・本傑明：《終結之意義：青春啓示電影》，陳瑋譯，載《世界電影》，2006 年第 4 期。

〔註12〕米歇爾・福柯：《規訓與懲罰：監獄的誕生》，劉北成、楊遠嬰譯，9～10 頁，北京，生活・讀書・新知三聯書店，1999。

〔註13〕米歇爾・福柯：《規訓與懲罰：監獄的誕生》，劉北成、楊遠嬰譯，26～28 頁，北京，生活・讀書・新知三聯書店，1999。

〔註14〕郭翔：《中國當代犯罪與控制戰略研究》，載《中央政法管理幹部學院學報》，1998 年第 4 期，4 頁。

統計，1972～1987 年間 25 歲以下青少年刑事作案占全部刑事案件的比重，在城市為 70%～80%，在農村為 60%～70%〔註15〕。從這個角度考察「嚴打」開始第二年出現的、間接呈現嚴打「成果」的《雅瑪哈魚檔》和其後的《少年犯》，不難發現，在大陸官方統領的意識形態控制下，銀幕世界的青少年暴力幾乎被抹去，對暴力的馴服過程成為影片的主導。這兩部影片皆由飾演董存瑞的演員張良導演，後者在拍攝過程中曾得到少管所的大力協助。《雅瑪哈魚檔》意在探討社會對失足青年的歸化，鞭撻了社會上的一些不良風氣，甚至批評了不良的微觀吏治環境，《少年犯》則在指責家庭暴力充當了青少年犯罪之催化劑的同時，頌揚了代表國家規訓機制的監獄管理者。七八十年代臺灣處於社會轉型期，工業化進程迅猛，由此亦帶來了青少年犯罪案件數量的急劇上升。與大陸尚處於社會不發達狀態、司法系統不健全，加上文革餘孽的影響，青少年犯罪更多帶有偶發性、隨機性不同，臺灣青少年的犯罪更多是「社會結構的丕變」導致的失衡所致，且有向社會類型犯罪蔓延的趨勢〔註16〕，1984 年的「一清專案」就是針對日益做大的黑幫勢力及猖獗的流氓團夥〔註17〕。同樣，80 年代前期臺灣青春電影中也只是比較節制地表現了青少年成長中的暴力，絕少涉及有組織的犯罪。相反，香港茲時是華語世界治安最好的地區，而 80 年代新浪潮中對於青少年暴力與對抗的呈現極盡渲染之能事，不僅大肆鋪陳暴力、突顯血腥與驚險情節，且總以草率的「大砍殺」式的結尾強扯上規訓的大旗。比之大陸與臺灣青春電影中對於青少年的溫和規訓，香港青春電影貌似在銀幕上對犯禁的身體實施了無情的懲罰，然現實中香港政府對年輕軀體之管控力是最弱的。大陸銀幕青春電影中的對青少年暴力的規訓以溫情脈脈的方式進行，對應的則是大陸公安自 1983 年以來開展的聲勢浩大的「嚴打」。

　　就國家機器對身體的管控程度而言，大陸茲時是最嚴苛的，80 年代初居民不僅在城鄉之間無法自由流動，同樣城鎮戶籍的人在城鎮之間的遷徙亦受

〔註15〕 郭翔：《中國當代犯罪與控制戰略研究》，載《中央政法管理幹部學院學報》，1998 年第 4 期，4 頁。

〔註16〕 曾盛聰：《臺灣社會轉型與青少年犯罪》，載《臺灣研究》，2000 年第 1 期，86 ～87 頁。

〔註17〕 對於「一清專案」對臺灣黑幫倫理破壞的委婉批評在 90 年代解嚴以來的臺灣青春電影中曾被提及，如《少年吔，安啦》中阿兜的舅舅（黑幫老大）在「一清專案」中被抓入獄，由此帶來的是「社會無公義」，黑幫小弟失去管束，完全不講江湖道義，肆意妄為。

限，絕大部分生存資源都在國家機器的管控範圍內，人只有呆在指定的位置上才能獲得資源配給，想從自己的位置逃離幾乎只有一種可能——成為流民，以「非法」手段獲取生存資源。80 年代初正趕上城市大齡青年回城潮，工作短缺，而沒有經過正規手續私自回城的青年甚至得不到配給口糧，只能從市場上購買高價商品糧。一方面是管控一切資源的國家機器的慣性運作，一方面是明顯增多的、年青的「法」外流民，身心皆無從得到安放。臺灣相對自由，農業化向工業化轉型需要大量自由的勞動力，打破地域禁錮、鼓勵人口流動是時代的主音，然習慣了農業社會穩固生存狀態的一代人乍到城市，往往體驗到巨大的不適，「逾界」的行為就是在這種失衡的狀態下發生。而茲時銀幕世界對暴力的呈現首先是相當克制，其次，幾乎不將暴力的產生與人口的大規模流動聯繫在一起。臺灣新電影中有大量關於農村青年往城市闖蕩的題材，然暴力大體被描述為與個體的原生居所、蒙昧狀態相關，是無所事事的、精力旺盛的發洩，個體一旦進入工廠、兵營、大學等現代性的集中管控身體的場所，暴力就被馴服了，如《小畢的故事》《風櫃來的人》《竹劍少年》等。不管新電影導演對於現代性的態度如何，影片中對於管控身體進而達至對身體暴力的控制這一點是共通的。臺灣新電影正是在這一層面上體現了它的「黨營」特色。

　　值得注意的是，80 年代青春電影中雖然也有站在「子輩」立場、鞭撻家長暴力的敘事，肯定主體的正當訴求，然「子輩」反抗老式家長的暴力敘事往往與新主流的意志同流，「子輩」脫軌者最終要皈依一個新的「家長」。子輩與家長之間的暴力衝突往往以子輩尋找、皈依另一個「父」為解決方案，如《孽子》（1986）中被原生家庭驅逐的「青春鳥」（同性戀少年）以及《少年犯》（1985）中在看守所接受改造的「少年犯」，他們大多有一個威權專制好面子卻無現實庇護能力的父輩，「孽子們」與家庭暴力的對抗已危及社會的穩定，二者之間的矛盾僅靠血緣關係不可調和，最終要由社會另外指派角色來承擔起父輩失職的規訓責任，引導「孽子們」放棄暴力，將青春期旺盛的能量投注於重塑自我、融入社會。

2. 消費暴力與暴力的「自足」

　　80 年代末期起，華語青春電影中暴力的規戒意味減弱，對暴力的反抗凸現到前臺，反抗的合理性意義被建構，「暴力反抗」作為一種「以武犯禁」、

挑戰權威的敘事堂而皇之地呈現——雖然最終要給「越軌者」嚴厲的懲罰，然敘事的重點轉移到「暴力反抗」的過程上。80 年代末大陸市場經濟氛圍濃厚，先前以計劃經濟為代表的主流意識形態已呈風雨飄搖之勢，新的市場主流聞風而動。暴力犯罪主題的消費元素被挖掘出來，「負隅頑抗」的犯罪份子獲得了與國家機器的正義代表同等的位置，甚至被塑造成更具魅力的一方。如《最後的瘋狂》（1987）敘事主體是對危險分子——反社會的犯罪分子宋澤的抓捕過程，然宋澤這個人物被賦予了常人所不具的「光暈」。首先，作為前特種兵的他身手非凡，他在逃亡過程中不傷及無辜（「強者」兼「仁者」），其次，他的美麗女友對他死心塌地（對女人有吸引力的男性），再次，他拒絕投降、與抓捕他的刑警同歸於盡（符合大眾對於「悲劇英雄」的想像），種種的情節設置削弱了他作為一個反面教材的規訓意味。危險分子宋澤與刑警何磊的「雙雄」設置也是同時期香港警匪片的套路，正義與犯罪僅一念之隔，且是你中有我、我中有你，影片敘事重心落在驚心動魄的抓捕／逃亡環節，主人公宋澤對國家機器暴力的反抗伸張了大眾潛意識中的「反抗」衝動。宋澤最初的反抗指向傲慢的官僚體制（由對抗上司、至槍殺了上司），是蒙受不公之人面對無處伸張的「鐵幕」爆發出來的暴力反抗，這一點很容易獲得茲時大眾的同情。遙想到他的前輩——《我們的田野》中有主見、有血性的知青陳希南，也曾一度「以下犯上」。只不過 80 年代前期大陸青春電影中年輕人「以下犯上」在一定程度上是被鼓勵的，到了 80 年代末期，這種明目張膽的「忤逆」則不被認可，且拒絕規訓的「忤逆者」必須走向毀滅。80 年代末期青春電影中的反抗更多地呈現為某種形而上的反抗，如《搖滾青年》（1988，田壯壯執導）、《頑主》（1989，米家山執導），皆是以投身市場經濟的方式反抗「一地雞毛」的生存境況。《搖滾青年》中反抗陳腐藝術觀念的龍翔熱衷人性色彩的現代舞蹈，雖得罪了團領導，然最終在市場上獲得成功，如是，與陳腐體制的對抗最終被新起的商業主流以夢想的名義收編。《頑主》則以一種更惡俗的、遊戲的方式搗毀「皇帝的新裝」，對主流的反抗掩藏在嬉笑怒罵的混世生涯中。80 年代末王朔小說的電影改編熱反映了這種時代症候，國家機器的暴力規訓不再擁有它天然的合法性，相反，它顯現出某種滑稽、委頓的色彩，這種頗具政治意味的反叛是以徹底的、擁抱市場的方式達成的，無論是《最後的瘋狂》式的決絕反叛的「犯罪分子」，還是《頑主》式的表面自棄、內裏清高的「頑主」，亦或是《搖滾青年》式的始終保有理想主義氣質的「文

青」，皆是大眾文化領域的「新寵」，他們迎合了一代年輕人的反抗訴求，籍八九十年代之交波譎雲詭的社會氛圍中閃亮登場，以自我流放的方式贏得一代年輕人的認同，並收穫空前的市場成功。

香港青春電影中的暴力景觀一貫有濃鬱的商業訴求在其中，80 年代香港新浪潮中湧現的「黑色青春」電影中暴力流血同時負載了濃鬱的懲戒意味，至 90 年代暴力因子驟減，暴力也鮮與規訓相關，更多指向奇觀營造，在將暴力形式化、喜劇化的過程中消解了暴力的所指。暴力徒具形式感，甚至已無關血腥、殘忍之類的因子，只剩下一種純粹的姿勢，是商業訴求鮮明的青春電影對觀眾審美慣性的一種開發利用。另一方面，將暴力喜劇化亦隱含著馴服暴力的訴求，在一個暴力已泛化的後現代社會，銀幕上的「惡搞」暴力是大眾對暴力環繞的生存境遇之下集體無意識的「精神勝利」，是面對暴力故作無畏的「自黑」，在某種程度上說也是「無所不在的抵抗」的一部分。最典型的是周星馳喜劇，無論是早期的《逃學威龍》（1991，陳嘉上導演），還是後來周星馳自導自演的《喜劇之王》（1999）、《少林足球》（2001），其中小人物在遭受暴力的過程中甚至萌發了受虐的快感，似乎痛感只在一瞬間、肢體受摧殘只是在累積必要的「資本」，以換取最後微弱的逆轉，由此施虐者倒又像是「助力者」，如唐僧西天路上的妖魔，既是路障，亦是成全者。既然暴力對於承受者而言只是累加的數字，也就毋須看重暴力的語境，由此而生的是暴力的「無厘頭」化。香港青春電影中這種形式化的暴力敘事是自給自足的，本身已不附帶規訓或懲戒的意味，甚至也令人無從反抗。80 年代末起大陸青春電影中暴力之消費感、形式感的開掘大體沿襲了香港青春電影中暴力的發展邏輯，21 世紀以來大陸的小人物勵志故事中亦常見這種形式暴力的挪用，暴力大多是誤打誤撞落在主人公身上，由此，暴力的殘忍性被消解，抗爭者空架了一副抵抗的姿式、無從著力。

80 年代末 90 年代初三地華語青春電影皆不同程度地倚重暴力敘事來吸引關注，敘事重心不再落腳在規訓上，相反，暴力本身——包括暴力的成因、暴力的過程，凸現到前臺，而國家機器對暴力的有效規訓幾乎不可見，甚至作為暴力的成因被批判。家庭、學校的對於越軌者的勸誡亦顯得乏力，或者乾脆缺席，青少年往往只有倚靠子輩自己的同盟才能脫離黑暗、重返正軌。相較同時期的大陸青春電影，臺灣青春電影茲時顯現出它保守的一面，無論青春的個體怎樣叛逆，最終也還是要回歸主流嘉許的正軌。如《七匹狼》

（1989）和《國中女生》（1990），前者中以暴力方式對抗社會黑惡勢力、宣洩青春能量的青年最終被夢想收編，後者中受黑社會誘惑、誤入歧途的少女最終被以身試險的好友感動、重歸校園。在這些影片中，外圍性的力量誘發了青少年的暴力衝動，重心在於青少年自身抗拒陰暗、走出陰影的過程。1992年徐小明執導的《少年吔，安啦》將少年踏入黑道的誘因歸結為不公正的、混亂失序的社會以及缺乏庇護能力的家庭，影片中北港少年阿兜最終從黑暗中抽身是因為摯友阿國慘死。在某種程度上說，是阿國的死促成了阿兜的新生。一旦子輩同盟的力量亦被解構，有破壞性潛質的反抗者往往走向毀滅，如《輪迴》（1988）、《本命年》（1990）、《牯嶺街少年殺人事件》（1991）等，這類影片中壓垮駱駝的最後一根稻草皆來自主人公對同類者的絕望，《輪迴》中的頑主石岜從周圍人身上更看清了理想破滅、價值觀崩潰的現實，無法說服自己存在主義式的活下去，只有自我了結；《本命年》給了泉子幻滅式打擊的是自己心儀的純情女孩為了「事業」投入富商的懷抱，《牯嶺街少年殺人事件》中的促成小四毀滅（犯罪）的同樣是女友小明的欺騙玩弄。

　　90年代大陸第六代導演的青春電影是真正意義上的自我書寫，在他們自我回望式的鏡頭觀照下，青年的「反叛」不再具有反社會性（因而與道德訓諭無涉），暴力更多地指向自身，無關他人，這種自殘式的暴力與反叛是無從被規訓（亦拒絕被規訓）的東西，它只是一種自然的存在狀態，一種主體成人的必經之途。以身體作為武器對抗成人社會及其規則體系在這些導演的作品中尤其突出，如《北京雜種》（1993）、《極度寒冷》（1995）、《東宮西宮》（1996）、《天浴》（1998），等等。這類影片中的搖滾樂手、行為藝術家、同性戀者、下放的知青等邊緣群體反抗社會的武器只是自己的身體，籍由對自身身體的摧殘，表達一種拒絕成為既有社會體系之接班人的叛逆姿態。對身體的厭棄與傷害，亦是指向軀體的培養皿──社會／家庭，主體拒絕以完好的身體（及主流認可的正常心智）充任社會／家庭之再生產的螺絲釘，毀壞身體，即是摧毀既存社會再生產所需的生產力。從這層意義上看，《極度寒冷》中以自毀的方式完成藝術作品的當代行為藝術家與《天浴》中毀壞身體以求脫離苦役的70年代知青殊途同致。這種反抗是卑微的，然而又是決絕的，是個體喪失了「改造世界」之革命理想後的絕望掙扎。宏大革命敘事被解構後，個體真切地看到了自身的卑小，處在看似自由、實則沒有自由選擇的異托邦裏，個體的反抗指向社會再生產體系自身，如《天注定》（2013）中的小輝，

既不能擺脫工廠之零件、家庭之提款機的角色設置，只能從頂樓縱身躍下，以對身體的毀壞完成對於角色設定的抗拒，又與《天浴》中的知青如出一轍。〔註18〕

3. 暴力－反抗的美學化

2000 年以來華語青春電影中的暴力反抗漸次消失，資本統領的時代，暴力本身被開發為一種奇觀，可供人玩賞與消費。資本改造了個體的思維方式，「獨立自主」的反抗本身只是一個神話，「反抗」的意義被解構，成了一個空洞的姿態，隨之被消解的是黑社會或暴力犯罪所具有的反抗性。比如《愛你愛我》（2001）中小風加入黑社會打劫十分偶然，打劫過程亦顯得笨拙可笑，類似《任逍遙》（2002）中小濟和斌斌受黑幫片啓發而將打劫銀行的意淫付諸實踐。同樣，《一碌蔗》（2002，葉錦鴻執導）中阿凡所執念的復仇對象其實是自己的錯認，他的復仇方式亦顯得幼稚可笑（躲在暗處打彈弓）；《艋舺》（2010）中少年蚊子踏入黑幫的起因也被給予了搞笑化的處理〔註19〕，影片中的暴力主要發生在黑幫之間，是黑社會自身爭權奪利導致，無關暴力的意識形態動因。不同於 80 年代大陸與臺灣青春電影中對暴力的迴避以及 90 年代對暴力採取的社會批判視角，亦不同於周星馳電影中暴力的無釐頭、為暴力而暴力，21 世紀三地青春電影中對暴力的呈現普遍提升至美學的層面，暴力美學化成為華語青春電影的一種潮流。

「暴力美學」最初是 80 年代後期香港電影評論界在闡釋吳宇森電影時「發明」的術語，也一度成為吳宇森電影的標籤，隨後在香港電影中發展成為一種藝術趣味和形式探索，「暴力美學」致力於發掘暴力場面中的形式感，「將其中的形式美感發揚到眩目的程度，忽視或弱化其中的社會功能和道德教化效果」。〔註20〕90 年代中期起香港青春電影中暴力美學化的傾向已十分明顯，如王家衛《重慶森林》（1994）、《墮落天使》（1995）中冷靜的、詩化的暴力場景，《古惑仔》系列電影中對械鬥暴力的形式化展現以及《香港製造》（1997）中死亡場景的濃烈色彩。尤其是《香港製造》營造的夢境中的

〔註18〕這類帶有激烈對抗性主題的影片大多遭禁、未曾在主流影院上映。

〔註19〕影片中陳述，「因為一根雞腿」，蚊子踏入了黑道。

〔註20〕郝建：《美學的暴力與「暴力美學」——雜耍蒙太奇新論》，載《當代電影》，2002 年第 5 期，95 頁。

死亡場景奇詭又絢爛，與主人公中秋的夢遺拼接在一起，死亡彷彿帶有色情及誘惑的意味，藍灰色調暈染下白色的、紅色的血涓涓流出，如噴墨彩繪，自殺者又像是在「表演」人體藝術。隨著華語銀幕世界對暴力之美學形式的探索，「暴力美學」逐漸成為一種時尚，被三地青春電影廣為吸收。21世紀以來三地青春電影中的暴力普遍帶有美學色彩。類似《香港製造》中的死亡美學化場景在2008年的《烈日當空》中以紀實的面目出現，同樣為情（被「背叛」）自殺的少女在銅鑼灣廣場新年慶典的鐘聲中飛身而下，隨即是俯拍鏡頭、凝重的色調下少女白裙周圍暈染開來的血跡，如同展開大片猩紅的花瓣。與之交叉剪輯的場景是少年們在慶典廣場偶發的暴力衝突，夜幕中狂歡的人群淹沒了暴力的恐怖音響，快速的、風格化的剪輯配合著節慶的喧囂，將暴力場景升格為超現實的夢魘。

與詩化暴力並行的是，暴力的喜劇化，如《艋舺》（2010）中前面幾場黑幫打鬥場面極富鬧劇色彩，即便結尾處蚊子為之殉身的最後一戰亦被詩化處理。暴力與反抗的二元關係也被消解。影片中蚊子對抗的對象早就被解構，他以本省人自居，其實自己是外省人灰狼的兒子，他捍衛本土的傳統江湖，其實傳統江湖與外省人主理的現代江湖一樣、皆不過是爾虞我詐的名利場，他最後說自己混的是「友情」，可他卻是利用「友情」給了和尚致命一擊，完成了他對於本土江湖的象徵性捍衛（清理門戶）。蚊子的主體身份模棱，意識形態也是含混的，他對抗的標總在游移，暴力發展到最後已無關對抗，暴力自在自為地構成了一個審美對象，傳統江湖對熱兵器的憤恨以演練雜耍式的武術場面來表達，在打鬥場面中演化為奇觀式的展覽，最後一戰的悲情被搞不清敵我的混不愣狀態消解，蚊子臨終前飛濺的鮮血在他眼中幻化成華美的櫻花。又如，葉錦鴻的《一碌蔗》（2002）中阿凡習武以報父仇的暴力衝動被其後新奇眩目的武術表演岔開，「暴力」復仇僅開了個頭，且以搞笑的、「打彈弓」的方式來進行，此後就被一再延宕，最後更由「赦免」復仇對象而一勞永逸地擱置了「暴力復仇」。

近十年華語青春電影中反抗已無關「反抗」之對象，「反抗」失去了它的革命性意義，填充它的是諸如夢想之類的可被資本主義體系利用的所指。如《高考1977》（2009）、《11度青春之老男孩》（2010）、《老男孩之猛龍過江》（2014）、《中國合夥人》（2013）、《我是路人甲》（2013）等勵志類青春電影，主人公反抗社會無形之網對其實現自我的鉗制，拒絕平庸、卑微的現

狀，是以其將全部能量投入資本主義體系嘉許的渠道來實現的，夢想承擔了引導青年消耗過剩能量的功能。在個體追逐所謂的「夢想」的過程中，資本主義體系得以發展壯大、生生不息。是以暴力反抗消失了，青春的個體「不安其位」的衝動轉化爲建設性的能量，「逆襲」的過程演化爲具有觀賞性（兼帶軟性規訓功能）的消費品。值得注意的是《高考1977》，在高考制度已經受到批判、質疑（甚至已成爲年輕學子們的緊箍咒）的時代，重溫當年作爲黨中央「恩賜」的高考降臨知青農場、眾知青爲爭取這份應得的權利付出的艱苦卓絕的努力，而最終反抗者與被反抗者（農場場長）在「人性」大旗下結成新的同盟時，反抗的革命性意義已消解，「小我」爲個人前途的抗爭與「大我」（國家建設）之需求無縫對接，衝突原來只是一次誤讀、一場衝突雙方對「大我」之要求的理解不同步。21世紀的對抗故事總能「化戾氣爲祥和」，對夢想的規訓最終消解了一切革命性的反抗。《高考1977》將潛藏的高壓政治「恐怖片」和追逐夢想的現代資本主義神話熟稔地嫁接，「反抗」褪變爲一種「矯情的姿態」，反抗行爲更像一場「個人秀」。《老男孩之猛龍過江》甚至將主人公橫跨大西洋的奮鬥歷程與黑幫奇遇相結合，暴力花邊與反抗之旅奇異地縫合，而暴力已無關反抗本身，暴力成了「反抗」的佐料，使本來孤獨、苦悶、充滿機械式重複的、追求夢想的「逆襲」過程變得驚心動魄。尋求認同、實現自我的訴求輕輕易被資本體系收編利用，轉化爲消費符號。資本甚至規訓了個體的欲望，比如《七月與安生》流浪、自由、反叛的青春（代價高昂）被升格爲一種美學符號供人欣賞，而將個體的欲望、終極目標鎖定爲平庸、安逸的生活。影片中安生渴望「安生」而不可得，她是被迫流浪、假裝以反叛的姿態來回應慘淡的現實，而循主流規訓、步步進階美滿人生的七月，雖渴望自由，卻最終是因爲（美滿人生的）缺憾才出走。與美滿人生相比，自由是退而求其次的選擇，更是一種故作瀟灑的姿態。

不僅反抗的衝動被消解、反抗行爲符號化，施加於身體的暴力亦被再度奇觀化，然已不是前現代的、廣場酷刑式的奇觀，而是後現代消費性的、裝飾性的暴力花邊。暴力承受者不再以其受難者身份獲得觀者憐憫，而是以滑稽的面目竭力給予觀者歡娛，無釐頭的暴力消解了反抗的意義，所有的反抗行爲皆如無的之矢，來勢剛猛，然瞬間頹坍。勞師動眾的抵抗不過是爲演一齣「烽火戲諸侯」，讓每個觀眾都當一回「褒姒」。

第二節　衝突與妥協：反抗的政治技術

　　福柯在《個體的政治技術》一文中提出，「police」〔註 21〕國家通過某些「個體的政治技術」（包括總體化地調節、管控整個國家以及深入監管、關懷每一個體），使個體逐漸意識到自己就是社會實體的一部分、就是國家的一部分，這是一種「將個人整合進社會實體中的權力技術」〔註 22〕。Police 國家將個體看作人，看作「勞動的，從事交易和活著的存在者」〔註 23〕，一方面給予個體健康、安全、生產方面的保障，另一方面又排斥、隔離、懲罰「拒絕接受規訓的人」，牢牢把握著「界定越軌者」的權力。強制即暴力，青年個體對國家／制度暴力的反抗在社會現實中從未止息，往往在國家／制度暴力強大的時期被壓抑、被遮蔽，反之則顯影。體現在銀幕世界的個體反抗方式多種多樣，在大陸、臺灣青春電影中表現為以軟性對抗為主，而在香港電影中則以黑社會犯罪為主。反抗行為有時候亦被主流意識形態利用、轉化，成為其鞏固自身的利器，如 80 年代為改革張目的各類青春電影中的反抗，就帶有批判舊體制、為新主流開路的意圖。80 年代末大陸青春電影中出現了暴力的反抗，然更多指向商業性的訴求，缺乏對於制度暴力的意識形態批判。與福柯的「個體的政治技術」相對，本書所指的「反抗的政治技術」指青春電影中那些意在揭露國家／制度的暴力，與其對抗、妥協，或從中逃逸的敘事策略，青春個體的形形色色的反抗，皆是旨在突破這一套「個體的政治技術」的鉗制。

1. 反抗作為國家／制度暴力的顯影

　　80 年代前期大陸青春電影中的青年一代與國家／制度暴力的對抗大多承載著新主流意識形態的政治訴求，借年輕一代所受的殘害鞭撻無人性的舊時代，如《被愛情遺忘的角落》中無視世俗成規、自由戀愛的存妮和小豹子，一死一入獄，《小街》中因反抗文革暴力施加於身體性別的扭曲，主人公遭群氓暴打、雙目失明，年輕的被毀壞的身體是「極左」橫行的罪證，也是新主

〔註21〕 參見關鋒：《國家行政的凸顯與「個體的政治技術」——福柯 Police 概念解析》，載《吉林大學社會科學學報》，2015 年第 6 期，103～111 頁。

〔註22〕 福柯：《個體的政治技術學》，見《福柯讀本》，汪民安主編，273 頁，北京大學出版社，2010。

〔註23〕 福柯：《個體的政治技術學》，見《福柯讀本》，汪民安主編，275 頁，北京大學出版社，2010。

流合法性的佐證，因而年青人的反抗在某種程度上是被新時代鼓勵的。這些最終指向宏大敘事的反抗行爲都有某種個人性的出發點，比如對愛與美的追求、對自我實現的渴望，最後昇華爲青年一代對美好未來的憧憬——這也正是新時代所允諾的。香港 80 年代前期青春電影中亦有對（大陸）專制暴力的影射，如《投奔怒海》（1982，許鞍華執導）借發生在胡越的黑色青春故事影射回歸後的香港可能變成將「第三等人」苦役化的「牢籠」，制度暴力對拒絕苦役的年輕軀體（通常是異見者）的殘害暴露了越共官方作爲「合法黑社會」的本質。同時期臺灣青春電影中暴力－反抗的敘事則往往終結爲國家管控機制對分散的、偶發的個體暴力的降服，對應的卻是臺灣七八十年代社會劇烈轉型帶來的結構性的「不變」，臺灣社會茲時黑社會猖獗，暴力橫行，那些銀幕上一再上演的「仁者無敵」式的收服暴力的故事掩蓋了國家／制度暴力。

　　在《都市裏的村莊》《鍋碗瓢盆交響曲》《街上流行紅裙子》等這類爲改革張目的青春電影中，年輕的主人公要反抗的是大鍋飯思想、陳腐的意識形態以及滋生褊狹小人的專制環境，正是年輕人的反抗令頑固保持自身權威的制度暴力顯形。不再有前三十年成長敘事中常見的「革命導師」，年輕人自己結成了新的時代同盟，如《都市裏的村莊》中的被眾工友孤立的勞模丁小亞與改過自新的青工杜海最終結合，令報導勞模事蹟的新華社記者（亦是勞模之傾慕者）大跌眼鏡；《街上流行紅裙子》中被「組織」培養的勞模陶星兒更是選擇公開「組織」的造假行爲、勇於承擔責任，放棄「組織」強加的「高大上」形象，與廠裏姐妹們達成合解，融入新時代的潮流。陶星兒在器重她的老上級和眾青工之間，在允諾了一份似錦前程的體制與內心的眞誠、坦蕩之間選擇了後者。在某種程度上說，選擇後者，即是與前者對抗，陶星兒與陳腐體制假大空的意識形態話語對抗，承認自己的過失，與同輩年輕人站在一條陣線上，這是非常富有意味性的選擇。

　　隨著嚴整統一的意識形態走向瓦解，80 年代末起大陸青春電影中個體與國家／制度暴力的衝突逐漸變得尖銳。如果說 80 年代前期青春電影中對文革及極左意識形態的反抗還停留在傷痕反思的層面，在某種程度上仍是新的主流意識形態藉以上位的政治策略之一，如 1981 年的《小街》《被愛情遺忘的角落》，《小街》中的夏反抗的是猖獗的極左意識形態對年輕女性之性別身份的暴力抹殺，《被愛情遺忘的角落》中的農村新一代青年反抗的是集封建買賣婚姻、極左生產路線於一體的意識形態暴力，那麼 80 年代末以來的青春電影

對制度性暴力的反抗已脫離了主流的宏大敘事，帶有鮮明的個人化色彩，尤其表現為個體對禁錮自身發展的體制（主要是戶籍制度）的反抗。大陸特有的戶籍體制將人分等級分區域安置，無形中形成了城鄉二元的等級秩序，年輕個體對制度暴力的反抗，反映在銀幕世界，是漫長的進城（農村青年）／回城（知青）之路，是拒絕「安其位」的反抗。如果說 80 年代青春電影中對空間法則的反抗只是停留在哀怨地陳述──如《我們的田野》中被粗暴安置、身心皆受其害的年輕人仍力圖活得光明、不喪失信仰，90 年代以後銀幕上對體制暴力安置的抗爭則顯得尖銳得多。對比一下 80 年代的《人生》（1984）和《鳳凰琴》（1993），同樣是高考落榜的農村青年，同樣是通過家族關係當上村小教師，高加林和張英子對於「當農民」的抵制程度就明顯不同。他們倆一個被動，一個主動，後者最終贏得了她所渴求的東西，前者則被委婉地寄寓了「不要忘本」的規勸，80 年代銀幕對於國家／現行制度的暴力不敢有絲毫批判。高加林是被動地乘坐命運的過山車，從村小到田間，從田間到城市，再跌回田間，高加林的遭遇似在警示農村青年不能忘本、不能忘了自己的根在哪裏；張英子的態度則是激進的，她聲稱自己絕不會去地裏「拔一根草」，她每天在村口等著在鎮上當教委主任的舅舅，心不甘情不願地去山溝裏的界嶺小學報到，在轉正沒有希望的時候努力尋找別的進城途徑。張英子所在的界嶺小學諸位同仁對於轉正（進城）指標的爭奪亦是白熱化的。城鄉兩重天，被制度安排為二等人呆在山溝裏的代課教師們為進城付出了慘重的代價，然而卻是哀而不怨，影片最後還是轉向了主旋律式的歌頌，列一席祭壇將這些命運不太關照的老一代民辦教師供上，讓其繼續安其位，騰出發展空間給更有希望的年輕人。90 年代主流對於農村優秀青年的態度已經轉變了，不再是要求他們「安其位」，而是鼓勵競爭意識，提倡個人奮鬥，同時也肯定了他們合理的物質追求。在某種程度上說，這正是舊的社會主義計劃經濟體制與新的社會主義市場經濟體制之間的一個過渡在銀幕世界的反映。正如《搖滾青年》（1988）以叛逆的「搖滾小子」反抗歌舞團過時的革命舞蹈形式為契機，順理成章地讓市場收編了熱衷現代舞的前歌舞團主角，通過讓其在社會舞臺上大放光彩、實現自我，象徵性地完成了市場經濟體制對傳統計劃體制的優勢呈現。再比較一下 80 年代的《青春祭》（1985）和 90 年代的《天浴》（1998），同樣是知青題材，同樣隱含著一個不安其位、與制度暴力的對抗，不同的是，前者在隱忍中等待機會，後者則展開了慘烈的抗爭。《青春祭》中

的知青任佳（男）時刻把回城記在心上，他農忙也不拉下功課，還不時勸誡李純（女），不要完全融入這個村寨，免得到時悔之晚矣。而《天浴》中的知青文秀則走極端，為了回城不惜糟蹋自己的身體，不惜自殘，最終走向毀滅。在 90 年代《天浴》審視的鏡頭下，風光秀美的大草原上的知青身上表現出一種決絕地反抗被安置在此的姿態，男知青自殘，女知青出賣肉身，為了回城無所不用其極，至死方休。回城的意念在《天浴》中濃烈到了一個極端，此後漸次消散。

　　2000 年之後大陸戶籍制度日益開放，城鄉二元的地域禁錮不再成為年輕人發展的屏障，國家／制度暴力施加於個體發展的強勢減弱，與此同時資源積累到一定程度推動了社會的開明化，個體對於制度暴力的對抗漸趨弱化。換句話說，國家／制度暴力不再成其為一個被反抗的對象。2000 年以後隨著北上廣深等超級城市興起，大城市與小地方之間的差異構成了新的地域屏障。新世紀的「圍城」是賈樟柯鏡頭下死寂的小縣城，新世紀的反抗主流是生長於斯的年輕人朝向大都市的突圍。《站臺》（2000）、《孔雀》（2004）、《立春》（2007）等青春電影記錄了三線子民向一線突圍的時代映像。然而，無論是賈樟柯電影中的文工團員，還是顧長衛鏡頭下的那個外表文弱、內心剛烈，為了理想可以將自己完全豁出去的「姐姐」，抑或是外表醜陋、內心清高、一心要紮根北京的大齡女音樂教師，他們的突圍之旅無不以向現實妥協告終。從前的城鄉二元被新時代的地域等級序列取代，有形的制度暴力隱去，取代而之的是無形的、無從反抗的地域屏障，一線城市的外來者與本地人的差別並不僅僅是一紙戶籍，一線城市對於外地人而言是一個表面開放、實質隔絕的異托邦，它以夢想之舞臺的形象吸引著四面八方的年輕人，而其內裏無形的規則網絡又將其水泥叢林的本質暴露無疑。王小帥的電影反覆呈現的一個意象是「回城」，不是從農村回城市，而是從三線回一線。《青紅》（2005）、《我 11》（2012）、《闖入者》（2014）中皆隱含了一個強烈的「回城」情結，當年聽從組織召喚，從一線城市趕赴三線支持當地建設的年輕人，不同於上山下鄉的知青，他們有正式的國家公職人員身份，有比知青更強烈的之於當地人的優越感，在三線地區自在自為生長成一個個小王國，80 年代回城潮興起，本以三獻人〔註24〕自居的人眼看著淪為新時代的棄兒，為後代拼

〔註24〕在三線工廠內有句口號：「獻了青春獻終身，獻了終身獻子孫。」所以後來很
　　　　多的三線第二代第三代人都戲稱自己為「三獻人」。參見《家史：三線工人為

命搏出位的衝動在這些影片中體現得淋漓盡致。無論是《青紅》中粗暴干涉女兒與當地人戀愛的父親，還是《我 11》中默認女兒爲全家回城犧牲肉體的父親，亦或是《闖入者》中爲爭回城指標不惜寫揭發材料打壓競爭對手的母親，一代人執著的回城之路深刻地影響／扭曲了下一代人的青春。

2. 軟性對抗與拒絕「成長」

軟性反抗是青年電影中比較常見的類型。一般來說，在一個社會中是占主導地位的群體制定規則、規範，而不遵循此道的行爲往往被貼上「不軌」的標籤〔註 25〕。社會學的相關研究強調青年文化是一套違背成人世界且自成體系的「價值觀念」，〔註 26〕青年在面對成人世界制定的關於工作、成功和金錢的價值觀時產生的「地位受挫」（status frustration）需要一套「問題解決」的方式：即拒絕和反抗〔註 27〕，青年亞文化群體正是借一套「特定生活方式的符號系統」追求和建構一種同類之間的認同，並試圖以之達成對主導階層的「文化霸權」的反抗和象徵性的顛覆。〔註 28〕在某種程度上說，這也是基於反抗／顛覆訴求的青年電影在銀幕上構建的「問題解決」之道。

如果說底層青少年不安於低等序列的循環，以加入黑社會的方式對抗資本體制的區域壁壘，體現的是對制度／秩序的暴力對抗，那麼青少年反抗成人社會制訂的規則、拒絕形形色色的選拔機制和將人等級化對待的秩序，體現的則是一種對制度／秩序的軟性對抗。最典型莫過如拒絕高考（大陸）、會考（香港）、聯考（臺灣）之類的大學入學考試，拒絕被標識爲 ABCD 等代表層級的壓制性制度，拒絕就業（進入社會再生產體系）。不同於暴力對抗，軟性對抗普遍存在於 80 年代以來的華語青春電影中，有代言式的，亦有自述式

兒孫哀求回城》，http://help.3g.163.com/16/0127/12/BEB94B1600964JT6.html

〔註25〕 〔美〕霍華德·貝克爾：《局外人：越軌的社會學研究》，8 頁，張默雪譯，南京大學出版社，2011。

〔註26〕 塔爾科特·帕森斯語，轉引自孟迎春：《民間惡魔，身份認同還是儀式抵抗？——西方青年文化研究的歷史和多重視野》，載安迪·班尼特，基思·哈恩—哈里斯主編，中國青年政治學院青年文化譯介小組譯：《亞文化之後：對於當代青年文化的批判研究》，譯叢總序，6 頁，北京，中國青年出版社，2012。

〔註27〕 〔美〕阿爾伯特·科恩：《亞文化的一般理論》，載陶東風、胡疆鋒主編：《亞文化讀本》，3～13 頁，北京大學出版社，2010。

〔註28〕 Stuart Hall, Tony Jefferson, eds. , *Resistance Through Rituals: Youth Subcultures in Post-war*, Britain, London: Routledge, 2006, p37.轉引自趙宜：《新時期以來大陸電影中的青年銀幕形象與文化景觀研究》，復旦大學博士論文，2012。

的，前者如徐進良的《拒絕聯考的小子》（1979）、蔡明亮的《青少年哪吒》（1992）、籟聲川的《飛俠阿達》（1994），後者如《小武》（1997）、《青春夢工場》（2005）、《b420》（2005）、《烈日當空》（2008）、《青春派》（2013）、《少女哪吒》（2014）、《哪一天我們會飛》（2015）等。曾在七八十年代之交的臺灣引起轟動的《拒絕聯考的小子》中的吳祥輝在銀幕上堅持了他的理念（現實中的原型人物、原著作者吳祥輝亦堅持不參加聯考），這種對制度的軟性對抗表現得很堅決，編導的價值評判意味亦在其中。對高考制度的反抗在大陸的青春電影中則往往表現為臨時性的對抗、最終要臣服於制度，如《青春派》中為愛情忘卻了高考的必定要在來年重整旗幟、發奮圖強、最終贏得高考的勝利，青春的叛逆與瘋狂只是一種咋呼的姿態，無關反抗本身，似乎只為成人後積累可資消費與炫耀的談資，又如《少女哪吒》中的不良少女李小路最終也要遵循考試制度、通過大學教育獲得一個體面的職業，而她的夥伴王曉斌從優等生淪為問題女生更多的原因似乎正是高考失利。總體而言 90 年代中期以來青春電影中商業理性漸成主導，是以《飛俠阿達》中抵制世俗的阿達學成了工夫之後還是要穿上職業裝、走父輩希冀的道路，《青春夢工場 AV》中荒誕一場的大學生們最終也還是要西裝革履地去求職，《烈日當空》中反問「我們為什麼要玩成人制定規則的遊戲」的中五學生最終還是要融入成人世界。這類反抗反倒像是進入成人世界之前的戲劇性儀式，籍此反抗的儀式象徵性地告別青春。《哪一天我們會飛》中更是暴露了把夢想的規訓機制安插在教育體系中的現實。影片中學生根據老師提供的「夢想規劃書」模板，經由短期目標、中期目標、環境評估、市場競爭力、因應社會調查、回報評估等環節組接下來，五彩繽紛的夢想最終被格式化為社會體系中的一個「空位」。「夢想規劃書」（學校教育）的作用是引導夢想、將其轉化為社會生產力、乃至固定為社會運轉所需要的一個螺絲釘：夢想當球星馬拉多納、按模塊填下去成了健身教練，夢想環遊世界、按模式發展下來是導遊，想在舞臺上跳舞、中期目標被引導成考入港大會計系……表面上鼓勵夢想、允諾一系列夢想的藍圖，經規訓引導，繪製夢想之藍圖的行為演變為一場白日夢式的「意淫」——「夢遺」〔註29〕，亦是「夢想之遺照」，真實意圖是利用追逐夢想的激情

〔註29〕影片（40 分 10 秒）中老師在板書「我們一定要有夢……」，「想」字還未寫出，一做白日夢的學生忽大聲接「遺」字。影片後半段（1 小時 21 分 38 秒）「手工王」彭盛華受命製作「未來香港」模型，名曰「玫瑰園」（1989 年，港督衛奕信宣佈啟動「香港機場核心計劃」，是香港有史以來最龐大的基建工程，此

引導年輕後生踏實邁進、自然而然就位於社會運行機器的某處空位。影片中夢想飛翔的蘇博文長眠的墓地以及結尾處獅子山下飛舞的紙飛機，見證夢想被埋葬、亦顯示出新一代放飛夢想的執念，就像尾曲裏唱的，「仍然要相信，這裡會有想像」。影片中 1993 年的英仁中學尚有飛行學會，20 年後卻只有「公民教育學會」才能獲得撥款，隱喻回歸後中學名校規訓夢想的精英教育被替換爲管控思想的「公民教育」。執念夢想的蘇博文永遠地定格在陽光燦爛的 18 歲，余鳳芝、彭盛華則成爲一塊齒輪，營營色色於疏離的現世。蘇博文說香港「不是一個讓人做夢的地方」，到了英國才發現，夢想依然遠在天邊，於是他偷了架飛機、飛進了天堂。不能實現夢想，就決絕地赴死，拒絕成爲齒輪，亦是對規訓夢想的一種反抗。重溫夢想，促使男女主人公停下來審視現實、做出改變，不再汲汲於功名利祿，做回本眞的自我，修補愛情，這亦是對當下統領一切的資本主義消費體系的一種反抗。

個體對「成長」的拒絕亦體現在其與父權制度的衝突中，華語青春電影「軟性」對抗父權制度的一種主要方式是拒絕「兒子」的身份，如《孽子》（1986，虞戡平執導）中被各自的生身父親逐出家門的「孽子」們在「新公園」楊教頭（「老男同志」）周圍另外組建了一個家庭，以不被主流認可的方式謀生、徹底與父權／主流訣別。《忠仔》（1996）中改隨母姓的阿忠，面對繼父的責打，憤而自殘，歷數「父之不父」，與之決裂，並隨阿公回（母方）祖籍地、認祖歸宗。在 90 年代中國大陸的社會語境中，官方的意識形態明顯對現實失去了闡釋力，「讓人（尤其是年青人）感到失落的社會氛圍……同竭力灌輸的過時的觀念發生了衝突」。〔註 30〕在對「父」一輩的反抗中，「子」輩最常用的是一種姑且稱之爲「身體政治學」的鬥爭方式，即以身體作爲反抗的資本，拒絕進入「父」輩安排、指定的道路和位置，甚至以自毀的方式中斷這種「接班人」的生產。最極致是張楊的《向日葵》（2005），面對「從天而降」的「父」沒來由的絕對權威和專制，子一代進行了激烈的反抗，乃至不惜用自殘、墮胎的方式在宣示身體的自主權的同時，斷絕了「父」輩企圖在子輩身上傳承精神／肉體的念想，同時也是摒棄那一套前現代式（某種

工程亦被稱爲「Rose Garden Project」，即玫瑰園計劃，是一代香港人的夢）入口處的標牌「我們的夢想」被替換成「我們的夢遺」，老師進來檢察時，彭盛華慌亂扯下「遺」字。

〔註30〕〔澳〕貝·庫柏：《九十年代的中國青年》，王天林譯，《青年研究》，1992 年第 8 期，36～42 頁。

意義上也是現代革命式的）的子承父業、香火永續的倫理體系。對比一下同時期張藝謀的《滿城盡帶黃金甲》（2006 年），暮年的、失去權威和尊敬的父皇極端地要「殺掉所有繼承人」，二者之間構成一組奇異的對照。

3. 對抗－和解：父子衝突的變奏

　　港臺青春電影中子一代與父的對抗絕少尖銳化，香港電影的商業理性，以及臺灣社會始終保有對傳統倫理的敬畏，決定了其銀幕上的父子衝突總要以各種各樣的方式達成和解。經受過歷次運動、革命洗禮的大陸則不然，80年代初、90 年代初大陸社會每一次的急劇轉型皆體現爲新舊衝突、老少衝突，子輩充當變革的先鋒，與「父」輩的矛盾往往是無法調和的。如果說 80年代初銀幕子輩的反抗總還在（新）主流意識形態的管控下，是後者倚靠的同盟，那麼在 90 年代主流意識形態日益失去其闡釋力、市場經濟潮流所向披靡的格局下，子輩經由理想破滅（主流意識形態允諾的烏托邦破產）、現實擠壓的雙重打擊下迸發出來的反叛則十分具有破壞性，90 年代初突然湧現的一批放蕩不羈、萎靡頹廢、無所追求亦無所畏懼的銀幕青年形象一度令官方驚慌失措。在 90 年代「橫空出世」的第六代導演的鏡頭下，父親的形象基本是缺席的，而現實中「父」權亦以另一種方式宣示了強大的在場──將這批溢出自身管控範圍的青春電影打入「地下」。

　　父子衝突的解決在 80 年代三地的華語青春電影中大致體現爲規訓意識占主導。臺灣與大陸 80 年代前期的青春電影帶有濃鬱的主流意識形態色彩，銀幕世界之子輩對於家庭壓制的反抗總會以子輩迷途知返、體諒父母苦心，或在更高的層面與「父」重新達成和解爲解決方案，如《失蹤的女中學生》（1986）中女兒最終受友情、親情的感召，主動回家，而《我們的田野》中陳希南在經歷了被假大空的官方意識形態壓制、與之對抗之後，終歸要重新樹立起對未來（「黨和人民」）的信念。子輩甚至會從同齡人的視角反觀自身的叛逆、意識到與父輩的對抗其實眞正懲罰的是自己，從而接受規訓、重返正道，如《看海的日子》（1983）中從小被養父母賣到妓院的白玫最終在昔日姐妹身上看到希望，進而接受規勸、重新開始新的生活，不再固執地以身體沉淪爲代價報復養母。香港青春電影中父子衝突的解決也大體倚靠親情倫理。如《童黨》（1988）中不服從父親的棍棒教育、執意踏入黑社會的大強在闖下禍端之後，最終是父親以血肉之軀作爲代價，換了浪子回頭；《阿郎的故事》（1989）

中執意與「流氓」廝混的富家女苦果盡嘗之後還是要回歸家庭，聽從母親安排去美國重新開始；《新難兄難弟》（1993）中父子衝突被置換為「時差」的衝突，互不理解的父子兩代人在兒子穿越到父親年輕的時代、并與之成為莫逆之後，達成了和解……

90 年代華語青春電影中父親形象大體是缺失的，或被極大地弱化。如果說在大陸第四代導演 90 年代的青春電影中總還頑固地存在著一個「父」的背影，如《北京，你早》（1990，張暖忻執導）和《青春無悔》（1991，周曉文執導）中捍衛社會主義價值觀、並對子輩產生影響力的老革命父親，《本命年》（1990，謝飛執導）中代行父職的居委會大媽，等等，第五代導演鏡頭下的「父親」已去勢、不復擁有力量，更不足以作為反抗的對象，如《血色清晨》（1992，李少紅執導）中大大咧咧，自以為是的村支書無視青年後生的尊嚴，草率的繳械行為實助推了血案的最終發生，又如《花季‧雨季》（1997，戚健執導）中父親的形象是羸弱的、最終要靠女兒爭「特優」來解決深圳戶口，在某種程度上說，是父親的貧乏無力激發了女兒銳意進取。第五代導演甚至以主旋律的姿態解構了主旋律，在子輩的青春故事中徹底放倒了父權。《鳳凰琴》（1993，何群執導）中擁有干部身份的舅舅並不能給何英子帶來她想要的體制內的位置（舅舅優先照顧了情婦的女兒），何英子正義凜然告發了其所在的界嶺小學在評先進中的造假行為反遭舅舅掌摑。主流話語已是神龕上的虛位，屬下表現出恭順的姿態即可，並不必捨身忘我、真的去踐行那一套「假大空」的要求，最終，何英子「衝出大山」的執念是靠自己「曲線救國」（發表順應主旋律胃口的文章）才得以實現。以歌頌鄉村教師之主旋律面目出現的《鳳凰琴》實則裂解了主流意識形態話語，與之相類、并走得更遠的是戚健 2006 年執導的《天狗》，影片圍繞前戰鬥英雄、護林員李天狗連殺三村民的迷案展開情節，同樣以貌似崇父、遵主流的姿態徹底解構了父權／主流。受主流教育根深蒂固的護林員李天狗被村民視為異類、遭到村民的集體暴力，一息尚存他掙扎著取了獵槍、用僅有的三顆子彈結果了村霸三兄弟，自己也永遠地沉睡了。「黨的好兒女」李天狗堅決的護林行為卻擋了「靠山吃山」的村民之財路，主旋律與世俗生活發生了激烈的交鋒，主旋律口號在官方絕大多數人眼中亦僅僅是「門簾」一樣的存在，是以「上級」好心安排家庭貧困的戰鬥英雄去護林、默認他適當得些外財，結果恰恰毀了他。

90 年代大陸第六代及其後的新生代導演的青春電影中「父親」基本是缺

席的，「橫空出世」的一代青春故事當然與「父子」衝突徹底絕緣，如何建軍執導的《郵差》（1995），章明執導的《巫山雲雨》（1996），張元執導的《北京雜種》（1993）、《東宮西宮》（1996）、《過年回家》（1998），管虎執導的《頭髮亂了》（1992）、《上車，走吧》（2000），姜文執導的《陽光燦爛的日子》（1994），李欣執導的《談情說愛》（1995），賈樟柯執導的《小武》（1997）、《站臺》（2000），路學長執導的《非常夏日》（2000），阿年執導的《感光時代》（1994），婁燁執導的《週末情人》（1995）、《蘇州河》（2000），王小帥執導的《極度寒冷》（1995）、《扁擔姑娘》（1996）、《十七歲的單車》（2000），王安全執導的《月蝕》（1999）、金琛執導的《網絡時代的愛情》（1998），施潤玖執導的《美麗新世界》（1999），陳沖執導《天浴》（1998），等等。這些影片中，除了《過年回家》中有一個羸弱的繼父參與敘事〔註31〕，《站臺》中有一個表面高大上（工人階級）、實際最無原則的「小丑」父親外，其餘影片中乾脆沒有父親出席。

如果說 90 年代第六代及新生代導演的青春電影將「放逐父親」做到極致，反倒可能喚起「父親」形象「缺席式」的在場，暴露出一種執拗抹去其存在痕跡、反倒彰顯其存在之陰影的「父親情結」，21 世紀以來華語青春電影中這種情結則已淡化、風去無痕。不僅父輩不再是陰影，反而是子輩殷殷期待的同盟者，21 世紀的子輩甚至要以自我毀滅來喚起在父親心中的存在，最典型的如《江城夏日》（2006，王超執導）、《日照重慶》（2010，王小帥執導）。這兩部影片皆是關於父親尋找死去／失蹤的兒子的故事，同樣是渴望父親的兒子和懷著巨大愧疚的父親，在某種意義上說，兒子之死既是對「父之不父」的懲罰，又折現出「兒子」對於父親的渴望──以死來喚回「父職」的在場。《江城夏日》中的父親當年因說錯話從武漢被貶至山村當教師，到兒子這一代重返大城市已面臨不可逾越的地域障礙，兒子因此誤入黑社會、淪為黑社會打劫的犧牲品（女兒則墮入風月場）。父親最終沒能實現帶兒子回去見妻子臨終一面的願望，對「父」之卑微及其被損害、被辱沒的命運呈現，隱含著對一個強大的「父」的切切渴念。同樣《日照重慶》中因父愛缺失、性格極端的兒子也對當遠洋大副的父親念念不忘，最大的願望就是跟隨父親遠航，而忙於工作、忽略「父職」的父親終於意識到自己的身份時，一切晚矣。父親的尋子（尋找兒子死因）之旅亦暴露了父之社會地位的微小

〔註31〕影片中這位繼父與殺害他親生女兒的繼女之間自始至終並未有實質性的衝突。

（比之在兒子心目中的份量），尋找的過程讓「父」明白自己最重要的職責之所在。香港青春電影中這種父子同盟的意象體現得更爲鮮明，對比 90 年代的《雙城故事》與 2000 年之後的《一碌蔗》，《雙城故事》（1991）中債務纏身的父親在帶著志偉逃到舊金山後舉槍自盡、留少年志偉獨自一個面對兇險的社會，在成年志偉少有的對父親的回憶畫面中，儘管父子之間不失溫情、但顯然隱含著對父親儒弱的哀怨，《一碌蔗》（2002）中同樣是賭債纏身的父親在帶著幼年兒子看最後一場電影的途中舉槍自盡，兒子卻不願意承認當警察的父親自盡的事實、在此後的十年中執拗地找臆想中的「殺父仇人」報仇。父子衝突已然被父子同盟取代，在臺灣導演易智言執導的《藍色大門》（2002）中開快餐店的父母更是兒子的堅強後盾，兒子原以爲愛上「殘障」女孩會遭到父母的反對，結果雙親卻出乎意料地開明、仁慈，作爲兒子之隱憂的衝突未及呈現、已自行消解。又如，《十三棵泡桐樹》（2006）中嗜酒的父親雖動不動對風子拳腳相加，然也不失時機笨拙地表達父愛，父親的暴力壓制對於風子這樣桀驁不馴的「假小子」來說似乎是必要的設置。在女兒的尖牙利齒與父親的拳腳暴力之下，隱含的是同爲被母親拋棄的父女之間的體諒與愛。再如，《當愛來的時候》（2010）中軟弱、絮絮叨叨的父親因入贅大媽家的原因總顯得低人一等，而一旦作爲家中唯一男性的他眞的倒下，對於家庭的巨大影響馬上顯現出來，父親角色之不可缺失由此可見。

對抗－和解，從 80 年代到 21 世紀以來銀幕父子衝突的發展演變映現的是父權及其所代表的主流意識形態走向消解、復又回歸的歷程。然而 80 年代飽含著規訓期待的父子「和解」，與資本統領時代商業理性促成的父子「同盟」之間，已有雲泥之別，前者是制度暴力對於其自身合法性的焦慮外顯，後者是個體將「資本的」邏輯主體化，對抗的張力由此消彌。

第三節　暴力犯罪：「反抗」意義的建構與消解

青春電影中的暴力犯罪在現代社會主要體現爲對社會象徵體系的壓制之反抗，進入後現代語境，暴力犯罪的革命性意義被消解，無因的反抗是反抗自身。青年的勃發的精力讓人感到無法駕馭，有巨大的破壞力，從精神到肉身，對於已趨日暮的成人社會而言，不啻於災難。不遵守規則的年輕人，也影響既定社會的平衡感。對於主流社會而言，青年的巨大能量如何掌握在可控範圍內是一個時刻困擾的問題。從另一方面說，銀幕上的犯罪青年、問題

青年實質上代表了這個社會中某些潛在衝突的爆發點。規訓主導的電影往往將這類危險分子視為社會有機體的毒瘤，似乎清除了社會就恢復安定了，如 80 年代後期周曉文的瘋狂三部曲中《最後的瘋狂》（1987）《瘋狂的代價》（1989），越軌者最終結局都是毀滅，似乎消滅了犯罪分子的肉身，犯罪對於社會的危害性也就消除了。80 年代末至 90 年代大陸意識形態混雜、權威體制出現裂縫，與此同時，社會主義的福利轉由市場承擔。鮑曼曾分析里根政府施行放任政策的時期，監獄代替了福利之社會功能，「非規則化與廢除福利的時期，也是犯罪日益增加的時期……殘酷的命運被留給了那些被宣稱為罪犯的人，以消除沉默的或不怎麼沉默的大多數日益增加的恐懼與焦慮、緊張與不確定性、憤怒與狂暴」〔註32〕。與 80 年代港臺青春電影中的暴力犯罪主題相似，90 年代大陸青春電影中的暴力犯罪具有了反抗的意義，暴力犯罪的起因指向家庭、社會責任的缺失以及滋生犯罪的社會環境。

1. 反壓制：銀幕暴力的社會動因

　　八九十年代之交大陸犯罪題材電影井噴〔註 33〕，從《代號美洲豹》（1989）、《中國霸王花》（1990）、《地下兵工廠》（1991）之類的警匪片中窮凶極惡的歹徒，到《午夜兩點》（1987）、《恐怖夜》（1988）、《死期臨近》（1989）、《黑樓孤魂》（1989）、《地獄天堂》（1989）、《聖·保羅醫院之謎》（1990）《霧宅》（1994）、《危情少女》（1994）等恐怖片中「邪惡的他者」，這些商業氣息濃鬱的影片中犯罪分子都是瘋狂變態的危險人物，而恐怖片的受害者往往是無助的年輕女性，「通過電影的方式尋找『邪惡的他者』」〔註34〕並將其繩之以法，大眾集體無意識中的脆弱感、恐懼感得以宣洩。這類犯罪題材影片無關規訓，其罪犯主體往往是老謀深算的年長者，不涉及青春個體。

　　前文提及第五代導演周曉文的《最後的瘋狂》《瘋狂的代價》中犯罪主體是年輕人，在八九十年代之交的犯罪題材影片中比較罕見，但這兩部影片中的犯罪分子皆來自「我方」，《最後的瘋狂》中的前特種兵、《瘋狂的代價》中

〔註32〕齊格蒙·鮑曼：《後現代性及其缺憾》，郇建立、李靜韜譯，46 頁，學林出版社，2002。

〔註33〕參見杜元明：《公安電影：半個多世紀的追尋與奉獻（下篇）——寫在中國電影百年華誕之際》，載《啄木鳥》，2005 年第 12 期，48～54 頁。文中列舉了80 年代後期至 90 年代大量湧現的犯罪題材影片。

〔註34〕李道新：《意識形態氛圍與中國恐怖電影的不可預期》，載《電影新作》，2004年第 5 期，32 頁。

父輩缺失的年輕人，其走向瘋狂往往是陰差陽錯或因一念之差，而其最終的下場也令人扼腕，影片對青少年群體的規訓意味較突出。港臺 80 年代的青春電影中對於青少年犯罪的處理雖不似新好萊塢那般具有顛覆性，然也更多指向社會、家庭責任的缺失，如林清介執導《一個問題學生》（1980）、《學生之愛》（1981）、《安安》（1984）以及徐克執導的《第一類型危險》（1980）、劉國昌執導的《童黨》（1988）等等。90 年代以來華語青春電影中的犯罪更多地作為一種狀態存在，亦是基於對犯罪的一種現代性的認識，基於多重人格的精神分析方面的設定，犯罪是一種流動的狀態，不是與某個個體相關的特性。

　　暴力犯罪的動因有兩個層面的，有組織的黑社會犯罪往往指向社會制度、秩序與法律等，帶有反社會性，另一層面是個體性的衝動型犯罪，青春的個體因性衝動、爭奪性的衝動以及以暴抗暴的邏輯驅動而違逆主流社會的常規、僭越法律的許可範圍。說到底，每個人面對著現代社會中的精神或物質方面的擠壓，總需要找一個適當的發洩口，只不過有的在私人的領域中解決了，有的則外泄到公共領域，成為干擾他人的事件或構成犯罪。90 年代以來華語青春電影處理犯罪的態度十分曖昧，犯罪並不是孤立的事件，犯罪者也是我們日常生活中的一員。犯罪於這個社會而言是一種必然的存在，而某個犯罪者和特定的犯罪事件的交叉則是十分偶然的。更多的潛在犯罪是在我們的視線之外的，浮出來的只是冰山一角，亦是偶發事件。青少年性衝動或對「性」的爭奪／捍衛引發的犯罪／暴力佔了主流，如《本命年》（1990）、《牯嶺街少年殺人事件》（1991）、《血色清晨》（1992）、《有話好好說》（1997）、《黑暗之光》（1999）、《青紅》（2005）、《頤和園》（2006）、《賴小子》（2006）、《盲山》（2007）、《街口》（2007）、《春風沉醉的夜晚》（2009）、《日照重慶》（2010）、《我 11》（2012）《推拿》（2014）、《黑處有什麼》（2015）等等。《本命年》《牯嶺街少年殺人事件》《黑暗之光》中男性之間對女性的暴力爭奪導致了死亡，如果說《本命年》《黑暗之光》中男性犯罪者本身的痞性導致死亡還有一定程度上是出於其自身特質，《牯嶺街少年殺人事件》中品學兼優的小四被逼到犯罪邊緣則帶有相當的偶發性，小四對小明的絕望是壓垮他精神世界的最後一根稻草，小四之殺人更像是某種社會戾氣借小四之手釋放。同樣，《血色清晨》中小學教師明光之死亦像是某種「無主名殺人團」的暴行，施暴者李平娃兄弟也是暴力的受害者——暴發戶張國強以紅杏（平娃之妹）不是處女為由強行退婚、領人闖入平娃家中打砸搶，並強行帶走用來換婚的有病的姐姐，將

平娃一家僅有的對生活的希望輾得粉碎，而村支書以及眾村鄰對儒弱的平娃兄弟的鄙薄、挑釁又助長了他血仇的衝動、縱容了行兇事件的發生，小學教師明光（被平娃認定爲奪去紅杏貞操的人）就這樣在毫無預料中成了刀下鬼，慘案在光天化日之下、在行兇者預先張揚的情形下發生。儒弱、老實、本份的平娃兄弟成了兇手，另一個不相干的人成了被害者，而慘案的始作俑者——暴發戶張國強卻逍遙法外。在這裡，犯罪行爲已無關兇手之本性，更多指向冷漠、愚昧、嗜血的農村現實。《賴小子》中失控的暴力因兩夥小鎮混混對一個女孩的爭奪引發，暴力毫無節制地蔓延、升級同樣指向死水一般的、混沌的小鎮環境，一如《推拿》中少年失明的小馬亦會衝動地爲了一段露水姻緣而捲入暴力，誇張的應激性暴力是少年失明者對社會的挑釁。此外，《青紅》中小情侶被家庭強行拆散導致男方對女方實施強暴、也導致了二者的徹底毀滅（一個精神失常，一個被結果了性命）；《盲山》中的女大學生被拐賣、被強姦、被強迫作生子機器，受凌辱到極致的文弱女生無法掙脫黑暗之網，只有操起柴刀、作最後的反抗；《日照重慶》中被家庭遺棄、又被女友拋棄的少年挺而走險、以綁架的方式試圖贏回女友，結果被警察擊斃；《我11》中「反革命、縱火、殺人犯」謝覺強是爲了被污辱、被損害的妹妹，捅死強姦者、縱火燒工廠既是謝覺強孤注一擲的復仇，亦是他以「法外」之法討回公義；《黑處有什麼》（2015）中特殊年代對性的壓抑以及教育與法制的缺憾導致的強姦犯罪鮮明地指向「社會才是最大的強姦犯」這個主題。這類影片中的與性相關的犯罪主題已無關乎失足少年之重返正軌，它探討的是「誰是眞凶」的問題，犯罪者並不是社會肌體上的毒瘤、可切除了事，犯罪者只是社會肌體本身的毒素藉以顯形的工具之手，它們彌散在整個社會肌體的毛細血管內，只等召喚。相比之下，第五代導演張藝謀執導的商業氣息濃厚的《有話好好說》亦涉及爲「愛」之爭奪產生的暴力，然暴力的毀壞性尚在可控的範圍內，或者說不可收拾的暴力總在延宕，而在它面臨兌現的前一刻被轉移。

如果說 80 年代末期以來華語青春電影中與性相關的暴力無論表現得多麼與社會環境息息相關，其內裏總也隱含著青春個體深層心理的原始衝動，大陸第六代導演作品中反社會性的暴力／犯罪則將個人性的動機降低到最小維度，被凸現的是環境本身的因素。犯罪的衝動指向催生犯罪衝動的社會，較小程度上關乎年輕個體缺乏對「力比多」衝動的控制能力，犯罪行爲甚至是與捍衛尊嚴、實現自我之類相關的「壯舉」，不僅不傳達懲戒，反倒

是一種祈求認同的姿態，如《長大成人》（1997，路學長執導）、《過年回家》（1998，張元執導）、《十七歲的單車》（2000，王小帥執導）、《任逍遙》（2002，賈樟柯執導）、《盲山》（2007，李楊執導），等等。《長大成人》中的周青表面原因是為「精神之父」朱赫來報仇殺人，深層原因是自海外學藝歸來的他已對京城混亂墮落的搖滾圈以及一切都商品化了的市井環境感到空虛幻滅，「精神之父」朱赫來被時代拋棄、不知所終，尋找朱赫來並為之報仇的「犯罪行為」亦是逆潮流而動、捍衛理想主義的壯舉；《過年回家》中各自跟著父親、母親重新組合成一家子的陶蘭和小琴兩姐妹，先天處在一個充滿張力和壓抑的家庭環境中，陶蘭被誣偷錢、盛怒之下失手將小琴打死。兩姐妹之間的暴力衝突是非正常家庭之冷暴力的顯影，如果不是這樣一個敏感的組合（兩家合成一家），區區幾元買菜錢也不致於引發血案，正是在一個矛盾被放大的顯示屏上，小衝突演變成了流血衝突。《十七歲的單車》中街頭惡少肆無顧忌地毀壞自己的愛車（也是其謀生工具、紮根城市的希望）讓一個儒弱、怕事的農村少年在陌生的都市空間中以暴抗暴、迸發出巨大的能量，《任逍遙》中高考落榜少年小濟與斌斌被仿象（港臺黑幫英雄片）激發的犯罪衝動（打劫銀行）更是直指小縣城既苦悶無聊、又被暴力色情文化環繞的成長環境。在《盲山》中，被拐賣至山村的女大學生白春梅在屢次逃離失敗之後，操起菜刀砍向買她的「男人」，想悄悄地逃離而不可得，一次次受辱、一次次絕望，最終只能以血刃的方式了結——極具隱喻意，「夜不閉戶、路不拾遺」的、不設防的鄉村已是一個遙遠的傳說，因輕信而落入它圈套的女主人公，逃離它要付出慘重的代價。在這裡，「犯罪」已無關規訓，以暴抗暴的「犯罪」是青春個體衝破地域潛規則的圈禁、向屬於自己的世界籲求認同的方式。

2. 黑社會：反抗的魅惑

大陸 80 年代末青春電影中開始出現青年犯罪，如《瘋狂的代價》《最後的瘋狂》，此後的青春電影中亦出現過青年犯罪，但這些犯罪青年大多是普通人，其犯罪衝動也是偶發性的，較少涉及黑社會，除少數幾部，如《扁擔・姑娘》（1996）、《江城夏日》（2006）、《賴小子》（2006）、《背鴨子的男孩》（2006）、《李米的猜想》（2008）等涉及捲入黑社會最終走向毀滅的青春個體，其中黑社會背景更多的作為一種獵奇元素，鮮有反抗性的意義。大陸政府 50 年代初

堅決打擊和鎮壓黑社會性質的幫派活動，故 50 年代至 70 年代末，黑社會在大陸基本銷聲匿跡，有組織的犯罪是自改革開放之後開始的〔註 35〕。經過了整整一代人的時間，大陸 80 年代電影重新開始處理有組織犯罪題材時，較之港臺電影，已顯得觀念陳舊、手法粗糙。無論其在當初出世時曾引起多大的反響，如張華勳執導的《神秘的大佛》（1980）、郭寶昌的首作《神女峰的迷霧》（1980）等，在 90 年代港臺同類題材影片流入內地後，這些影片基本不再被提及。90 年代中期大陸青春電影中開始出現黑社會，但黑社會總是作為一個語焉不詳的地界存在，是主人公迷一樣的身份背景之一隅，並不具有主體性。如前文提到的《扁擔‧姑娘》《江城夏日》《背鴨子的男孩》《李米的猜想》等，黑社會皆存在於間接轉述中，需要觀者調動自己的想像力完成對它的營造。黑社會的魅惑並不源自其反社會、反制度的「革命性」，而是一方面，涉黑的主人公因其情深義重又「必須」遭遇厄運，而格外引人痛惜，另一方面，現代社會對於「情深義重」的想像似乎只有借助於古老神秘的黑社會。如《李米的猜想》中誤入黑道的方文為了保護女友，不得不隱藏他對女友的感情，為了給女友餘生留下一筆可以使她脫離底層勞作的財產，方文在販毒組織中堅忍克制了四年，直至自身墮入萬劫不復。這四年之中，方文像隱身人一樣出沒在女友周圍，卻不能回應女友對他偏執幾近瘋狂的尋找。一段人世間最誠摯的愛情往事，只是它一經確實，就褪變為傳說。隨著涉黑男主人公身殞，一個曠世「情種」亦湮滅無蹤。在這裡，「黑社會」的「反抗性」光暈是依託於一種為了愛人膽敢踐踏一切人間法律的浪漫精神。影片中促使男主人公方文踏入不軌的起因是他和女友皆不適應現行教育制度，未能通過教育獲得一份體面的工作，早早地流入社會，又找不到正當的、可實現舒適生活的奮鬥途徑。方文「失蹤」（進入黑社會）、死亡帶有某種宿命的色彩。在一往情深的愛戀已日益成為現代社會之稀缺資源的時代，庸常飄忽的現代生活盛納不了、亦無從想像這種無我的「愛情」，只有借助於「黑社會」這樣一個含糊神秘的所在來搬演那些古老的情結。

　　港臺青春電影中對黑社會的藉重則態度鮮明得多，不僅有大量黑社會背景的青春電影，且這些「黑色」青春電影傾向於將犯罪主體設定為帶有「本質性的」邊緣人、黑社會分子，因而帶有鮮明的反抗色彩。黑社會因為其自

〔註35〕許皆清：《臺灣地區有組織犯罪與對策研究》，46～47 頁，中國政法大學博士論文，2005。

身兼具有的反社會性、神秘性、傳奇性而對同樣有著顛覆訴求的年青人產生了誘惑力。可類比一下新好萊塢的青春反叛電影，如《邦妮和克萊德》（1967）中年輕的銀行搶劫者充滿傳統的人情味、嚮往美好生活，在大眾媒體的渲染下，他們被描述成爲他們自己也覺得新奇的奪命雌雄大盜，最後在強大的暴力國家機器面前被誘捕、被虐殺。說到底，二人所反抗的其實是無人情味的、冰冷的資本主義體系，以及其提供的單調、無聊的苦役般的工作，而這正也是千千萬萬身處其中的年輕人想要反抗的對象。大眾媒體對於黑社會的浪漫化描述無形中將黑社會營造成一個替天行道的古代江湖。從社會經濟發展水平看，香港和臺灣的地域對峙不如大陸那麼明顯，二者的社會發展水平亦高於大陸，制度性的暴力不如同時期大陸般顯形，然而港臺青春電影中青少年對於社會象徵體系的反抗卻是暴烈的，這一點在香港的黑社會青春電影中表現得尤爲突出。香港一直推崇精英教育，每年只有1／3左右的年輕人能升入高校，其餘有資本的出國，無條件的則走向社會。大部分年輕人的命運在中五會考後就決定了。香港優質的中學教育資源往往受資本控制，與大部分貧民子弟無緣。香港政府安置受天災或清拆影響的民眾的徙置區，相關配套不完善，優質教育亦缺失，生長於斯的底層青少年較少有出頭之日，徙置區發展爲貧民區。貧民區不安於低等、重複、無前途之工作的青年，努力向中心城區突圍，一部分人不屑於從事低端勞動，自持資質上乘，又無發展機會，便淪爲黑社會分子，在政府與底層之間另成一灰色階層，不同於以往可爲官方所用的「黑社會」，現代黑社會成了政府管控暴力的棘手問題，香港一度出現「無主之城」〔註36〕，如從前幫派橫行的三不管地帶九龍寨城以及現今在媒體不斷曝光下令香港顏面無存的天水圍社區。香港電檢政策相對寬鬆，電影暴露當下的社會問題並沒有什麼阻力，另一方面，香港電影始終秉持著商業理性，青少年黑社會是一個頗有開發潛質的題材，能吸引眼球，故80年代以來黑色青春一直是香港青春電影中僅次於文藝愛情的一大類別〔註37〕，從新浪潮的《夜車》（1980）、《第一類型危險》（1980）、《靚妹仔》（1982）、《烈

〔註36〕費爾南多·梅里爾斯2002年執導《無主之城》（God's town），故事所在地是里約熱內盧的貧民窟。60年代巴西政府啓動一項號稱「上帝之城」的住宅修建計劃啓動，安置了大量貧民，然80年代初這一片地區成爲了滋生犯罪與墮落的溫床。
〔註37〕《烈火青春》《非法移民》《阿郎的故事》《天若有情》屬黑色青春與文藝片的雜糅。

火青春》（1982）、《投奔怒火》（1982）、《省港旗兵》（1984）、《非法移民》
（1985），到 1988 年的《童黨》《學校風雲》，1989 年的《阿郎的故事》《旺角
卡門》，1990 年的《朋黨》《天若有情》，黑色青春主題密集出現，90 年代起
漸次消退，至 1996 年籍《古惑仔》系列的迴光返照，此後偶有零星出現，如
《旺角黑夜》（2004）、《圍‧城》（2008）、《一半海水，一半火焰》（2008）、《新
宿事件》（2009）等，不再是青春電影的主流。

　　臺灣青春電影中對制度暴力的反抗相對而言不如香港暴烈。雖然臺北中
心享有了更多的發展資源、是上等人聚居的區域，臺南相對落後，然臺南青
年進軍臺北並無實質性的制度障礙，更多的是文化、教育層面等無形的障礙。
不能循制度安排進階、又不安於底層工作的青年亦可能偏離正軌。臺灣 90 年
代青春電影溯及七八十年代臺灣現代化進程中無公義的社會制度、市場契約
對習慣於傳統思維方式的人的剝奪、敲詐。掌握了制度、法律的一方對於缺
少現代社會智識者的欺壓導致後者尋求法外之道，80 年代臺灣黑社會勢力如
火如荼，黑社會借臺灣經濟起飛的契機廣泛滲透進商界（亦染指電影業），於
官方之外結構了一個有組織、有規章的地下王國，聲勢浩大〔註 38〕。80 年代
臺灣青春電影中卻絕少涉及的黑社會及青少年暴力〔註 39〕，在 90 年代臺灣影
業陷入蕭條、獨立製作興起之後方顯露出來，如《少年吔，安啦》（1992）以
及張作驥執導的《忠仔》（1996）、《黑暗之光》（1999）、《美麗時光》（2001）、
《蝴蝶》（2007）等。比之 80 年代學生片之父林清介導演的少數帶有規訓色
彩的涉黑青春電影，這類影片顯得尤其黑暗。五六十年代臺灣黑社會興起之
初，往往以替天行道、抱團取暖的姿態吸引底層民眾加入，是以 90 年代臺灣
青春電影中涉黑的青少年大多有一個受黑道浸染的原生家庭環境。《少年吔，
安啦》中阿兜的父親被人騙簽了一個買地的合同，又接受對方借款付了定金，
到期付不出地款，對方以違約之名將定金沒收，阿兜父無端欠下巨額債務，
從此連累一家人不得安生，阿兜受舅舅（蹲監牢的前黑社會老大）影響、認
爲社會無公義，持刀報復債主，從此捲入黑社會。相比香港黑色青春故事往

〔註 38〕 參見《臺灣四大黑幫》，羅友書館，2014-02-25. http://www.360doc.com/content/
14/0225/17/1410845_355621332.shtml

〔註 39〕 少量影片涉及黑社會或灰色地帶，亦將重心落在救贖上，道德勸誡意味濃厚，
如林清介的《一個問題學生》（1980）、《學生之愛》（1981）、《安安》（1984），
等等。但即便如此，這類影片還是要冒遭封殺的風險，如《學生之愛》就被
當局以「煽情暴力、亦有部分幫派問題的緣由」責令其刪改。

往始於青少年叛逆性的反抗，《忠仔》中的阿忠、《黑暗之光》中的阿平、《美麗時光》中的阿傑、《蝴蝶》中的一哲等無一不是被原生家庭帶入黑道，在他們尚處於青春懵懂時期就捲入了黑社會的爭鬥，結局往往非死即傷。然張作驥在90年代中期以來的黑色青春電影放在茲時臺灣電影的整體語境中來看尚屬個例，且這些作品中黑社會的反社會意義已被稀釋，矛頭更多指向黑社會環境對底層青少年的戕害。家庭庇護的缺失以及家庭與黑社會糾纏不清的關係，注定了這些底層青少年落入黑道的宿命，底層－黑社會－底層，一個無解的循環。這些影片中的黑社會營造已無規訓的意味，更多指向整體失序的社會大環境，影片對涉黑的年青主人公抱有深切的同情和理解。

3. 解構「黑社會」

90年代中期起港臺青春電影已開始解構黑社會，所不同的是，香港解構的是黑社會的英雄神話，對黑社會的解構同時在兩個層面展開，其中之一恰是試圖通過「還原」黑社會建立起關於這種反社會性組織的「合理性」表述，典型的如《古惑仔》系列，當然，香港青春電影中更主流的是解構黑社會的「仁義」，戳穿現代黑社會假借傳統江湖道義的想像為自身敷金，其內裏是爾虞我詐的現代叢林，兼有現代理性的、精細的利益計算與肉食動物的殘忍，如《色情男女》（1996，爾冬升執導）、《香港製造》（1997，陳果執導）以及上文提到的21世紀之後出現的《旺角黑夜》、《圍‧城》、《新宿事件》等。香港青春電影很少用喜劇手法解構黑社會，零星的例子有2000年之後的《新紮師妹》系列，以警匪片的架構填充以現代愛情童話，賦予黑社會「公子」以現代情種的氣質，如此，警匪的衝突轉換為兩性的追逐，雙方在彼此的衝突、誤認中製造一連串的喜劇效果。臺灣青春電影中對黑社會的解構則以喜劇手法為主，如1995年的《熱帶魚》（陳玉勳執導）、1996年的《麻將》（楊德昌執導）、2010年的《一頁臺北》（陳駿霖執導）、2012年的《痞子英雄》（蔡岳勳執導）、2014年的《甜蜜殺機》（連奕琦執導）等影片中的黑社會成員已無「黑色」氣質，無論從外形到行事風格，皆與平常大眾並無二致。《熱帶魚》中唯一有黑色氣質的綁匪是位前刑警，他辭職下海做生意，本想撈人一筆結果反被人坑慘，無奈綁架了對方的兒子，卻正中人下懷——前妻所生的兒子正是對方的累贅，被人綁走對方求之不得。這位倒楣的前刑警綁票完就出車禍死去，其「同夥」是老實巴交的臺南青年農民，還幻想著借綁架臺北人換

來贖金實現「進軍臺北」的夢想，可僅僅是人質臨近聯考一事便打亂了他的陣腳，他整日坐立不安，不知該如何為少年聯考之事出力，唯恐因自己的綁架行為影響了一個少年的前程（他此前也曾因干涉妹妹聯考毀了她的前途），臺南鄉下「綁匪」的道德感已超越了臺北城市中的普通人。如是，綁架臺北人以實現紮根臺北的反抗性即此消解，綁架案在現實中以鬧劇收場，在電視上則以媒體狂歡的形式持續創造著眼球經濟。《一頁臺北》中老老少少的黑幫成員則更像是比普通人更多情、更膽小（兼有「偽娘」氣質）的人，老大是個情種，整天看瓊瑤劇看得眼淚鼻涕一大把，手下的小囉囉甚至輕輕易就被人質反制服。黑社會製造的綁架案更像是為了給臺北年輕情侶平淡的愛情提供點刺激性的佐料。而《甜蜜殺機》中的黑社會成員則普遍智商偏低，唯一完成「復仇大業」的狠角色是一個變性的「情種」，黑社會對身為刑警的男女主人公幾乎未造成威脅，唯一的一次劫持則更像是為了給男女主人公提供定情的契機〔註40〕。最誇張的是《痞子英雄》中將動作片慣設的一正一邪的雙雄置換為正義感過頭（有暴力傾向）的警察與喜劇感十足的黑幫「三級幹部」，在塑造「清白無辜」的黑幫角色上，影片可謂不遺餘力，黃渤飾演的黑幫小頭目堪稱現代職場的「勞模」，整天拼收益、抓業績，他挪用「組織」的公款竟是為一位純情女子贖身——又一個現代「情種」。解構兇險的黑幫角色比較常用的策略是「去雄性化」，給其注入比普通人更充沛的荷爾蒙。如此，將一種帶有反社會性質的黑社會攏歸在個體私密的、情感的層面，突出其「性」與「情」，弱化其與社會的對抗性。

　　總體而言，2000 年以來隨著港臺社會制度的發展以及教育的開明性、包容性增強，比如香港政府對徙置區的改良設置以及加大教育投入、發展多元教育機制，使底層資質優秀的青年有更多的希望實現進階，另一方面資本統領的意識形態成為新的主流，反抗的革命性意義被解構，暴力對抗已不能在青少年受眾中獲得認同，銀幕「古惑仔」的黃金時代一去不返。與此同時，黑社會組織也大幅進軍合法產業，洗白自身，更多地在法律的灰色地帶謀求生存、避免與官方的直接衝突。2000 年以來華語世界的青春個體主流傾向於順應潮流，在既有的秩序內部做無害的抗爭，其抗爭並不觸動體制性的東西，更多的是基於自身的改善，是改造自我以實現進階。2000 年之後香港青春電

〔註40〕影片結尾處，為老大一眾人等報完仇的「紅姐」劫持了女主人公，恪守不開槍原則、遇事就躲的男主人公（刑警）拔槍擊中劫匪的肩膀，解救了女主人公。

影對於暴力犯罪仍間有體現，一方面是孜孜地解構八九十年代香港類型電影中建構的黑社會兄弟間的情義神話，如《旺角黑夜》《圍·城》《新宿事件》等，與此同時這類影片亦開啓了另一類的建構──利用觀眾的審美慣性將現代愛情童話架設在黑社會的背景中，與殘忍的叢林法則同在的是一個以男性爲主角的、遙遠的愛情神話，無論是《旺角黑夜》中千里來港尋女友的來福，還是《新宿事件》中遠赴日本尋找未婚妻的鐵頭，正是對愛情的執著將他們帶入了萬劫不復的黑社會泥沼。總的來說此時期香港青春電影對黑社會暴力犯罪的表現已比較少見，這類「涉黑」的青春電影是對一個消逝的、銀幕黑幫「光輝歲月」的續寫／改寫。臺灣青春電影則在 90 年代後期已開始解構黑社會犯罪，將黑社會成員「還原」成多情、心軟、怕事、搞笑的普通人，如上文提到的《熱帶魚》（1995）、《一頁臺北》（2010）、《甜蜜殺機》（2014，連奕琦執導），黑社會因素也間或出現在青春電影中，然已無「黑色」可言，更多充當喜劇因子，如《寶米恰恰》（2011，楊茜怡執導）中憨厚、笨拙的黑社會家庭出身的徐永平及其黑老大架式十足、實則心軟有愛的姐姐。總而言之，有組織的犯罪對於國家／制度暴力的反抗意味已被消解，正宗的懷舊式黑幫青春片《艋舺》（2010）更是嚴肅地完成了黑社會的自我解構。2010 年之後港臺青春電影中針對國家／制度的暴力對抗行爲基本消失。

本章小結

　　暴力與反抗是一體之兩面，暴力與暴力的反抗是青春電影濃墨重彩的母題，80 年代以來港臺、大陸大體處於現代化進程之中。現代性進程本身帶有對於個體的壓制性，它通過集中管理試圖達至一種對於客觀世界的精密掌控，人被視爲物，圍繞合格的「現代性個體」建立了一套篩選機制，所有不符合標準且拒絕規訓的個體就被歸入異類，對異類的管控亦是制度性暴力的演練場之一。現代性國家牢牢掌控著制度性暴力，也掌控著界定個人性暴力（犯罪）的權力。從上而下的暴力往往表現爲有組織地控制資源分配，保持秩序或改變事物所處的位置，在此過程中的反抗行爲即被貼上不軌的標簽，與之相應的是一系列的懲戒措施（亦是制度暴力的一種）。

　　對個體層面暴力的管控程度體現出國家／制度暴力的強弱，現代性所設計的日益精密的管理機器即致力於構建一個秩序井然的世界、剪除一切異已

性的東西，集中行使暴力、收編或泯滅個人性的暴力，將可能的對抗消融於未發之前。80 年代以來臺灣和大陸皆經歷了強大的主流意識形態逐步失去其影響力的過程，體現在青春電影的暴力與對抗主題中則是，銀幕暴力由 80 年代的規訓之手段轉變爲 90 年代一種自在自爲的存在，暴力不再是國家對不軌者實施懲戒的工具，存在主義式的個人性暴力亦無從被施以道德評判，暴力的反抗成了一種尋求認同的方式。21 世紀以來現代性的制度暴力幾經改造、已成爲日常生活的一部分，無處不在、無從反抗。消費主義的時代，一切「反抗」都可被轉化爲消費品、進入價值交換領域，與之相應的是華語青春電影中的暴力與反抗的美學化，血腥的暴力場景不再致力於製造憐憫、驚懼的觀影效果，而是一種與技術手段相關的奇觀呈覽。同樣，個人性的反抗亦被資本體系收編，反抗行爲被引導爲一場「個人秀」，資本甚至掌控了欲望的生產，從而眞正將反抗的衝動消滅在未發之前。

　　對暴力的反抗也是一種「政治技術」，與福柯的「個體的政治技術」相對，反抗是讓暴力顯形，讓披著合法外衣的暴力暴露出其不合法性。銀幕上的青春個體以暴力對抗強制性暴力，或與之妥協，亦或從中逃逸，形成了華語青春電影關於衝突的幾種敘事常規。總體而言，大陸、臺灣青春電影中的反抗以軟性對抗爲主，體現爲消極應對現行教育制度、父權等代表的主流意識的規訓，香港青春電影中的反抗則旗幟鮮明地以暴力對抗（黑社會）的方式顯現。80 年代華語青春電影中的父子衝突的解決之道往往是子輩接受規訓、走向主流期許的正軌，到 90 年代子輩主導的青春電影中父親角色大體處於缺席狀態，恰彰顯了父權的衰微與子輩極端的失落情緒。進入 21 世紀，銀幕父輩盛裝「歸來」，攜帶著資本與權力，這一次，他們不再是強硬規訓者、更不是暴力化身，而是子輩的堅固盟友。與此同時，三地青春電影中包括有組織犯罪在內的各類反抗逐漸喪失其反抗性意義，青春電影中的黑社會被解構，其反社會性亦隨之消解，另一方面，暴力喜劇化、審美化，演變爲審美、消費對象，喪失了其作爲規訓／反抗載體的嚴肅性。銀幕青春暴力在走過了禁忌（迴避暴力）－反抗（暴力作爲意識形態批評的載體）兩個階段之後，在後現代消費社會日趨風格化，暴力自在自爲、自成一種美學形態。

第五章　通往自我：當代華語青春 電影愛情敘事走向

　　正如帕特里克·富爾賴所言，「電影在呈現文化話語對愛情的表達方面，成為一種占主導地位的文本形式之一，因為它總是持續不斷地以愛情為基點來加以展現、創造、抒發著什麼。」〔註1〕愛情無疑是青春電影的主要議題，青春電影所呈現的愛情結構、衝突以及愛情的驅動力，都可以在文化秩序當中找到位置，愛情既是文化的構造物，愛情本身亦參與秩序和規範的建構過程。古老東方愛情看重的是「從一而終」，是完全無我的，在愛人面前「低微到塵埃里」，「忠貞不二」不僅是愛情結構雙方的典範，亦是君臣、父子之間的典範，其實是等級社會的倫理軌範在愛情上的移植。現代愛情是戀上自己的愛情，無關愛偶，戀愛是一種自我成全。現代社會人的主體性被提高到一個前無所有的高度，所有的一切都圍繞主體者個人。而在當下的後現代語境中，主體已被解構、自戀都沒有依附對象。愛情是什麼，已無從定義，愛情是碎片式的、隨時會灰飛煙滅的東西，是隨生隨滅的，是曖昧不明的，是邊界模糊的，是一瞬間的閃念，是欲望某一刻的投射，是自我悲憫的情緒中發生的人格分裂，是另一部分理想人格附身到特定時間、特定地點的特定載體上。如麥曦茵執導的《前度》（2010）、《曖昧不明關係研究會》（2014）中的都市男女，分分又合合，不確定愛與不愛，猶疑彷徨，怕承擔、不敢承諾又害怕失去，習慣了慣性的生存、不敢重新開始。一切神聖的與超越性的愛都

〔註1〕〔美〕帕特里克·富爾賴：《愛情的意識形態：電影與文化》，李二仕譯，載《世界電影》，2003 年第 6 期，92 頁。

遭到質疑，在後現代的懷疑精神的燭照下，對愛情的信仰不復存在，這是一個羅蔓蒂克已消亡的年代。無我的愛情被唯我的愛情取代，一切的抉擇只為小心翼翼維護那個不甚明瞭的「自我」。

愛情也不再必然與婚姻相關，相比從前「不以結婚為目的的戀愛都是耍流氓」，後現代的愛情是一種體驗，從前愛情中的儀式性過程如「牽手」或「親吻」已並不必然具有確定關係的意義，借用帕特里克・富爾賴的話，「簡而言之，就是以有激情而無責任的親吻代替對抗滿懷期待的婚姻關係的親吻。」〔註2〕後現代的愛情遊戲化了，愛情變成了控制與反控制的遊戲，「太投入傷感情，不投入不好玩」。遊戲不代表假，相反，每一段愛情都可以說是真心的，只是它敵不過時間，無所謂背叛或道德評判，只是後現代的愛情有「保質期」的概念。拉康曾斷言愛情的虛幻性，他認為「愛情」的徵象很大程度上是當事人自己的「幻覺」，「……愛情只會維持一段時間」〔註3〕。愛情只能是主體生命中的過客，是主體形塑自我的一段素材。在一個主體自身都是「游移的」時代，主體以之為鏡的愛情亦是片段的、流動的。

古典愛情敘事以人對抗制度／潛規則或倫理軌範、追求戀愛自由作為主題，敘述人的自由意志與制度／潛規則、家族利益、社群價值發生衝突，勇於挑戰社會陳規、追求自由愛情本身是人對自我價值的肯定。人的自由意志代替了聯姻雙方背後的利益交換，是主體拒絕將自身商品化的反抗行為。勇於正視自己內心的籲求，不屈從於世俗的行為本身就為主體增添了光輝，是以追求愛情自由的過程亦是實現自我的過程。隨著現代社會的發展，商業理性統領一切，階層、等級差異不再成為個體與家庭之間的分歧，現代性的理性個體在擇偶的時候自然而然就摒棄了不同階層的異性。另一方面，性與愛分開，性在某種程度上被商品化，愛情之發生已不必然以性吸引為前提。現代人之間的隔閡、冷漠的人際關係、人與環境的疏離才是現代文明的癥結所在，「永恆的孤獨」成了現代藝術的終極主題，現代的愛情敘事轉向「療癒系」。

〔註2〕 富爾賴文中講的是浪漫愛情電影中確定關係的儀式性的親吻不同於「強調性欲的親吻」，它是延宕了性愉悅的。見〔美〕帕特里克・富爾賴：《愛情的意識形態：電影與文化》，李二仕譯，載《世界電影》，2003年第6期，95～98頁。

〔註3〕 參見拉康著：《上帝和女性的愉悅快感》《對轉讓的干涉》和《一封情書》（英譯者：J-羅斯，載 J-米歇爾和 J-羅斯編選的《女性性欲：雅克・拉康和 THE ECOLE FREUDIENNE》，倫敦，麥克米蘭出版社，1983，170頁）。轉引自帕特里克：《愛情的意識形態：電影與文化》，載《世界電影》，2003年第6期，110頁。

第一節　無「愛」之愛到探索愛情：愛情敘事的多元化

　　80 年代的大陸、臺灣青春電影中愛情敘事都不同程度地受到抑制，大陸青春電影中的愛情總是附著在更爲宏大的主題上，比如社會主義建設、個性解放、前途理想之類的，愛情敘事其實無關「愛情」本身，而臺灣電影當局對於表現青少年早戀的題材也比較敏感，「早戀」往往只是個噱頭，最終要引導青少年重返正軌，如林清介執導的《學生之愛》（1981），主人公穿越鐵軌（隱喻「規則」）、最後仍回到自己的軌道。同樣，《小爸爸的天空》（陳坤厚執導，1984）也是借「早戀」的噱頭，引導學生受眾理解責任與擔當。同時期香港青春電影中絕少愛情主題，茲時香港青春題材影片即便涉及愛情元素，也往往是依附於其他的主題呈現，愛情文藝片遠未形成類型氣候，像《愛情麥芽糖》（單慧珠執導，1984）、《秋天的童話》（1987）這樣小清新的甜蜜憂傷的愛情文藝片幾乎是個案，至 90 年代才情形反轉，90 年代滿懷港式溫情的愛情文藝片一度是香港青春影像的主流。與之同時，90 年代大陸的現代化宏大敘事走向瓦解之後，編導們一時間對於獨立出來的「愛情」敘事似乎有些無從措手。愛情不再是宏大敘事的附庸，愛情也需要尋找別的填充物，大陸青春電影愛情敘事由此走向多元化，而 90 年代臺灣新新電影中的愛情敘事亦充滿形而上的探索意味，90 年代華語青春電影的愛情敘事呈現出多聲部的繁複。單就大陸青春電影中的愛情敘事而言，90 年代第四代、第五代、第六代導演以及同一代際的導演之間，對於青春愛情的闡釋各不相同，空前多元的愛情敘事既是描摹愛情，亦是探索愛情。其中，第六代導演貌似灑脫不羈的愛情實則最具有前現代的色彩。21 世紀的第一個十年第六代導演是大陸青春電影的製作主力，在他們回望的青春歲月裏，老派的天眞混雜著現代人的世故，是沉重的詩意，是「不能忘卻的紀念」，是於灑脫的姿態中隱忍地期待認同。

1. 以「愛」爲名：沒有愛情的愛情敘事

　　80 年代大陸青春電影中的愛情主題比較隱蔽，愛情自身不足以作爲言說的主體，只有附著於主流話語，才有言說的空間。本論所參照的 80 年代大陸青春電影，除極個別的、空間限定在特殊環境裏的影片（如《少年犯》）外，幾乎所有的青春電影都隱含了一個愛情故事在其中，然愛情又是不能成爲主體的，爲「愛」而愛茲時尚屬於小資情調一類，是被貶抑的對象，愛情

只有與宏大主題相關聯才能得到呈現。《廬山戀》旗幟鮮明地開啓了主流愛情敘事的模式〔註 4〕，其「愛情」與「愛國」、建設祖國的語意轉換類似 30 年代左翼電影中的革命與戀愛，愛情更像是「愛國者」的獎賞。影片試圖以「愛國」來彌合不同意識形態之間的紛爭，與其說男女主人公之間萌發的是愛情，莫如說是愛國者盟友之間的惺惺相惜之情。《被愛情遺忘的角落》中農村姑娘荒妹與復員軍人許榮樹的愛情則是隱性的，影片重心是許榮樹帶領眾村民衝破極左思維的慣性統治、脫貧致富，荒妹則在許榮樹的感召下勇敢反抗母親安排的買賣婚姻，追求自主。二者之間的關係更類似引路人與信眾、洪常青與吳瓊花，革命性的反抗包裹住了愛情的萌芽。在影片唯一一場表明二人心跡的親昵場景中，許榮樹與荒妹的擁抱是一俯一仰的，以傳遞信仰的方式完成了定情。此外，《人生》中農村青年高加林與巧珍、亞萍之間發生的與其說是兩性之愛情，不如說是農村青年高加林對於城市與農村兩地的複雜情愫，而《失蹤的女中學生》雖涉及青春期少女的性萌動，於成人社會而言是不合時宜的早戀，於少女自身只是甜蜜的單相思，且一旦觸碰現實，立刻化爲鳥影（一段不能企及的愛〔註5〕）。影片中的「早戀」只是個由頭，重心是「女中學生失蹤」引出的家庭、社會問題。

　　80 年代大陸青春電影中更爲常見的是將愛情抑制在曖昧狀態。《小街》以發源於兄弟式的同性情誼遮蔽了暗流洶湧的愛情進程，文革期間夏、瑜之間的友愛和諧並不會令觀眾感到緊張，隨著情節進展，觀影心理甚至傾向於期待瑜是女兒身。夏幫助瑜恢復性別身份之舉，亦是爲自己的愛情正名，只是這正名行動後果如此之慘烈，不僅未能爲他捍衛愛情，反倒使他被暴打失明。爲了表明愛情而失明，隱喻愛情只能潛藏在暗流中。《沙鷗》的愛情亦起源於同志式的情誼，女排運動員沙鷗與沈大威在比賽競技中昇華的愛情同樣在沙鷗奪冠理想失落後遭遇命運的剝奪。換句話說，愛情正要成爲主體、一切雲山霧罩的東西正要脫去的時候，愛情就被扼殺了。《被愛情遺忘的角落》同樣是一個愛情爆光之後的悲劇，存妮和小豹子約會被人發現，一個羞憤自盡，一個銀鐺入獄。極左極封建的年代，交易女性光明正大地存在，自

〔註 4〕李景陽：《愛情怎樣寫——電影〈廬山戀〉給我們的啓示》，載《電影評介》，1980 年第 12 期，13 頁。
〔註 5〕影片中愛好音樂的少女王佳愛上了音樂學院的大學生，當她終於鼓起勇氣寫下人生的第一封情書，卻發現她所愛慕的大學生已有了女友，於是愛情迷夢破滅。

由戀愛卻是大逆不道。對於愛情的失語注定了愛情不能處在「進行中」，它
只能處在序幕處（提供愛情將要發生的想像），或結尾處（作爲行動的獎賞），
不能進入正題。《逆光》涉及兩個時空，有愛情的序幕和結果，《都市裏的村
莊》《快樂的單身漢》《青春萬歲》《女大學生宿舍》《鍋碗瓢盆交響曲》《街
上流行紅裙子》《雅瑪哈魚檔》《青春祭》等青春電影中的愛情無一不是處在
令人憧憬的萌芽狀態（或曰「曖昧狀態」），而一旦要探其虛實時，愛情就消
失無蹤，如《鍋碗瓢盆交響曲》中銳意改革的經理牛宏與文藝範的女服務員
劉俊英之間默默支持、惺惺相惜的曖昧一度令人遐想，而當牛宏想要進一步
行動時，他便得知劉俊英已有所屬，愛情的幻景破滅；《雅瑪哈魚檔》中不
計前嫌、情眞意切幫扶失足青年阿海的葵妹，其與阿海之間亦雇傭、亦家人
式的關係令與阿海相好的珠珠妒意大發，到頭來卻發現是誤會一場。又如《青
春祭》中李純終於確認了宋佳對她的情誼時自己已人屆中年，而宋佳則早已
命殞當年。認領一段時過境遷的愛，或是因所愛之人已有所屬而卻步，這些
技巧是當時的「曖昧電影」常用的招數。其時的影片尚沒有想像愛情的能力，
愛情，如同時期許多尙在構想中的美好事物，只能模糊地指涉，無法具其
「象」。

　　90 年代日益明朗的市場化趨勢打破了此前人們所慣熟的體制保障，改
革是一場利益的重新分配，誰將重新佔據中心、誰的「奶酪」又將被移動都
是不確定的事情，人人皆有成爲「邊緣人」的潛質。「『邊緣人』心態使他們
無法建立起對待生活的單一的、目標明確的態度……他們自身已陷入了不可
解的困惑、不安之中」〔註6〕，八九十年代之交的愛情敘事在很大程度上摺
射出轉型期的大眾焦慮及挫敗感。張澤鳴的《太陽雨》（1987）、孫周的《給
咖啡加點糖》（1987）中不可名狀的、無解的愛情正是這種心理的寫照。與
此同時，國門開放、蓬勃發展的市場經濟造就的「新貴」亦讓從前體制中人
的優越感受挫，這種情形 80 年代中期已現端倪，其時港澳（以及海外）男
性以其經濟上的絕對優勢，在同大陸城市以及沿海地區男性爭奪年青女性的
較量中往往勝出。如《雅馬哈魚檔》中的珠珠被母親逼著與澳門工人相親，
《太陽雨》中阿媛亦遵循自己的價值觀嫁了一個港商，《輪迴》中曾以劉胡
蘭爲榜樣、立誓獻身無產階級革命的劉華玲最終委身給「美國佬」〔註7〕、

〔註6〕　汪暉：《當代電影中的鄉土與都市——尋找歷史的解釋與生命的歸宿》，載《當
　　　　代電影》，1989 年第 2 期，17 頁。
〔註7〕　影片中昔日的革命信徒劉華玲最終嫁給了美國人，成爲外籍人士，靠離婚獲

只為晉升為資產階級。90 年代出國潮興起，留守的一方往往更無力留住彼岸的愛情。夏鋼的《遭遇激情》（1990）、霍建啓的《贏家》（1995）中的愛情是超越性愛的精神慰籍，更似人與人之間的溫情，借了愛情的面紗，不過是於冷漠、隔閡的都市渴求一個溫暖的擁抱。

2. 從階層開始：想像愛情的方式

80 年代末期商品化浪潮席捲神州大地，主流意識形態已不能維繫社會的運轉。萬眾仰頭期盼一個明晰、穩固的主流指示的時代已一去不復返，現實的情況是，主流也不知道如何界定自身。而市井之中日益喧囂的是商品「拜物教」，似乎一切皆有條有紊地走向／預備走向商品化。早在 80 年代前期大陸青春電影的愛情敘事中已隱約可窺見這種階層流轉及其對人們擇偶觀念的影響，對比 1982 年分別由第三代和第四代導演執導的兩部青春電影中一男二女或一女二男的愛情設置頗可見出些端倪。如果說第三代導演丁蔭楠執導的《逆光》中幹部家庭出身的夏茵茵在出身上層、不求上進的姜維和追求知識、出身棚戶區的廖星明之間選擇了後者，是對知識的肯定，傳達了一種知識改變命運、改變（下一代的）出身的樂觀，那麼在第四代導演滕文驥執導的《都市裏的村莊》中，被習慣大鍋飯的工友孤立的女勞模丁小亞在仰慕他的新華社記者（主流人士）舒朗與曾是「工讀生」的青工杜海之間選擇後者則透露出悲觀情緒。被主流嘉許的勞模與代表主流的人士（記者）結合本被視為理所當然，然丁小亞似乎已從自身（在工廠內部的）邊緣化處境中預見了一個群體的邊緣化趨勢。丁小亞理由是她與青工杜海都是被孤立的人，二人更能互相理解，而她與舒朗在一起可能會太累。在丁小亞身上並無那種「知識改變命運」的樂觀，既要在生產中爭先，又要與時俱進、學習文化，領略主流之旨意，對於一個勞模來說，太累了。80 年代政治、經濟、文化統歸在現代化的大旗之下，曾主流的工人階級（勞工）不可避免地將要走向沒落。相比之下，階層壁壘在 80 年代初臺灣青春電影中幾乎不存在，為數不多的幾部搬演愛情的青春片尚有著濃鬱的「瓊瑤」遺風，對於境遇雲泥的男女主人公而言，階層界限不存在，愛與不愛才是緊要之事，如《早安，臺北》中的富二代葉天林與漁家女出身的蘇琪，《臺上臺下》中臺北記者與臺南舞女，等等。

早在 1984 年的《街上流行紅裙子》中勞模的母親已毫無遮攔地鄙夷「勞

得豐厚的贍養費，脫離勞動階層。

模」無用、不能換來房子，到了 90 年代，一切神聖的東西皆被抹除了光暈，進入價值交換系統，以交換價值之大小來衡量，不能變現的東西就成了空頭支票。知識階層和工人階級在短暫地共享了 80 年代初的中心位置之後，忽然發現自己在新一輪的浪潮面前又瀕臨走向邊緣的危險。

　　大陸 90 年代青春電影既探索愛情，又表達了對於愛情的無力感。銀幕愛情的無從把握亦是大眾對於自身前景之無力感的一種集體無意識。不同於 80 年代大陸青春電影中包裹在宏大敘事之下的無「愛」之愛，90 年代的青春愛情已擺脫宏大敘事的框架，嘗試自在自為地生長。在 90 年代轉型期焦慮彌漫的社會語境下，對愛情的探索很自然地與階層重組聯結在一起。第四代導演青春電影中愛情總有一個夢幻性的開端，到結尾往往轉向階層區隔的現實，愛情實難以承擔起拯救性的命題，脫離了宏大敘事的愛情在第四代導演的鏡頭下顯得飄忽不定，難以把握。《北京，你早》（1990，張暖忻執導）中「心氣高」的漂亮女孩艾紅，貌似憧憬愛情，愛情實乃其尋求人生進階的路徑，從同為售票員的王朗，到公交司機鄒永強，到高富帥的「留學生」克克，艾紅的男友走馬燈似的變換——並非她不真心，只是她尚處在愛夢幻的季節（幻想以愛情改變出身）。結果艾紅不幸受騙懷孕、克克人間蒸發，然而編導也不忍心讓她太過絕望，前兩任男友出面教訓了假留學生，替她挽回了不算完美的結局。只是「獵豔高手」克克被迫從此安份下來、承擔責任，與「心氣高」的艾紅一起擺地攤、擠公交，很難讓人想像「他倆從此幸福地在一起」。同樣，《本命年》（1990，謝飛執導）中一開始給了泉子夢幻般憧憬的愛情——他一個刑滿釋放的青年能夠得到漂亮女孩趙雅秋的青睞、成了她的護花使者，她一度給了他重新生活的勇氣——短暫易逝，泉子的愛情在趙雅秋遇到富商之後冰消雲散。

　　如果說第四代導演眼中八九十年代之交脫離了宏大敘事的愛情是夢幻般的，太輕飄而不能握在手中，同時期第五代導演則大膽地以「都市邊緣人」的身份覬覦愛情、俘獲愛情，然而終是不知道如何保有愛情，本質上是階層大洗牌之下日漸邊緣的前主流人群對於愛情一廂情願的意淫。黃建新的《輪迴》（1988）、夏鋼的《一半是海水，一半是火焰》（1989）以及周曉文的《瘋狂的代價》（1988）、《青春無悔》（1991）都是以紅色後代自居的「壞男人」與純情少女的故事。在拜金的時代，沒有經濟優勢的男性試圖以「爺們」做派以及厭棄世俗、不循規則的「浪漫主義者」氣質（某種程度上也是 90 年

代想像革命者的氣質）贏得愛情，在這些有著明顯商業訴求的青春電影中，境遇懸殊的男女雙方總能無阻力地在一起，不過是「好女人傾心壞男人」的老套橋段，這類「壞男人」的塑造盜用了革命之遺腹子的想像，然已迥異於前三十年的銀幕革命英雄，革命血統是他們引以爲傲的資本，而革命者的擔當與犧牲精神卻是他們用來調侃的對象，在嘲弄曾經的主流話語中標注自己紅色後代的貴格。「紅色後代」的驕傲不允許他們接受一個女人的救贖，《輪迴》中的「頑主」石邑不可思議地贏得了舞蹈演員于晶的芳心，然無法與自己的過去告別，他既拒絕被施予式的愛情，自身又無力從荒誕、虛無的泥沼中拔身而出，只能走向毀滅。此外，《一半是海水，一半是火焰》中不務正業、游手好閒的張明與癡情的女大學生吳迪，《瘋狂的代價》中逃亡者宋澤與不離不棄的女友、美麗的服務員李曉華，《青春無悔》中腦部受傷的拆遷工人（前戰鬥英雄）與純情的女護士麥群，皆是男性現代童話故事一樣的組合，編導先在自明地賦予男性邊緣人「叢林式」的強人氣質，然而也正是其「叢林式」的野性、拒絕規訓（亦拒絕救贖）導致其最終不能被愛情拯救。「拒絕套上籠頭的馬」最終無法保有愛情，似乎是他們自願選擇放逐，而不是被時代放逐。

　　八九十年代之交香港青春電影中帶有匪氣的愛情男主角與同時期大陸青春電影中的「壞男人」可謂孿生子。同時期香港青春電影中的愛情頻繁出現「浪子」與乖乖女的愛情，如《秋天的童話》（1987）、《阿郎的故事》（1989）、《天若有情》（1990），境遇雲泥的男女主角，雖能衝破階層的壁壘爲愛勇敢地在一起，然亦是不能善終，除《秋天的童話》讓「浪子」改過自新、躋身中產階層，從而擁有與女主角談愛情的身份之外，《阿郎的故事》中年少時的阿郎、《天若有情》中的浪子華弟都是驕傲的、拒絕被規訓的「叢林野馬」，他們的愛情注定不能完滿。與大陸同時期銀幕上的浪子一樣，他們對於優質女性有著不證自明的魅力，然而同樣也不能保有愛情。阿郎失去愛情後痛定思痛、勇敢承擔起了男人的責任，得而復失的愛情完成了一個男人的成長儀式，華弟則在給予癡情少女一場象徵性的、逃亡路上的婚禮之後，隻身赴險，以死亡的方式自我成全一場不朽的愛情。無論是經愛情歷練成長爲「男人」，還是殉身以讓愛情「千古」，都是不同階層之愛情不能結果的一種敘事策略。

　　當 90 年代後期曾經的「都市邊緣人」向主流皈依，新一代更爲反叛的邊緣人（第六代）浮出水面，曾經的第五代導演對於「頑主」與美女的愛情亦

有了明顯的改觀，《有話好好說》（1997，張藝謀執導）中姜文飾演的趙小帥失戀了，他輸給了娛樂公司老闆劉德龍，頑主最終在金錢面前敗下陣來，到手的愛情被撬走。還是一個靠雄性魅力贏得愛情、卻不能保有愛情的故事，只不過，茲時「頑主」承認了落敗，他不是拒絕規訓、自我放逐，他確實是——被時代拋棄了。

3. 探索愛情：以「第六代」的認同建構為例

90 年代大陸青春電影的主部是由第六代導演來書寫的，90 年代初第六代導演獨立製作的作品是以地下的方式（未公映）在酒吧、高校教室等小範圍放映，得益於互聯網的發展以及盜版的氾濫，原本以地下方式存在的第六代作品得以較廣地傳播。總體而言，這些體制外的作品體現出前所未有的叛逆性，1993 年劉心武曾撰文描述自己在看了張元的《北京雜種》之後的震驚：「《北京雜種》給予我的震撼力，首先是一個明白的信號：這一代，他們的美學趣味，或說創美取向……轟隆隆地脫離了所有沾連在一起的那前幾代（導演）的「圓」，成為了讓我目瞪口呆乃至是瞠目結舌的一個『怪圓』！」〔註8〕第六代導演的作品中潛藏的核心意象已顯著地區別於此前的作品。正如丹納所言，「要瞭解一件藝術品，一個藝術家，一群藝術家，必需正確的設想他們所需的時代的精神和風俗概況」〔註9〕。如果說反思「文革」、思想解放運動以及現代化進程造就了具有標識性的 80 年代啟蒙電影，那麼到了 90 年代，政治、經濟、文化三者之間的統一狀態被打破，商業浪潮洶湧、政治神話破產、文化價值取向多元的社會語境，連同電影業自身亦處在激烈的變革之中，那種涇渭分明的、大一統的敘事再難獲得普泛的認同。如尹鴻所言，第六代導演「是在幾十年來中國文化最為開放和多元的背景下接受教育的，同時也是在中國電影面對最複雜的誘惑和壓力的境遇中拍攝電影的」〔註10〕，與其說他們是一種自覺的美學追求上的「代」，不如說是因為他們生長在同一個時代，時代的印記不可避免地鐫刻在他們的作品上，其作為一個代群的內部其實是差異大於共性。

〔註8〕劉心武：《你只能面對》，載《讀書》，1993 年第 12 期，3～4 頁。

〔註9〕丹納：《藝術哲學》，7 頁，北京，人民出版社，1963。

〔註10〕尹鴻：《「第五代」與「新生代」電影時代的交差與過渡》，載《電影藝術》，1998 年第 1 期，25 頁。

　　90 年代是大陸青春電影愛情敘事的探索期，多元化的愛情呈現，愛情獲
得了主體地位，不再依附其他議題。愛情主體在第六代的作品中體現得比較
鮮明，探索愛情亦是第六代導演們尋求自我認同的策略。較之此前相對單一
的愛情敘事，90 年代第六代導演青春電影中的愛情主題更爲多元，有挑戰世
俗常識的戀愛，那是體制中人不曾見識過的「現代人的愛情」，既非簡單地將
商品浪潮下個體的愛偶選擇漫畫化，亦解構了千古癡情的愛情傳說；既突破
了浪子與美女之類的敘事陳規，又突破了兩性關係的拘囿，廣泛涉及同性戀、
不倫戀、畸戀等。第六代導演有強烈的自我表達的意願，他們的作品片頭往
往有「某某某作品」的標識，追求個性化的呈現方式。他們影片的主人公多
半是些此前銀幕上缺席的邊緣人（沉默的大多數），以邊緣人狀態自居的電影
本身就與曾經的主流意識形態載體的電影形成張力，賈樟柯斷言，「你只能代
表你自己」，「誰也沒有權力代表他人」，這種旗幟鮮明地反對被「代表」的姿
態無疑與 90 年代意欲強勢反彈的制度暴力形成對抗。然而第六代導演的自我
表達絕不僅僅只在於呈現一種叛逆的姿態，作爲電影人，他們更看重的是來
自觀者的認同。在何建軍看來，「自我中心」更多的是「一次次地付出、生命
仍然遭受挫傷」的一種生命掙扎的現象 〔註 11〕。抗爭的姿態內裏渴求著欣賞
的目光。不能謙良恭順地在體制內謀得拍片的機會、不得不走向獨立製作的
這一批人，獨自承受資金、市場、制度的壓力，拍片除了自我滿足之外，可
能什麼也得不到，而自我滿足又確繫乎他人的認同，認同至關重要。是以叛
逆先鋒的第六代，鏡頭中的愛情其實古意濃厚，「士爲知己者死」。

　　第六代導演的作品在敘事視角、呈現方式、影像風格上都有先鋒性的探
索，但他們總體上給人紀錄時代眞實的印象，在現代敘事的意義上而言，他
們對於日常生活的呈現接近了「準確的表達」。貌似最庸常的生活，其內裏卻
也包含著驚心動魄的情感，比如《郵差》（1995，何建軍執導）、《巫山雲雨》
（1996，章明執導），《郵差》對於郵遞員小豆偷窺欲望的呈現以及利用職業
優勢（偷拆、篡改信件）介入旁人生活、改變事態走向的執著，表達的是每
個人的導演天性（做自己周圍生活的導演），郵遞員小豆作爲偷窺者，帶領觀
者一同體驗了導演的權利、洞察了電影的過程（這也是現代電影的一個標識
——自我解構），另一方面將自己最隱蔽的一面暴露在觀者面前——他對姐姐

〔註11〕　〔法〕Nadege Brun 著，劉捷譯：《何建軍訪談錄》，載《南京藝術學院學報（音
　　　　樂及表演版）》，2000 年第 1 期，18 頁。

的不倫戀以及他視姐夫爲情敵的幽暗心理。這種在當時驚世駭俗的畸戀就這樣在小豆「誠邀」觀眾一同介入「他的電影世界」的過程中不經意地坦露出來，以「準製作者」的身份與觀者裸身相對，以最自然的方式意圖將非理性的、無法克制的私密情感表現得自然，並被觀者赦免。對比第五代導演同樣涉及不倫戀的《菊豆》《與往事乾杯》，前者是正值青春的嬸子與侄兒（二者其實並無親緣關係），後者是缺乏父愛的少女與鄰家大叔，所有的不倫戀必定要遭致宿命式的毀滅，而第六代導演則試圖以觀者介入的方式，讓觀者無形中與偷窺者的視線合一，進入後者的思維、體驗後者的隱秘情感。另一方面，鏡頭對於隱私的冷靜把控（相比前兩部第五代導演作品的獵奇式展演）又不致引起觀者不適。如此，冒天下之大不韙的不倫戀就這樣自然地坦露在銀幕世界，無關價值評判。同樣，《東宮・西宮》（1996，張元執導）亦採取了類似的呈現策略，李正光在其博士論文《以醜爲美——第六代導演的審美觀》的個案分析部分探討了《東宮・西宮》中「讓『阿蘭』說話」〔註12〕的對話策略，即代表權力的警察小史只是作爲問題的推動者，接受審訊的同性戀者「阿蘭」很少被動地回答問題，而是陷入自顧自的陳述中。同樣，影片對隱私的呈現亦十分冷靜克制、極力避免獵奇式的鏡頭，與影片中公權力對隱私的暴力侵入形成鮮明對比。在同性戀者「阿蘭」面對公權的這種「敞開」的心理狀態裏，觀者（代表大眾歧見）同小史（代表權力體制）一起回顧「阿蘭」扭曲的童年、被壓抑的初戀（異性戀）以及所遭受的屈辱（同性性暴力），體察邊緣人「阿蘭」的隱蔽情感。「阿蘭」面對暴力與歧視不卑不亢的姿態、「阿蘭」自我沉迷式的講述以及「阿蘭」執著地表達對小史的愛慕（被管制者對管制者的愛），最終讓起初厭惡男同的小史情不自禁地與之擁吻（以男性的身份激起了小史的愛欲），寓示邊緣人「阿蘭」對權力體制的勝利，與此同時，「阿蘭」也獲得了大眾「同情式的理解」。

　　90 年代第六代導演青春電影中邊緣性的愛情呈現背後總有一個渴求「認同」的訴求，同時期臺灣導演對於同性戀的處理則要自在得多，沒有絲毫替同性戀辯護的意思，只當其是青少年在探求性的過程中自然發生的事，如蔡明亮的《青少年哪吒》（1992）隱含了一個性萌動中的少年由偷窺兩性交往、既而確認自己的同性性向的敘事，小康報復性地毀壞「不良少年」阿澤的摩

_____

〔註12〕李正光：《「以醜爲美」——第六代導演的審美觀》，福建師範大學博士論文，
　　　　2006 年 6 月，110～113 頁。

托車一幕〔註13〕，尤其是他往摩托車鑰匙孔噴膠水的舉動，被評論者解讀為同性戀者對異性戀的敵意〔註14〕。在蔡明亮的《愛情萬歲》（1994）中試圖割脈自殺的同性戀者小康對阿榮的隱蔽情感與異性戀者林小姐對阿榮的肉體依賴，二者之間並無價值高下之分，反倒是同性情誼更真切，異性戀已徒具形式。同樣，《青少年哪吒》中阿澤與女友阿桂之間更像是「苟和」在一起、不知道明天在哪裏，而阿澤與他的小弟之間的情誼則更具有穩定性，所謂「女人可以共享，而最鐵的兄弟只有一個」〔註15〕。與張元試圖讓人「同情地理解」同性戀不同，蔡明亮是從根本上質疑、解構異性戀的霸權。

第二節　因「性」及「愛」到愛情本位：愛情敘事的驅動力

如果說 80 年代大陸青春電影對於愛情的態度總也還是遮遮掩掩的，不借助外物便無法言說，90 年代起則努力確定愛情敘事的主體位置，雖然也還是無力把握的愛、含混不清的愛。在第六代導演探索性的影像中，邊緣性的愛情以自然的狀態浮現，不同於 80 年代絕然不染指性的愛，90 年代的銀幕愛情大大方方承認以「性」先行的愛，且「性」在愛情中的位置空前凸現。《北京雜種》（1993）、《巫山雲雨》（1996）、《湮沒的青春》（1994，胡雪楊執導）、《週末情人》（1995，婁燁執導）等影片中欲說還休的愛之源皆指向「性」，兩性之間的性關係、性暗示構成了愛情呈現的主部。相比之下，港臺地區經濟社會發展水平高於同時期的大陸，與大陸第六代導演孜孜於以「性」探索「愛」形成反差的是，在 90 年代臺灣實驗性的新新電影以及香港的愛情文藝片中，愛情與「性」已並不具備必然之關聯。90 年代香港低成本的愛情文藝片一度獨領風騷，不同於探索性的大陸第六代導演作品及臺灣新新電影，香港的「文藝」愛情既清新可人，又充滿煙火人間的氣息，它是

〔註13〕影片中此前小康與開出租車的父親在街頭與騎摩托車帶女友的阿澤相遇，在過十字路口時，摩托車擋道，出租車按了兩下喇叭，阿澤狂怒地抽出車鎖，砸壞了出租車的窗戶。

〔註14〕趙衛防：《蔡明亮——都市叢林中寂寞的潛行者》，載《當代電影》，2003 年第1 期，94 頁。

〔註15〕影片中阿澤的小弟被人毆傷，他想要一個女人來陪自己，阿澤馬上讓女友阿桂過來陪他。

摒棄了商業理性、為愛而愛的典範，「平凡生活」的價值在這些青春的愛情中得到凸現。在《天長地久》（1993，劉鎮偉執導）、《新不了情》（爾冬升執導，1993）、《金枝玉葉》（陳可辛執導，1994）、《我和春天有個約會》（高志森執導，1994）、《天涯海角》（李志毅執導，1996）、《飛一般愛情小說》（葉錦鴻執導，1997）、《美少年之戀》（楊凡執導，1998）、《星願》（馬楚成執導，1999）等等一系列的港式愛情中，超越「性」、超越世俗功名的古典愛情發散出它最後的光暈，自此一個深情款款的時代落下帷幕，2000 年之後香港青春電影基本走喜劇路線。

1. 「性」「愛」糾纏到「性」「愛」分離

正如蘇聯心理學家伊·謝·康所言，青年對於性與愛情的態度往往十分矛盾，「一方面，青年人關於愛情的理想，以及理想中戀人的形象是與性行為界限分明、互不相干的。……另一方面，（青）少年處在強烈彌漫的色情主義支配之下，勾起他們色情幻想的形象，常常只是失去其他特徵的『性欲對象』。」〔註16〕青春電影中愛情與性難以區分，對愛情的態度亦與對「性」的態度糾纏在一起。在 90 年代的中國大陸，性自由是一種先鋒的姿態，而性自由者並不願意被貼上玩弄愛情的標籤。

90 年代第六代導演的青春電影《週末情人》《頭髮亂了》雖有著一女二男的、「規範化的愛情架構」，卻對愛情表現出「極度的含混與矛盾」〔註17〕，影片既試圖以解構者的姿態輕視愛情，然又無法真正輕鬆地對待愛情。《頭髮亂了》中闊別故鄉多年的葉彤回到北京、與兒時的夥伴重聚，她本能地被不羈的搖滾樂手彭威吸引，與之相好，卻也因彭威對愛情的不羈（出軌）而倒向了青梅竹馬的夥伴、警察衛東的懷抱，搖滾樂手與警察，激情與理性，哪一種是真正的愛情，葉彤無從知曉，她只能離去。《週末情人》試圖將莫可明狀的愛情輕鬆對待，以偶然的、隨機的組合關係來打碎某種關於愛情恒久性的設定（如李欣和阿西的「週末情人」關係隨著阿西入獄而終止，李欣由一次誤認結識拉拉、二人隨即在一起），然而又在影片中發展出兩男為一

〔註16〕〔蘇聯〕伊·謝·康：《青少年心理學》，楊宏、謝平譯，167 頁，哈爾濱，黑龍江人民出版社，1986。

〔註17〕呂黛：《腳下就是遠方——關於〈頭髮亂了〉與〈週末情人〉的話題》，載《北京電影學院學報》，1995 年第 1 期，144 頁。

女大打出手、非死即傷的情節，對女性（或曰性對象）的爭奪已不僅是出於男性對於自尊的捍衛，更是一種非理性的、不可控的衝動——作者的理性一直在強調愛情是隨機的。影片結尾處大團圓式的幻象更讓人疑惑導演對愛情的態度——隨機（緣），抑或是恒久？

對愛情的含混態度恰恰是始乎其不知如何定位愛情，作為「橫空出世」「特立獨行」的一代，第六代導演的愛情敘事往往與性糾纏不清。絕然不同於 90 年代香港銀幕中情深意濃的「文藝愛情」，第六代導演試圖若無其事地講述自己的「愛」（抑或是性緋聞）。《北京雜種》（1993）中搖滾青年卡子試圖輕鬆地對待愛情，面對女友毛毛的懷孕，他滿不在乎且毋庸置疑地說，打掉。毛毛因此失蹤後，他一面說自己無所謂，一面又不停地尋找，還為自己的「尋找」找藉口，大意是「死了倒好，就這麼不見了算怎麼回事」。可他在尋找的過程中又因荷爾蒙衝動強姦了金玲，而金玲似乎也並不羞憤，反倒尋思借卡子留北京。編導對愛情的態度空前的混亂，在意？或不在意？恒定的？或是偶然的？對於性的態度也很微妙，是隨機而發（釋放自我）？還是有所操守（以區別於動物）？影片關於強姦的呈現具有顛覆性，強姦只是青春男女荷爾蒙過於旺盛、外溢所致，強姦已與犯罪／受害無關，更像是雙方的一場即興合作的演出，同時強姦（演出）亦對後續故事有所期待。《湮沒的青春》中游戲愛情的羅小緒卻在與富太太交易式的「性」交往中陷入「愛情」，被其強行轟走之後仍下作騷擾。影片中逢場作戲的「性」不知不覺中對羅小緒的心理產生微妙影響，似是被當作商品的人一朝終止被交易，不是覺得解脫，反倒留戀起「被需要」的感覺，不能接受被棄。當然，體制內製作的《湮沒的青春》絕不能以存在主義的態度對待這類「青年的墮落」，影片結尾羅小緒終於痛定思痛、奮發向上，實現「人生進階」。體制外製作的《巫山雲雨》則開放得多，影片名借成語「巫山雲雨」的神話意蘊指涉夢中性愛。主人公陳青和麥強互相在夢中遇見對方，心靈起了神秘的感應，一見面就「重溫」雲雨，此事被陳青的上司（兼佔有者）界定為陌生人的強姦，不依不撓地找派出所懲治「強姦犯」麥強，而麥強的好友則稱是自己的一句玩笑話導致了這起「嫖娼」事件。麥強承認二人發生了關係，也承認自己留下了近十倍於「嫖資」的款（理由是「剛發了工資」）；陳青則說自己是自願的。一場莫名的男女交歡，四種說法，莫衷一是，但唯一可以肯定的是，麥強與陳青最終不管不顧地「在一起」了，引發二人愛情的「性」之性質（強

暴還是嫖娼）並不重要。在所有的感覺都迷離莫測的時代，性的感覺成了唯一真實的存在，「性」也就成了個體觸碰世界、確定自己位置的方式。相比第六代導演青春電影中「性」「愛」糾結的愛情敘事，同時期臺灣藝術電影導演蔡明亮的《愛情萬歲》（1992）索性將性愛描寫成捕捉生命瞬間存在感的途徑。影片中楊貴媚飾演的售樓小姐與陳紹榮飾演的地攤小販二人之間除了「性」以外幾乎沒有別的溝通，似乎語言是混沌的、多餘的，唯身體的觸覺保持著生機，「性交」也就成了唯一確認自身還存在的方式。荒蕪的、無法生長出愛情的都市，性是略顯噁心、然仍需食用的替代品。如果說同時期第六代的影片已勇敢地承認「因性而愛」，蔡明亮則明確地將「性」與「愛」分開，只是「性」已不再能通往愛情。

　　90 年代第六代導演探索愛情的主要階梯是「性」，同時期第五代導演青春電影中的愛情敘事對「性」的態度則十分審慎，自由的「性」仍是男權社會的禁忌，女性「失貞」必然連繫著愛情的悲劇，如《黑駿馬》（1995，謝飛執導），貞潔是女性作為愛情對象必不可少的特質，張藝謀 2010 年執導的《山楂樹之戀》仍打著「純愛」的旗幟，不沾染性的愛情被抬高到聖潔的位置，只不過在一個解構了童話的年代，《山楂樹之戀》已不能收穫 1999 年《我的父親母親》（張藝謀執導）那樣相對廣泛的認同。編導對於「靜秋」形象的提純（抹去了原作中對於「靜秋」複雜的、進退猶疑的戀愛心理的刻畫）、對兩人之間愛情的提純（漂盡了複雜的語境、簡化了戀愛關係進程），在時下青年眼中顯得空洞、做作，這段刻意剔除了「性」因素的「曠世之戀」已不能贏得當代青年的認同，影評人張天翼一針見血地指出，「把注意力和目光調集到對處子的意淫，這本身就是一種不乾淨」〔註18〕。2000 年之後大陸60 後導演的青春電影中，性仍是需要嚴加管控的對象。蔣欽民執導《天上的戀人》（2002）、《姐姐詞典》（2003），章家瑞執導的《芳香之旅》（2006）中都有一個因「失貞」而對愛情絕望的女主角，「失貞」就意味著在愛情關係中貶值、在婚戀市場上只能「打折」處理。而同時期華語新生代導演執導的青春電影中「性」與「愛」分開的傾向日益明顯，在 70 後女性導演李玉執導的《紅顏》（2005）中「失貞」已不具有懲戒意味，「失貞」和被誤判為「失貞」的女性拒絕被「賤價交易」，以自己的方式傲然獨立於世俗生活。

〔註18〕張天翼：《亂倫之歌易好，純愛之曲難攻》，載豆瓣電影，2010-09-24，
　　　　https://movie.douban.com/review/3727860/

　　早在 90 年代後期香港青春電影中的愛情已開始喜劇化，利用兩性「易裝」「僞裝」等方式隱藏性別，再由性別誤認引發一方的「追逐」與另一方的「無視」製造戲劇效果，如《百分百感覺》（馬偉豪執導，1996）中暗戀好友的「假小子」。2000 年之後華語青春電影中這類弱化性別的愛情敘事比較常見，如伍仕賢執導的《獨自等待》（2005）、滕華濤執導的《失戀三十三天》（2011）、彭浩翔執導的《撒嬌女人最好命》（2014）等，已摒棄了「性」對於愛情的決定性因素。影片以貌似「安全的」、哥們式的情誼升格爲愛情，「女漢子」與「僞娘」之類的角色特徵設置，不動聲色地免除了異性戀中常見的兩性之間的心理屏障與緊張關係，而水到渠成的時候往往是男／女主角徹底對另一個異性特徵明顯的人失望、回到「同類」陣營中來的時刻。驀然回首、發現身邊的愛，一種天長日久之中生長出來的情愫，這在某種程度上是對 90 年代第六代導演愛情敘事中「以性先行」之愛的一種反撥，體現出從激情返歸平淡的敘事趨向。在戴立忍執導的《臺北晚九朝五》（2002）、麥曦茵執導的《曖昧不明關係研究學會》（2014）中，愛情更是褪化爲一種若有若無（然又是都市男女極度倚賴）的曖昧感覺，是都市男女之間角力的遊戲，性需求則交由陌生的（或不相干的）性對象來解決。

2. 夢想與愛情的兩難：現代愛情的自戀情結

　　80 年代以來臺灣、香港以及大陸皆不同程度地處在現代化進程之中，資本以及其攜帶的商業理性日益滲透進大眾的日常生活，前文論及現代資本以「夢想」的名義收編年青人的反叛衝動，「夢想」從一開始就不是一種純粹的對「平庸世俗」的反抗，相反，它的邏輯深深地內嵌於現實之中。「夢想」，或曰「自我實現」，本質上是爲個體自身收穫更多的認同（以及相應的物質利益），壯大個體的自我想像，它與現代「愛情」相剋相生。愛情本質上是一種自我認同的外化與投射，愛偶無疑能滿足自我認同的想像，透過愛偶的眼睛，主體能照見自身的形影。古典愛情敘事的成立在很大程度上源於主體所受誘惑的範圍相對窄小。現代社會，主體急劇膨脹（然又空前失落），從一而終的愛偶不足以安放主體的自我投射，資本營造的「瞬間征服萬千受眾」的舞臺想像讓現代人有了與「神」比肩的可能。就滿足「自我認同」而言，愛情（或曰單一愛偶的愛情），遠不足以與資本匹敵。

　　早在 80 年代臺灣的《搭錯車》中，歌手阿美儘管不捨青梅竹馬的夥伴

以及年輕有才華的作曲家時君邁，然最終一一拋棄了他們，投身娛樂公司老闆，成爲一代歌星，代價是捨棄自己的眞愛、背上負罪感〔註19〕。這類「夢想」與「愛情」的兩難設置，背後都繞不開「階層分化」「階層鴻溝」之類的敏感話題，臺灣電影當局一度對此類「煽動階級對峙」的話題十分敏感，是以臺灣青春電影中較少有此類設置。同樣，商業理性主導的 90 年代香港愛情文藝片往往編織「愛情至上」的迷夢，是階層日益固化的香港「留給底層人的安慰劑」，1993 年的《天長地久》（劉鎮偉執導）甚至在愛情與夢想不能兩全的糾結中以死亡來達至前者的「天長地久」，對一份純淨之愛的渴求已昇華至信仰的層面。與之形成鮮明對照的是，經受過經年累月的階級鬥爭思維薰陶的中國大陸，其處於 90 年代「資本主義上升階段」的青春電影，毫不避諱此類「夢想」與「愛情」的對決，資本（市場）一開始甚至助力了舊體制的「反叛」者，爲其提供實現「夢想」的機遇。資本、體制、愛情三者之間形成了一種微妙的博弈。

　　90 年代大陸市場化改革對文學藝術從業人員構成巨大的衝擊，在從前計劃經濟體制下，文藝界人士是「靈魂的工程師」，負有爲社會鑄造思想品質合格的社會主義接班人之重任，享有從政府到民間大眾眼中的尊榮。90 年代體制改革，這一類人首當其衝，從體制內被拋到市場浪潮之中。早在 1988 年田壯壯執導的《搖滾青年》中，歌舞團的處境已十分尷尬，取悅體制則不能取悅觀眾，而文藝沒有觀眾等於沒有生命。影片中的青年舞蹈演員龍翔不甘於被陳腐的體制拘禁，他從歌舞團辭職，自由地編創現代舞，且在市場上獲得了成功，當然這背後有個「資本家」——時裝公司女老闆。茲時的前體制內歌舞團演員龍翔還是有相當的自信，憑才華、憑作爲文藝工作者的優越感。在戀愛方面，他因爲辭職、追求藝術理想與歌舞團的女友產生矛盾，然而他還是義無反顧地衝向了外面的天地。自由／理想與愛情，還是前者「價更高」。資本支撐「現代藝術」的發展亦代表資本與體制的權力之爭，體制內由國家包養的藝術工作者「下海」，湧向資本的羽翼之下，是資本對於舊體制在人才收編上的一種勝利，然而另一方面，資本的邏輯是，藝術，連同搞藝術的人之情感、肉身皆同商品是一類，是可以被估價交易的。資本披了溫情、慷慨的面紗，將體制中人網羅過來之後，前手開發其才華在市場上的價值，爭取名利雙收，後腳已在不動聲色地打量其色相之價值。經由控制其身體達到對

〔註19〕影片中阿美的兩個戀人先後死於華年，且或多或少與被阿美拋棄有關。

於價值創造者的控制亦是資本以小博大的邏輯，同體制的邏輯如出一轍。影片脫離不開的老套情節是，舞蹈事業成功的龍翔必然被女老闆看中、面臨抉擇，是將其藝術連同自身一同交給資方包養，還是保留身體的獨立性，也保留男人的最後一點自尊。80年代文藝工作者的驕傲還在，龍翔拒絕了女老闆，而他歌舞團的女友已嫁作人婦（體制對他關上了一扇門），龍翔和偶遇的待業青年小小（一如其名）到大學校園組建青春的舞臺。拋開炫目的舞臺幻象，現實是龍翔亦成了自由職業者／待業青年，他的前路必然坎坷，亦或許，脫離了體制和資本的龍翔繞行一圈後，又會回來、二者擇一作為棲身之地，收起青春的驕傲、削平自身的稜角，以嵌入體系中的一個空位。龍翔的愛情選擇事實上是一個意圖自主的年輕人對於體制和資本的選擇。他處在二難之中，既眷戀體制中的溫情、穩定性的人際關係帶來的安全感，又渴望闖蕩世界，在更廣闊的舞臺上實現自我（只有資本才能給他可能）。而這「實現自我」（夢想）的代價是壓抑自我的另一面（一份平靜、真誠、穩定的情感需求）。

90年代大陸青春電影愛情關係中的一男二女或二男一女的結構設置大體包含這種不能兩全的缺憾。1988年的這部《搖滾青年》開啟了這個二難命題，到1990年的《本命年》中，歌手趙雅秋的選擇已十分明確。在心地善良、重情義且孔武有力的泉子（前現代標準好男人）與於形容委瑣、腰纏萬貫的禿頂倒爺之間，「清雅脫俗」的酒吧駐唱歌手趙雅秋倒向後者，她需要後者的資金包裝、出唱片，擺脫酒吧駐唱歌手的現實處境。1994年第六代導演阿年的《感光時代》在理想與現實的膠著中亦探討了愛情的抉擇。大學畢業生、攝影記者馬一鳴在女富商青姐的幫助下實現夢想、開了攝影展，他本人亦墜入青姐編織的富貴溫柔鄉，一個無意中闖入他鏡頭的神秘少女又在他心中撩起漣漪，他將這幅抓拍的作品放大、掛在臥室，在對其的凝視中產生了皮革瑪麗翁效應，畫中人進駐了他的內心、令他悵然若失。神秘少女在他面前是飄忽不定、身份變幻的，富商青姐那裡有現實的誘惑，而青姐在其職業生涯中的「金主」身份又令其男人的權力感丟失，一同喪失的是他的自主選擇權。最終馬一鳴離開了青姐，自我放逐為城市的流浪者。相形之下《網絡時代的愛情》（1998，金琛執導）中陳建斌飾演的大學畢業生、實驗話劇導演鹿林則為了投拍他的戲劇背棄了愛情、從了年輕貌美的女富商，在90年代末新生代的女性導演金琛眼中，男人是無法抗拒現實誘惑的，尤其這個誘惑關乎理想與自我實現，愛情在這些對於男人更有強久吸引力的事物面前，是蒼白無力的。

總體而言，八九十年代大陸青春電影中的愛情選擇大抵發生在二元對立之間，理想與現實，精神與物質，形容與出身，等等，代表初步的分裂、難以完滿的缺憾。80 年代末起理想在現實中遭遇的困境日益凸現，上文分析的90 年代青春電影一男二女、二男一女的設置中總有一個資產者在場，這其實也是編導對於夢想／藝術出路的一種浪漫化想像。80 年代《搖滾青年》中的龍翔總也還是依靠自己的才華吸引了女老闆，90 年代《網絡時代的愛情》《感光時代》中的藝術人士卻總是先憑色相吸引了女富商，爾後才得到了後者的贊助。女富商之於（男）藝術家，與瓊瑤筆下的富商與灰姑娘之間沒有什麼本質的區別。灰姑娘（美）也需要有產者的庇護，活成優雅的「美學範」，而不是被柴米油鹽的生活淹沒、粗俗地老去。這類愛情設置折射的是藝術群體面對自身的困境尋找出路。當體制的束縛多於庇護，體制對藝術群體的吸引力就消失了。90 年代資本接替體製成為「另一座圍城」，藝術群體對資本的態度經歷了從鄙夷到合作、到依賴，到失望。在 2000 年賈樟柯執導的《站臺》中潦倒的文工團員對於釣到「金主」的想像已不再有。無論如何，在這類尋求突破困境的敘事中，藝術家大體還是將自己想像成萬事俱備、只欠東風（資金）的諸葛亮，彷彿資金一到，一切水到渠成。90 年代末以來藝術產業（尤其是電影業）發展處在一個更為複雜的語境中，並非才華加資本就可以成就一個藝術家，藝術成為產業體系，貌似機會充裕，然而其內部無限繁複的、無形的壁壘（正如大都市之於外地人）更令新人惶惑。在一切都可以被無形之手操控的時代，真實的界限已模糊。相應的，才華的標準、成功的標準都是可以商榷的。再也沒有人能夠矯情地說，「我只不過是沒有 XXX」，現實語境是，大家都是一樣——除了自身以外，一無所有。2000 年以後華語青春電影中這類「夢想」與「愛情」的兩難逐漸消失。後現代語境下，一切都被解構，「功名」也成了某種虛幻的、可疑的東西，切切實實的世俗生活重新散發出它的光暈，一份真摯的愛是這現代水泥森林中最稀缺的資源。2005 年大陸、香港合拍的《如果·愛》中，出身貧寒的（準）女演員周納與有才華的年輕（準）導演林見東本可演繹當代的愛情傳奇，然而相比之若有若無的希望，前者更希望抓牢現在，她狠心離去，跟了一位能夠捧紅她的大導演，成為明星。已不是簡單的「愛情與事業不能兩全」，而是愛情到底應該給予（主體）什麼樣的滿足的問題，是大舞臺上的自我實現，還是一份平凡、真摯的愛與被愛感覺。陳可辛的《甜蜜蜜》與《如果·愛》都在繞同一個問題，女主人

公在為事業／成就自我之類的夢想拋棄男主人公、滿世界繞了一大圈之後，發現其實自己最想要的只是一份相依相守的愛，只是一切已回不到當初。

說到底，大舞臺上的自我實現不過是主體有更大的野心、要贏得更多人的認同，唯一的傾慕者已不能滿足主體，他／她需要一千面鏡子——同樣映照出自己的美。只不過這個追逐「一千面鏡子」的過程必然會讓她失去唯一的、忠誠的「鏡子」。是以「虛位」驅逐了「實體」，一千雙渴慕的眼睛固然令人陶醉，然而也是虛幻的、轉瞬即逝的。在特定的時間、空間裏，流動的人群暫時凝固成一個「場」，主體同時從無數面鏡子中確認自身、獲得巔峰的體驗。然而「舞臺」的代價亦是昂貴的，古人說「臺下一分鐘，臺下十年功」，凝聚十年於一瞬，是以壓縮時間過程、讓其以瞬間的方式在特定空間綻放，在收穫瞬間輝煌的背後，是十年「藝術」人生的缺失。尼采曾說，每一個不曾起舞的日子，都是對生命的一種辜負（見《查拉圖斯特拉如是說》）。屈身十年求一瞬之閃光的背後，是無數個「被辜負」的日子。是無數個「被辜負」的日子堆疊了那一瞬的榮耀。如果說前現代式的「自我成全」有某種規訓的意味——因「舞臺」資源匱乏、傳播渠道狹窄，絕大多數人只能隱忍負重度完一生，沒有生前「登臺」的希望——以一種「水滴石穿」的韌性捱過漫長的、苦役般的生涯，是傳統社會所嘉許的，「死後留名於子孫後代」即是將瞬間的「舞臺」延宕至後世，在想像中完成綿延的「自我成全」，是一種「無我」的方式達成「有我」的在場；現代社會在人的自我覺醒的大前提下，這套訓誡已完全失效，「現世」即是終極目標。貌似最私密的「愛情」成了濃墨重彩的領域，因為現代式的追逐愛情是人尋找自我認同的一種方式，「愛情是對一個人的最高認同」，被愛等於被認同。後現代語境之下古老的愛情重新散發出它的魅力，那是納什蘇斯與水中影像的戀愛，是一個自戀的「我」和另一個愛戀「我」的影子重合的故事。

3. 愛與死：人格化的愛情

如果說 90 年代大陸青春電影尚在艱難地確認愛情主體，2000 年以來愛情已穩固了其在青春電影中的主體地位。影片對愛情的呈現更趨立體、多元，更富有哲學意味，從愛情與死亡、青春創傷，愛情與自我成全的關係探討愛情的本質，愛情的譜系日益繁複，而愛情的面象也隨之模糊。一方面是愈演愈烈的解構，經歷了 90 年代多元的愛情探索，21 世紀以來解構「愛情」可謂

輕車熟路，而另一方面則是絕望而執著地銘刻，以死亡來成全愛情之不朽。在一切都速朽的年代，以死亡與愛情同歸於盡，籍不能抹除的愛情故事（以奇聞獲得流傳價值）達成青春的不朽。爲了愛情「死於華年」，在捍衛了愛情的同時，也讓青春得以定格，正如《致青春》（2013）中鄭微在阮莞墓前說：「只有你的青春是永垂不朽的。」阮莞執念愛情，窮其短暫的一生將自我模刻成「初戀情人」的塑像（這「塑像」的腳下有一千雙渴慕的眼睛），「死亡」恰恰是這過程的最後一筆。如此，阮莞的死亡就不是偶然，更像是她一生「行爲藝術」的終結。當她以長髮白裙的翩然之姿赴一個負心人的約，所爲者已不是那個負心人，而是自己的初戀，「死於華年」讓她的青春永久「存在」於未亡人的記憶之中。

（1）「認同」的絕望──藝術電影青春愛情的死亡情結

2000 年以來愛情與死亡日益成爲一對相互糾纏的命題，死亡成全了愛情，死亡也是催情愫。在死亡面前愛情宣示了它無可置疑的存在。如果說 80 年代《被愛情遺忘的角落》中女主人公會因愛情被曝光羞憤自殺，在 21 世紀以第六代導演作品爲主的青春電影中則反轉爲愛情可以索要生命作爲供奉。愛情由處在被遮蔽的角落升格爲巨大的能指，這個能指與自我實現緊密相關，甚至成爲唯一。《那時花開》（2002）、《世界》（2004）、《青紅》（2005）、《生死劫》（2005）、《頤和園》（2006）、《李米的猜想》（2008）、《一半海水，一半火焰》（2008）、《春風沉醉的夜晚》（2009）都涉及了因爲愛情導致的死亡或瀕臨死亡，在這種對愛情的極限付出中，產生了一種類似演出成功的顛峰體驗，自我以卑微的生命執著地書寫愛情傳奇，只不過這愛情已不那麼確定所爲者何。《世界》《頤和園》《一半海水，一半火焰》《春風沉醉的夜晚》中主人公皆是爲愛情的幻滅而自殺，女性（或同性戀中的「準」女性）頑固地要確認自己在對方心中的唯一位置，在愛情的砝碼中添加了年輕的生命。只不過這爲愛情自殺的行爲更多地指向「愛情」本身，而不是「愛偶」。《世界》中外地人小桃在光怪陸離的、飄忽不定的城市感覺到過去無根、將來無望，她要籍抓牢成泰生、以固著自我，（類似《秋天的童話》中李琪前男友回頭找她，因爲孤身在紐約感覺上的無著落令人瀕臨崩潰），而同樣是外地人的成泰生自己都不知道自己的明天在哪裏，他無法給小桃一個固著點，也就無法承受她的愛。愛情是飄浮在大都市的男女期待停靠的錨點。經典愛情的自我迷戀源自一個穩固的自我形象，倘若自我都是流動的、變幻的，那麼

自戀的需要就讓位於固著自我、讓自我顯形，比如顯影液之於底片、光之於輪廓。《頤和園》中李綺本來以第三者身份插足余紅和周偉的愛情，對於橫刀奪來的愛情她內心並不自信，雖與周偉一同出國遠離了余紅，但她不能確認在周偉的眼中她和余紅的高下，也不知道自己是不是作爲余紅的影子存在，竭力維持這段感情的代價是內心千瘡百孔，在周偉提出要回國的時候，她微笑著，毫無徵兆地，從樓頂一躍而下，她在選擇死亡的瞬間，從周偉的眼中看到了驚恐、絕望、不捨，她確認了自己在他眼中的價值，也以死亡給這份愛情增添了任何人不可能超越的砝碼。好比《紅樓夢》中尤三姐在得知柳湘蓮上門討還定情之劍時，極其憤慨的是在柳湘蓮眼中她是有著不潔過往的淫婦，她要以自刎的行爲洗刷這種恥辱，同時也要讓「死於華年」的影像永遠銘刻在柳的記憶中，生不能與之同歡，便以死達成一種未亡人記憶上的永久佔有。同樣，《一半海水，一半火焰》中迷戀被虐的麗川執著地要用愛情點燃皮條客王耀冷酷的內心，類似浪漫小說中構設的純情少女與冷血殺手之間的愛情、美女與野獸的愛情，從沒完全泯滅人性的「野獸」身上喚起通常認爲只有高等人類才具有的情感，本身是對喚醒者的一種極大肯定，非神即聖，正是這種正我聖化的情結催生了這類差異性極大的愛戀發生，純情少女對愛情的偏執其實是對自我實現的偏執。而《春風沉醉的夜晚》中自以爲付出全部、也得到了完全之愛的同性戀者王平在愛侶江城冷漠的「分手判決」下選擇死亡，亦是不能接受自己在愛侶眼中的低值。本已是一份不容於世俗的「畸戀」，義無反顧地投入進去，結果卻發現不是在其中印證了自我，反是辱沒了自我，讓本已分裂的自我更爲顛倒錯亂、不知何從，只能以死來確證自我：如果自我什麼都不是，那麼「死亡」至少給了他一個名分——殉情者。在妻子眼中的「變態」、在同事眼中的「怪人」這些都不重要，重要的是，在江城眼中，他是那個因他而死的「殉情者」，他在江城餘下的生命中將永久地保留著自己的烙印，誰也不能取代。

　　當愛情要與死亡糾纏在一起方能宣示它的存在，一方面說明愛情的份量空前地凸現，另一方面亦是現代人對愛情能力絕望的表徵。在充滿懷疑精神的後現代語境中，愛情已成了最不可靠，卻又是最需倚重的感覺。在一切皆可被解構的後現代如何書寫愛情傳奇就成了一種「心結」。《生日快樂》（2007，馬楚成執導）中的愛情敘事本質上是兩個互相沒有安全感的人彼此試探、躲閃、猶疑，最終使一段美好的愛情無疾而終，不過影片末尾來了個

大反轉（更像是女人一廂情願的意淫），亦不過是以死亡來成就不朽之愛的套路，不過「花心的」男主人公是死於家族遺傳病，似是宿命般的愛情索要了他的性命——為著構建這一現代的愛情童話，死亡一勞永逸地解除了愛情「變味」的可能性——在男女主人公還未邁過「七年之癢」〔註20〕的門檻之前，在他們還沒有兩相厭棄之前。比較經典的敘事策略是如前文所述，為愛情「死於華年」，以生命宣示對愛情的效忠，然而單方面地壓上沉重籌碼也僅僅是出於對自己之愛情的效忠（對自我完滿的執著），無關愛偶。千古絕唱中的愛情是雙向的、互相在對方眼裏照見自己的影，因而形影不能離，一個「舉身赴清池」，一個必然「自掛東南枝」，而後「兩家求合葬」，赴死只是在另一個世界與有情人繼續。赴死不是要以死在對方眼中映證愛情，而是雙方合而為一，共同對抗不容於二者愛情的世俗。如此，死亡是珠聯璧合，是被強行分割的事物以另一種方式重新聚攏，是團圓的另一種徵象。現代愛情中的死亡卻是單方面的自我成全，帶有情感綁架的意味。只有在最極端的情況下，兩性之愛才復現「傳奇」之特質，如《最愛》（2011，顧長衛執導）。《最愛》呈現了瀕死之際男女的末日愛情。男女主人公（因賣血染上艾滋病）眼看著被打入另冊、日漸與原來的生活脫節，在無法把握世俗中曾經心心念念的一切的情況下，一段曠世奇戀發生了。男主人公趙得意起初表面上念叨著「活一天賺一天」，實則一刻也放不下家中的妻兒，在終於明白自己已被「活人的世界」拋棄之後，「活一天賺一天」的理念付諸實踐。他與商琴琴從同命相憐的「性慰藉」開始，迅速發展為熾烈的愛情，到最後發展為「至親」〔註21〕。在極端的情況下，雙方為愛情罔顧一切，倫常、家財、後代皆不理會，唯獨要一份有尊嚴的愛。為了名正言順地「埋在一起」，雙方為一紙結婚證書付出了殘存在「活人的世界」的全部「遺產」。在這場末日愛情的尾聲，一個當代焦仲卿與劉氏的故事發生了，琴琴為救得意死去，得意醒來後萬念俱灰、揮刀砍斷大腿動脈——以最慘烈的方式緊隨愛人而去，在齷齪、卑鄙、苟且的「末世」演繹了一段古老的愛情傳奇。

（2）主流青春電影中的「愛」與「死」——以《情人結》《雲水謠》為例

　　主流電影講述愛情傳奇的方式也會牽扯上死亡，然對死亡對象、死亡方

〔註20〕影片中男女主人公相識於 1996 年，男主人公死於 2003 年。
〔註21〕影片中趙得意、商琴琴後來互稱「爹」「娘」。

式的設置頗費思量，一方面愛情要與死亡關聯在一起方顯示出它的刻骨銘心，死亡是愛情傳奇中必不可少的設置，另一方面普世價值對生命的重視又不允許那種以身殉情的故事發生。21 世紀的愛情傳奇需要將古典愛情的忠貞、剛烈與現代生活中愛情的隨機、平淡縫合在一起，既營造出「千古絕唱」的蕩氣迴腸，又將其不著痕跡地融化在波瀾不驚的當下，在洗滌靈魂的同時，不致使多見少怪的現代人有違和感。這方面的代表有《情人結》（2005，霍建啓執導）和大陸、臺灣合拍的《雲水謠》（2006，尹力執導）。

《情人結》中的愛情接近經典故事的設置，男女主人公因原生家庭之間的歷史仇恨不能在一起，然最終以自身對愛情的執念讓父母放棄敵意，是以無聲的堅守撼動了頑固的阻礙，在已過而立之年的時候雙方得以結合。影片中年少的屈然（沉湎於羅密歐與朱麗葉的悲劇）也曾約候嘉一同赴死，最後關頭，還是候嘉中止了這齣不理智的戲劇。主流電影《情人結》（2005 年情人節上映）對愛情的處理決然不同於前文所分析的《世界》《春風沉醉的夜晚》《頤和園》等藝術電影，《情人結》中愛情已從神壇上走下，被還原了世俗的面貌。爲愛情「堅守」在當代已是可歸入傳奇的敘事，這也是主流青春電影書寫愛情的套路。影片要想抓住大部分觀眾，其敘事邏輯需符合時代的價值觀，並提供一個能讓觀眾產生認同的愛情體驗。生命的重要性、現世的幸福已成爲普世的價值觀，主流電影要迎合大多數人的審美期待。《情人結》中唯一的「準」死亡者屈然父親（被歷史判定爲有罪的人）是患癌症晚期，他以將死之人的身份致電候嘉母親求合解，這是不能被拒絕的，屈然與候嘉的愛情障礙就此冰釋。同樣有死亡，然卻絕不能是年輕的男女主人公自殺，這就是新時代主流的態度。

另一部主流的青春愛情電影《雲水謠》中對於死亡的設置也十分耐人尋味。男女主人公王碧雲與陳秋水之間亦橫著歷史的鴻溝，有情人不能結合，最終的死亡者是未守約的陳秋水──然是與他的妻子「王碧雲」一同「壯烈」於一次雪崩。如果可歌可泣的愛情故事一定要涉及死亡，那麼年輕的生命絕不能殉於兒女私情。既要滿足觀眾對於浪漫愛情的想像，又要符合社會主義核心價值觀，編導對於陳秋水之死的安排可謂苦心孤詣，在某種程度上可視作對王碧雲堅守一生的回應。撥開層層迷霧看王碧雲的堅守，其從一而終的等待實則是男權社會期許之下女性的自我形塑和壓抑。正如所有的貞節牌坊下面都有一個一生凄苦的女人，王碧雲爲那個「聖母化」的愛情客體亦獻祭

了自己的青春。漫長的、孤寂的日子只爲有朝一日其作爲現代愛情絕唱的主角，讓瞬間「舞臺上的榮光」來抵消這一世的艱辛。而觀者對於王碧雲一生處子身份的意淫又屏蔽了她老年形象上的美學褪色，穩穩地將其定格在「女神」的恭位。如此她又與那些封建王朝的守節之婦區別開來，避免沾染上後者的怨傷。「哀而不傷」的王碧雲由此成爲銀幕世界一個永恆的美學形象。反觀「負約者」陳秋水，作爲男性的一方從未主動尋找過戀人（觀眾自然會在心理上以時代背景爲其作辯護），對於癡情女子王金娣（追求者）的態度亦是曖昧含糊的，他似乎只等一個理由來鬆口，而王金娣改名爲「王碧雲」就攻下了他最後的一道防線，他是曾許誓與王碧雲不離不棄，而如此這般，他也確實做到了。他既成了一個情聖（拒絕誘惑），又成全了另一個癡情者對他的愛、繁衍了後代，於名於實，他皆擁有了，爾後「壯烈」了，更有千秋英名。一個男人的終極目標，他都實現了，他的人生是完滿的。而王碧雲，只是作爲一個現代愛情絕唱的女主角符號而獲得存在，這個符號還得一分爲二──王碧雲和「王碧雲」（王金娣）。陳秋水和王碧雲都是溫良恭儉、符合東方傳統倫理的人，二人對於愛情的姿態是「守」而不是「攻」，將一切交付於命運，於自身只是隱忍與克制。王金娣則不然，她是個現代人，有革命者氣質，勇於追求一段在旁人看來毫無希望的愛、最終也修成正果。革命者王金娣不懼艱險、迎難而上，甚至不惜「更名」、以達實在界之目的，在觀者看來亦可貴。她在自己的故事裏演繹了一個「有心人，天不負」的勵志愛情傳奇。而陳秋水就這樣站在了古老愛情與現代愛情之間的一個交匯點。他「古今通吃」，亦是「老少咸宜」，在最大程度上整合了受眾對於愛情的浪漫想像。

　　古典愛情的革命性意義體現在愛情主角與外圍勢力的抗爭，反抗階層、門第、偏見等世俗陳規，愛情主角作爲與世俗抗爭的個體而被賦予意義。現代愛情絕唱中，抗爭的對象已然從外圍轉移至個體的內心。主流青春電影中的愛情敘事不僅在價值觀方面努力整合多元的訴求，且積極謀求爲觀眾提供能讓其產生認同的愛情體驗。在愛情要與死亡、虐心之類的相互糾纏方能顯示出它的份量的時代，如何既將這類元素編織進愛情敘事單元，又能遵從主流價值觀的人本主義導向就成了一個二難命題。在《雲水謠》中五六十年代大陸與臺灣之間嚴酷的意識形態鬥爭及其對於極有可能成爲「可疑對象」的男女主人公的迫害在影片中被抹除，似是如湖畔詩人的作派一般「專心致致

地做情詩」，然而影片對男主人公之死的安排又借助了特殊時代的政治背景
──援藏。提取時代因素中有利於建構「合理死亡」的事件，忽略那些更具
有存在感、然不利於講述純美之愛情傳奇的事件，這就是《雲水謠》的高明
之處。

第三節　建構與解構：都市愛情童話的兩重書寫

　　90 年代以來華語青春電影的主場是城市，冰冷的水泥森林絕少生長出愛
情傳奇。在一個飛速發展的時代，個體在其中很容易產生失重感，格外需要
一份愛情傳奇來證明自我，而現實已沒有愛情傳奇生長的土壤，那些固守舊
的愛情觀的人往往顯得不合時宜。比如《本命年》（謝飛執導，1990）中的泉
子，《小武》（賈樟柯執導，1998）中的小武，他們投射自我認同的愛偶十足
的虛妄，後者熟諳這種現代性的兩性關係，而他們則停留在前現代關於愛情
的種種超世俗的想像中。因而「愛情」不僅不能成為他們生命中拯救性的力
量，反而是幻滅之路上「壓垮駱駝的最後一根稻草」。愛情傳奇只能駐留在想
像中，無法與庸常的現實「通約」，如《蘇州河》（婁燁執導，2000），令人心
碎的愛情只發生在故事中，一旦在現實生活中顯原形，立馬化作冰冷的死亡，
而躲在攝影機後面的作者，面對迷戀上愛情傳奇、準備以離去來考驗他「一
直尋找」之承諾的女友時，只不過是冷淡地轉身，等待下一場「愛情」。兩性
關係的現代性凸現── 一種各取所需、各得其所的關係，沒有什麼恆定的品
性。

　　真摯的愛情是現代都市中稀缺的資源、又是絕大多數青年內心隱蔽的情
結，從某種意義上說，擁有一段「愛情童話」已成為實現自我的重要路徑。
而在一個愛情難以自證其真（如同「自我」難以自我證明）的時代，講述真
摯愛情的童話需要高超的技巧。21 世紀華語青春電影中愛情童話的建構往往
借助於夢境、幻覺、遊戲等非現實性的場域，似乎電影自身也難以說服自己
愛情童話的存在，因而只能借助於這類語境為營造童話的行為提供合理性。
將愛情與懸疑類型元素嫁接亦是童話的建構策略之一，在緊張、驚悚的情節
進逼下，觀者會部分喪失對於愛情童話的質疑能力，對「生命」的關注、對
謎底的探詢壓倒了對愛情童話真偽的關注，主人公／觀者在與死神親密接觸
的瞬間，感受到被昇華的愛情。

1. 遊戲、幻想、夢境：建構愛情童話的語境

　　生命之重要在普世價值觀是公認的，現代愛情童話必須十分愼重地繞開死亡。至於爲愛情奉上生命、祭上鮮血，則必須進入另一個維度、一個無關現實的維度，否則就破壞了愛情的童話感。如《青春愛人事件》（2003，顯然執導）中一系列的死亡成就了旁觀者或當事人驚心動魄的愛情，然影片結尾似乎又暗示，這一切不過是都市悶騷青年小謝在一個無聊午後所做的白日夢。又如《如夢》（2010，羅卓瑤執導）中雙胞胎妹妹的死亡成全了姐姐與夢中情人的愛情，而尋夢、解夢與現實交織在一起的敘事語境又將這一切指向市井中人姐姐的「癡情夢」。《星月童話》（1999，李仁港執導）《藍色愛情》（2000，霍建啓執導）中的「童話」則始於一方的誤認與另一方的代入式遊戲，遊戲結束時，也是危險中止／阻礙消除、愛情確立之時。幻想，代入式的遊戲或夢境，將死亡敘事的沉重解構了，觀者在與主人公一起領略這生離死別的愛情之後，驀然發現自身穩居安全之位，如是，沉重的「傳奇」轉變爲輕盈的「童話」，既體驗了曠世奇戀、又毫髮無傷。

　　《星月童話》中愛情與遊戲相伴相生，男主人公臥底警察家寶長得酷似女主人公瞳離世的未婚夫，二人偶遇、互借對方的角色滿足自己所需，並在這角色扮演的遊戲中發展出眞情。於瞳而言，這顯然是一段療癒系的愛情，於警察家寶而言，起初不過是借她掩飾身份，後來不知不覺在與瞳帶有幻覺性的愛情遊戲中產生了代入感。瞳將家寶當作清俊儒雅的達夫（未婚夫），家寶起初拒絕這個身份，還試圖用強暴將她嚇退，卻在得知達夫已去世的瞬間產生了奇怪的感覺。在瞳無聲的詢喚中，逝者達夫似乎一點一點地與眼前的家寶合二爲一：家寶在與瞳在一起的時候，漸漸地代入了達夫的角色。不同於《雲水謠》中以更名爲同一姓名的方式代入女主角的身份，《星月童話》中是容貌酷似男主角的人喚起了女主角的愛情幻覺，如果說前者的愛情是其契而不捨的追求之結果，後者的愛情則帶有更多宿命的意味。與這段愛情同行的是，臥底警察家寶正在追蹤的一椿販毒案件。破案過程屢屢受挫、家寶處境亦險象環生，在敘事的高潮部分，出關避禍的家寶在與瞳走散的那一刻，確認了自己的愛——生命不中可失去的那一部分。同樣，結案過程也爲愛情搬走了最後的障礙，警察的臥底生涯結束、恢復了安全的身份，獲得了自由戀愛的條件。當遊戲雙方結束遊戲時，方覺愛情童話已然開始。〔註22〕

〔註22〕影片接近尾聲處，當瞳以爲「療癒」結束、自己應該安靜地離開的時候，家

　　《星月童話》中驚險的愛情插曲亦有遊戲化的特質，兩性之間的張力被代之以遊戲式的曖昧，遊戲過程也是一個假戲真做的過程，最後遊戲終止、真情方濃。同時期大陸青春電影《藍色愛情》中愛情敘事的設置與之相仿，男女之間由起初的拒絕、對抗發展爲代入角色式的遊戲，最終確認了愛情。《藍色愛情》中警察邰林與話劇演員劉雲愛情萌生、發展的過程，既是世俗界與藝術界不無曖昧的對抗、挑逗過程〔註23〕，又與警方對一椿懸案的破解並行不悖。劉雲請邰林幫忙尋找一個幼時的救命恩人馬白駒，而馬白駒恰是多年前在一起刑警被害案後失蹤、被警方列爲嫌疑犯。如此，邰林追逐劉雲的過程也就與他試探真相的過程合二爲一。最後的真相大白一方面搬開了橫在男女雙方之間的障礙，破案的過程可視作爲愛情開路，另一方面劉雲也發現了自己被利用作破案工具的事實，由此愛情又陷入難以自證的尷尬。結尾回到初始，劉雲又一次在大橋邊「表演」亦真亦假的行爲藝術，警察邰林不再是作爲路人，而是被愛情考驗的人。他終於感受到生命中不可缺失的那一部分，他脫去身份僞裝、當眾表白愛情，在劉雲跳橋之後迅即躍過橋欄，沒有一秒的猶豫。那一刻，劉雲確認了邰林的愛情，被世俗過程（破案）浸染、變質的愛情籍由行爲藝術得到修復。聯繫90年代《感光年代》《網絡時代的愛情》中個人藝術追求與愛情總不能兩全的敘事設置，2000年霍建啓的這部《藍色愛情》具有顛覆性的意義。21世紀以來人們對於愛情的最大困惑在於，如何才能確認愛情的存在以及在充滿懷疑的後現代語境中如何保有一份超越性的「愛情」。《藍色愛情》籍帶有極端性的行爲藝術，讓愛情的本真在其中得以呈現。被還原爲世俗的愛情還能獲得多少講述的空間，這是十分考驗編導敘述水平的事情。

　　《青春愛人事件》則將童話的場域設置在「白日夢」裏。影片中小謝的鄰居老莫在見證了一起警匪槍擊案現場之後，失魂落魄、醍醐灌頂般領悟到要抓住身邊的愛情。而小謝自己則經歷了被悍匪劫持、車禍等一系列驚心動

実說，我們才剛剛開始。
〔註23〕影片中邰林與劉雲相識於大橋上，玆時話劇演員劉雲（爲了體驗生活）正準備模擬自殺，警察邰林出於職業本能迅速衝上前去救下劉雲，劉雲卻給他編了一個自己失戀殺了男友、正準備自殺的故事。邰林只得亮出警察身份，將其帶到派出所。在問明劉雲本意後邰林十分氣惱，恰巧此時又接到報案，當天有人被害。分不清真假的邰林只得先將劉雲羈押在派出所，二人由此不打不相識。

魄的事後，在被誤認為死去的那一瞬間，從純情少女柳芭〔註24〕的眼淚中照見了自己（的身後）：當他死去的時候，有人真心真意為他流淚。死去之後能銘刻在某一個人的心中，於是死也不那麼遺憾了。在現實中死去，在未亡人的記憶中存活，死亡的恐懼也就部分抵消了。同樣，夢幻少女柳芭也在她死的時候（被流彈誤殺）終於確認了小謝對她的愛情，她的死亡成全了自己對於一份不朽之愛的追求。雖也是「以死試愛」，但《青春愛人事件》這部公映的藝術片將死亡與愛情的聯繫「電影化」，在講述故事的同時解構了自身的真實性，不僅模倣了警匪片、浪漫愛情片的場景、對白以及人物關係，且顛覆了自身建構的愛情幻景。影片結尾，所有相關人士或者死去、或者遠走，孤身一人的小謝形如死灰般回到自己的出租屋裏，驚覺一切如故，而室友（男）也剛從外面買煙歸來，隨後室友的女友也來了，二人親昵如常（在小謝的「白日夢」中，這位美女護士已成了他的女友）。如是，經歷過莊嚴的、濃墨重彩的愛情的小謝終於顯出了他現實生活的蒼白與貧乏，聯繫到影片最初交待的小謝之處境──一個國企下崗職工在歌廳當保安，以及「白日夢」剛開始的時候小謝的獨白，觀者至此明白，這一切不過是一個缺乏愛的單身大齡青年嫁接了他的諸多觀影經驗、拼合成的一場「情愛歷險記」。

羅卓瑤的《如夢》（2009）有一個尋夢、解夢與愛情相伴生的架構，尋夢／解夢的過程與現實生活中 Max 走出陰影、擁抱愛情是同一過程，一方面解構了愛情童話，一方面又建構了愛情童話。與《星月童話》相類，Max 在夢中與女孩艾玲的愛情也始於角色扮演。艾玲的男友突然墜樓身亡，艾玲執著地要尋找答案，她在夢中向 Max 救助，Max 提議自己扮演其男友，重溫一下當天的情景，起初 Max 提出的設定與艾玲及其男友的情況完全不合，東西方文化的衝突在此顯現。在紐約長大的華裔男孩無從設想故國男女的戀愛及思維方式。謎團未揭曉之前，兩人自覺地約「明晚見」，似乎都有夢境的自覺。悲傷的療癒過程籍由角色扮演遊戲開始，演變為帶有獵奇性的推理遊戲，最後男友的死因已不重要，重心轉移到艾玲如何克服自己的愛情潔癖、抑制自己與 Max 的愛情。在紐約男孩的臆想中，東方女孩是不能容忍自己對死者的情感背叛的（「貞婦情結」），艾玲卻在尋找男友死因的過程中愛上了陪伴她尋找的人，這使她感到痛苦，決定不再與 Max 相見。理性上她自我建構為一個

〔註24〕在小謝的「白日夢」中，這個與他有著同樣的名字來由（謝廖莎、柳芭皆出自一本蘇聯小說）的浪漫女孩柳芭對他一見鍾情、死心塌地。

忠於愛情的完美情人，而感性上她卻在短短的時間內陷入與 Max 的情感，且越來越記不清死去男友的面容。這種自我認同與自我之行為的分裂，令其陷入精神危機。如果說夢境解構了愛情童話，Max 在現實中尋找夢中女孩的過程則建構了一個現代都市的愛情童話。Max 與長得酷似艾玲的女孩一起尋找艾玲的過程中萌生了愛情。只不過這個「市井版」的夢中情人既不優雅、亦不深情。又是一段角色扮演的遊戲，Max 在請求後者幫忙尋找的過程中從後者身上詢喚出了夢中情人的影子，「市井版」日益向「夢中版」靠近，最終成全了憂鬱的高富帥男孩與現代灰姑娘的愛情童話。

2. 懸疑：愛情童話的另類元素

早在 2000 年霍建啓執導的《藍色愛情》中就嘗試將愛情與懸疑結合，將主要人物之一設置成警察或犯罪，將愛情與疑案的解題過程交織進行，兩性之間的愛情從對抗中發展而來，借用艾曼紐爾‧布爾多的話說，影片中男女之間的試探、對抗「同時也是充滿愛意柔情招式的挑逗」〔註 25〕。最後的眞相雖無助於案件的告破，卻是促成愛情必不可少的。眞相的追索往往開啓另一段塵封的愛情悲劇，而這悲劇的發生又與當年的懸案有著某種宿命般的因果，愛情與懸案就這樣糾扯不清。大陸出品的青春電影中這類懸疑敘事主導的愛情比較典型的有《江城夏日》（2006）、《李米的猜想》（2008）等。

《江城夏日》亦將黑社會老大鶴哥與陪酒女豔紅的愛情染上懸疑色彩〔註 26〕，隨著豔紅父及其故交警察介入二人的生活，一椿懸案逐步顯出端倪。鶴哥與豔紅的愛情是現在時，解案的過程一方面揭開愛情的過去時（成因），另一方面又終結了愛情。建立在贖罪基礎上〔註 27〕的愛情終究以另一場犯罪作結。鶴哥在預感出事前將巨額存款託人轉交豔紅，與犯罪糾纏的愛情往往以此類設置收尾，兩者之間的愛情以將死者對身後事的安排來表明其心跡，以之區別於輕浮的露水姻緣。同樣以此作爲映證愛情存在的設置出現在《李米的猜想》中，影片中李米自始至終在單方面尋找失蹤的男友方文（以方文寄的信爲線索），她四年如一日的偏執，絕望交織著希望，如此沉甸甸

〔註 25〕 艾曼紐爾‧布爾多（Emmanuel Burdeau）：《聖火》（Feu sacré），譚笑晗譯，選自《電影手冊》（Les Cahiers du Cinéma），N° 666，2011 年 4 月，10～12 頁。。

〔註 26〕 豔紅父進城尋找失蹤的兒子，而他的一位故交（警察）發現鶴哥與失蹤者有關聯，在老警察的步步緊逼中，鶴哥鋌而走險，終落法網。

〔註 27〕 影片中鶴哥間接害死了豔紅的弟弟。

的一份愛情之於愛情的對象，是不可承受之重。另一方面，（在李米的講述中）方文不斷地寄信給李米告知近況亦是單方面的行為，他的始終不現身將愛情本身亦變成了一樁「懸案」。到底是一場遊戲，還是李米的臆症，觀者甚至可能懷疑方文的真實存在，因為影片前半段方文只是以照片和文字的形式出現過，甚至當李米找到方文時，後者亦否認自己的身份。同樣是一場行為藝術讓這場人與影子的愛戀得現真身。路人甲毫無徵兆地跳橋製造了一起車禍，李米與方文在警察局擦肩而過的瞬間，認出了方文。李米對愛情的偏執助力警方鎖定了毒販方文，對愛情的確認過程卻將愛侶推向懸崖。與警方解案的成功並行的是李米偏執式的愛情劃上終止符。同樣，李米與方文之間的愛情是否存在亦在方文對身後事的安排中得到確證。生前不能光明正大表達的愛情由將死者在生命之前夕毫無保留地托出，以之抵償那漫長的、淡漠了愛情的日子。在這類懸疑加愛情的青春電影中，懸案與愛情相輔相成，懸疑片的敘事手法與愛情片的情感暗示嫁接在一起，解案／解謎的過程亦是探索愛情、確證愛情的過程。

　　港臺電影中亦不乏這類解案與愛情縫織在一起的敘事，如《新紮師妹》（2002，馬偉豪執導）、《命運化妝師》（2011，連奕琦執導）、《甜蜜殺機》（2014，連奕琦執導）等。《新紮師妹》是青春喜劇電影，也套用了一個解案與愛情雙向行進的敘事框架。只不過充當臥底的是一個傻乎乎的警校畢業生，她在與目標人物——黑社會大佬的兒子接觸的過程中反被後者征服。《春風沉醉的夜晚》中受雇傭的私家偵探羅海濤亦在跟蹤目標人物（出軌對象）的過程中陷入對後者的迷戀，於是充滿對抗性的跟蹤、窺視染上了情色的意味。《新紮師妹》中女警察陷入愛情的過程即是目標人物洗脫嫌疑的過程（搬除愛情障礙），不像《星月童話》中愛情是對臥底警察的獎賞，喜劇片《新紮師妹》中是案件的結局揭開了愛情溫情脈脈的面紗，目標人物發現自己是作為「獵物」存在，而不是自以為的「獵者」。遊戲中的愛情在遊戲結束時必然面臨危機，解決之道是來一場與死神的親密接觸，同時又讓女主角化險為夷。如前文所述，愛情在面臨永遠失去時顯示出它的重要性，男主角摒除芥蒂，與女主角重新開始——一場真正的愛情。「小清新」式的《命運化妝師》也有一個回溯愛情與解案／謎交織的過程。刑警郭詠明懷疑一起死亡事故是謀殺，而死者陳庭的丈夫（一位精神科醫生）亦對妻子的過去抱有疑問，二者的探詢之旅皆圍繞亡者化妝師敏秀展開。隨著死亡真相的揭開，一段塵

封七年的同性愛情浮出水面，解案的結果證實了陳庭與敏秀之間無法阻隔的愛情，七年來二人雖未相見，彼此卻一直牢牢佔據對方的身心。陳庭與精神科醫生結婚並不能驅散敏秀在她心中的份量，病人對醫生的依賴不能轉換為愛情。聯繫上文分析的《春風沉醉的夜晚》，同樣是同性戀者迫於家庭壓力，一方提出分手，另一方陷入自我認同的混亂。陳庭曾為自己的性向抑鬱過、自殺過，是因為她無法建立自我認同，而遇見敏秀後，二人互相吸引，在敏秀清澈的目光裏她找到了自己的存在，亦和敏秀一起規劃將來。敏秀成為她固著自我的一個點，而這一切在敏秀迫於家庭變故、強行終止了二人關係的時候消失。陳庭陷入更深重的認同危機，她求助致幻藥物、求助精神科醫生，甚至殺死腹中的胎兒（拒絕母親的角色），最終走向毀滅。與愛情相糾纏的死亡總是伴隨著一個自我認同的危機。與《星月童話》相似，影片既在解構了愛情童話的同時，又建構了一個更深沉的童話。在破解陳庭之死因的過程中，愛情童話經過了建構、解構、再建構的三重轉折，由小清新的師生同性戀，最終升格為永恆的、具有超越性的現代愛情童話。

早在 1993 年陳國富導演 MTV 風格的青春電影《只要為你活一天》中，愛情就與懸疑、警匪類型雜糅在一起，都市青年「虛矯失落」〔註28〕的愛情要借助窺奇的驅動才能顯出存在，為渴求愛人的關注而自導自演的綁架案暴露了愛情的虛構性。2010 年以後港臺青春電影中開始在愛情敘事中戲仿懸疑設置，在這些充滿解構意味的後現代愛情故事中，懸疑是平淡愛情中的調味劑。如《一頁臺北》（2010）中穿插了情侶被綁架的橋段，綁架者似乎只是為了突出被綁架者如何機智、身手如何敏捷，綁架案更像是為了給男女雙方平淡無奇的愛情增加可供描摹的素材，而彭浩翔執導的《志明與春嬌》（2010）、《春嬌與志明》（2012）中一開場總是一個懸疑片的刺激性場景，爾後故事暴露了自身，鏡頭反切到現實畫面──原來是一群無聊的人在編段子。《甜蜜殺機》（2015）亦戲仿警匪電影的架構、填充小清新的愛情故事。影片解構了黑社會，黑社會的場景皆有舞臺意味，黑社會成員不是情種，就是「孬種」，輕輕易被一個貌似老實恭順的化學老師全部毒死，而化學老師也命喪唯一漏網的黑幫小弟之手。刑警與其說在破案，不如說在替雙方的「火併」穿針引線。唯一做實的是男女主人公的愛情過程，心灰意冷、在警局混

〔註28〕 胡延凱：《臺灣新新電影的作者風格》，載《北京電影學院學報》，1991 年第 1 期，37 頁。

日子的單身刑警與剛到任、躊躇滿志的學妹，後者激發了前者的職業尊嚴感，前者在危機關頭「破戒」開槍救了後者，愛情在死神瀕臨的那一刻得到確認。本片既建構了愛情童話，又解構了愛情童話。化學老師與患肺癌晚期的妻子情深意篤，然二人為醫藥費製毒、為保自身又陷入濫殺，陰狠作風撕裂了童話意境，以至於結尾二人被黑幫小弟射殺時互相凝望的眼神、鮮血與浪漫天國影像的童話營造顯得惡趣味十足。臺灣電影警匪片製作經驗相對薄弱，與臺灣電影當局在這方面控制較嚴有關，一涉及警匪，大抵採用這種不太自信的搞笑風格，《甜蜜殺機》雜糅警匪片與小清新電影的嘗試得到觀眾、評論界的廣泛認可〔註29〕。

　　愛情敘事與懸疑元素雜糅的影片往往將懸疑揭開的過程定格為愛情童話成立的時刻，或在解構的同時亦注重積極的建構，「愛情」總歸維繫著終極信仰。相反，華語新生代導演（以75後為主）對於愛情的態度則是解構大於建構，對愛情更多執懷疑的態度，愛情只關乎自我，「愛偶」只不過是配合出演「愛情」的遊戲。如趙天宇執導的《雙食記》（2008）就是解構式的懸疑愛情電影，它撕開一層愛情童話，爾後再撕開另外一重，徹底打破觀者對於愛情童話重建的期待。影片開場是一個溫情脈脈的愛情場景，觀者幾乎要期待一個都市愛情童話——高富帥老闆與白富美空姐的夢幻愛情，然而時不時失蹤的男主角令這段夢幻染不上祥之感。爾後謎底揭開，另一個洞悉局勢的女主角（妻子）出場，一個老套的出軌故事，只不過「童話」女主角（丈夫的情人）還蒙在鼓裏。妻子對愛情的執念令她採取了「殺」的方式，她不動聲色地調教丈夫情人的烹飪手藝，暗中以食物相剋的原理讓「吃兩家飯」的丈夫慢性中毒。至此，夫妻二人表面的柔情蜜意已被血淋淋的謀殺取代。「童話」男／女主角發現被操控的時刻，亦是操控者徹底遭遇挫敗的時刻。妻子最終發現，她想以「殺」的方式奪回的「愛」原來早已不存在，她有遠不止一個的「情敵」系列，或者說，事實上她根本沒有情敵，她的丈夫不過遊戲愛情，且早已不相信愛情。「童話」男主角原形畢現後，化身為「智者」，點出了「誰都只愛自己」的哲學觀，最後對鏡修飾了一番，與自己吻別。他的形象轟塌之後，他從容地損毀自己的身體。

〔註29〕　《《甜蜜殺機》登三八檔口碑冠軍　全新偵探題材獲贊》，見新華網2014-03-11。

3. 顛覆愛情：以《愛情的牙齒》、葉念琛「愛情三部曲」爲例

　　臺灣電影早在藝術電影一枝獨秀的 90 年代開始了對愛情的解構，如蔡明亮的《愛情萬歲》（1994）、楊德昌的《麻將》（1996）、陳玉勳的《愛情來了》（1997）等。《愛情來了》中愛情最終也沒有來，只有孤獨寂寞的人對愛情的期待和想像，《麻將》中愛情成了性消費的幌子，更爲極端的是，「情人」是主人公承擔的團隊角色，通過「愛情」的方式說服另一方爲自己付出〔註 30〕（爲背後的「兄弟」／「姐妹」解決性需求）。相比之下，香港和大陸青春電影中對愛情的解構則要晚近得多，大抵是十多年之後才出現，大陸導演莊宇新的《愛情的牙齒》（2007）、香港導演葉念琛的《獨家試愛》（2006）、《十分愛》（2007）、《我的最愛》（2008）這類徹底解構愛情的電影在茲時頗具先鋒意味。進入 21 世紀以來以小清新爲特色的臺灣青春電影絕少徹底顛覆愛情，在某種程度上來說，小清新敘事極度倚賴若有若無的情感，愛情是小清新電影必須借助、然而又不能過於浸入的元素。小清新電影十分注意把握情感的「度」，總是交織著親情、友情、愛情、同性情以至人與自然之間的溫情，等等，其中，愛情是最爲微妙的，最富光芒又最易消殞，臺灣小清新電影對愛情的描述非常審愼，絕少有如同時期大陸、香港青年導演作品中那類生猛的解構。在大陸、香港 80 後導演的青春電影中，校園青春電影致力於渲染純愛，與臺灣小清新電影相類，而後青春敘事中的愛情設置則皆以解構爲主，如麥曦茵執導的《前度》（2010）、《曖昧不明關係研究學會》（2014）和田羽生執導的《前任攻略》（2014）、張末執導的《28 歲未成年》（2016）等影片中對愛情的態度皆是既渴望、又絕望。相比之下，大陸、香港較年長一輩的導演即便解構了愛情，最終總要給觀者留下重建的希望，如近年比較有代表性的《哪一天我們會飛》（黃修平執導，2015）、《29+1》（彭秀慧執導，2016）。

　　臺灣 90 年代新新電影對愛情的解構大抵是以一種迷離的視角呈現、最終還是返歸到「期盼愛情」的軌道，華語青春電影中眞正徹底顛覆愛情的主題出現在 2000 年之後，典型代表是大陸學院派導演莊宇新《愛情的牙齒》以及香港新生代導演葉念琛的「愛情三部曲」。在這些頗具先鋒氣質的解構敘事中，愛情的過程被放大，主體在愛情中的感受亦被放大，「愛情」被置於聚光燈下被「解剖」，剝繭抽絲之後的「愛情」無從被賦形，更坐實了「愛

〔註30〕影片中的四人詐騙團夥以及被負責「獵艷」的香港（人名）釣到手的 Angel 皆以「自己的就是兄弟們/姐妹們」的爲由讓對方爲自己的兄弟/姐妹提供性消費。

情」的形而上色彩——「愛情」與自我的期許以及幻覺相關。《愛情的牙齒》通過一位女性的三段情感肢解了愛情，女主人公——曾經的革命小將錢葉紅最終將愛情與一種生理上的痛感混同爲一，愛情只在她感受到疼痛的時候才存在。中學時代未曾展開就夭折的初戀留給錢葉紅一生的疼痛，大學畢業前與有夫之婦的一場地下戀讓她經歷懷孕、流產、被學校開除，從天之驕子貶爲肉聯廠職工。至此，形如槁木的錢葉紅走進婚姻如同走形式一般，與丈夫異地時還能維持，同處一個屋簷下則怎麼也對付不來。中學時代的俊秀男生在情書中坦陳自己被校霸錢葉紅「咄咄逼人的眼神征服」，爾後他也被錢葉紅對愛情的鄙夷態度所激怒，對著當眾調侃情書的錢葉紅猛地拍了一板磚。如果說前者的示愛不經意間觸醒了後者的少女情懷，那麼，後者的鄙夷也激發了前者的雄性激素。二人交鋒，一招一式，都使得雙方在對抗的同時更加靠近對方。俊秀男生變得更爲勇敢，面對「來勢洶洶」的復仇聯盟絕不低頭，悍然奪過板磚狠拍在自己的腳掌上。與此同時，被拍的革命小將錢葉紅亦不再鄙薄被她稱之爲「破鞋」的女生，愛美的、柔情的一面在她內心悄悄滋生。彼此愛上自己的匱乏，主體也在這愛的暗示下從單維延展至多維，只不過，愛情在確認的那一刻戛然而止〔註31〕。第二段愛情很大程度上是對這段未展開的愛情的彌補，對初戀懷有愧疚的錢葉紅飛蛾撲火般捲入一段沒有結果的婚外戀，在比她大 16 歲的已婚男面前既像情人、又像母親一般袒護他，結局是意料之中的，東窗事發之後，男人爲求自保把自己摘得乾乾淨淨，置她於地獄而不顧。多年後在街頭重逢竟仍在怨叨自己這些年「挺難過的」，這一段混雜著肉欲的愛情至此死滅。在第三段婚姻中，已對愛情絕望的錢葉紅已「愛無能」，理性告訴自己應該珍惜擁有的，卻在找到丈夫的那一刻放棄，她做不到。影片表面上是講愛情來得不合時機，愛情象牙齒一樣，被拔除之後再也無法正常生長。剖開內裏看，影片從根本上解構了愛情。錢葉紅與初中時代俊秀男生之間的愛情，是從劍拔弩張的對峙開始的。校霸錢葉紅是懦弱男生的偶像，影片中男生親手爲其縫靠墊的情節加重了角色本身的性倒錯設置，與其說他愛慕錢葉紅，不如說他迷上錢葉紅一呼百應、英姿颯爽的「大

〔註31〕影片中錢葉紅爲彌補內心愧疚，放學路上騎車試圖載他一程、被拒絕，錢葉紅照舊罵了他一句「臭小子」，只不過這一次不再是惡狠狠的威脅，而是帶著示愛、撒嬌的意味。得到肯定的男生興奮不已，執意要與好友一起下河游泳——不顧他的傷腳，結果丟了性命。

姐範」，是被去勢的男性意圖通過認同於強勢女性重新獲得力量。第二段愛情中，錢葉紅與已婚男之間完全是不對等的，錢葉紅把對第一段愛情中夭折少年的歉疚疊加在這個大她 16 歲的男人身上。二人的角色是顛倒的，年齡上近乎父女，愛情關係中卻近似「母子」。唯一可能貼近世俗中愛情的第三段婚姻中，錢葉紅卻已喪失愛的能力。她既不能做一個合格的母親，亦無法擔當愛人的角色。她結束了這段婚姻的時候卻又從丈夫拔牙相贈的回憶中感覺到了愛情。愛情只能在想像中、在回憶中存在，一觸碰當下，立馬顯示出它的蒼白與無力。

相比大陸 70 後導演的愛情敘事總抑制不住地要回溯當年、為當下尋找解釋，香港的 70 後導演則直指當下，愛情的前史被略去，一開場就已是愛情的現在進行時，沒有大陸同齡導演作品中念茲在茲的「定情」瞬間，線性時間被打亂，亦無連綴片斷為整體的完形意識，愛情碎裂為片片段段、旋生旋滅的感覺，起點已不重要。葉念琛的《獨家試愛》《十分愛》《我的最愛》合稱「愛情三部曲」，在新世紀以來第一個十年的末期曾引發港臺兩地青年的觀影狂潮，影片在歷盡曲折、給予觀眾童話期待的結尾處，總會來一個終極反轉，顛覆此前的愛情假相。觀者在讀解影片的過程中往往要經歷不斷的修正，此前生成的意象不斷被否定，最後愛情沒有結果、只是無盡的循環。沒有浪子回頭，沒有癡心永固，暗示所有貌似童話的愛情終有面臨解構的時刻，愛情童話只是假相暫未被戳穿時的一種臨時狀態。如此，建構愛情童話的過程就像頑皮的小孩在沙灘上堆砌宮殿，隨建隨毀，取決於自己一時的興趣或海浪來潮的時機，童話的建構方式本身就是反童話的。葉念琛的「愛情三部曲」浸淫了濃鬱的後現代意識，傳統兩性之爭充斥著理性與感性、傳統與現代、陽剛與陰柔之類的二元對立，葉念琛電影中的兩性之爭往往指向無處不在的權力之爭，體現為控制與反控制的遊戲，體現為忠貞與背叛的二律背反。他的愛情敘事亦消解了反抗的意義、否定了抗爭。一方面現代女性之愛情自主的反抗性意義不再，80 年代青春電影中女性追求愛情自主（身體自主）、拒絕充當原生家庭之交易物的舉動往往被賦予革命性的意義，而在消費時代，女性身體也逃離不了被物化為消費品的可能性。在性開放的現代都市愛情遊戲中，無論是作為「獵物」還是作為「獵者」，女性的身體自主皆失去了反抗性的意義，更像是對於男權消費社會的一種主動迎合，茲時對身體的管控比放縱身體更具有反抗性的意義。另一方面，葉念琛電影中的愛

情敍事抹去了一切圍繞愛情的抗爭性行爲。傳統愛情電影中愛情出現危機的時刻往往是考驗男女主人公決心和勇氣、體現主人公人格魅力的時刻〔註32〕，葉念琛的愛情電影中則沒有這個情節設置。當第三者插足（往往不費吹灰之力）成功，主人公第一時間投入到能讓自身找回平衡感（復仇或享樂）的行動，卻不是努力重獲愛情，其關注點在自身的「療癒」，無關對象。愛情的障礙其實不是「第三者」，而是游移的欲望，缺乏一以貫之的渴求對象，主人公無從抗爭。葉念琛執導的青春電影中愛情都是順水推舟地發生，其分與合只憑機緣巧合，無關個人的努力，結尾處的圓滿不過是以待戳穿的假相。如果說大陸 70 後導演莊宇新解構愛情的方式是將愛情「虛位化」（寄存於記憶或想像之中），葉念琛的「愛情三部曲」則以童話的方式徹底解構了童話。

2010 年來香港和大陸導演的愛情解構敍事已十分近似，麥曦茵執導的《前度》、田羽生執導的《前任攻略》都瞄準了愛情關係中的「前任」，前任與現任的界限往往模糊不清，前任可以晉升爲現任，現任也可能迅速成爲過去時。都市男女游離的情感，找不到固著點，成系列的前任、唾手可得的「女朋友／男朋友」消解了傳統愛情故事中「激勵事件」的價值。愛情降格爲「物」，「物」氾濫的時代，追尋的價值不復存在。無論是《前度》，還是《前任攻略》，男主人公總會與一干前任糾纏不清，在前任與現任之間摸不准自己想要的到底是什麼。愛情的「過去時」與「現在時」同存一個時空，打亂了線性的愛情故事，人也在愛情的「時空錯亂感」中迷失，既不懂得珍惜現在，又失去了對愛情的把握能力。每一次的分手既傷感，又暗含新的期待，愛情成爲都市男女體驗存在感的方式。《前度》強調了最初的前任在男主人公現在生活中所佔據的位置，與其說是男主人公對前任的懷念，不如說是對其原初本我的懷念。青春已逝、激情才華褪色的男主人公要牢牢抓住青春時代刻骨銘心的初戀記憶給迷失的自我尋找一個固著點。《前任攻略》中走過青春的男主人公決定與前任的老公的前任結婚，與其說確認了眞愛，不如

〔註32〕羅伯特・麥基在闡釋「故事」要義時將這類情節點稱爲「激勵事件」，「一個事件打破一個人物生活的平衡……在他內心激發起一個自覺和/或不自覺的欲望，意欲恢復平穩，於是這一事件就將其送上了一條追尋欲望對象的求索之路，一路上他必須與各種（內心的、個人的、外界的）對抗力量相抗衡。」參見〔美〕羅伯特・麥基著，周鐵東譯：《故事——材質、結構、風格和銀幕劇作的原理》，230 頁，北京，中國電影出版社，2001。

說，他是借結婚來爲這種無休止的兩性遊戲劃上休止符，嘗試一下爲愛情有所承擔的滋味，帶有「向死而生」的「壯士」意味，結果自然是破產。愛情束縛不了的東西，一紙婚姻也同樣做不到。《曖昧不明關係研究學會》中六個男女主人公幾乎沒有一段確證的愛情，游離的曖昧關係中滿是愛情的暗示、卻不提供相愛的證據，大家躲在「曖昧」的安全範圍內，小心護衛著自尊，熟諳兩性關係的規則——首先打破界限的那個人一定是輸家。男女主人公在經年累月的曖昧關係中享受溫情與關愛，又在陌生男女身上釋放性衝動，二者絕無承擔之虞，古老愛情故事中的「定情之吻」在光怪陸離的後現代重新顯示出它存在的意義。張末執導的《28 歲未成年》（2016）則由一段遲遲得不到契約的十年愛情，解構了曾經的校園愛情童話。童話中男女主人公在一起是終點，《28 歲未成年》中男主人公示愛是起點，金童玉女在一起十年的結果是愛情的荒蕪。困在愛情中消耗了青春的女主人公一夜之間發現自己一無所有、即將被拋棄。在致幻巧克力的幫助下，她重返青春、重獲愛神的青睞，而這一切又在幻覺消失後回歸現實。致幻巧克力召喚回愛情的設置本身就暴露了愛情的虛幻性。

4. 童話的重建：愛情作爲「療癒」

　　華語青春電影中的愛情敘事經歷過徹底的解構，要在電影中重建對「愛情」的信仰是十分艱難的事，「純愛」的青春電影或多或少顯得有些浮淺，或者難以自證其眞。華語世界 80 後、90 後青年成長於全球化的時代，面臨空前的社會壓力，雖然也嚮往特立獨行者的作派，然而在現實生活中是中產階級的理性支配著他們的愛情選擇。需要愛情童話的撫慰，而理性又會不動聲色地解構童話，這就是愛情童話的二難，在 80 後甚至更年輕的 90 後成爲觀影主力的時代，愛情童話必須置於其他的時空才能獲得講述的空間。「療癒系」的愛情故事應運而生，這類現代童話總是發生在過去，藉時光的流轉暈染出它的童話色彩，如《戀之風景》（2003，黎妙雪執導）、《沉睡的青春》（2007，鄭芬芬執導）、《時光倒流的話》（2007，麥啓光）、《生日快樂》（2007，馬楚成執導）、《山楂樹之戀》（2010，張藝謀執導）、《哪一天我們會飛》（2015，黃修平執導）、《我的少女時代》（2015，陳玉珊執導），等等。這類影片將回憶裏的愛情打扮成童話的模樣，藉擁有過一段眞摯的感情來證明自身價值。值得注意的是，這類祭奠往昔愛情的療癒系電影大都隱含著一種對現世（以

及現世愛情）的否定，由否定「現在」開啓逆時空之旅，在對「過去」愛情之美好的追憶中，重拾對自我的肯定，本質上還是一種返歸「自我」的愛情敘事。

《戀之風景》將敘事重心從無法逆轉的「死亡悲劇」轉移開，以未亡人尋找死者生前遺作中的風景爲引子，在尋找之旅中回顧童話般的愛情〔註33〕、撫慰無法一次死去、陷於無止盡折磨中的未亡人。影片中女主角無法面對男友的死去，她的試圖自殺（割脈）、無意識的自殺（失去嗅覺、任煤氣洩露）都是帶有自毀性的告別儀式的一部分。最終她選擇去青島尋找男友少時的遺跡，抄寫死者生前的日記，重溫死者最後的心靈之旅。已故男友已成她生命中的一部分，她需要借尋找男友的遺跡安頓自己生命中已逝去的那一部分。在青島邂逅郵遞員小烈、與之暗生情愫使她從哀悼儀式的沉湎中驚醒——原來自己也不是自己想像的那般癡情，童話女主角形象自我裂解了，卻也啓動了療癒機制〔註34〕。她在尋找的過程中放下，在重新感受愛情的過程中恢復生活下去的勇氣。尋找之旅結束，對於亡者的告別儀式也完成了。《徵婚啓事》（1998，陳國富執導）、《李米的猜想》（2008）中的愛情敘事同樣有一個戀人死亡的設置，只不過死亡的消息延宕了，它事先以失蹤作爲「預警」，讓未亡人在懸而未決的尋找／猜忌過程中焦躁不安、透支了悲傷，當噩耗眞正抵達的時刻，反而是解脫到來的時刻。

《山楂樹之戀》《沉睡的青春》《生日快樂》《哪一天我們會飛》中的愛情故事都有一個死於華年的男主人公，這類商業訴求明顯的療癒系愛情會讓殘酷的青春創傷性記憶隨著敘事／電影的過程得到平復，如同時間的淬煉，時過境遷之後、在主體的講述中已轉化爲他者的故事。一段記憶既已生成，它就彷彿進入了集體記憶之中，成爲飄浮在空氣中的幽靈，它可能日後借別的思維主體顯影〔註35〕。當故事在別的時空被講述時，原初的記憶主體已走

〔註33〕影片中回憶的愛情畫面皆做了柔化處理，配合優美傷感的背景音樂，非常具有夢幻色彩。

〔註34〕影片中女主角曼兒沉浸在尋找的過程中、習慣了尋找的狀態，一方面拒絕徹底地告別死者，另一方面又享受著郵遞員小烈的陪伴。她懼怕尋找的過程結束，坦言「尋找」對她意味著德森（男友）還在身邊、尚未離去。然與小烈情不自禁的擁吻打破了這種狀態，她不得不直視自己的現狀，直視被擊碎的幻覺。

〔註35〕莫迪亞諾在《暗店街》中質疑了記憶的歸屬，當主人公尋找完自己的身世之謎之後，他並不確定，這些拼湊出來的過往是自己的記憶，還是自己誤領了他人的記憶，或他人的記憶借「我」的思維顯影。參見莫迪亞諾：《暗店街》

出了創傷的陰影，久遠的、憂傷的「死別」詩意化，更貼合了童話的語境。相比之下，藝術電影中的青春愛情故事往往拒絕「療癒」，如《與往事乾杯》（1995，夏鋼執導）、《愛情的牙齒》（2007，莊宇新執導）、《那年初夏》（2012，李彥廷執導）等等，更類似一種「強迫痛苦」的精神自虐。如《與往事乾杯》中女主人公濛濛將戀人老巴之死（車禍）歸咎於自己少女時代與老巴之父的不倫之戀，陷入深深的負罪情緒中。作爲第五代導演的謝鋼拒絕療癒機制的敘事，似乎沉重的人生方顯存在的價值。同樣，《愛情的牙齒》中錢葉紅對初戀的粗暴以及後者的死亡（溺水）將她推入了愛情不能完滿的宿命，錢葉紅潛意識中將初戀之死亡歸咎於自身，帶著負罪之身、不敢嚮往健康的、甜蜜的愛情。《那年初夏》中女主人公同樣將她懷有歉意的男主人公的意外「壯烈」歸咎於自身。這類「反療癒」的青春愛情敘事基於一種「贖罪」式的出發點，將現狀的不如意歸結爲過往的罪孽，在反覆舔舐創傷的過程中達到對於現狀的釋然。如是，「自虐」式的編派記憶亦起到了安撫「不平」的作用，與療癒系的敘事機制殊途同歸。

　　每一段療癒系的愛情背後都有一個青春已逝的失意者，在蒼白冰冷的現實面前，失意的人需要籍回憶／建構一段曾經的、刻骨的愛情來撫慰自身，需要從擬想的癡情眼神中證明自身的價值、重新樹立自我。《哪一天我們會飛》《沉睡的青春》《生日快樂》《時光倒流的話》《山楂樹之戀》《我的少女時代》等影片幕後都有一個青春已逝的落寞女子的身影。這些存活在記憶中的純美愛情是建構的。回憶愛情是建構自我的一部分。在勾稽回憶的過程中往昔愛情日益豐滿，更顯出現實之骨感。建構回憶的過程亦對現實產生了干涉能力，對往昔的尋找與對往昔的回憶最後交匯，一方面爲童話愛情的眞實性提供了證據，另一方面也撫慰了現實中孤獨寂寥的靈魂。《沉睡的青春》就是這類典型的「療癒系電影」，女主人公徐青青與酗酒的父親守著一家老字號鐘錶店，日子單調、無聊，滿屋的鐘錶將小店裝扮成一座「時間的圍城」，徐青青就困在這圍城中。坐困愁城的她日益自閉，忘記了過去，也不去想將來，「遺忘等於死亡」。突然某天她邂逅了一段超越時空的青澀戀情，一個有著雙重人格的大男孩將她帶往十年前的中學時代。一段塵封的暗戀浮現、證明了自己曾經的存在，有人記著她的點點滴滴，比她自己還清楚。她在國中像醜小鴨一樣生活在暗角，帶著幼時被母親遺棄的創傷，寂寞地、籍籍無名

第 40 節，薛立華譯，百花文藝出版社，1986。

地度過中學時代。連自己都不願意去回憶（加工）的青春歲月，被眼前突然闖進來的大男孩喚醒，因為那裡居然藏著一場連她自己都不知道的暗戀，而她竟然是那個「幸福的女主角」，暗戀者是資優生蔡子涵。愛情讓她的青春得以存在，存在於愛戀者的心中。原來黯淡的青春也曾閃耀過，自己也曾是資優生眼中的焦點。徐青青在現實生活中十分落寞，整天醉薰薰、麻煩不斷的父親還不肯出售老店，她每天要被一長串鬧鐘接替著才能叫起，沒精打采地應付一個又一個日子，直到精神分裂症者陳柏宇的出現，她心底沉睡的青春才被喚起。原本她的青春，沒有來得及綻放，就已凋零。對於男主人公陳柏宇而言，摯友蔡子涵青春早夭的悲劇，把他的年齡定格在十年前。他拒絕承認蔡子涵死亡的事實，自己每天下午三點後變成蔡子涵，造訪他的父母，尋找他生前暗戀的對象，做他生前常做的事，有如儀式一般。人格定時的分裂是內心巨大的負疚所致。電影的重心沒有落在悲劇本身，而是聚集於悲劇發生之後，逝者的好友、親人無法告別的告別儀式——蔡子涵的父母忍受著一次次心的劇痛，配合著精神分裂者陳柏宇歸家、上演那一切如常的遊戲，明知一切永遠回不到從前。於陳柏宇而言，蔡子涵不僅僅是摯友，更是他的「唯一」，因此得知蔡子涵愛上徐青青時，他無論如何不能接受——這個在他眼中是「沒有靈魂的洋娃娃」的徐青青，根本不值得蔡子涵去愛。悲劇的源頭就在這裡：蔡子涵要在陳柏宇面前證明自己對徐青青的愛，不會游泳的他從瀑布上跳下，生命在那一刻定格。蔡子涵證明了他的愛，卻失去了可以承載這愛的生命。他的青春、他的愛情作為傳說而存在。這傳說作了一個長長的旅行，十年後，終於抵達女主角身邊，喚起了女主角沉睡的青春——她甚至想要與這個每天下午三點鐘會變成蔡子涵來愛她的陳柏宇一起遠走高飛，從她被拘禁的鐘錶老店逃離、從頭來過；她甚至不願意配合精神醫師讓陳柏宇的人格恢復健康——因為那樣就意味著「蔡子涵」的永遠消失——那個唯一記著她的名字、見證了她的青春的人消失。陳柏宇的精神分裂是創傷後遺症，亦可視作蔡子涵因未能完成的愛情執念附身陳柏宇，讓陳代替他去宣告這一段他生前因儒弱而不敢言明的愛戀。籍由探尋過去的旅程，一段幽微的暗戀浮出水面，亡靈得以安息、未亡人則完成了告別「創傷」的儀式。

不同於《哪一天我們會飛》《沉睡的青春》《生日快樂》《山楂樹之戀》中與青春的夭折糅織在一起的帶有「虐心」的療癒，《我的少女時代》是一部百分之百的療癒電影。電影（或者說主人公建構回憶的過程）充當了魔術棒，

點亮了庸常的人生。影片開始女主人公林眞心職場不順,被更年青的一代譏諷爲沒有情調、只知道埋頭傻幹的老姑娘。落寞的林眞心回憶起自己的少女時代,醜小鴨一樣的少女,在電影(回憶)裏一點點地變得可愛,還有兩個學霸兼帥哥同時喜歡,這是多少如林眞心一樣平凡、粗笨的女生曾經做過的夢,一如泰國小清新電影《初戀這件小事》(2012,普特鵬・普羅薩卡・那・薩克那卡林/華森・波克彭聯合執導)中的醜小鴨小水在自己暗戀的學長的激勵下,一步步變身美少女,贏得他的愛慕。這本質上是平凡的、角落裏的少女的勵志傳奇,它綻放在電影中,而絕大多數角落裏的女生(觀眾),永遠晾在了角落裏,沒有機會綻放一下的青春,倏地就湮滅了。觀者與其說是爲電影感動而落淚,不如說,是爲自己未曾綻放的青春而落淚。因爲,她們曾經與電影中女主角的前半截人生如此地相似,沒有優渥的家境,沒有姣好的身材和容貌,沒有出眾的學業表現,但是,至少,她們很善良,也很執著,這是一個極易讓觀者產生代入感的女主角形象。電影代替觀者完成了醜小鴨變身白天鵝的美夢,代償了她們不曾完滿的人生,比如對喜歡的人不敢表白(沒有勇氣),對討厭的人不夠凶(沒有霸氣)。電影(回憶)中的林眞心們可以在校慶集會上大聲抗議訓導主任的偏見和「暴政」並引發全校的聲援,現實生活中大齡女子林眞心卻只能對自私、委瑣的上司逆來順受,這是大多數灰姑娘的生活。電影讓青春重來一遍,如遊戲設定一般改寫黯淡的人生,捕捉平凡人的閃光點、賦予他/她好運,把所有的遺憾在電影中一一修正,還她/他一個甜蜜的、充滿審美的憂傷的青春。儘管在現實中什麼都不能改變,然而觀者在那一場淚雨滂沱中宣洩了心中的鬱積、參與了一場改寫青春的「合謀」,「重溫」了一遍充滿正能量的青春,把那些自卑的、受挫的、充滿困擾的記憶再一次打掃乾淨、輕裝上路。

本章小結

當代華語青春電影中的愛情敘事是主體探詢自我、形塑自我、尋求認同的一部分,經歷了 80 年代前期負載主流意識形態之規訓意志,到探索愛情、試圖將「愛情」主體化,到解構愛情、以童話的方式重建愛情信仰,「自我」在愛情的敘事演變中逐漸成爲一種終極所指。

「愛情」是文化的構造物,80 年代大陸青春電影中的愛情敘事往往被抑

制在蒙昧狀態，愛情其時尚是一種沒有獲得主體地位的議題，少量以愛情名義進行的敘事往往無關愛情，而是服務於不同意識形態之間的紛爭。80 年代初期的青春愛情故事甚至殘存著階級鬥爭的思維，茲時的愛情是對於響應新主流之規訓的年輕人一種附帶的「獎賞」。八九十年代之交大陸青春電影中的愛情主題基本服務於轉型期的集體無意識，愛情之徵象茲時體現爲大眾對現行秩序之含混狀態的焦慮，在階層洗牌的大環境下，每個人都深藏著「淪爲邊緣人」的恐懼。90 年代青春電影既大張旗鼓地開啓了愛情的探索，又深深地表達了對於愛情的無力感。在第六代導演的青春故事中，愛情敘事的主要訴求是建構認同。在空前開放和多元的環境下成長起來的第六代導演大多在體制外拍片，在自我表達方面享有空前的自由，愛情主題在第六代的鏡頭下發展出迥異於此前的多元面相。反對大一統的敘事、推崇個人性的表達是第六代的理念。第六代導演在愛情主體上傾注了自我的認同，同時，也通過種種敘事的策略謀求他者的認同。

在「性」之於「愛情」的表現上，華語青春電影經歷了一個「禁忌」－凸顯－分離的過程。80 年代大陸青春電影中「性」是與某種「不潔」「流氓」式的修辭聯繫在一起，而「愛情」是崇高的、形而上的，隸屬於社會主義事業的一部分。這種設定在宏大敘事解體的 90 年代開始走向反面，在 90 年代的第五代導演尙視「性」爲某種禁忌、將「性」相關的敘事演繹爲某種訓喻之時，第六代導演青春電影空前大膽地展現「以性先行」的愛情，而同時期臺灣青春電影中則出現了愛情荒蕪、唯「性」生長的「愛情末日」情景，「性」已與愛無關。「性」「愛」分開成了 21 世紀華語青春電影心照不宣的法則。剝離了宏大敘事、剝離了「性」，愛情在與「夢想」的博弈中日益顯示出其本來的面目，現代愛情是一個關於「自戀」的故事，愛情主人公的所有抉擇只繫乎一點：如何更好地「愛自己」。從這個意義上看，人格化的愛情亦是「自戀」情結的產物。愛情是孤注一擲地傾注認同，必然要求被認同，爲建立這份認同，愛情主人公甚至可以付出生命的代價。

港臺 90 年代青春電影已開啓了「愛情萬歲」式的解構敘事，以最虔誠的愛情傳奇敘事顛覆了「永恆的愛情」，是以 21 世紀以來港臺青春電影中的愛情敘事輕鬆、愜意，遊戲、消遣也好，慰藉、療傷也罷，愛情是可任意塗抹的萬金油，已與神聖之類的修飾語徹底絕緣。如克里斯托夫‧拉希所言，「認同的意義同時參照了人和事物。二者在現代社會中都喪失了一致性、明確性

和持續性。被解釋爲持久對象的世界，已經被設計出來的一次性產品所替代。在這樣的世界中，認同可以被接受，也可以被放棄，猶如化妝品的變化那樣。」〔註36〕在一個一切速朽的時代，「傳奇」不再，而「童話」卻是必不可少的慰藉，21 世紀華語青春電影對於都市愛情童話的表述處在一個建構與解構的二維中，一面是小心細緻地編織童話，維護幻境存在的幻覺，一面是生猛地解構愛情，以「認同」爲核心的愛情旋生旋滅，所有至眞至純的愛戀只存在於記憶中，且帶有記憶特有的建構性、欺騙性。現實中情感荒蕪、滿目瘡痍的現實需要在純美愛情的追憶中獲得撫慰，21 世紀華語青春電影中的愛情童話回歸童話的本性——置身冰冷水泥森林的成人渴望回到溫暖的童年，體驗童話、療癒創傷。

〔註36〕齊格蒙・鮑曼：《後現代性及其缺憾》，郇建立、李靜韜譯，103～104，學林出版社，2002。

第六章　建構認同：銀幕現代性主體的成長之旅

　　泰勒在《自我的根源——現代認同的形成》一書中借用知識考古學來闡析西方人道德理念的演變，通過研究西方現代化進程當中個體和群體關於道德的一些重大的「轉變經驗」，探詢現代性自我的形成過程。本章擬從青春電影這種重要的意識形態載體建構社會認同、從而達成對青少年受眾的無意識規訓的角度，剖析華語青春電影中現代性主體的演變，引入「社會認同」（「作為群體成員的自我概念」）和「個人認同」（把一個人與其他人區分開的自我的那些方面，確定一個人的唯一性）兩個維度，審視在社會語境轉變的情形下，兩種「認同」在建構現代性主體上的博弈。社會認同理論認為，當個人認同明顯時，單個群體成員可能對抗群體壓力，或忽視群體；反之，當作為群體成員（社會認同）的自我類別化明顯時，群體成員是去個性化的，他可能服從群體的規範，從群體規範的角度看自己，忽略他們的個人認同。〔註1〕社會認同可能強制疊加在個人認同之上，亦可能內化為個人認同的一部分，當個體屈從於群體的人際壓力而接受社會軌範，所達成的只是一種短暫的、不穩固（隨時可能隨著外在條件變化而鬆動）的順從（compliance），而真正的尊奉（true conformity）「涉及信念、態度或意願主觀的改變」。20 世紀 80年代起大陸、香港、臺灣皆不同程度地處在現代化進程當中，作為負載社會認同的群體「自我」投射在銀幕上，與受眾的個人認同交互影響，其本身亦

〔註1〕　參見〔英〕多米尼克‧艾布拉姆斯（Dominic Abrams）：《社會認同的過程》（*Processes of Social Identification*），王兵譯，載《社會心理研究》，2007 年第 2 期。

隨著社會語境的轉換不動聲色地自我調整。考察三十多年來銀幕現代性主體的形塑過程，也是從「認同建構」的角度審視其敘事策略的演變，探討一種從「順從」轉變爲「眞正的尊奉」的可能性。

青春電影的核心母題是「成長」，銀幕現代性主體的形塑亦借助於成長敘事，通過成長儀式／節點的設置、代際衝突－解決的模式等傳遞一種關於現代性主體的想像。80 年代前期大陸、臺灣、香港青春電影「社會認同」（族群認同）凸顯、個性化相對被抑制，銀幕上的成長敘事體現爲「社會文化規範對個體意識的塑造。正是通過這種塑造，社會主導話語內化爲個體的意識原則，由此，一種特定的文化主體得以生成」〔註2〕。這也是福柯所表述的社會對個體的規訓過程。「成長」本身是一個動態的命題，在不同社會語境下具有不同的含義，暴力－反抗、愛情是個體成長過程中濃墨重彩的主題，對成人世界規範的反抗是個體成長過程必不可少的一環，愛情毫無疑問也是個體確立自我的重要方式。成長的過程往往伴隨著尋找，尋找亦是個體經歷磨難、達成自我完滿的必經之途。正如古希臘神話中伊阿宋尋找金羊毛的過程，也是他獲得勇氣、力量以及愛情的過程，即成長爲英雄的過程。

在人生的青春階段，個體從幼稚走向成熟，生命衝動與成人世界的軌範不可避免地發生激烈的衝突，涉世之初對成人世界的設定一次次被修正，最終個體調整自身預期，找到一個與之榫接的點，一步步融入成人的世界。伊薩克・塞奎拉（Isaac Sequeira）綜合各位批評家關於「涉世」主題的不同側重與細微差別，給出了一個全面的定義：「涉世是一種存在的危機或生命中一系列的遭遇，差不多經常是令人痛苦的，伴隨著處於青春期的主人公獲得關於他自身、關於罪惡的本性或關於世界的有價值的知識的經歷。那種知識伴隨著一種喪失天眞感和疏離感，而且如果那知識從根本上具有某些永久效應，那必將導致性格和行爲的變化；因爲如果知識不能改變個體的思想和行爲的話，就不會有學習——一種知識的獲得本身了。差不多每一次變化都導向與成人世界的適應性整合。」〔註3〕

〔註 2〕 邵明：《化蛹爲蛾——1990 年代以來「成長小說」的文化立場》，載《當代文壇》，2006 年第 1 期，37 頁。

〔註 3〕 〔美〕伊薩克・塞奎拉（Isaac Sequeira）：《現代美國小說中的涉世主題》，22 ～24 頁，邁索爾基塔出版社，1975。轉引自〔美〕鄭樹森：《「涉世」的意識形態——論侯孝賢的五部電影》，吳小俐、唐夢譯，載《世界電影》，1998 年第 4 期，49 頁。

　　成長的過程充滿挫折，無論不羈的個體最終是接受規訓、與成人世界妥協，還是以自己的方式達成精神的強大自足，成長敘事的框架大體是「成長主體與外在影響相互較量的掙扎史，往往落歸於某種群體信念或者集群生計，最終仍是回到被感召、被照耀的軌道」〔註4〕。新中國前三十年的紅色經典電影，如《小兵張嘎》《戰火中的青春》《董存瑞》等影片中，成長的儀式往往見證著「犧牲和獻身」，「是對真正的生命意義的再度確認與昇華」〔註5〕。個體的生命融入到集體的榮辱中，以獻身集體獲得最高的榮譽。接受了這一套價值規訓、隨時準備爲集體奉獻生命，個體也就完成了革命熔爐中的成長。克服死亡的恐懼是這類成人儀式的核心，籍由對精神永存的承諾，讓個體敢於自我犧牲（肉身），以成全集體的利益。

　　正如弗雷德里克・傑姆遜所言，「所有第三世界的文本均帶有寓言性和特殊性，我們應該把這些本書當作民族寓言來閱讀，特別當它們的形式是從占主導地位的西方表達形式的機制——例如小說（當然也包括電影）——上發展起來的。」〔註6〕紅色經典亦可視作茲時典型的第三世界文本。第三世界處在全球資本主義體系的底端，爲求生存、壯大往往會要求個體絕對服從於集體，以集體的力量來與叢林世界抗衡，如同自然界處在食物鏈底端的動物往往有一些爲族群犧牲的遺傳基因（例如兵蟻保護蟻巢會採取各種自我犧牲的策略）〔註7〕，社會發展到一定階段，這種無條件的、帶有道德強迫意味的犧牲就難以獲得回應。大陸、香港、臺灣三地社會發展水平不一，建構社會認同的範式亦有差異。總體而言，80 年代起大陸青春電影中的成長儀式已較少關乎爲集體的「犧牲和獻身」，更多表現的是個體從集體軌範（舊體制）中脫離出來，尋找、確立新的群體自我的過程，銀幕現代性主體的形塑悄然轉移到平凡的、現代社會個體的維度。另一方面，80 年代華語青春電影中強有力的主流意識形態規訓逐漸被 90 年代以來日益凸現的個人主義式的認同取代，

〔註4〕施戰軍：《論中國式的成長小說的生成》，載《文藝研究》，2006 年第 11 期，5頁。

〔註5〕戴錦華：《歷史敘事與話語：十七年歷史題材影片二題》，載《北京電影學院學報》，1991 年第 2 期，50 頁。

〔註6〕弗雷德里克・傑姆遜：《處於跨國資本主義時代中的第三世界文學》，張京媛譯，載《當代電影》，1989 年第 6 期，48 頁。

〔註7〕如尖齒大頭蟻（Pheidole dentata）中的兵蟻會纏住敵人，爲工蟻和蟻后爭取撤退時間，弓背蟻（Camponotus cylindricus）甚至把自己的身體爆開，噴出黏液黏住敵人。參見知乎，https://www.zhihu.com/question/20897072

又在 21 世紀新的主流成形的過程中與之達成了一種微妙的妥協。

第一節　認同的重建：從「凡人英雄」到「反叛者」

　　80 年代初大陸、臺灣、香港電影皆處在變革中，大陸政治領域的「撥亂反正」以及傷痕反思的文化思潮主導了銀幕世界，新主流的意志尤其體現在茲時的青春電影中，借銀幕世界的新青年建立起新主流的自我認同。另一方面，新主流亦致力於彌合新舊兩種意識形態的斷裂，援引「十七年」的政治資源為自身正名，將其間的「文化大革命」視作一段脫軌的、另類的歷史，放逐於社會主義進程之外。80 年代初大陸銀幕上的成長敘事往往最終落腳在成長儀式上，經由「儀式」獲得一種精神、傳承一種理念，並重新獲得集體的身份認同。按照傳統社會學的觀點，集體身份認同「是指文化主體在兩個不同文化群體或亞群體之間進行抉擇……這個文化主體須將一種文化視為集體文化自我，而將另一種文化視為他者」。〔註 8〕80 年代大陸青春電影鮮明地提供了一組「我」「他」的對峙，被規訓的對象能循著這套二元設置輕鬆找到自己應當歸入的群類，跟隨銀幕主人公的成長歷程建立自己的集體身份認同。與之相類，同時期港臺青春電影亦致力於建立族群認同，一種混雜著本土意識與大中華意識的自我界定投射在銀幕上。香港新浪潮電影亦通過「我」「他」區分的策略來獲得某種主體性的想像，而臺灣則更多致力於消泯本土訴求於大一統的中華想像中。90 年代以來華語世界光怪陸離的社會語境下電影已很難與觀者之間建立這種大一統的、有效的社會認同。90 年代大陸第六代導演的青春電影中的青春主體是拒絕規訓的一代，他們的反叛包含著複雜曖昧的情緒，對於父輩及其代表的革命遺產，既鄙夷、又珍視，對於資本、市場之類新興勢力的態度也是含混的，既不屑、又期盼，而他們自身，往往既自棄，又自傲。較之港臺青春電影，大陸八九十年代青春電影中建構主體性的意識最為鮮明，從 80 年代的「凡人英雄」到 90 年代的「反叛者」，現代性主體在認同的重建中一點點地生長。在 90 年代大陸主流電影、商業電影、藝術電影三分天下的局面下，竭力實現溝通、達成共識的舉動猶如建造巴別塔，更增添混亂、無序。另一方面，90 年代大陸年青人群體之間日益疏離、無法溝通（對比 80 年代雖階層分明、卻有共享的話語體系），身份認同的需

〔註 8〕陶家俊：《身份認同導論》，載《外國文學》，2004 年第 2 期，37 頁。

求空前迫切，自我執念亦空前強烈。這些複雜的社會症候反映在 90 年代形形色色的「反叛者」群像上，體現爲建構（小）群體認同的急切、語無倫次。

1. 「英雄」與「凡人」：80 年代大陸青春電影中的群體認同

就大陸而言，80 年代青春電影向有新中國前三十年電影的遺風，雖然整個社會的意識形態正經歷從「英雄」到「凡人」的過渡，但 80 年代前期銀幕世界中的「凡人」帶有濃鬱的「英雄」色彩，他們往往沒有父親，或父親的角色被弱化到幾乎令人不察，他們在廣闊的天地間經受磨難、鍛造自我。將時代之子去英雄化，建立可供皈依的「凡人英雄」形象，以對衝改革開放可能帶來的意識形態混亂，是這一時期青春電影的主調。與前三十年的「英雄」不同的是，這類「凡人英雄」沒有引路人（亦鮮有同盟者），孤獨地成長，他們既疏離於大眾、帶有精英色彩，又是完完全全的凡人，有凡人的追求。由「英雄」到「凡人」的轉變亦折射出時代之子們隱匿本眞、融入世俗的艱難歷程。

（1）「革命」遺風──「引路人」之於成長儀式

大陸「前三十年」電影中的成長敘事總有一個強大的「引路人」角色，革命後代接受「引路人」的指引，摒棄自我身上的「低階」屬性，一步步朝「引路人」靠攏，最終完成在革命熔爐中的成長。80 年代一個明顯的變化是「引路人」角色日漸弱化、幾近不察。80 年代的銀幕主體是孤獨的「凡人英雄」，不僅其成長路上沒有強大的「引路人」，其自身也很難成長爲「引路人」、實現對他人的引導。80 年代銀幕上的「凡人英雄」甚至要以對抗形式上的「引路人」確立「自我」、實現「自我」的成長。從《被愛情遺忘的角落》（1981）到《街上流行紅裙子》（1984）中「引路人」角色的營造可以清晰地看出這一點。

《被愛情遺忘的角落》中的許榮樹是一個孤獨的「凡人英雄」。影片對許榮樹的角色設定──復員軍人，影片接近尾聲處他與荒妹定情的造型──一俯一仰，以及類似紅色經典的反抗敘事──許榮樹與提攜他的極左村支書（堂叔）對抗、帶領鄉親致富，荒妹接受許榮樹的詢喚、反抗母親包辦的買賣婚姻等情節設置，皆將許榮樹指向「引路人」的角色，而荒妹就是那個被解放者。荒妹的成長儀式就是她打破心靈的禁錮〔註9〕、接受許榮樹的愛情，

〔註9〕影片中荒妹因姐姐存妮的愛情悲劇而喪失了對愛情的信心，且敵視異性。

男性追求配偶的舉動被闡釋為引路人解救買賣婚姻的犧牲品。同樣，許榮樹與極左勢力抗爭的過程也是他贏得荒妹愛情的過程，本質上還是 30 年代左翼文學中「革命加戀愛」的那一套敘事，將「改革」比附為一場新的革命〔註10〕。然「凡人英雄」許榮樹已不是那個鋼鐵般的戰士，他面對極左勢力的猖獗顯得有些孤立，他幾次三番拉攏山旺叔做同盟的努力也總得不到回應，最後，他眼睜睜地看著荒妹被母親拉去鎮上照相親的照片（在他已與荒妹互表心跡之後）……這一切的大逆轉來自「尚方寶劍」——中央的文件。而這個「終極引導者」又是如此的令人琢磨不透——山旺叔就是在這樣反反覆覆的「中央文件」中喪失了鬥志。彷彿是命運的垂憐——對於苦心之人，而不是「引路人」的功績。80 年代初期這類「凡人英雄」身上總體現出濃鬱的「命運」色彩與揮之不去的悲情，這種情調又是個人化的、俗世裏的悲歡。《被愛情遺忘的角落》套用引路人與被解放者的敘事外殼，然「凡人英雄」許榮樹（亦是單身漢、窮小子）的世俗追求——「致富」與「娶妻」已突破了這層外殼、彰顯為主體。

如果說《被愛情遺忘的角落》中的成長敘事仍有意突出「引路人」（儘管「引路人」的功能已被弱化），80 年代大部分青春電影則裂解了引路人式的成長敘事，如《沙鷗》《逆光》《都市裏的村莊》《街上流行紅裙子》等。這些影片中的「凡人英雄」是以反對「引路人」的方式彰顯自己作為個人的存在。《沙鷗》中頑強與命運搏鬥的女排運動員沙鷗抗拒組織的安排、堅持帶病參加比賽，甚至將組織重視的榮譽——亞運會銀牌獎章拋入大海、以明心志。對沙鷗來說，拿第一不僅是為國爭光，更重要的是自我實現，是要以「我」去爭第一。影片結尾處，沙鷗在輪椅上終於看到中國隊奪冠、想像性地以個人的付出分享集體的榮光，是對「前三十年」英雄敘事的一種繼承，然沙鷗最終是作為觀者、而不是主人公，這種缺憾是想像性的代償機制所不能彌補的〔註11〕。與「前三十年」英雄成人式中總會有消泯其個人主義式的虛榮的議題不同，《沙鷗》肯定了這種為個人榮譽的拼搏精神。影片中沙鷗拒絕組織的安排、執意以帶病之身赴亞運會，其為榮譽而生、視榮譽為生命、

〔註10〕影片中荒妹鼓起勇氣反對母親菱花包辦的婚姻，直陳母親是「賣女兒」，令母親菱花回憶起當年她追求與荒妹父親的自主婚姻、並得到解放區幹部支持的場景。母女兩代人，分別處於解放戰爭初期與改革開放初期，似是輪迴一般，都在控訴自己的母親「賣女兒」。

〔註11〕影片中輪椅上的沙鷗從電視上看到中國隊奪冠的消息時，表情是複雜的，既欣慰，又落寞。

與命運不屈地搏鬥的特質帶有個人主義英雄的悲壯，而其功名未成之前捨棄世俗生活享受的自覺又與「前三十年」的主流規訓一脈相承。一如「前三十年」主流電影將享受無限延宕，《沙鷗》中無奈退役的沙鷗在準備回歸家庭之際迎來了未婚夫遇難的噩耗，於是，她懷著悲痛又重返沙場。沙鷗個人主義式的英雄情結以及功成身退、相夫教子的世俗願望都沒有實現，時代將她定格爲永遠的奮鬥者。影片中沙鷗的成長過程被抹去，甫一出場，她已是意志堅定的現代性主體，隊醫韓醫生（代表單位）、母親（代表家庭）的勸阻皆不能動搖她奪冠的意志。沙鷗身體的疾患隱約指向被荒廢的十年，是動亂年代留給她的「成人禮」。這是一種將苦難化身爲力量的敘事，多舛的命運鑄就了「英雄」。紅色經典中的英雄一經命名，往往隨即匯入革命大家庭，成爲一份子，充分臣服在集體的榮光之下；《沙鷗》中則是「英雄」努力從集體中拔身而出、讓自身的榮光照亮集體。影片巧妙地將自我實現的動機縫合在爲國爭光的宏大敘事中，一如《廬山戀》中兩性愛情與愛國之情交相輝映、不分彼此。總體而言，《沙鷗》是一個承前啓後的文本，一方面「英雄」帶有革命時代的遺存——不畏艱難、勇於「犧牲和獻身」，另一方面「英雄」的成長儀式被抹去以及「英雄」引路人的缺失都顯示出特定的時代症候，時代呼喚自主的個體。

　　《逆光》同樣消解了「引路人」它本質上是一個棚戶區子弟以知識改變命運、迎娶幹部家庭之女、實現人生進階的故事。弔詭的是，影片中曾在動亂年代造訪棚戶區、并改變主人公人生走向的女老師（「引路人」）卻最終屈服於物欲，拋棄戀人、嫁給富家子弟。主人公從野蠻與愚昧的環境中抽身而出、接受知識的啓蒙，而啓蒙者卻因自身的軟弱墮入虛空，啓蒙者與被啓蒙者易位，強調的是個體的自主性。肯定啓蒙（知識）的重要性，卻否定了「啓蒙者」（引路人），與《沙鷗》中弱化引路人、以苦難作爲「成人禮」的設定相似，都是強調個體的擔當。《都市裏的村莊》中的勞模丁小亞亦沒有領路人，她處在被疏離的境地，與因犯過錯、同樣被疏離的青工杜海走到了一起，勇於直面周圍的敵意。《街上流行紅裙子》中的勞模陶星兒則背叛了「引路人」（車間主任），她勇於承擔自身過失、打碎加諸於自身的「萬米無次布」的勞模神話，亦是與「引路人」及其所代表的勞模培養機制決裂。不同於「前三十年」中的「英雄」在接受組織規訓之後獲得命名，80年代青春電影中的「凡人英雄」恰是在對組織／權威的反抗中完成了自身的命名。新舊體制交

替之際，呼喚新青年承擔起為新時代抗爭的使命，卻也在這抗爭之中悄然消解了宏大敘事的規訓旨意。比起《逆光》仍試圖將個人奮鬥、知識改變命運融匯進社會主義建構的宏大敘事中，《都市裏的村莊》《街上流行紅裙子》中的女性勞模已鮮明地體現出現代個體的自主選擇、自我承擔──在勞模已不是「偶像」的時代，選擇在邊緣處以自己的方式繼續當勞模。「勞模」從一種宏大敘事中的公民詢喚機制轉變為個人自主的選擇，以「個人自主」意志代替「被組織培養」的時刻，是「勞模」真正成為現代社會公民的時刻。這類影片試圖在唐小兵所謂的「互為否定、互為欲望」的「英雄與凡人」〔註 12〕之間尋求一種平衡，影片中的「凡人英雄」是根植於世俗生活中的強者、孤獨者。

（2）「返歸自然」與「泯滅初心」的成長博弈：「凡人英雄」的落幕

1984 年起尋根文學成為大陸文化界勢不可擋的潮流，80 年代大陸青春電影劇本大多是由小說改編，影響所至，80 年代中期銀幕上也興起了「尋根」之風，伴隨著 80 年代中期的思想文化多元化以及藝術形式的創新，大陸青春電影開始嘗試掙脫主流意識形態的禁錮，嘗試自主性的話語，「自然」是此時期青春電影尤其藉重的修辭，如《青春祭》《孩子王》皆以個體的、自然情感的萌發對抗古板的體制，在某種程度上，也是對機械現代性（包括現代革命在內）的一種反思。《青春祭》中少女李純在傣家小寨接受美與自然的洗禮，從舊體制規訓下的單面人成長為完滿的個體，《孩子王》中的「孩子王」亦試圖以外來者對自然的理解和深情引導當地學生從迂腐的教育制度下解放出來。以自然為師，與社會化機器對個體「零件」式的塑形相抗衡，同樣是新時代借助青年推翻既有的、束縛社會發展之舊體制的路徑之一。在這個過程中，儀式性的東西淡化了，成長伴隨著個體的探索，沒有標準道路可依。這種對自然、大地的倚重在 80 年代中期的青春電影中十分普遍，某種程度上亦是第五代導演作品標舉原初生命力之大旗的端始，《人生》《女大學生宿舍》《我們的田野》《紅衣少女》等青春電影中，主人公皆是從大自然中汲取能量、療癒創傷，從大自然獲得某種冥冥之中的啟示、緩解困惑和焦慮。《人生》中幾起幾落的高加林最終深情地匍匐在大地的懷抱、《女大學生宿舍》中匡亞蘭書寫「大山的女兒」〔註 13〕與命運搏鬥的傳奇以及《我們的田野》《紅衣少女》中主人公與大自然的深厚情感無一不強化了這一主題。

〔註 12〕唐小兵：《英雄與凡人的時代》，載《讀書》，2000 年第 5 期，123 頁。

〔註 13〕影片中《大山的女兒》是匡亞蘭所寫的小說名字。

　　80 年代舊的意識形態裂解拋出了新主流艱難重建的問題。一旦主流自身變得模棱、不知所宗，被呼喚出來的個體意識，就再難以被輕易收編。80 年代中期大陸青春電影中「返歸本真」與「泯滅初心」的成長博弈就是這種意識形態模棱的徵象。《人生》中農村青年高加林有才華、有理想，卻因城鄉二元體制只能被禁錮在土地上，個人的自由發展與陳腐體制的尖銳矛盾凸現，茲時上層建築的改革遠未跟上個體發展的需求。被新主流呼喚出來的個體意識在現實中遭遇銅牆鐵壁，連帶損害的，是新主流的規訓能力。《人生》將高加林的困境引向倫理的維度，是典型的「意識形態脫身術」，雖然傳達了「改革之音」、鞭撻了黨內不正之風以及社會流弊〔註14〕，然絕未觸動城鄉二元的不平等機制。高加林起起落落的人生猶如一個輪迴，沒有儀式性的事件，顯而易見的是，被「貶」回農村也不是高加林人生的終點，附加在「被貶」之上的懲戒意味減弱。力求自主的農村青年高加林被時代的齒輪輾壓、扭曲，他狠心捨棄了生命中一些美好的情愫，為達至人生進階違背了初心，然可以預見的是，同樣的情形再來一次，高加林還是會做同樣的選擇，除非他已不再有雄心。影片結尾處，土地重新接納了它的「背叛者」，然無法安住他悸動的心。不安於現狀、不安其位的衝動是改革呼喚的時代精神，然社會現實卻未準備好迎接這潮湧，時代之子高加林也免不了坐命運過山車。拋開道德審判、拋開時代境遇，從成長的維度審視高加林的經歷，其實質亦是現代社會之子輩泯滅初心、加入成人世界角逐的成長寓言。

　　同樣，《女大學生宿舍》《我們的田野》《紅衣少女》中的成長敘事亦涉及青少年的初心、熱情、理想被泯滅，成長中的殘酷遠不是與一個有名有實的敵手鬥爭那麼簡單。相反，它是令人困惑和焦灼的，是一場看不清敵手的戰鬥，與有形無形的束縛、敵意和脅迫，與自己的內心對抗，最終變得內心冷硬、外表平靜，修成一種適應社會生存的「世故」。《女大學生宿舍》中童年經歷過創傷的匡亞蘭，拒絕接受母親的懺悔和贖罪意願，在申請貧困補助受阻後、一聲不吭地去碼頭搬磚。她不願在有點小陰暗的班幹部宋歌面前為自己爭辯，不願被人同情。她對社會現實已有了清醒的認識，然仍屢屢希望「是自己看錯了」，冷眼旁觀人世間卻也還懷著期待。作為影片的中心人物，獨立自強、清醒然不放棄對未來之信心的匡亞蘭是時代之子。甫一登場，她

<hr>

〔註14〕吳祥錦：《小說〈人生〉與電影〈人生〉——訪〈人生〉導演吳天明》，載《當代文壇》，1984 年第 12 期，32 頁。

已由苦難歲月曆練成自主的個體。匡亞蘭的童年通過回憶的方式展現，混雜著溫情與背叛、歡樂和痛苦，止於 10 歲那年痛失相依爲命的父親、成爲孤兒。匡亞蘭有著與革命英雄相似的身世（孤兒）、成長經歷（在社會大家庭經受磨礪），然卻發展成個人主義式的強者。她從不試圖改變他人，只在被侵犯時出手。她的理想也是個人化的──成爲作家、書寫自己的「傳奇」。《女大學生宿舍》同樣解構了「引路人」的角色。班幹部宋歌，勤勞、熱情、守紀律，一出場就有革命小將的作派（小說中她的裝束亦是「男性的」），有組織能力、講原則，然而觸及到現實利益時，卻以「講原則」爲幌子，偷偷告發匡亞蘭表現不好，使得她的補助由甲等降爲乙等，而自己卻心安理得（通過作弊手段〔註15〕）拿到補助。表裏不一的宋歌，由試圖代替學校對室友實施訓導、到反被眾人收服，最終放下身段、除去面具、坦露初心，回歸群眾。一種「逆向」的規訓不期然間展開，意在以青年的初心、眞誠撼動冷硬的官僚體制，爲改革開路，讓所有成熟理性的主體（而不是被蒙蔽的客體）仍然對未來保有希望。同樣，《我們的田野》（謝飛執導，1983）中亦塑造了這樣一位經歷過磨難、被社會拋棄，仍頑強向上的「凡人英雄」陳希南，既清醒地覺察到知青一代的處境，又不放棄改變命運的機會、盡力以坦蕩的方式達至目標〔註16〕。作爲班頭，他在同伴病弱之時默許知青偷狗，他閒時總在看不合時宜的資產階級小說以及他明目張膽地搞對象，這些都使得他與人們熟悉的銀幕英雄拉開了距離。他在偷狗引發的事端中表現出來的勇於承擔以及面對來勢洶洶的獵戶絲毫不膽怯、反贏得對方的尊重，與之成爲莫逆，其化敵爲友的強大氣場頗有久遠的江湖遺風。而他爲朋友兩肋插刀、痛斥場部主任徇私受賄，矛頭指向虛僞、冷漠的官僚機構，這在銀幕世界無疑具有革命性的意義。同樣是一個具有反抗精神的「英雄」，只不過反抗的對象是代表國家機器的官僚，他是自發的反抗，跟隨自己的初心。對比紅色經典中英雄對不合理秩序的反抗總會由自發轉爲自覺、由個人式的反抗匯入階級鬥爭，《我們的田野》則張揚這種原初的、微觀層面的抗爭。影片同樣解構了引路人的角色。熱情、鬥志昂揚、對革命忠心不二的韓七月長眠在北大荒，與其

〔註15〕 小說中提到，宋歌後來坦陳，父親讓她僞造家庭生活成員數目，原本高工資收入的家庭變成人均收不足 18 元/月，順利獲得補助。電影中也有暗示。

〔註16〕 影片中文化基礎薄弱的陳希南鍥而不捨地贏得了上大學的機會，畢業分配回東北，雖不情願，但卻拒絕了已回京的同學爲他找關係、走後門的好心，回到北大荒。

說她的堅守和犧牲是因為理想，不如說是為了擺脫家庭出身的陰影（其父母被打成反革命）。她比所有人更「革命」（與家庭劃清界限）、更守原則（指責一切不革命的行為），也更忘我（為救火獻出了生命），卻是為著與身後的陰影較勁，她試圖以這種方式證明自己的革命本色，在人民的陣營中站穩腳跟。她的英年「壯烈」與身後落寞更使得她空有引路人的姿態、卻無引路人的功能。另一部知青題材影片《青春祭》（1985）中試圖擔當女主人公李純之引路人的任佳（男）亦喪生於當地自然災害，一心念著考大學、離開傣鄉的他卻永久地駐留在那裡。相反，《我們的田野》中主人公陳希南沒有引路人的風範，卻是個有著自主意志的人，絕少受周圍影響，他也從不試圖影響別人，除了戀人回城的時候、他不甘心試圖阻止。然而這樣一個並不傳教卻以行動體現出「凡人英雄」之魅力的形象在當時的觀眾中引起了巨大共鳴〔註17〕。

《紅衣少女》（1985）中高中生安然的成長同樣是一個孤獨的過程。她能領會深厚博大的情感、卻不知曉生活中與利益相關的潛規則，堅信質樸率真的為人理念、卻在生活中屢屢碰壁。品學兼優的安然評不上三好，得不到現行體制的認同，她只能在大自然中尋找慰籍，與邊緣人結為好友〔註18〕。而安然一向欽佩的、勇於挑戰世俗成見的姐姐卻為了安然能評上三好、違心發表了安然班主任的蹩腳詩，一方面否定了引路人姐姐的角色，另一方面也暗示了安然的成長走向。安然大抵不可能一直保有這種赤子之心，她遲早會與成人世界妥協，像姐姐一樣。如此，成長又約等於泯滅初心、接受社會潛規則並找到與之達成妥協的路徑。安然這樣一個純淨的少女形象在此後的同類題材影片中幾乎消失。《失蹤的女中學生》（1986）、《豆蔻年華》（1989）、《花季雨季》（1997）中的女中學生身上已再無安然那種敢於與世俗對抗的銳氣。同樣，以 1985 為分水嶺，背負歷史宿命、充滿抗爭意識、代表時代精神的「凡人英雄」亦在此後大陸的青春電影中消失。

〔註17〕參考鄭洞天：《電影詩情：來自嚴峻的人生——〈我們的田野〉》，載《北京電影學院學報》，1984 年第 1 期，60～73 頁；金都：《陳希南重返北大荒說明了什麼？——一個北大荒知青對〈我們的田野〉的獨白》，載《電影藝術》，1984 年第 2 期，30～32 頁；王世楨：《譜寫我們時代的青春之歌——兼評電影文學劇本〈我們的田野〉、〈快樂的單身漢〉和〈長相知〉》，載《電影新作》，1982 年第 5 期，74～77 頁。
〔註18〕影片中安然的兩位摯友，一個因家庭原因不得不退學接班做售貨員，一個父母鬧離婚導致其十分自閉。

2. 拒絕規訓與重建自我：以第六代導演「成長」敘事爲例

80 年代後期大陸青春電影已顯得規訓乏力，不僅是引路人的作用被消解，各類在形式上充當著引路人的角色亦面臨著證明自身之合法性的尷尬。偶像與引路人的缺失使得 80 年代後期以來青春電影中的青少年成長敘事失去了有效的驅動機制，這類影片中青少年的自我成長往往以自我反省、提高覺悟之類的設置勉強收尾。80 年代前期銀幕世界「時代之子」所表現出來的銳氣一去不復返。比如《失蹤的女中學生》（1986）中王佳情竇初開，她幾次想找班主任聊聊、卻在後者焦頭爛額的形容面前住口，忙於工作的母親則粗暴地將她鎖在家中，愛情夢碎的她離家出走，爾後在親情、友情的召喚下，又主動歸家。同樣是優等生的王佳，其心氣與敢於第一個穿紅襯衫的少女安然已不可同日而語。而同樣是優等生，80 年代末電影《豆蔻年華》（1989）中考入省城高中的農村少女小禾則是略帶自卑感、埋頭苦讀的乖學生，在拒絕班主任讓其免試參加國際比賽的好意之後，卻陷入了惡意競爭的困境，以至對當初堅持自我的「草率行爲」懊悔不已。

弔詭的是，恰恰是在 1993 年第五代導演何群執導的一部主旋律電影《鳳凰琴》中出現了勇於揭露體製造假的主人公形象，雖然主人公何英子在當幹部的舅父的訓斥下旋即意識到自己的天眞，想方設法以另一種方式彌補了其所在小學因自己的「檢舉行爲」而落選「先進」帶來的損失。在這裡，基層幹部、職員面對上層建築的缺漏與基層慘淡的現實迸發出一種難兄難弟式的、「分享艱難」的情愫。這種試圖由「分享艱難」而達成共識（促成「規訓」）的策略基本是茲時主旋律電影慣用的策略之一。頗有意味的是，何英子也因這一「贖罪式」的補救行動爲自己贏得了命運的轉機——獲得正式教師指標、離開大山。到此，「原則」已成了過街老鼠一樣的東西，何英子以正義凜然的姿態揭穿山村小學在評選先進中的造假行爲倒是像那個指出「皇帝新衣」並不存在的小孩，只不過，這一次，連「皇帝」本人亦對新衣之不存心知肚明。假大空的體制仍然牢牢地佔據著它的位置，被其網住的人們以自己的方式與之和諧並存，何英子們打破這一平衡、維護制度尊嚴的舉動反倒顯得有些「反動」。上述幾部影片中的「引路人」都有各種各樣的瑕疵，難以擔當爲後輩解惑、指引方向的重任：王佳的母親粗暴對待王佳青春期的情感萌動，何英子的舅父默許、甚至維護教育系統中虛假的評比機制，小禾的班主任則是用不光彩的手段取得上大學的指標（也因這不光彩的舉動，他才有機會站在講臺

上，而不是彎腰在地裏勞作）。這些引路人給小輩帶來的與其說是指引、莫不如說是更大的困惑，或曰初心的過早泯滅。

　　早在 80 年代末期大陸青春電影中建構主體性的敘事已失去其基石，面臨著主體表達的失語，所有儀式性的反抗、皈依都被解構，《搖滾青年》（1988，田壯壯執導）中龍翔對上級及其所代表的陳舊藝術觀念的反抗方式是辭職，其實是以另一種方式委身於市場體制，而《頑主》《輪迴》中的青年乾脆拒絕「成長」，否定一切有關價值評判的東西、墮入無法擺脫的虛空。80 年代末青春電影中應市場經濟而生的「反叛者」是 90 年代青春電影中形形色色的「反叛者」的前身，大陸青春電影中真正有自主意志的現代性主體的重建是在充滿解構與懷疑精神的第六代導演的作品中開始的。這些電影的主人公往往是憤世嫉俗的邊緣人，不同於同時期主旋律青春電影中自我的「中心」想像（或努力向「中心」流動），這些邊緣人拒絕任何形式的規訓，自在自為地生長，然內心裏又遵循一種很個性化的、不可言明的規則，特屬於他們所在的那個群體的「通行證」。《北京雜種》《頭髮亂了》《郵差》《巫山雲雨》《東宮西宮》《小武》等第六代導演前期的作品中主人公基本都是拒絕被主流規訓的〔註 19〕、有著獨立意志的邊緣人，《東宮西宮》甚至試圖反規訓，將自身的價值觀加諸於代表國家權力機構的警察身上、且似乎成功了。伴隨著路學長的標誌性作品《長大成人》（1997）的面世，第六代導演開始了艱難的重建自我的嘗試。《長大成人》某種程度上是第六代的成長小史，這部費勁周折方才問世的影片，從片名到內容都是一種宣告。有引路人「朱赫來」、有繼承儀式——影片為了儀式的完滿，不惜略顯生硬地植入一個周青受傷、「朱赫來」捐獻自己的脛骨供移植的情節，然周青的成長已與前三十年電影中社會主義革命／建設接班人的成長無關。「朱赫來」所代表的革命早期的遺產是周青主動認領、並藉以對抗新主流（資本）的資源，而不是剝奪他獨立意志、強行灌輸給他的東西。經歷挫折、失敗，經歷被放逐與自我放逐，爾後一切歸於平靜，不再有青春的燥熱和衝動，然多了堅定的意志、自主的人格以及直面慘淡人生的勇氣，這就是成長的過程。

〔註19〕　戴錦華認為，第六代的首作《媽媽》（1990，張元執導）「……借助一個弱智而語障的男孩托出了新一代的文化寓言。或許可以將其中的弱智與愚癡理解為對父親和父權的拒絕，對前俄狄浦斯階段的執拗；將語障理解為對象徵階段——對父的名、對語言及文化的拒斥。」參見戴錦華：《霧中風景》，361頁，北京大學出版社，2006。

　　第六代導演成長敘事的主要議題已無關對父權的反抗，這些影片中的父輩總是懦弱、委瑣，輕輕易就被踏倒，而代表社會主流規訓意志的人和制度又總顯得荒唐無聊，反抗都不知如何著手，成長過程中只能聽從內心的召喚，尋找建構自我的能量，在困惑中用原初意志代替自己做抉擇、并承擔這抉擇的後果，在磕磕碰碰中長大成人，或者夭折。從成長的角度解讀《過年回家》（1998）這部張元回歸體制後拍攝的主流電影，不難發現這同樣是一部反規訓的影片。主人公陶蘭經歷了 17 年牢獄，由一個活潑開朗的少女轉變為一個畏畏縮縮、離不開「隊長」（訓導者）的「巨型嬰兒」，這很難說是對訓導機制（監獄）的頌揚（儘管影片由監獄管理系統資助拍攝）。且不說這 17 年牢獄是否「合法」（影片暗示被陶蘭失手打死的小琴有致命隱疾），單就事情的始端而言，先有小琴的故意栽贓，後有小琴的惡意挑釁，陶蘭百口莫辯、憤而反抗，只是打了那麼一下，就釀成大禍。陶蘭在某種程度上是代母受過，正由於母親與小琴懦弱的父親之間的不平等關係激起了小琴針對陶蘭的報復欲。對於觀者而言，這很難有警戒意義，試問，哪一個有血性的人不會像陶蘭那樣爆發一下？而這年輕氣盛的發洩就毀了自己以及周遭人的一生，只能說社會規訓體制對個體衝動的懲罰太重、而對自身的失職卻矢口不提。如此，社會語境施加給個體的壓抑轉化成了無主名的仇恨，誰是「真凶」已不重要，明哲保身之要義在於保護自己免受法律之制裁。陶蘭被監獄訓導機制徹底降服，然而她也基本成了一個「盛年廢人」，她的膽已嚇破，她對於餘下的人生也很難抱有希望。影片結尾有一個形式上的圓滿，陶蘭在「隊長」的幫助下順利找到了家、並且被「父親」原諒，然陶蘭同樣作為（家庭的、法律的）受害者卻不被提起。粗放的法律以及監獄訓導機構活活扼殺了一個少女的青春，奪去了她本來可能正常「長大成人」的機會。

　　如果說張元的《過年回家》在對主流表示臣服的姿式中暗藏著不無自毀、自棄的心態，那麼 2000 年第六代導演的三部成長主題的影片——《非常夏日》（路學長執導）、《十七歲的單車》（王小帥執導）、《上車，走吧》（管虎執導）則有了鮮明的自我建構性，影片中的青年主人公經歷磨難最終克服懦弱、修成了強大的人格，成長儀式的重建也在其中得到體現。《十七歲的單車》中隱忍、懦弱的農村少年小堅卻在保衛自己的「愛車」（也是自己立足城市的希望）的過程中崩發出巨大的勇氣，眼看著「愛車」被小混混粗暴地損毀，他平生第一次拾起板磚狠狠地朝人後腦勺砸下去，影片結尾處渾身

血跡斑斑的小堅扛著自己已報廢的「愛車」穿過熙熙攘攘的街市，其表情和造型以及配樂營造了一副沙場英雄悲壯返歸的影像，小堅一戰成人。同樣，《上車，走吧》中進京開小巴的青年經歷地痞一次次挑釁、加害，經歷愛情迷夢的破碎之後，也變得堅韌、勇敢。兇險重重的水泥森林（城市）磨礪了混沌未開的鄉下少年，成人儀式就在他們終於奮起反擊的時候完成。而一旦他們開始回擊，面前的「黑惡勢力」突然就變得不堪一擊〔註20〕，原來成長的阻礙主要來自內心。少年們從父母／兄長的羽翼下獨立出來，克服膽怯、迎難而上，在攻堅克難的過程中完成了成長。

《非常夏日》則將成長儀式置於一個戲劇性的語境中，然也因戲劇性暴露了電影自身。主人公——懦弱的汽修工雷洋拋下了同行遇險的女孩獨自逃命，他無法原諒自己兀自獻殷勤給女孩帶來滅頂之災、而自己卻未施援手〔註21〕，電影替他「苦心」編織一個被害人「復活」、爾後二人同時赴險，雷洋英勇異常地克服了懦弱的一面、勇救美人的後續故事。於是，整部影片就可以當作一個成長寓言來解讀——懦弱的男青年外出流浪，經由一次次涉險、克服了自己的懦弱、獲得勇氣和力量。影片開始，主人公雷洋眼睜睜地看著女孩被兩個兇犯帶走，驚魂未定的他想起來報案、中途被人打斷，索性怕事得連案都沒報，直到得知女孩被強姦殺害。其實故事到這裡基本就結束了，後面的內容皆可以視作主人公的白日夢。他不能接受自己間接殺人的事實，執拗地試圖續寫故事、改寫最終結局〔註22〕。理論上來說，一個剛在省際公路上犯了命案的歹徒幾乎不可能出現在目擊者的家門口收廢品、再由後者配合警察將其抓獲，且一個弱女子砸暈其中一個兇犯逃跑、再誘使另一個追來的兇犯下河淹死的可能性亦為零。所以後面的故事基本上是主人公的意淫，最終的大拯救更有經典好萊塢電影的風範〔註23〕，男主人公終於克服了恐懼、成

〔註20〕《上車，走吧》中被堵在牆角的京城地痞突然痛哭流涕地向他們討錢（毒癮犯了），二人掏出幾元零錢扔在他身上，鄙夷地離去。

〔註21〕影片開場雷洋與女孩同搭路邊的便車，本來一同坐在敞篷車廂裏，女孩暈車，雷洋讓司機停車、把女孩送到前座去坐——送羊入虎口。正是這一舉動導致司機的同伴見色起意，途中對女孩實施了強暴。而雷洋卻躲在樹叢中嚇尿了褲子，眼睜睜地看著女孩被兩個兇犯帶走。

〔註22〕影片後半部分，雷洋遇到的一個收廢品的人長得像其中一個歹徒，他最終協助警察把歹徒抓獲。並且，他還遇到一個長得像被害女孩的人，她居然從兩個窮凶極惡的歹徒手中逃脫。

〔註23〕影片結尾處的又一個高潮：在逃的高個（死而復活）在同夥被抓捕歸案後，「膽

長爲男子漢。然細加審察，影片後部幾乎每一個改寫的敘事場景都接著一個主人公在睡覺／失去意識的鏡頭，或是所講述的與所呈現的畫面完全脫節〔註24〕──暗示這是夢境。電影造夢機制代主人公完成了成長的歷險。在夢境中，「儀式感」復蘇了，這類作品在重建成人儀式的同時亦將電影的敘事機制自我暴露，完成了形式上的建構、卻實施了本體上的解構。而賈樟柯的成長敘事《站臺》（2000）則沒有戲劇性敘事，鏡頭始終對準庸常的生活本身，自然、緩慢的節奏，一如主體隱忍、沉悶的暗地生長，沒有舞臺和儀式，敘事痕跡幾乎令人不察。《站臺》恰恰表現的是最需要舞臺的文工團成員失去他們的舞臺，跌入瑣碎的、令人窒息的一地雞毛的過程。成長的標誌是曾經被計劃經濟體制「包養」的文工團員終於放棄舞臺幻想、在新的主流市場經濟體系中找到一個容身之位。成長也是個體調整自己與時代的關係、重新與之達成和諧。走過這一程的人即順利通過了成長期、定格爲成人世界的一員，邁不過這檻的人則被拋到體系之外、終生游離。秉持自然美學的《站臺》與戲劇性較強的《非常夏日》《十七歲的單車》《上車，走吧》在關於「成人」的敘事呈現上實則殊途同歸，只不過，不同於後者通過成長過程賦予凡人「英

大包天」地來來尋仇，在大街上將兩個人綁架，關在後備廂裏。這時候雷洋唯一擅長的技能──修車，終於派上了用場──他「碰巧」修過那輛車，知道後備車廂的尾車燈擰開四個螺絲之後就可以打開，於是他從尾車燈處「伸出血淋淋的手」求救──終於被執勤警察發現。

〔註24〕 影片從 46 分 50 秒的時候，影像表面敘事的是女孩回憶那天下午她被綁在麻布袋裏的情景。鏡頭展現的卻是駕駛座的歹徒在交談以及兩輛巡警的摩托車（明顯是歹徒的視角）與貨車擦身而過，女孩被裹在麻布袋裏放在後車廂上，此時不可能是女孩的視角。只有一種解釋，這是男主人公的想像。第二段回溯接案當天黃昏的鏡頭，由被抓的小個子找警察要根煙（意爲準備交待）引出，然接下來的鏡頭內容卻不是小個子的視角所能涵蓋的，因爲根據故事安排，他中途被女孩打暈了，不可能知道後續的事情。另，影片 1 小時 16 分 09 秒的時候，主人公被路邊停著的車猛地打開的門撞暈了（他被歹徒綁架）。之後接的是最終營救的前半段，男主人公這次終於臨危不懼，懍然對歹徒說：我寧可被你撞死，也不能被你嚇死！然而幼稚、手無縛雞之力的男主還是被歹徒一把推到後備廂、和女孩關在一起。爾後接的又是主人公在修理廠從斜倚著的車上醒來的鏡頭。他和前女友聊天，下雨，前女友說：「原來你衰，但從來不講瞎話」（意指現在他開始說謊話）。雨中景切換爲行駛的車，後備廂被困的男主人公和女孩，又一次臉對臉倒在一起。雨景與後備車廂內的景不時切換，音樂煽情，爾後切換爲有聲源的音樂、窗外變成晴天，男主人公變被動等死爲積極求救。他的一點專業終於發揮了作用，他終於用一雙擰螺絲的血手證明了自己的不衰（之先前女友拋棄他時說他「太衰」）。

雄的遺韻」，《站臺》則是將主人公舞臺式的「理想主義餘光」擦除、令其回歸「凡人」。從「凡人」身上激發「英雄」的品格，與將「英雄」還原爲「凡人」，同樣可視作是 20 世紀末試圖在「凡人」與「英雄」互相否定、「互爲欲望」的矛盾中達至一種平穩。

第六代導演青春電影中成長儀式重建的嘗試伴隨著主體自身的重建，在 2000 年以來體現得愈來愈鮮明，這種建構性的成長敘事亦影響到了新生代的作品。無論其電影理念與主流商業電影有多大的差異，他們作品中顯現出的「重建自我」的急切皆使得其成長電影的範式越來越接近經典好萊塢電影，而新生代的成長敘事雖有經典敘事的外殼，卻傳達了完全不同於經典敘事的理念。概而言之，張楊執導的《昨天》（2001）、《向日葵》（2005），王全安執導的《驚蟄》（2004）、賈樟柯執導的《世界》（2004）以及新生代導演韓傑執導的《賴小子》（2006）、應亮執導的《背鴨子的男孩》（2006）、耿軍執導的《青年》（2008）、李霄峰執導《少女哪吒》（2014）、王一淳執導《黑處有什麼》（2015）等皆是很典型的成長敘事——主人公經歷磨難，走出陰影／重塑世界觀。這類成長敘事有著經典的圓形結構，從開端到結尾，主人公完成了「鳳凰涅槃」般的成長過程，舊我逝去，新我降臨，宛若重生。《昨天》中賈宏聲幾經波折、終於從毒品和精神迷幻（以及對搖滾的狂熱）中走出來、重返塵世。成長的過程是重新做回自我，從虛擬世界的沉迷中走出來。而從另一個角度來看，《昨天》亦是一個典型的成長寓言——一個打破幻象（夢幻）、正視庸常瑣碎的現實的過程，一個走出對「精神之父」的狂熱崇拜、與平庸的「現實之父」和解的過程〔註25〕。《驚蟄》同樣如此，主人公二妹到城裏走了一遭，雖然沒能改變自己的命運，然此時主動回家嫁人的二妹已不是當初從村裏逃婚出去的二妹，經歷過愛情幻想破滅的她似乎看透男女關係的交易性質，且城裏的「交易」更齷齪、更無誠意，相形之下，她已能夠心平氣和地接受被家人「出售」的安排。然二妹從鄉村到城市、再返回鄉村這一切又絕不是簡單的輪迴，在二妹身上發生的變化無異於「驚蟄」過後，有些意志已在平靜的地下頑強生長。《世界》中小桃也經歷了生死涅槃爾後達至「自立」。起初她是一個外地來京務工的年輕女孩，於迷幻的「世界」中感覺失重、抓不牢現實，只能借情人來固著自身。她固守處子之身、以爲這份愛情保值，在愛情夢想破滅後試圖與情人同歸於盡。一切復歸平靜後的小桃顯然會從愛

─────────────────────

〔註25〕影片中陷入精神迷狂的賈宏聲稱「列儂」是他的父親，視父母家人如路人。

情迷夢中走出、勇敢地獨立，與二妹一樣，獲得直面慘淡人生的勇氣。《向日葵》中向陽經歷童年、少年對父親的逆反心理以及青年時形成自主意志、取得事業成功，並爲人父、與自己的父親達成和解。從向陽與父親之間對抗、和解的角度看向陽成長的幾個節點，無疑十分具有象徵性和儀式感。影片結尾眞正爲人父的向陽終於理解了父親，並在父親自我懲罰性的自閉、流浪面前滿懷愧疚，而父親亦在欣慰地看到兒子「長大成人」後表達了曾經對兒子「暴力」規訓的歉意。曾經先鋒的第六代至此完成了與主流的和解，以自身的「成功」和對主流之「父」理解基礎上的主動妥協獲得了後者的認同。

3. 反成長敘事：新生代導演青春電影的一種面向

與 21 世紀以來第六代導演成長敘事的「經典化」趨勢相比，新生代青春電影中成長敘事雖有形式上的圓滿、然遮擋不住其不肯妥協的銳氣。與第六代初登影壇時英勇決絕的姿態相類，21 世紀登場的新生代導演們亦在他們的「成長」故事中表現出歷經磨難、不肯妥協的傲氣。不僅成人世界的「規訓」在他們眼中顯得虛僞、無力，且子輩跌跌撞撞的「涉世」之旅儘管代價高昂，卻仍是一副拒絕反思的做派，唯一眷戀是自身的「清白」隨著成長歲月的流逝一去不返。《賴小子》與《背鴨子的男孩》都有著類似公路片的結構，主人公從某地出發，遊歷一圈，回到原點，完成了精神上的成長，然這類成長卻是代價高昂，某種程度上來說，成長的同時是個體的毀滅。《賴小子》中流流在臨死前終於想起了女友光秀和她肚裏的孩子、想起了自己將要做父親的責任，然而一切晚矣；《背鴨子的男孩》中徐雲習得了在水泥叢林謀生的本領，卻雙手沾上了鮮血。《賴小子》中唯一生還的喜平在逃亡之旅途中見識了光怪陸離的外部世界，也遭遇同伴的失蹤、死亡。脆弱的友誼在旅行中經歷考驗，如同少年們脆弱的自我認同，輕輕易就被嚴酷的現實粉碎，再也不能「雄起」。失去了少年的驕傲、過早地背負了罪孽〔註 26〕，喜平所負荷的東西遠超他的認知，瞬間的成長是被現實所逼迫，如「內爆」之後的平靜。影片結尾處喜平拒絕了情人遠走他鄉的提議，他不願意再逃亡，但他也還沒想好如何來承擔。同樣，《背鴨子的男孩》中徐雲在城市遊歷一圈，回到家鄉的時候，不僅家園已面目全非（拆遷），自身亦已負上與其年齡不相稱的罪孽。他既有的學

〔註 26〕影片中喜平與同伴流流準備打劫出租車司機、結果流流反被出租車司機挾持，喜平用撿來的手槍誤殺了流流。

識儲備無法助他安然度過這段危險期，他「弒」了父，完成了成人的儀式，卻無法承擔他成長的代價〔註27〕。

　　同樣，《青年》《少女哪吒》《致青春》《黑處有什麼》，以及曹保平執導的《狗十三》（2013）中成長都是代價高昂的，成長並不意味著為人生增值，相反，它是生生剮去了青少年最為珍重的東西。如此，成長並不意味著圓滿，而是某種抱憾終生的殘缺。《青年》中劉管國為證明自己的愛和勇氣、服毒自殺，劉國慶則為了成全「義氣」之名（亦是其自畫像）、為哥們出頭，卻失去了生命。如果成長是讓自身的影像成立、獲得認同，那麼「青年」們確乎做到了，且在他們意氣的瞬間完成了自我的成長。然成長一經定格，就永遠定格在那裡，沒有了未來。同樣，《少女哪吒》中看透了成人世界之虛偽、經深思熟慮之後選擇自殺的王曉彬亦止步於成長的瞬間。《致青春》中則借女主人公鄭薇之口道出了以死成就青春之永恆的阮莞之人生的另一重含義，阮莞死去，然也就永遠不會老去，她以「完美的女神」形象活在每一個人的心中，不同於那些苟活的、被世俗玷污的庸眾。由此反觀貌似長大成人的夥伴們——如陳孝正——小心遵循學校、家庭的規訓，在「不能試錯的人生裏」唯恐走錯一步，最終實現中產夢，卻發覺內心裏最在意的是戀人的認同，然有些東西一旦失去就再也找不回來。《黑處有什麼》中主人公曲靖貌似在危機四伏的「黑暗時期」平安度過了青春期，然影片結尾處她收到張雪寄自海南的明信片卻無異於將她推入「殺人同謀」的深淵（曲靖曾在張雪「被害」一案中積極協助警方、提供有利於將「兇手」定案的信息），背負這種罪孽前行猶如背負炸藥，少女曲靖的成長永遠地將她從蒙昧、無辜的狀態剝離，她踏入成人社會、逐漸明瞭那一套處世規則，卻也將自己的雙手沾染了成人世界的原罪。同樣，《狗十三》中的少女由與自己的小狗「愛因斯坦」相依為命到木然接受「愛因斯坦」被送走的事實，到心平氣和地吃狗肉，表達的是對被強暴的「成長」歷程，「沒人注意到我們在什麼時候忽然就長大了，一切好像自然地發生了，但那一天的到來其實是很殘酷的」〔註28〕，導演曹保平如是說。

　　反成長敘事尤其體現在抗拒長大的影片中，近來三地青春電影普遍出現了一股「拒絕成長」的趨勢，從這類影片的流行程度可以窺見華語世界當下

〔註27〕影片中徐雲去城市尋找父親，在確認父親不打算歸家之後，將他殺害。
〔註28〕專訪：「是時候回頭看看成長的殘酷」——訪中國導演曹保平，載新華網，
　　　　2013-10-13。http://news.xinhuanet.com/world/2013-10/13/c_117696206.htm

年輕人拒絕成長、渴望永駐青春時代的集體無意識，如《被偷走的那五年》（2013，黃眞眞執導）、《夏洛特煩惱》（2015，閆非執導）、《28 歲未成年》（2016，張末執導）等大陸出品的青春電影以及《時光倒流的話》（2007，麥啓光執導）、《重返 20 歲》（2015，陳正道執導）等港臺出品的青春愛情片中的主人公大多在青春已逝之後，試圖以穿越回青春時代來逃避尷尬的「長大未成人」的處境，改寫不如意的人生，本質上是對成長的抗拒，是生理上成熟的個體無法與現狀達成和解，轉而求助於穿越、失憶之類的「致幻劑」，以期將生命倒流，停駐在青春階段。《夏洛特煩惱》不僅借穿越回青春時代表達了對成長的拒絕，兼肆意嘲諷代行成長規訓職責的校長、班主任乃至家長，更借穿越的時機對一眾「壓迫者」實施了反擊，無情地惡搞接受規訓、「長大成人」的優等生，而主人公自己則憑藉「先知」優勢，搖身一變爲引領流行音樂的「成功者」，受眾人膜拜。主人公在白日意淫中領略了成功者的風光與幻滅，顛覆了形形色色的規訓力量，爾後在夢醒時分，坦然接續失意的人生。影片中的「同學聚會」已不具備「成人儀式」的意味，相反，它粗暴地撕毀了試圖僞裝爲「成人」者的假劣面具，逼迫人面對內心「未成人」的恐慌，在搗毀「偶像」的狂歡中達至一種對於殘缺人生的心理平衡。《28 歲未成年》則在影片片名上暴露這一代人的渴念，走過青春，卻仍死揪著青春的尾巴不放，已然開始老去的軀殼仍與不成熟的心智「難捨難分」，甚至期望穿越回青蔥歲月挽回人生的敗局。影片中 28 歲的涼夏本希望借結婚來開啓一段全新的人生，而男友茅亮則陷於事業不順的泥沼中，無力顧念風花雪月。表面上看，一個是要求「名分」上的成人，一個卻拒絕婚姻的承擔，從深層心理剖析，則是一個要繼續「愛情童話」——十年長跑、修成正果，一個早已從童話世界逃逸，在冷酷的現實叢林中失卻了純眞本心。如此，前者的浪漫「逼婚」在後者看來就是一筆十分不划算的買賣。無論是成人世界認可的「理性」的後者，還是童話世界擁抱的執著完滿的前者，成長敘事都是不成立的，因爲「理性」的人拒絕承擔，追求「美好」的人卻不具備成熟的心智。

21 世紀的成長敘事旗幟鮮明地拒絕了「引路人」及其所代表的規訓機制，新自我的建立過程往往伴隨著對自以爲是的「引路人」的反抗。只不過，在新生代導演的成長故事中，反抗是以決絕的「自毀」衝動爲前提，老一輩導演成長敘事則設法在反抗與規訓中達至一種新的平衡，比較典型的如《高考

1977》（2009，江海洋執導）。如同「前三十年」的紅色經典，影片中同樣有寓意鮮明的成人儀式以及力圖擔當的「引路人」。同樣是由頗具舊時代英雄風範的孫海英〔註29〕飾演農場場長，他對手下知青的嚴格管控激起了知青的反抗。知青在反抗「專政」、爲自己贏得發展機會的過程中成長起來。然知青反抗的時機亦正是舊體制瓦解的時候，「反抗」又可看作是新主流尋找年輕一代作爲同盟，共同實現上位的過程。影片中「偉光正」的場長老遲維持農場這份家業的需要與知青的個人前途發生了衝突，最後前者向後者妥協——轉變的契機是老遲眞正代入「父親」的角色，以「父親」的（而不是上級的）身份通融、理解知青，最終他加入到「對抗者」的陣營（順應時代潮流），助力他們的「高考大業」。而老遲的愛將——他心心念念的接班人潘志友也在違背他的意志、與家庭出身不好的女知青談戀愛以及備戰高考之後，主動回歸農場。兩代人的合解以父輩的妥協、曉情論理爲前提。影片充分肯定個人的追求，在此基礎上由個體的獨立意志做出決定——是承續家業、還是另起爐灶——父輩要做的事情是儘量協助、而不是強力規訓。影片中黨性很強的老遲已帶有對大局把握方面的視野局限，他一開始爲了農場的發展需要、千方百計阻撓知青獲悉恢復高考的消息，是以「公」的方式維「私」。從微觀角度看，保持手下知青的數量實是維繫其個人權威／權力的需要，從宏觀角度看，爲一農場之近期需求阻撓國家選拔優秀人才的長遠需要，亦是逆潮流而動、置新主流意識的詢喚不顧。影片後半部分老遲戲劇性的轉換並不顯得突兀，新主流亦代表人性，對老遲而言，有大局意識就要犧牲小集體利益，於公於私，他轉變都是符合他自身的形象期待的。50後導演江海洋亦在影片中鮮明地否定了「引路人」的作用。對於後輩的成長而言，他們需要的已不是指引，而是輔助。主流電影的成人儀式亦定格爲子輩反抗成功的那一刻、甚至是子輩贏得反抗對象的認同、將其轉變爲同盟者的那一刻。由此「成長」的敘事策略就由接受規訓、走入「正途」，轉變爲拒絕規訓、建構自我的認同。

第二節　「尋父」與「弒父」：主體性生產的現實語境

　　按照社會認同理論的觀點，特定群體的認同來自於群際的比較，人們將自身與相似或相異的他人進行比較，對自身能力、意見和經驗作出自我評價，

─────────────

〔註29〕張楊執導的《向日葵》中的父親亦由孫海英飾演。

從而強化對自身的認同。正是建立自身正面認同的動機導致了群體之間的區分，而群際區分亦反過來有利於特定群體對群際差異進行選擇性強調，從而強化作為群體的「自我」，同時弱化群體內的差異。〔註30〕80 年代以來大陸、臺灣、香港三地青春電影中青年一代的自我建構幾乎都或顯或隱地包含了一個「父輩」的在場，正是在界定「父」的差異性特徵的過程中，子輩建立起對自身的認同。子一代要確定自身的主體地位，勢必要經歷與「父」群的衝突，無論是被動地改造，還是主動地皈依，無論是自我放逐於邊緣，還是「弒父」、取而代之，80 年代以來華語青春電影中「尋父」與「弒父」的糾結皆關乎主體的現實語境，換言之，「父」「子」衝突的解決方式往往關聯著現代性主體界定自我的現實維度。社會認同理論也涉及社會過程（如群體間對相對權力、地位和優勢的爭奪）和物質利益的因素，同樣，青春電影中自我類別化的動力在很大程度上亦來源於此。

　　80 年代大陸青春電影中的「父親」形象幾乎弱化為不可見，偶有幾部影片中存在「父親」角色，然基本是無關緊要的配角，如《被愛情遺忘的角落》中落魄消沉的山旺叔、《青春祭》中暫時代行「父」職的「大爹」、《紅衣少女》中思想開明卻鬱鬱不得志的父親以及《失蹤的女中學生》中對於世俗事物感到焦躁無力的海員父親，等等。相比之下，80 年代初香港新浪潮電影中的成長敘事幾乎無關「父親」，其後乃至晚近的香港青春電影中也大抵如是，而臺灣新電影中的「父親」角色往往承擔著某種政治意圖，而與之對應的「子」大抵是臺灣自身，之後的臺灣青春電影中亦絕少有「父」「子」之間的交鋒，傳統東方倫理的軌範在其中體現得十分鮮明。總體而言，80 年代「父」在大陸與香港的青春電影中大抵是一種「缺席的在場」，90 年代大陸青春電影中則體現出日益明朗的「尋父」傾向，在第六代導演青春電影中表現為一種「尋父」與「弒父」的糾結，21 世紀以來資本與權力主導下的「崇父」日漸成為青春電影的一種主流。

1. 八九十年代主流青春電影中「父」的缺席與在場

　　往往子輩的成長故事中父職的缺席總會引發其「尋父」的衝動，然 80 年

〔註30〕參見〔英〕多米尼克・艾布拉姆斯（Dominic Abrams）：《社會認同的過程》（*Processes of Social Identification*），王兵譯，載《社會心理研究》，2007 年第 2 期。

代大陸青春電影的成長敘事中卻絕少尋父的痕跡，如前文所述，「引路人」之類的角色亦是被否定的，80 年代的子輩決意走一條自己的路，在同代人中尋找同盟，杜絕父輩施加的影響。比如《女大學生宿舍》中匡亞蘭幼年失怙，身世的創傷並沒有帶給她精神上的困境，相反，她成長為獨立自主、意志堅定的現代人。這種成長敘事與通常人們的閱讀期待相悖——無父卻不尋父，而是頑強地以自己稚嫩的雙肩挑起生活的重擔。影片中有劉校長因對青年學生關愛缺失而自責的情節設置，然校長絲毫不足以充當女學生們的「救星」，女生們也絲毫沒有被動地等待，而是通過自己動手解決問題。在學生們出色的自立能力面前，輔導員都顯得多餘〔註31〕。《人生》中農村青年高加林則是試圖「尋父」卻茫然不知所從，「尋父」的過程徹底明示了其「無父」的境遇。高加林的父親是老實巴交的農民，他在高加林成長中的作用基本可以忽略。父親的羸弱促使高加林不自覺地尋找強有力的「精神之父」。幾乎不在場、轉業後當了勞動局局長的叔叔在高加林的成長敘事中發揮了關鍵作用，高加林起起落落的人生都和他有關，而代表陝北農村之原初靈魂的德順老漢則用自身的傳奇與面對苦難的達觀給予處在低谷中的高加林以啟示和慰藉。比較高加林的這兩位「父輩」，代表權力（主流）的叔叔態度是曖昧，他既默許了高加林調入縣城，又在此事因不合程序被檢舉後「大義滅親」。他雖然在很大程度上左右了高加林的命運，其本身的面目卻是模糊的，令人不知所忠，也許其唯一「忠於」的，是權力（主流）自身。德順老漢則是形容清朗、意志堅定，與土地血脈相連，然對於現代化進程中一心往上攀爬的青年而言，他是令人尊敬、卻沒有力量的，遲早會化為博物館一樣的存在。「父」（權力）之令人無法琢磨、「父」（精神）之無力以及「父親」在子輩成長中的職能缺失——高加林跌跌撞撞的人生皆因此而起。「尋父」的行為卻是指向否定性的「弒父」。

　　相比之下，香港新浪潮電影中幾乎不存在這種「父子」的設置，茲時香港青春電影是子輩獨佔的舞臺，不曾有「尋父」的衝動。偶而會出現一些長輩作為龍套類的角色，如《家在香港》中的父輩的大抵是些比較邊緣的角色，以年青人為重心，這些父輩分為兩類，「有益的」和「有害的」。前者如虎伯，為保護無血緣關係的小老鄉朱海玲心臟病突發去世，後者如亞紅勢利的父母（為移民美國強迫亞紅嫁給老闆）以及偷渡客朱海玲黑心的舅父母。臺灣 80

〔註31〕影片中的輔導員聽信小報告，是「無意」中製造事端與不和的「元兇」。

年代前期新電影中的父親形象往往承載著更爲鮮明的國族寓意，父親在家庭中的位置是次之的，重要的是「父」對子輩精神上的影響。新電影中的成長故事往往可比附臺灣的發展史，「子」的形象在大多數時候代表臺灣，如《竹劍少年》《小畢的故事》《看海的日子》《臺上臺下》《風櫃來的人》，等等。《竹劍少年》中麥子因爲一個遠在美國的父親而成爲眾夥伴們欣羨的「領袖」，麥子也在與父親的通信交流中發展出很高的自我期許。麥子在現實生活中尋找的「代父」是一位修習竹劍的老人，代表傳統的、反抗濁世與堅守自我的修行者，柔韌堅忍，然亦是無力的，竹劍少年們試圖以竹劍「除暴安良」，卻往往是收效甚微。最後，麥子的美國父親形象也幻滅了，麥子只能依靠自己樹立起對自己的信心。《小畢的故事》中小畢與他從大陸來臺的公務員養父之間由對抗到體諒、到相惜的故事，分明就是臺灣與外來者大陸政府之間關係演變的「官方說法」。與 80 年代前期大陸青春電影中否定性的父親形象不同，同時期臺灣新電影中的「父」大多是正面的、具有建設性的意義。也正是在「父」的形象建構中，臺灣嘗試建立自身的身份感。聯繫 1971 年臺灣被迫退出聯合國大會，臺灣在世界政治舞臺上的尷尬處境以及隨之而來的尋找身份認同的迫切需求來看，這些因素在新電影中都有體現。

大陸 80 年代前期青春電影中「父」的隱匿在 80 年代末迎來了逆轉，在根據程瑋小說《走向十八歲》改編的電影《豆蔻年華》（1989）中，「父」一代以不那麼自信的方式回歸，雖是以「兒童電影」的類型出品、以少年兒童爲主要觀眾群體，然影片融時代氣息與歷史感於一體，傳遞訓戒的同時，亦有躬身反思的誠意。影片中剪紙的流浪青年因高考落榜而自我放逐，另一品學兼優的女生則因高考落榜而精神失常，競爭之激烈對人性的侵蝕在影片中表現得十分鮮明，如曹咪咪受傷住院一週、同學當中卻沒有一人前去探望，姚小禾在國際競賽選拔賽前夕遭人發假電報擾亂心志。競爭不僅使人淡漠了友情，更使人性的陰暗面擴散。而班主任夏雨老師以自身教訓教育同學們要在保持誠信、善良的前提下競爭則缺乏說服力。試想，如果當年夏雨老師不以不光彩的手段獲得唯一的大學名額，他又如何能站在講臺上（而不是躬身在田地間）授業解惑？如此，反倒坐實了成長是必需背負愧疚的。同樣，享有金字塔塔尖上榮光的著名校友尹瓊女士，其成功也是建立在當年同窗捐盡家財資助其赴美留學的基礎之上的。相比前者的風光，後者終其一生在學校複印室勞作、只餘給世人一個背影，二者境遇雲泥，如何讓人甘心接受一個

可能處於「塔基」的位置，而不是拼命爭那塔尖的風光處？夏雨老師雖然當年被眾知青孤立、流著淚離開知青點、無人相送，倘若時光再來一次，身材瘦小的他如何抗拒脫離重體力勞動、進入驕子之殿堂的誘惑？來自農村的姚小禾在拒絕班主任欽點直接代表學校參加國際比賽（勝出者將被大學直接錄取）的同時，內心已十分懊悔，她的拒絕與其說來自「超我」的意志，不如說來自「被孤立」的恐懼。她不願意領受班主任對農村學生的照顧，使得她本來邊緣的處境更邊緣。而她擁護公平競爭的結果是為自己帶來惡意的競爭對手。影片總體傾向是否定競爭，回歸人性。影片中另一位個性突出的城市流浪藝術青年最終也接受一位山中老教師的感召，到需要自己的地方去發揮光和熱。與 80 年代前期張揚個人的獨立意志不同的是，《豆蔻年華》強化了集體在個人生活中的意義，影片中重點中學學生身份的優越、傑出校友代表所受到的仰慕皆引導學生在集體中定位自身，是以精英的集體取代 80 年代前期的個人精英，影片倡導在保有良善品質的基礎上展開競爭，而這幾乎又是如理想國一樣的空幻。80 年代末浮出水面的「父」一方面坦露了他的歷史污點，以之與子一代達成交心，另一方面又試圖引導子輩摒棄個人私念（不走自己的老路），嚮往某種超越性的品質，而對此，其自身亦相當不自信。對於 90 年代的青年來說，他們擁有強大的主體人格，強加的良心譴責已不足為訓。

　　90 年代初在第四代導演張暖忻的《北京，你早》和第五代導演周曉文的《青春無悔》中，「父」以令人不易覺察的方式強硬地表達了「在場」。《北京，你早》中接父輩之班進公交口當司機的鄒永強在女友要求跳槽、尋求更好的待遇與老革命父親所訓導的不忘集體栽培、知恩圖報之間左右為難，最終接受父輩規訓，留在公交口，女友也因此與他分手。90 年代體制內工作相比按勞取酬的市場經濟已顯得十分微薄，如何為體制保留青年人才、存續力量，這是相當多的體制內單位面臨的問題。《北京，你早》中公交系統培養的年輕司機也面臨著新起的出租車公司的誘惑，相比後者，公交口的工作髒、累且收入低，然年輕司機之所以年紀輕輕掌握技術、當上司機乃是父輩的安排。用傳統的「知恩圖報」的道德訓喻和變動不居的時代一份「安穩的」工作以及相應的組織歸屬感、榮譽感來召喚年輕人，是體制自身的生存意識在大眾文化中的顯影，混雜著規訓意志自身的生存危機感。《青春無悔》中主人公鄭加農的父親有大局觀、穩坐一家之主的位置，對子輩們說一不二，將戰鬥英雄的紀律與榮辱意識轉移到社會主義建設中，在他的影響所及的範圍內（家

庭餐桌）還是體現出相當的權威，且這種意志亦通過其子輩傳遞到社會上，比如鄭加農對仰慕他的護士麥群的影響，讓後者在斤斤計較的小市民男友和慷慨、硬朗的前戰鬥英雄之間感受人格的差距，進而提升自我的精神境界。如果說 90 年代初這兩部青春電影中「父」的在場總還因有些不自信而帶有姿式上的強硬，其發出的「權威」訓導也是以情感籲求的方式獲得回應，那麼 1994 年主旋律青春電影《鳳凰琴》中高考落榜的農村女孩何英子每日在村口盼望舅父（在教委任職）的身影已傳達出強烈主動的「尋父」意識，極易令人聯想到紅色經典敘事中苦盼紅軍哥哥的場景。而「舅父」已不是偉光正的形象，而是諳熟體制運轉規則、靈活與之互動，並在其中達成自身的目標。不是如《豆蔻年華》中坦露「導師」個人之歷史瑕疵、拉低身段與被規訓者同一（共同仰望「主流」），而是根本上承認體制自身的瑕疵（「假大空」），以人與人之間的情感訴求作爲驅動力，呼籲人在複雜的生態（理想與現實，主流規訓與世俗情感）中保持平衡，期待其在顧全體制之顏面的同時，做主流鼓勵的事。「主流」（意識形態）已然與執行其意志的「體制」發生了斷裂。「主流」更願意以親民的姿態俯就眾生，而不是高高在上地施加規訓。1997 年的《花季雨季》中這種斷裂更爲明顯，影片無法爲不平等的戶籍制提供合法化的解釋，而女主人公欣然的爸爸卻在「組織」籲求下一再延宕了自身解決戶口的時機，導致欣然面臨高考的難題。主流抛出的另一種解決路徑——欣然通過特優生評選解決了戶口，然特優生的競爭過程又引出另外一個問題——競爭與友誼，雖然爭奪不如 80 年代末《豆蔻年華》中展現的那般慘烈，然也足以粉碎少女心中一些美好的東西。成長就是洞察「父」之無能、「父」之苦心、「父」之兩難的過程，對「父」的倚賴轉換爲一種同情性的理解與尊重，自立的同時，並沒有完全否定「父」。

2. 「尋父」與「弒父」的糾結

與 90 年代中期大陸主流青春電影中逐漸顯影的「父」並行的是，第六代及新生代導演青春電影中「尋父」與「弒父」的糾結，這種糾結在體制內外以及不同代際導演的青春電影中又體現出不同的內涵。90 年代後期路學長的《長大成人》中「弒父」是否定世俗的、卑瑣的生身之父，「尋父」則是試圖秉承革命時代的遺產以立足於混亂的市場經濟時代，這在某種程度上是主流所嘉許的，但主人公在理想幻滅後孤注一擲的復仇行動又將其導向現行「法

治社會」所不允許的「另類」。2005年體制外製作的《向日葵》中「尋父」與「弒父」的糾結明顯是商業理性與堅持自我之間的矛盾，最終是試圖在二者之間達成一種平衡，而在新生代導演的《背鴨子的男孩》中則徹底否決了這種商業理性，以一種不那麼自信的方式堅持自我。

（1）體制內外兩種言說方式——以《長大成人》《向日葵》為例

「弒父」與「尋父」的糾結在經過反覆修改方得以公映的《長大成人》中體現得格外突出。導演意志被扭曲，導演初始的意圖殘存在影像中，解讀完成片與導演訪談，不難窺見其中暗含的「子輩」與「父輩」關於成長的話語權爭奪。影片中沒有第五代導演標識性的「弒父」儀式，亦無「前三十年」青春電影中頂禮革命先輩的「繼承」儀式，主人公周青為自己確定的精神之父「朱赫來」是一個抽象的現代俠客，他對於主人公周青的庇護、幫助同樣會施加於其他人[註32]，其形象更像是社會主義語境下革命大家庭中的長者（革命大家庭的想像亦有傳統江湖俠客的邏輯基礎）。周青失望於自己的生身之父，渴望與這個理想的父建立血緣關係（影片中不惜略顯生硬地植入一個周青受傷、朱赫來捐獻自己的脛骨供移植的情節），「朱赫來」的職業是火車司機——有力量的、為人眾導航的寓意。「長大成人」是一個尋找理想形象的過程，少年時代的周青抱有對以「朱赫來」為核心意象（領路人）的社會主義革命大家庭不無溫情的懷念與對現實生活中委瑣、可憐的父輩及庸常生活的厭棄。宛如一個輪迴，混沌到極致，又會盼望純淨，儘管這種「純化」曾遭到類比極權主義的批判。然此一回的皈依已不同於前三十年。周青是在自主意志的驅動下選擇其時已不佔據主流的「朱赫來」作為精神之父，他與「朱赫來」更像是兩個邊緣人、卓然立於濁世，這是第六代的一種自畫像。援引革命遺產對抗愈來愈成為巨無霸式的全球資本主義體系，於營營色色的眾生中保持清醒的獨立，這是相當一部分第六代導演青春電影中成長敘事的議題。只不過茲時對於革命的借用已與前三十年的語境截然不同，絕非盲從、亦不試圖改變世界，只是一種個人的姿態，在小圈子內能夠收穫共鳴足以，倘若在庸眾當中流行開來，反倒會跌份。這也是《長大成人》中鮮明暴露的小圈子意識，意謂潮起潮落、每個人有每個人的選擇，能鍛鍊成鋼鐵的人只是少數[註33]，比如追隨「朱赫來」人格的周青。成年後試圖「法外執法」

〔註32〕影片中「朱赫來」後來為救一位女士被人捅瞎雙眼，不知失蹤。
〔註33〕影片原名為「鋼鐵是怎樣煉成的」。

的音樂小子周青絕不是現代社會的「良民」，他意氣式地捍衛已不知所蹤「朱赫來」，更多的是一種個人的發洩〔註34〕。回國後的周青面對京城靡費污濁的搖滾圈、一如既往地陷在庸常瑣事中的父母，感到憤怒、壓抑、噁心，他需要發洩、并經承擔這發洩的後果來走出這混沌歲月。按導演的設想，周青90年代回國後重心應落在建立自我上、真正長大成人，然卻因爲種種原因不得不一再妥協，最後敘事主線改成了周青尋找「朱赫來」〔註35〕，原本是一種精神資源的提取、建構被改寫爲世俗意義上的「尋父」。事實上，「朱赫來」對於少年周青成長中的引導作用已發揮完畢，成年周青要做的是「精神斷奶」、建構自我。周青不可能成爲工人階級的一分子——茲時國有企業下崗潮正來勢洶湧，工人階級已然淪爲弱勢群體，影片中見義勇爲的工人「朱赫來」已爲時代大潮湮沒、被妻子拋棄，甚至被他所救護的人淡忘，從80年代到90年代，精神偶像「朱赫來」成了「神經質」一樣被人避之不談的對象，失明、且從人們的視線中消失。失明的「朱赫來」無法再爲成年周青指引道路，周青的執著尋找只能被簡化爲一種精神上不肯「斷奶」的小輩行爲，是「長大」而未能「成人」，與影片片名、迫切的「成人宣言」完全相悖。按路學長的設想，結尾是周青發洩性地砍傷「兇手」、承擔後果入獄，爾後回歸社會、真正長大成人〔註36〕。

如果說90年代後期周青們在「弒父」與「尋父」的糾纏中未能找到一種被主流社會所接納的價值觀，因而陷入無限的「尋找」中，2005年張揚導演的獨立製作《向日葵》中的成長敘事則在「弒父」之後體諒了「父」之苦衷，否定了年少無知的「弒父」之舉，且在感應「父」的存在中汲取力量、獨自面對人生。如本論第四章的分析，《向日葵》充滿了對父權的最激烈的反抗，然最終子輩是以另一種姿態與「父」握手言和，真正的和解是在兩者平等（甚

〔註34〕 路學長曾提到影片迫於無奈所做的一些修改，「……最後的結尾，白日夢（周青爲「朱赫來」報仇、砍傷兇手）那部分，很多人看完不理解，那是最不應該（修改）的一筆。他去發洩，然後說這是個夢，這種遊戲很不高級。」見程青松、黃鷗：《我的攝影機不撒謊》，208頁，北京，中國友誼出版公司，2002。

〔註35〕 路學長對此說，「我覺得影片到了90年代，絕不是一個主角尋找人的過程，這個改動非常牽強，太人爲了……也許這樣可以通過審查，但到現在看，這是影片的敗筆。」參見程青松、黃鷗：《我的攝影機不撒謊》，206頁，北京，中國友誼出版公司，2002。

〔註36〕 據導演闡述，影片原來的結尾是，「他（周青）坐了幾年牢放出來了，又回到社會中，實際上什麼都沒有變。」程青松、黃鷗：《我的攝影機不撒謊》，北京，中國友誼出版公司，208頁，2002。

至是子輩略佔優勢、父輩已趨邊緣）的情勢下發生的，是在剝離了物質供奉與精神索取之後純粹的個體之間的和解。影片初始，面對父親以「爲你好」爲名義實施的家庭專制，兒子進行了激烈的反抗，甚至產生自毀的衝動。父親扼殺了兒子初戀女友的胎兒，兒子成家之後亦拒絕爲滿足父輩承歡膝下而繁衍後代，甚至以「未做好準備」爲由流產了父輩滿懷希望的「孫子」。身體的政治在這裡展露無疑——當子一代是父輩的附屬、經濟上不獨立的時候，身體也是不能自主。而一旦子一輩掙脫了父輩的繩索，首先拿來作爲反抗武器的，也是自己的身體——拒絕爲父輩繁衍後代，棄絕了那一套前現代式（某種意義上也是現代革命式的）的子承父業的倫理體系。正如革命經典借用的是前現代的倫理，因而它根本上未能完成現代主體人格的形塑，它的那一套詢喚機制實則無助於現代意義上的主體人格的養成。《向日葵》中的主人公童年時拒絕父親安排的學畫、成年後卻自覺地將繪畫當作自己畢生的事業，同樣，他在按自己的意志流產了第一個孩子之後，在他覺得做好「爲父」準備的時候、生下了第二個孩子。他的人生走向貌似與父輩的期望吻合，然而卻是主體高度自覺的選擇，是主體在抗拒外在壓力的過程中養成的自主人格所做的決定，且這一切是在父親徹底不在場（失蹤）之後發生的，更彰顯了主人公的獨立意志。拒絕被規訓、以自己的方式實現自我，不被「父輩」的意志所左右，然最終要贏得「父輩」的認同，這一新時代的成長宣言在某種程度上亦與主流之期許殊途同歸。

（2）「尋子／父」——另類的「弒父」敘事

如果說《向日葵》爲父輩塗抹了浪漫的想像，其「尋父」之旅投注了無限的自艾與自憐，是成功者慣用的改寫「成長史」的記憶化妝術，2010 年《日照重慶》則顚倒「尋父」爲「尋子」，粉碎了加諸於父子關係中的虛飾與矯情，是另一類「反成長」的主體性建構。影片中的父子關係早已名存實亡，父親在兒子死去後，感受到生命中的缺失，試圖在形式上重建父子關係，也是重建自己與社會的關係（自我定位）。從某種意義上來說，「尋子」是最極端的「弒父」，當兒子不存，「父職」已然成爲虛位，名實俱無。失去兒子無異於對「父」施加終極否定。影片中年過半百、婚姻失敗的遠洋船長一次航運歸來後得知與前妻所生的兒子已因挾持人質被刑警擊斃，他不能接受這個現實，在鍥而不捨的尋找眞相的過程中，兒子生前相關人員提供的講述將兒子的形象建立起來，父親終於通過尋找拼湊出兒子的影像和人生最後的里程，

爾後回歸「父」之位（回到現在的家庭中），承擔起父親的責任。「尋子」是一場自我救贖，未盡父職、導致兒子劍走偏鋒、釀成悲劇，殺死兒子的是警察，可「兇手」亦指向失職的父親。將日趨主流的「尋父」議題反轉為「尋子」，讓父輩在「尋子」的過程中「接近真相」，完成自我救贖。一方面解構了「尋父」的寓意，另一方面，用導演的話說，「尋子」也是「一個父親在接近永遠不能接近的事實」〔註37〕。令人聯想到巴贊所言，「電影是現實的漸進線」。尋找、建構真相的過程亦是「電影」的過程，電影「尋找」，電影亦負載著「自我救贖」。將建築在「父子」關係上的浪漫想像粉碎，這一次，是兒子用生命觸動父親履行「父職」，是「尋子」的過程幫助父親重塑自我，從單面人（工作機器）回歸立體人，承擔起社會交付給他的多重角色。早在 2006 年第六代導演王超執導的《江城夏日》中就隱含了「尋子」的主題，只不過茲時「尋子」尚包裹在一種溫情與懷舊的氛圍中。同樣是父親尋找兒子（失蹤）的事，尋找的過程不過是確證兒子已遭不測，然尋找讓父親釋放了對兒子的懺悔、重建他與女兒的關係，亦重建自己與外面世界的關係〔註38〕。借尋找生命中失去的那一部分為起點，以復活生命中另外一部分為終點。父親的「尋子」之旅也是自身的建構之旅。

　　子輩的死亡、子輩精神上的幻滅指向父職之缺失，亦是一種「弒父」的敘事。《賴小子》中喜平的父親幾乎從頭到尾都是缺席的，甚至兒子出事他也未現身，他的存在僅通過他宿舍床上的腥紅胸罩來展現（暗示有外遇）。備受煎熬的喜平無法在父親這裡獲得指引，諷刺的是，影片中喜平父親已為他辦好接班手續。將苦役傳給下一輩（不徵詢對方的意志），過早地將擔子移走，開啟及時行樂的餘生，這就是未出場的父親的形象。喜平在他「涉世」之初即經歷了「江湖夢」的幻滅，之後，回到死氣沉沉的小鎮，這一次，他甚至對未來不再抱有任何的奢望，而同伴流流以及二寶在「涉世」之旅中的死亡及其在各自父親身上造成的影響亦明確點出父職缺失、因而「父」將不「父」。

　　路學長的《長大成人》中「弒父」與「尋父」的糾結在近 20 年之後的新生代導演應亮的成長電影《背鴨子的男孩》中得到了結。這部以「尋父」始、以「弒父」終的獨立製作電影絲毫不顧忌「父」的態度，絲毫不受商業理性

〔註37〕趙靜：《〈日照重慶〉——王小帥讓父親在尋找中完成自我救贖》，載新浪娛樂，http://ent.sina.com.cn/r/m/2010-05-14/06372957552.shtml
〔註38〕影片中父親年青時從大城市武漢被貶到山村當教師，從此與外界隔絕。

的束縛，農村少年徐雲的意志絕對自主，所有的外圍因素都是客體，不能影響少年的行動。這樣一個拒絕規訓、目標鮮明的現代獨行少年在以往銀幕形象中並不多見。影片中徐雲的父親在城裏做包工頭、常年不歸家，徐雲第一次出門遠行就爲尋找這位傳聞中「發達」了的父親。在徐雲的「尋父」旅途中，自幼失父的徐雲在警察與黑社會混子之間，選擇後者作爲「精神之父」，底層少年先天地與「江湖」結緣，易接受後者的行事規則。如《任逍遙》（2002）、《賴小子》（2006）、《街口》（2007）中「父職」缺席的少年同樣處於底層混亂的環境中，他們對於主流規訓的一套嗤之以鼻，先天地神往「法外英雄」。這些影片中的底層少年們無一不將「精神之父」的想像投注在黑社會中，而他們的「尋父」之旅往往將他們帶入毀滅。無父者在叢林的遊歷——這就是底層少年的成長圖景。現代城市的規則遠不能植入底層少年們的內心世界，貌似秩序井然的城市在「背鴨子的男孩」徐雲眼中只是一個叢林，溫良恭檢的方式無法達成目的，得像偏執狂一樣忍受冷眼與挫折，得「雄起」〔註39〕，讓不要臉的人懼怕，才能在城市闖蕩開來。影片中幫助徐雲尋父的警察最終沒能感化他，相反是偶遇的黑社會混子「刀疤」的立世原則被徐雲照單全收；同樣，警察亦未能幫助徐雲找到父親，最後甚至讓他去求助於水中的大佛，反倒是被剝奪了做父親之權利的警察借尋找之旅重新獲得「父職」〔註40〕。老警察對少年的善意其實來自其被掏空的「父職」，在引領徐雲的過程中他重新找到了做父親的感覺〔註41〕。規訓者敵不過被規訓者，救贖者反成被救贖者，影片否定了自上而下的規訓與救贖。對比《日照重慶》中警察對因失戀而劫持人質的少年應激過度、一槍斃命，沒有耐心勸誡，甚至不嘗試規訓，體現出規訓者的傲慢以及對邊緣少年生命的漠視。規訓暴露了它赤裸裸的面目，要麼顯得虛假、無力，要麼顯得冰冷、無情。《背鴨子的男孩》中徐雲「尋父」的初衷是讓父親回歸「父職」，而他的訴求被拒絕後，他亦毫不含糊了殺死了父親，割下他的一絡頭髮、象徵性地將他帶回家，完成自己出發時對母親許下的諾言。尋父之旅又是其踐行「言必行」之成人規則的開始。如此，

〔註39〕影片中黑社會的「刀疤」教他「不要臉的怕不要命的」、「要雄起」。

〔註40〕老警察在街上被兇手報復捅傷，徐雲將其送到醫院，其前妻和兒子亦來到醫院與其團聚，老警察從而真正恢復了「父親」的身份。

〔註41〕老警察和徐雲一路上遇到的熟人皆問警察，「這是你的娃子？」而他似乎也很享受這種錯指。

影片中的「尋父」已決然不同於此前的「尋父」，不是為著某種成長中的父職缺失而尋找（雖然事實上達成了尋找替代、彌補缺憾的效果），而是為了完成自我的成人儀式而尋找。同樣，其最終的「弒父」亦無關成長議題中的超越父輩之寓意，而僅僅是為了行動的完滿。

3. 「崇父」的「現實主義邏輯」：21 世紀以來「父」的強勢回歸

進入 21 世紀以來大陸青春電影中「父」的形象日益硬朗，在資本和話語權主導夢想的時代，強大的「父」日益顯現出其不可或缺的位置，與此同時，精神分析學意義上的「父」在子輩成長中無可替代的作用也日益凸現。然而茲時的「父」已不是八九十年代青春電影中抽象的「體制」之父、純粹的精神之父或庸常的世俗之父，21 世紀攜帶著現實主義邏輯的「父」往往是從精神意義上的「父子」關係發展而來、最終達至對於「子輩」渴望的、現實生活中的強大支持，「尋父」升級為「崇父」。

早在第五代導演夏鋼執導的《與往事乾杯》（1995）中宿命般的亂倫戀已折射出其表面「弒父」、實則「崇父」的傾向。影片中女主人公濛濛的生身父親抑鬱古怪，母親為使女兒免遭家暴陰影，與其離婚。濛濛成長過程中父職的缺失使得她在情竇初開的時節被鄰居宋醫生吸引，女性成長中對父親的渴求以一種亂倫戀的方式隱晦地傳達出來。女性的成長寓言，即克服「崇父」的情結、開發潛藏在自身的母性，成長為承擔者。影片中濛濛與宋醫生的關係類似父女，而與宋醫生遺落在海外的兒子老巴的關係又類似母子，由「女兒」到「母親」角色的轉變，濛濛在這兩段「畸戀」中完成了她的成長，經由正視「亂倫」的罪過，濛濛走出了扭曲的生長環境帶給她的陰影。顯而易見的「父輩」對於未成年少女的邊緣性行為卻被赦免、被扭曲為女性成長過程中必需的「父愛」。80 年代中期起登場的第五代導演幾乎都略過了他們的青春時代，1995 年夏鋼的這部改編自林染同名小說的《與往事乾杯》同樣有著寓言式的風格，已屆不惑之年（已為人父）的導演對於「父輩」的複雜態度本身也折射出其作為父輩對於茲時子輩的情感。相比茲時艱難登場的第六代導演，第五代導演可謂佔盡了良機。在他們回望的成長敘事中，父輩的準「強暴」行為亦可解讀為對子輩的一種關愛，是對子輩「崇父」需求的一種回應。

第六代導演初執導筒所面對的不友善的生態環境使得他們對於前輩懷有

一種既羨慕、又不屑的複雜心態，電影體制轉軌，加之政治環境複雜，電影製片廠承擔著經營壓力，年輕影人在體制內難以獲得拍片機會。而跳出體制、在「野地裏」謀生存和發展對於年輕影人來說是一次巨大的挑戰。在逢遇了「天時地利人和」的第五代導演的陰影面前，初試啼聲的第六代很難有平穩的心態。對於「父」的態度也是複雜曖昧的，一方面，如前文所述，初登場的第六代導演棄絕了庸常的「世俗」之父、尋找精神意義上的「代父」，另一方面，同樣是「崇父」敘事，體制內外的導演又傳達了不同的訴求，無形中標示了他們各自所處的位置。比如同樣追隨精神之父的《感光時代》（1994，阿年執導）與《極度寒冷》（1995，王小帥執導）就發展出迥異的結局。在體制內導演阿年的《感光時代》中，愛好攝影的馬一鳴不滿於體制內攝影記者僵化的工作方式，在根雕老藝人的啓發下深入大自然，捕捉未被文明污染的鄉野之韻，成功開辦影展，爾後從體制內辭職，循老藝人之遺願，徒步山野之中，尋找美的眞諦。循「父」與「尋美」交織在一起，「精神之父」即自然本身。而《極度寒冷》中行爲藝術家齊雷的精神教父老林同樣是授意其以模倣自然爲名，表達對冷酷社會的對抗，其表面的激烈程度卻遠不是前者可比。齊雷將死亡的體驗拉長、「模擬死亡」的行爲藝術〔註42〕包含著強烈的表演性，甚至最後的「冰葬」本身是其「教父」的陰謀與野心的一部分〔註43〕，由不得表演者退出，拋開沽名釣譽不說，觀衆的預期已然剝奪了表演者反悔的權力。齊雷「死」後其師以著名藝術家之導師的身份領受爲藝術殉身者的尊榮，而齊雷自己卻不能親身體味這「死後盛名」，陷入虛空中。生命雖客觀存在，然而已不與周遭熱烈「懷念」自己的世界發生關聯（形同死亡），而這些關係似乎才是生命的本質。行爲藝術家齊雷臨終前最後一場自主的行爲藝術是讓自己「名實相符」，卻沒有觀衆。齊雷的教父操縱功名的熟稔，與《感光時代》中與世無爭、清靜無爲的老藝人判若雲泥。《感光時代》中馬一鳴最終追隨老藝人的遺願、從塵網中掙脫，去尋找自然之美，而齊雷卻以死的方式棄絕了曾經的「教父」，遵從內心欲念體驗了眞正的死亡。如此，體制內外兩位第六代導演青春電影中的成長敘事，一個以「弒父」（否定父權）爲起點、以「崇父」（追尋精神之父）爲終點，一個以「崇父」（追隨）爲起點、以「弒

〔註42〕　齊雷的行爲藝術的前面三部分爲：立秋日模擬土葬、冬至日模擬溺葬、立春日模擬火葬，之後齊雷宣佈將在夏至模擬冰葬（用盡自己的體溫融化一塊巨大的冰）時，眞正結束自己的生命。

〔註43〕　按照二人的謀劃，齊雷在「冰葬」中「死」去，爾後隱姓埋名過一世。

父」（棄絕）爲終點。

在世紀之交第五代導演張藝謀執導的《我的父親母親》（1999）以及霍建啓執導的《藍色愛情》（2000）中，「崇父」的一面已體現得十分鮮明，只不過茲時居父位者尙是邊緣性的山村教師、小學教師。比之第六代「弒父」所指向曾經主流的階層，這兩部影片中的「父」皆是一生清苦、籍籍無名，「追尋父輩的足跡」本有一個同情性的出發點，而最終達至向普通人於大時代生存之堅韌意志的致敬。追尋的過程是挖掘一種久遠的、而今顯得彌足珍貴的精神，在這種精神的燭照下，現代都市利慾薰心的子輩經受了靈魂的洗禮，在重新評價父輩的過程中，也駐足審視自己走過的路途。相比之下，21世紀年輕輩導演的崇父意向則更多地是基於商業理性。60後導演王瑞人屆中年之時執導的青春電影《冬日細雨》（2002）亦彌漫著濃鬱的「崇父」情結，影片中失意的鋼琴手在事業和愛情面臨危機時陷入苦悶與虛無中，他百無聊賴中以教一個老人彈琴謀生，萍水相逢的兩代人從敵對到發展爲精神上的「父子」關係，在「精神之父」的激勵和鼓動下，年輕的鋼琴手鼓起勇氣，一改優柔寡斷的習氣，在最後關頭奪回了自己的愛情。耄耋之年的老人以近乎返老還童的純眞和執著打動了落魄的藝術青年，老人形體上的衰弱與精神上的強大形成鮮明的對比，同樣青年形體上的強健與精神上的頹廢亦近乎錯位，然老人精神強大的背後是其成功者的社會地位以及優渥的生活環境，年輕人頹廢的背後是社會不公與上升通道的堵塞。不直視這些根本性的問題，凌空蹈虛的「崇父」無疑有獻媚邀寵之嫌。影片結尾老人去世、留給（接受他規訓的）年輕人那架他夢寐以求的昂貴鋼琴，暗示年輕人擁有了事業起飛的基礎。類似的「老少」設置甚至出現在新生代導演潘寶昌執導的《墩子的故事》（2005）中，同樣是垂暮之年的老人和少年結成了形式上的「父子」。墩子習慣性地逃避粗暴的父親，他推崇的「精神之父」是鎮上的攝影師老趙。墩子迷上攝影，也曾立志振興老趙的平安照相館，而被妻女拋棄的老趙亦在墩子身上重新找到了做父親的感覺。是他細緻體察到了迫於無奈騎女車的墩子的自尊，送給他一輛嶄新的男車，且他拒絕與墩子的父母交往，試圖將二人的關係鎖定在想像性的、單純的「父子」（而不是叔侄之類的）關係中。墩子則通過追隨這位「精神之父」，從少年敏感、危險的青春期走出，最後顯然也繼承了老趙的遺產（照相館）。

21世紀以來年輕人以皈依者的身份獲得新的臺階，「父」一代重返主

流，攜帶資本或權力、以夢想助力者的姿態強勢回歸，這種徵兆在近期主流商業電影中愈來愈明顯，如《高考 1977》（2009）、《杜拉拉升職記》（2010）、《蛋炒飯》（2011）、《郎在對門唱山歌》（2011）、《小時代》（2013）等等，甚至包括崔健的《藍色骨頭》（2013）。有影評人就尖銳地指出《藍色骨頭》中的主人公鍾華不過是一個「暫時扮演成叛逆青年的低配版啃老族」〔註44〕，其父則類似「紅色資本家」，利用其在特殊年代獲得的資源轉化為市場經濟的資本，從中獲利、並蔭及兒輩，是以其子能夠享受現代社會極為奢侈的自由和夢想。影片中子輩對父輩的諒解不僅源自探析父輩的歷史幽微，更在於父輩在「身後事」的安排上體現出對子輩的無保留給予。挖掘邊緣的、去勢〔註45〕的「父」曾經的英雄印跡也是子輩體認高貴血統的必要環節。在「父」之音容笑貌即將定格為過去年代影像的時刻，在「父」之精神氣韻將化為博物館式遺存的時刻，抓住這最後一絲遠年的風跡，為自身鍍上「先鋒」「邊緣」的標識，在履行了必要的皈依儀式後，從容地領受遺產，縱享自由、揮霍夢想。本質上《藍色骨頭》仍歸屬於媚俗的、矯情的「崇父」主流。不同於藝術電影《孔雀》（2005）中充當「夢想粉碎機」的父輩，近年來主流青春電影中的「父」是夢想的助產士，為夢想行動保駕護航，他總會在最後關頭適時出現，有如阿拉丁的神燈。

第三節　終極的尋找

　　在某種程度上說，成長就是一個尋找、建構身份認同的過程。身份認同（identity）是「個人與特定社會文化的認同」〔註46〕，身份關乎個體的自我形象以及個體在社會文化體系中的想像性位置。80 年代以規訓為主導的青春電影中成長主題的敘事總會設定明確的社群歸屬，並為個體提供角色認知。身份一經確認，就具有同一性和穩定性，個體可以在其中參照群體的行為建立自己的身份認知。90 年代中期以來臺灣、香港以及大陸青春電影漸次面臨後現代化的語境，穩固的身份不再，經由建構身份認同而傳達規訓明顯力不從心。傳統社會學上的身份認同「主要從社會角色、地位、利益的方面來研

〔註44〕楊時晹：《〈藍色骨頭〉：崔健的更年期》，載《中國新聞週刊》，2014-10-21，
　　　　http://viewpoint.inewsweek.cn/detail-1047-1.html
〔註45〕影片中鍾華的父親被母親失手打掉一個睪丸，「去勢」的意味鮮明。
〔註46〕陶家俊：《身份認同導淪》，載《外國文學》，2004 年第 2 期，37 頁。

究和解釋」〔註47〕，它是個人對自我身份、地位、利益和歸屬的一致性體驗，而在後現代的語境下，「身份」本身變得含糊不清，且不斷地經歷著裂變，個體試圖通過投射身份認同達成「一致性體驗」已不可行。比如 2015 年大陸新銳導演的《黑處有什麼》《少年巴比倫》皆聚焦 90 年代國營大廠子弟的青春歲月，然 90 年代後期下崗潮中這些人中的大多數已被拔離了原來相對封閉的（也是主流的）生長空間，從廠區流入外界，變換過形形色色的身份，多數淪為邊緣人。當年主流人群的青春呈現在當下不可避免地帶有弱者的色彩，習慣被「包辦」的一群突然被拋到市場經濟的浪潮中不免產生的巨大挫折感。這種心理落差能在具有相當經歷的人群中喚起認同，然已與穩固的身份建構無關。對比 80 年代描寫青工生活的影片《逆光》《都市裏的村莊》，不難發現，彼時處於主人翁地位的青工之風貌比之 2015 年這兩部影片中呈現的 90 年代工人／警察可謂判若雲泥。

1. 後現代的「成長」敘事：「規訓」的質疑

主流青春電影中所有被選中作為成人儀式來闡釋的事件都有深層的意識形態因素，它是實施規訓或建構主體性的一部分，而秉持現代電影觀念的獨立製作／藝術電影中的成長敘事則往往將「成人儀式」無限延宕，標識性的事件亦不意味著成長，它充其量只不過是主體將潛藏的情緒爆發出來，或者表面上回應外圍的詢喚，配合「演出」，如《忠仔》（張作驥，1996）中忠仔面對繼父的責打平生第一次讓自己的憤怒爆發出來。擁有與「父」對抗的勇氣並輕易一擊致勝，然卻並不預示著忠仔的成長，他仍然處在迷茫中，不知道明天的出路。同樣，他順應阿公的心願、改宗母姓亦不意味著他找到自我的位置〔註48〕。儀式失去了它的儀式感、空俱「外殼」，主體自發或被動地踐行了「儀式」，卻仍處於永遠的漂泊狀態，無根，無定，如《阿飛正傳》中旭仔所說的無腳鳥，一輩子只能不停地飛，落地的時候就是死去的時候。旭仔完成了他對自己身世的尋找（尋母），落定的方式亦是讓生命終結。「儀式」的意識形態涵義被解構，儀式完成僅僅意味著「演出」結束，什麼也不會改變。正如旭仔的養母所說，不知生母（自身之來處）只不過是旭仔自甘墮落、

〔註47〕孫頻捷：《身份認同研究淺析》，載《前沿》，2010 年第 2 期，69 頁。
〔註48〕影片中開始忠仔被改名為「楊偉忠」，名字的諧音（「陽痿」）不吉讓忠仔視之為人生一大衰事，影片結尾處他不再糾結這個事情。

不肯長大的一個藉口，既而完成了尋找，也不會爲自身增加點什麼。人們往往盼望某個節點到來，賦予其以里程碑式的意義，爾後萬象更新，一切從頭開始。現實生活中則難有這樣的「節點」，所謂「節點」不過是已在暗地裏滋長了千百個日夜，而其中的某一個日子碰巧被閃光燈／意識捕捉、定格爲「節點」。從前地域的流動往往帶有界定性的意義，逃離某地意味著逃離與地域捆綁的一整套生活方式、思維方式，同樣，遷移至一個新的地方，亦意味著重啓嶄新的日子。在後現代語境下，個體在地域間的流動並不會爲自身帶來多少改變。同一個城市，可被無限分割爲諸多互不相干的空間，同樣，同類微觀空間亦可無限複製、出現在不同的城市。個體在社會結構中所處的位置不是其通過跨越地域即可以改變的，它與個體的經驗、學識、氣質以及個體身後的關係網絡等需要經過漫長時間累積的事物相關。因而所有戲劇性的「節點」一經提取，即已產生了更大的遮蔽。

　　近十年華語獨立製作青春電影的一種新趨向是打破戲劇性的成長，還「成長」以自然狀態。里程碑式的「成人儀式」被還原爲生活流中的一朵浪花，並不改變生活的航向，所有標識性的認知皆如刻舟求劍一般虛妄。這種回歸生活本身的成長敘事早在 90 年代臺灣新新電影中已初露端倪，如徐小明的《少年吔，安啦》（1992）、蔡明亮的《青少年哪吒》（1992）、楊德昌的《獨立時代》（1994）、張作驥的《忠仔》（1996）和《黑暗之光》（1999）、陳玉勳的《愛情來了》（1998）等。這類影片中的「弒父」「反抗」「創傷」「尋找」「期待」等所有可能指向「成長儀式」之成立的敘事皆偏離了審美預期，所有可能具有儀式性的節點發生後，一切照舊，什麼都沒有改變，如《少年吔，安啦》結尾處北港少年阿兜在阿國死後跑去了美國。阿國之死既無戲劇性、亦無儀式意義，他莫名其妙地捲進黑社會的仇殺，被不知名者砍死在路邊，同樣阿兜去美國也並不意味著新生，他的狀態與他在北港時也沒有什麼差別。並非是某些戲劇性的節點對他的成長產生了影響，而是他的成長環境決定了這些偶然事件的必然發生。他對社會的認知早已建立，社會無公義、父輩無擔當，孤獨的少年只能陷入無邊的飄泊。他的處世方式也不會因爲某些偶發事件發生改變，因爲他所植根的生存環境、人際關係不會因爲這些偶發事件發生改變，而個體是無力超越這些外圍因素的影響，單獨跳脫出來、改變自身。同樣，《黑暗之光》中底層少女康宜在盲父去世、男友死於黑幫械鬥之後，生活照舊、波瀾不驚，她幻想他們只是出遠門而已，艱辛的生活

早已讓她練就了遺忘創傷的能力。一切在外人看來足以改變她的事件並沒有對她產生「歷史性」的影響，她所處的生長環境已讓她無數次在腦海中預演了厄運降臨的場景，以至真實的悲劇發生時，她已因透支了恐懼和悲傷、反倒顯得波瀾不驚。

如果說 90 年代臺灣新新電影主要還是在「個體無法逃脫時代制裁」的語境下否定成人儀式，近十年華語青春電影則是在另一個維度上否定了「儀式」，將成長指向一個永無終點的里程。巴迪歐在 20 世紀末發表的一篇「當代到處存在的不穩定性」（Le précarité est aujourd'hui partout）的文章中指出，不可靠性、不穩定性和敏感性是現在生活狀況最為充分地延展的特徵，也是最令人痛苦的特徵。〔註49〕這一「人類困境」在很多方面是「新近出現的和前所未有的」，是對（地位、權利和生計）不可靠性（insecurity）、（對於它們的持續性和未來的穩定性而言的）不確定性（uncertainty）和（人們的身體、自我以及它們的延伸：財產、鄰里關係和共同體）不安全性（unsafety）的聯合體驗」〔註50〕。梭羅門在論及現代電影的觀念時亦提到，現代生活的碎片化、缺乏可把握的結構，因而產生了「沒有結構的影片」，這類影片探索「現代人物的生活所表現的現代精神。隨意漂流和沒有方向的形象反映著我們生活於其中的世界。」〔註51〕所有的這一切都迫使追求「準確的表達」的現代電影改弦易轍，從戲劇性的迷戀中脫身而出是新生代導演一種集體性的「藝術自覺」。相應地，成長敘事中戲劇性十足的規訓亦顯得狂妄、自欺欺人。近十年華語青春電影中的成長敘事幾乎皆宣告了規訓之不可能。規訓者與被規訓者地位不對等，規訓者無法代替被規訓者做出最利於他的決定，規訓在特定場合生效的前提幾乎都包含著威逼或利誘，一旦強制的外在條件喪失，或獎勵機制失效，規訓的效力亦不復存。解構了「儀式」、否定了規訓，主體的成長被還原成生活本來的面目，尋找、建構自我的「成長」也就成了永遠無法達至終點的旅程。

對規訓的解構幾乎都包含著對規訓者的質疑，包括對規訓者的動機以及規訓者的自我控制能力等等，即規訓者自身可能都沒有意識到自己作為規訓

〔註49〕 Bourdieu, Contre-feux, pp.95～101.轉引自齊格蒙·鮑曼：《流動的現代性》，歐陽景根譯，250 頁，上海三聯書店，2002。

〔註50〕 〔法〕齊格蒙·鮑曼：《流動的現代性》，歐陽景根譯，250 頁，上海三聯書店，2002。

〔註51〕 〔美〕梭羅門（S. J.Solomon）著：《電影的觀念》，齊宇譯，258 頁，北京，中國電影出版社，1983。

一方的虛僞性、非法性。近十年華語青春電影中的成長敘事幾乎都對義正言辭的規訓提出了質疑，甚至否定了規訓者的合法性，比較典型的如《月光下，我記得》（2005）、《十三顆泡桐樹》（2006）、《芳香之旅》（2006）、《新宿事件》（2009）等。《月光下，我記得》解構了以禁欲形象出現的長輩訓導子輩節制情慾的正當性，《十三顆泡桐樹》解構了代表教育系統的教師施加於學生的、「走正途」的規訓，《芳香之旅》解構了「組織」對於年青人免遭資產階級腐蝕的訓導，《新宿事件》則解構了道德感十足的江湖「大哥」對於小弟的規訓。家庭、學校、單位、社會四類承擔著規訓後生之職能的規訓主體皆被顚覆。較之於此前對規訓者力量的懷疑（允諾能否實現），或規訓內容有效性（是否適應時代）的懷疑，近十年華語青春電影中對規訓的解構直指規訓者自身。《月光下，我記得》中寶猜對正值青春的女兒的控制，與其說是「爲她好」，不如說是因爲自身孤獨而希望儘量延長女兒陪在身邊的時間。寶猜每日清修禁欲、并干涉女兒的愛情，現身說法教導女兒「男人都不可靠」，而她卻在規訓女兒（截留、審察其男友來信）的過程中陷入了不可抑制的情慾，最終僭越倫常，勾引了女兒的男友。規訓者從高高在上的尊者之位墜落爲比被規訓者更無自制力的搶奪者，規訓者成了戴罪之身，不僅暴露其規訓欲望之企圖的虛妄，亦從根本上確證了規訓之初衷的極端自私性。《十三棵泡桐樹》則通過對班主任宋小豆對陶陶的「規訓」解構了教育者，影片中宋小豆適時安撫了因父親落馬而意志消沉的陶陶，引導其脫離壞學生群體、刻苦攻讀，然顯而易見的是，她同時也使手段讓陶陶拜倒在她的石榴裙下，「爲他好」很難說是眞正「爲他好」，還是爲了滿足自我的控制欲。且「爲他好」的結果雖然暫時讓陶陶通過高考，但陶陶的心理陰影可能伴隨其一生。《芳香之旅》則否定了「組織」對青年人成長的管制，少女李春芬與黑五類劉奮鬥戀愛被處分，結果卻是代表組織的勞模——年紀幾乎可作其父的老崔「收容」了她。對階級感情的規訓後面是對年輕女性身體控制權的爭奪。同樣，老崔「被主席接見過的勞模」之榮譽，亦成了李春芬青春的枷鎖，她半生的守活寡亦因了這勞模之妻的紙枷鎖不能摘下。規訓者爲了自身的完滿，扼殺了活生生的青春。《新宿事件》則解構了成龍一貫的「老大哥」形象，影片中他飾演的鐵頭道德感強，自以爲小弟們打出一片天，實則種下苦果，正如阿傑說，「鬼都是你放出來的」。一開始爲了脫離「不怎麼上道」的打黑工生涯，鐵頭帶領兄弟們「撈偏」、與黑道合作，實已將他們帶入不歸

路。膽小的阿傑雖然由眾兄弟幫忙得到了夢寐的謀生工具——一輛栗子車，然亦成爲鐵頭大哥帶領大家「打天下」過程中的犧牲品〔註52〕。好比革命者爲被解放者爭來生產工具、生產資料，然革命與反革命勢力的絞殺又會將無辜的被解放者牽扯進去、使其淪爲犧牲品。規訓者鐵頭大哥在最後關頭慷慨激昂地訓導「誤入歧途」的小弟，豈料眾人早已不服他，甚至挑明他所謂的「爲大家好」不過是爲自己好，自己說得自己都信了，而忘記自己作爲始作俑者的罪過。對規訓行爲的最大諷刺莫過於此，將規訓者還原爲始作俑者，徹底顛覆了規訓者的合法性。

2. 無休止的旅程——尋找自我

成長不僅包含著個體對周遭世界的認識，它更是一個向內的「認識自己」的過程，此二者皆是無止境的，現代電影成長敘事的轉變，亦是基於對成長的現代性認識。個體所處的世界是流動性的，正如保羅·瓦累里（Paul Valery）所說，「突然中斷、前後矛盾和出其不意，是我們生活中的普遍情況」，同樣，對於許多人而言，「突然變卦和接連更換自己的刺激物」已是一種常態，不能承受任何具有持續性的事物。〔註53〕對自我的尋找就如西西弗無休止地推著巨石邁向山頂的旅程，一經抵達，即重新開始。加繆將西西弗視爲「人類生活荒謬性的人格化」，然仍大膽設想西西弗是「幸福的」，因爲「攀登山頂的奮鬥本身足以充實一顆人心」〔註54〕。變動不居的世界，主體建構自我和認識自我的過程同樣是無休止的，生命不息，尋找不止。

2000 年以來華語青春電影中的尋找自我的議題愈來愈指向哲學上的終極追問，表現出一種對自我的最終認知是否可能獲得的懷疑，「自我」如同這個無從把握的周遭世界一樣，是多變的、流動的。自我的成長，借鮑曼的話說，遠不是如固體成形一般一勞永逸，而是如「流體」一般，保持其形狀不僅需要時刻警惕，且要付出持久的努力——最終成功與否則需另議〔註55〕。對自

〔註52〕 影片中阿傑無端受牽連，被刺臉、去手，喪失了靠雙手謀生的能力，從此自暴自棄。

〔註53〕 〔法〕齊格蒙·鮑曼：《流動的現代性》，歐陽景根譯，1 頁，上海三聯書店，2002。

〔註54〕 阿爾貝·加繆：《西西弗神話》，沈志明譯，121 頁，上海譯文出版社，2010。

〔註55〕 〔法〕齊格蒙·鮑曼：《流動的現代性》，歐陽景根譯，12 頁，上海三聯書店，2002。

我的尋找也如同摸索這「流體」的形狀一般，需終其一生來進行。2000 年以來華語青春電影中大陸和臺灣的製作一直不乏這類終極尋找的主題，香港電影則因爲強大的商業傳統，較少有這類實驗性的表達，但近十年香港的獨立製作中亦湧現出不少叩問終極欲求的影像，如《東風破》（2010，麥婉欣執導）、《大藍湖》（2011，曾翠珊執導）、《尋找心中的你，王家欣》（2015，劉偉恒執導）等。

　　大陸導演中第五代、第六代以及新生代導演都在影像中探詢過自我尋找的議題，如《周漁的火車》（2002，孫周執導）、《戀愛中的寶貝》（2004，李少紅執導）、《春風沉醉的夜晚》（2009，婁燁執導）、《觀音山》（2011，李玉執導）、《少女哪吒》（2014，李霄峰執導）、《後會無期》（2014，韓寒執導）、《28歲未成年》（2016，張末執導），等等。相較而言，新生代導演更熱衷於自我尋找。第五代導演觸及自我尋找的終極命題時總彌散著一股絕望的氣息，尋找到最後是發現無法與另一個執著尋找的自我和解。斷裂的成長經驗在這一代人身上體現得尤爲鮮明，青年時期形成的人生觀、世界觀被時代不動聲色地解構，他們經歷過物質貧困、精神貧困、性壓抑，他們曾自以爲擁有了堅定的意志、鐵鑄的身軀，然改革開放之後他們又成了最脆弱的那一群，卻還緊抱著那套形而上的、「高覺悟」的說詞。明明出發點在腳下，卻總能說服自己「這是利他的」，並深信不疑，以此將自己的人格昇華到眾人之上。是以第五代無法與世界和解的「自我」總徘徊在理想與現實、激情與平庸、超脫與拘囿之間，如《周漁的火車》中周漁執著尋找的仙湖（愛情）與不自覺地淪陷其中的肉欲無法在她身上和諧共處，只能將她引向毀滅；《戀愛中的寶貝》中「寶貝」滿世界尋找另一個「想飛」的自我、并試圖與之一同達至被拯救的美好未來，然卻敵不過平庸瑣碎的現實，只能以終結生命的方式回歸自己的精神世界。這種潛意識中的「自毀衝動」在同時期臺灣導演的作品中以及其後大陸第六代導演作品中亦有體現，不過用了比較隱晦的方式，指向成長過程中必要的「自殺性行爲」，如《起毛球了》（2000，吳米森執導）中女主角用了一個寓言來形容這種無所遁逃的宿命，「聽說過了三十歲生日的幾個小時內將被自己謀殺……被一個和你一模一樣的人謀殺。不過別難過，四十歲生日時，他……就是取代你的那個他，也會自行了斷的……然後又被另一個自己取代。」成長並不是簡單如蟬蛻殼一樣，經歷掙扎、衝破束縛、換新顏，成長是如蛹化蝶一樣由死至生，舊我的一部分死去，新我才能降生。正如《深

海》(2005,鄭文堂執導)中小玉終究要經歷一次自殺,在黑暗中走一遭,才能把身體裏那個「開關」關閉,從對「忠貞愛情」的依賴、執迷中走出,《世界》(2004,賈樟柯執導)中的小桃同樣如此,經由殺死那個冥頑的「自我」,讓殘餘的「自我」脫胎換骨、往續生命。

如果說第五代導演的自我尋找主題糾結於無法達成和解的兩個自我,第六代導演及其後的導演則從根本上棄用了這種二元對峙,他們作品中的終極尋找往往指向流動的欲望。自我在尋找其影像(投射外物)、描摹其輪廓的過程中不斷地改換方向、變更欲求,令「尋找」這一過程恒久地進行下去。這才是通達的現代性個體恰當的應對姿態。故《春風沉醉的夜晚》僅因被拋棄就自殺的王平是古典愛情中的客體,他之死是穿越的靈魂無法適應「流動的」現代性社會,如同《深海》中因丈夫外遇而殺夫、又險些因情人背棄自己而自殺的抑鬱症患者小玉,或《世界》中試圖與情人同歸於盡的小桃。貌似現代性的病症卻有著古老靈魂的引子。一如小玉想不明白她只想和一個人好好地在一起、怎麼就這麼難,王平和小桃同樣不能接受愛侶的背棄。對於這些前現代的靈魂而言,其出現在後現代社會本身就是一種病態(不逢其時),視「被棄」為對自我最大的否定,其實是將自我綁縛在隨機的他者身上,且誤把他者當唯一。而「通達」的現代性個體是坦然面對自己的「朝暉夕陰」。如《世界》中的成太生,愛情(包括肉欲)是他所能期待享有的一點溫暖,此處得不到滿足,便移駕彼處;又如《春風沉醉的夜晚》中羅海濤,似乎找不准自身的欲求(也無意去自審),就隨著感覺遊走;更甚者,如《臺北晚九朝五》(2002,戴立忍執導)中狂躁、絕望、迷惘、朝生暮死的泡吧青年,以肉感代替理性,埋葬痛苦的方式是縱情聲色。《臺北晚九朝五》中臺北的「夜生族」白天有中規中矩的職業以及平庸、寡淡的生活,晚上則易容為另一族群,縱遊欲海,驅逐孤獨與苦悶。在網絡上,他/她可能又是另一副面孔,充當拯救者或亟待拯救者,嚮往超越性的生活與純真的愛情。哪一個自我更真實,恐怕沒人有勇氣自視。然商業性的影片總會畫一個光明的尾巴,那些揮霍青春的「夜生族」們終究要走出狂躁、迷惘,在網絡(虛擬世界)、白天以及黑夜中的幾幅面具之間作出些取捨,搓合成一個向能被主流社會接納、又不致使自我分裂的形象。比之《世界》《臺北晚九朝五》中總讓主人公經歷一次涅槃,爾後回歸平靜生活、多少給人遺有希望,《春風沉醉的夜晚》則始終以冷靜的鏡頭呈現現代都市人流動的欲望、無法企及的終點。影片中羅海濤作為

私家偵探，他對他人的觀察似是敏銳的，而對自己卻無從把握，與其說他被江城（男）吸引，不如說他是在受雇跟蹤王平（男）的外遇時無意識代入了王平的角色。顯然發現王平的外遇對象是個男的很令他意外，他也許從未想過自己也會戀上男人，感覺與假象糾纏在一起，自己也無法分清。羅海濤無法找到固著自我的東西，他有女友，卻陷入對江城的愛欲，女友發覺後悄然離去，又使得他無法安身，只得離開江城。都市年輕男女在形形色色的誘惑中迷失了自我，連自身性取向都是十分不確定的東西。這類探索在臺灣青春電影中十分常見，如《臺北晚九朝五》中 VIVI 對男友極度失望後終於回應了女同 IDEN 渴求的目光，並與其結婚，成為臺北第一對獲得合法婚姻的女同；《深海》中在兩性愛情中傷痕累累的小玉終於也選擇和安姐長相廝守。性取向可以改變，性別可以改變，沒有什麼是恒定的，流動的欲望，隨機的生活，一切旋生旋滅。陰影也可以很快消散，創傷亦很快被遺忘，一切現在都可迅速成為過往，一切過往都可迅速抹平，藏入潛意識，讓表面恢復平靜。

「流動的欲望」也是近年來華語新生代獨立製作影片中成長與尋找敘事的核心意象之一，《單車上路》（2006，李志薔執導）、《最遙遠的距離》（2007，林靖傑執導）、《漂浪青春》（2008，周美玲執導）、《帶我去遠方》（2009，傅天餘執導）以及《觀音山》《少女哪吒》《後會無期》等影片中「流浪」的意象十分鮮明，個體在流浪或對流浪的想像中，緩解成長期的焦慮，籍將自我放逐到一個陌生的環境中，重新激發自我對世界的新奇感，同時採取相對疏離的姿態，繞開周遭林林總總的規訓企圖，將最本真的自我呼喚出來，以相對不受干擾的方式走過一段人生的旅程。這類自我放逐式的成長將成長導向一種無邊際的尋找。愈是游離於俗世，愈是迷失。在規行矩步的境遇下，成長是習得一整套謀生以及與周圍世界和平共處的本領，有榜樣可循，有徑路可依；在流動的後現代世界，成長過程中習得的謀生本領可能很快不再適用，包括主體與周圍達成和諧的一些「要領」亦可能很快過時，更不用說有可供模倣複製的、一勞永逸地達成成長的「儀式」。主體終其一生可能都在尋找，尋找安全感，尋找和諧共處之道，尋求內心的平靜。「終點」只在想像中。華語青春電影中的主人公絕大部分是邊緣群體，這也是成長中個體的邊緣化體驗在銀幕上的顯影。成長亦是一個（自我感覺）邊緣化的個體尋找同類的過程，最典型的如《帶我去遠方》中男女主人公分別是色盲和同性戀，每個成長中的個體都有被邊緣化的恐懼感，都在尋找那個接納「如我般特殊的人」

的遠方，對遠方的期盼是基於對同類者（自我）的期盼。個體在眼下的世界感覺格格不入，期待尋到一個溫暖地接納自己的地方，不需要提防敵意，也不用擔心被當作異類。流浪正是為著這種無邊無際的尋找。從成長與尋找的角度看 2012 年叫好又叫座的影片《逆光飛翔》，可將主人公（一位盲人鋼琴手）離家去臺北求學的過程視作個體成長的隱喻——每個人都是逆光飛翔的盲少年，付出艱苦卓絕的努力只為獲得做「平常人」（而不是異類）的資格，然一次次地試探只不過為生命拓開了一小隅，終其一生努力也只能生活在有限的時空中，只能擁有有限的舞臺，在某種特殊的時候被人關注（比如停電後盲少年的演奏獨自響徹大廳，觀者才注意到他的存在）。他的缺陷亦是他的獨特之處，標識著他存在。與自己的缺陷友好地相處，讓它成為自身獨特的存在，同時又小心警惕自身不被「異類化」，如鮑曼所說的，小心翼翼保持著「流體的形狀」，而不是固化成形，這就是「流動的現代性」社會中個體的成長——沒有儀式，沒有引路人，只是一個人的漫漫修行。

本章小結

　　80 年代初大陸、臺灣、香港電影皆處在變革中，大陸青春電影承載著新主流對於「合格的社會主義接班人」的詢喚，銀幕現代性主體一方面是新主流上位的盟友，另一方面是新主流探索、建構認同的代言人，是以 80 年代的銀幕子輩儘管有過反抗與彷徨，最終要重新獲得集體的身份認同。90 年代以來華語世界光怪陸離的社會語境下銀幕主體再難負載一種大一統的社會認同，取代而之的是群體認同的多元化，形形色色的「反叛者」試圖在界定「我」「他」區分的過程中確立自我。90 年代大陸第六代導演青春電影中的青春主體尤其倚重於借助與「父」的差異性衝突來標示自我，他們的反叛混雜著種種自相矛盾的情緒。

　　80 年代大陸銀幕世界主人公經歷了從「英雄」到「凡人」的轉變，如果說 80 年代前期這類「凡人英雄」尚帶有濃鬱的革命者遺風，80 年代後期則日益顯現出其「凡人」的無奈、無助。與此同時發生的是，紅色經典敘事中慣見的「引路人」角色的弱化，主流意識形態對銀幕現代性主體的規訓就在這種「引路人」的自我消解中喪失其權威性，80 年代中期以來銀幕主體的成長愈來愈指向一種殘酷的歷程，是子輩在「泯滅初心」與「返歸本真」之間的痛苦博弈。這種情形至八九十年代之交發展到極致，「引路人」／規訓者甚至

面臨著自證其合法性的尷尬，而反抗者亦遁入無法擺脫的虛空。

　　80年代那種有歷史感和鮮明載道意識的影像對於90年代的觀眾而言已顯得陌生、難以產生認同。90年代以地下姿態登場的大陸第六代導演以及臺灣新新電影、香港後新浪潮電影皆力圖從前輩影響體系的陰影中走出一條自己的路，他們更多地選擇城市邊緣人和底層人物為主角，試圖以邊緣而中心，從下而上地建構認同。陳飛寶指出，臺灣新新電影「非常敏銳而直接地反映這些年間的政治混沌，道德、治安敗壞環境底下年輕一代青春的焦慮、困惑、渴望、焦灼和想像」〔註56〕同樣，大陸第六代導演的青春電影亦反映了一代人混亂、焦灼的青春，然缺乏強有力的建構性，聽任青春在這樣的含混虛無中耗光，無力為它充值。第六代影片有一個突出的意象——新生，這些影片的結尾處總會出現嬰兒或暗示新生的嬰兒啼哭，對新生的渴望也意味著對現世的否定，未曾綻放的青春期待重新踏入時光的輪迴。香港90年代青春電影中比較有代表性的導演王家衛、陳果的作品也有類似的意象，影片主人公亦體現出一種對現世的決絕、對新生的期待。總而言之，90年代華語青春電影中的主人公既拒絕接受規訓，亦未能尋找到可資借用的資源、建立精神上的強大自足，這個懸空於二維之間的尷尬處境在第六代導演路學長宣言式的《長大成人》中體現得淋漓盡至。在2000年的三部第六代導演的青春電影《非常夏日》《上車，走吧》《十七歲的單車》中則體現出第六代鮮明的自我建構意識，主人公在經歷磨難後、修煉成了強大的主體人格。隨之而來的是第六代導演在步入「不惑」之後愈來愈傾向於建構儀式性的成長歷程，重建「成長儀式」的過程包含著對於自身「成長史」的改寫。與之殊異的是新生代導演的成長敘事，雖有表面完滿的敘事結構，然而鮮明地表現出「反成長」的訴求。總體而言，90年代後期起青春電影旗幟鮮明地拒絕規訓，即便在老一代導演的青春電影中也修正了「規訓」的意圖，轉而汲汲於建立與年輕輩之間的認同。

　　80年代以來大陸、臺灣、香港三地青春電影中青年一代的自我建構幾乎都或顯或隱地包含了與「父」之群體的群際比較，正在是界定「父」的差異性特徵的過程中，子輩建立起對自身的認同。銀幕「父」「子」衝突的起因及其解決方式往往與現實的語境相關。與80年代大陸青春電影中「父親」角色弱化至幾乎令人不察，香港新浪潮中的情形大體相似。相比之下，80年代臺

─────────

〔註56〕陳飛寶：《臺灣電影史話（修訂本）》，472頁，北京，中國電影出版社，2008。

灣新電影中的「父親」形象往往承載著家國認同，而「子輩」則是被寄予殷殷希望的、年輕的「臺灣」。90 年代大陸青春電影中「父」的形象日益顯示出其存在感，至 90 年代後期以來在日益理性的商業社會演變爲一種強勢的回歸。第六代導演「尋父」與「弒父」的糾結正是商業理性與堅持自我之間衝突的外顯。在「尋子」這類極端的「弒父」敘事中可窺見子輩對「父」之又渴望、又憎恨的情結。

如果說成長是一個尋找、建構自我的過程，那麼主體其實是難以一次「長大成人」的，「成人」儀式往往被無限地延宕。成長（主體性建構）本身是一個難以抵達終點的旅程，走過青春並不意味著成長。個體的自我尋找是永無止境的，個體的主體性也是在形塑當中的。對成長的發現往往伴隨著對罪孽的認知，個體在一次次的體驗與判斷中逐漸形成在某個時間段內比較穩固的人生觀、世界觀。早在 1957 年特呂弗就預言：「明天的電影較之小說更具有個性，像懺悔，像日記，是屬於個人的和自傳性質。」〔註57〕一個人的成人儀式，其實無關規訓，被植入的認知如果不能與主體契合，那麼，主體遲早會將其從建構自我的樓閣中排除。眞正的成長是由內而外的，因而也是無法規訓的。規訓只能在特定場合、特定時期、在特定個體身上起作用。規訓永遠無法施加於成熟的個體，同樣，規訓也無法施加於拒絕被規訓的個體。就像《牯嶺街少年殺人事件》中小四試圖以自己的價值觀去規訓小明一樣，小明的回答是，「我和這個世界一樣，是不會改變的。」早熟、過早體驗了人世艱辛的小明早已不是願意接受規訓的小女生，她很清楚自己的需求，亦知道如何達到目的，她投入兩性追逐的遊戲，在其中找到安全感，試圖對他施加規訓的小四在她看來根本就是幼稚可笑。各人的局只能各人解，而終其一生，主體只能孤獨地進行自我建構的旅程，任何外圍性的規訓力量（群體認同的壓力），只有使主體在信念、主觀意志方面眞正受到觸動，使其內心眞正尊奉（true conformity）這種群體價值觀、并願意與之保持一致，才能使這種群體認同轉化爲主體的個人認同，成爲其主體性建構中牢固的、有望長久保持的那一部分。

〔註57〕尹岩：《弗・特呂弗其人》，載《北京電影學院學報》，1988 年第 1 期，111 頁。

結　語

　　80 年代以來大陸、臺灣、香港青春電影有著不同的生長語境，然三地幾乎在同時期開始了電影美學革命，七八十年代之交的香港電影新浪潮及 80 年代前期臺灣新電影分別孕育了港臺地區現代意義上的青春電影。80 年代前期大陸正值「改革」浪潮席捲，開放的大環境下，西方電影理論及經典作品大量譯介到國內，引發了大陸電影語言的革新，同時期大陸銀幕上亦誕生了一批勇於反抗的「時代之子」。語言形式的革新，往往伴隨著語言背後意識形態的裂縫。當舊有的敘述對新現實失去闡釋力的時候，新的敘事就產生了。臺灣新電影、香港新浪潮皆對此前被商業、或被正統意志主導的電影構成一種反撥，大陸 80 年代青春電影亦充當了「改革」的前鋒。但另一方面，茲時大陸、臺灣、香港皆處在現代化進程當中，只不過各地發展不平衡，現代性的規訓機制無疑在大的層面上主導了三地青春電影的主旨，無論青春主人公以何種激進的面目出現，終歸要以各種各樣的方式臣服於現代性的規訓。80 年代大陸影業由官方把持，電影從業者尚處在一種師徒相授的生產體制中，所謂的青春電影絕大多數是由中年以上導演執導，青春題材電影總體上承載著鮮明的意識形態教化功能，「時代之子」們與「極左」的抗爭某種程度上亦是被新主流默許的，「抗爭」實則是以另一種方式宣示擁戴。香港電影新浪潮中湧現出來的青春電影整體上商業氣息較濃，表現手法不脫港片的誇張、煽情，創作意圖鮮明，銀幕青年最終總會爲他們的放浪不羈付出代價。臺灣新電影雖以個人史的方式講述臺灣史，其背後的立意仍然是國族式的話語和歷史主義的悲情，那些哀而不傷的青春故事，與其說是講述個人在大歷史中的體驗，不如說是構設一種經過審美提純的臺灣神話。這種正統意味的講述（黨營的

中影公司是新電影的搖籃）又經由其與官方意識形態之間的摩擦（比如「削蘋果事件」）反獲得媒體的支持、化身為一種帶有反抗性的大眾文化實踐，進而產生了廣泛的影響力。而究其實質，仍屬一種與主流高度默契的臺灣敘事，規訓與懲戒的意味濃厚。

80 年代末期華語青春電影通過塑造銀幕現代性主體而傳達現代性規訓的意圖逐漸顯得力不從心。80 年代末期大陸嚴整劃一的主流意識形態日益失去它的詢喚力，青春電影中的商業訴求凸現，至 90 年代初第六代導演以一種「地下」（繞開有資質的國營製片廠、未取得廠標獨立拍片）為主的方式登場，大陸電影形成了主旋律電影、商業電影和藝術電影三分的局面，三大類別的電影有著不同的製作方式、訴求導向與風格特性，作為一種題材的青春電影亦開始顯現其多元的面向。至此，原來大陸電影全部由國有製片廠出品的格局改變了。90 年代大陸青春電影以第六代導演為創作主力，體制內外、不同代際導演的青春故事呈現出迥異的面相。總體而言，第六代導演執導的影片個人色彩濃鬱，是截然不同於主流電影的另外一種青春敘事，絕少道德訓諭方面的內容。也就是由第六代導演起，大陸的青春電影呈現出個人化的宣洩與反叛的意味，一種真正具有青年主體性的大陸青春電影形成症候。第六代導演青春電影更多的是呈現一種青春的體驗或狀態，無涉主流電影甚為關切的價值評判。第六代導演賈樟柯曾坦言自己「對主流文化沒興趣」，他的電影更多的是「自我經驗的描述」，他曾說，「……其實誰也沒有權利代表大多數人，你只有權利代表你自己，也只能代表你自己。」再專注的書寫自我，書寫者眼角的餘光仍密切關注著外圍的觀者，本質上說，沒有絕對客觀的自我表達，「表達」一進入公眾領域，就不可避免地帶有「表演」的色彩，關乎一種立場、姿態，再「自我」的表達也有「代言」的企圖在其中。而「代言」，既詢喚被代言者認同自身的位置，即無形中傳達了「規訓」的意圖。21 世紀湧現出來的大陸新生代青春電影就是這種「自我表達」與「企圖代言」的矛盾複合體。

港臺青春電影「規訓」的式微亦始於 80 年代末期。80 年代中期開始，港臺大製片廠逐步解體，獨立製作成為主流。處在大工業制度之外，年輕導演獲得獨立執導機會，亦意味著獲得了自我表達、自由探索的機會，這是青春電影發展的重要條件。香港電影獨立製作公司脫胎於香港電影新浪潮時期工作室制度，總的來說偏重商業性的探索，個人性的青春敘事匱乏。香港青春電影是嫁接在類型的基礎上發展起來的，80 年代末期起香港類型電影走向衰

敗，香港電影產業整體陷入低迷，這恰促使電影人獨闢蹊徑，探索滿足高端觀眾需求的、嚴肅認真的文藝電影，從而開啓了 90 年代香港文藝片的黃金時代。香港的文藝片大部分可歸入本論所界定的青春電影。90 年代王家衛導演的文藝青春電影具有濃鬱的存在主義氣質，影片中的主人公大多是無從被規訓的、虛無主義式的個體。21 世紀以來香港電影產業整體「北上」，留守影人的作品集中在低成本的青春電影上，正是在這批略顯粗糙與原生態的小製作青春電影中，香港當下年輕人的狀態得以紀錄式地呈現。一種貌似自戀、自我表達的青春敘事，在香港電影這個有著濃鬱的「重商」傳統的產業環境下，其不言自明的市場焦慮傳達的是一份尤爲深切的對認同的渴望。臺灣青春電影在 80 年代後期「解嚴」後才出現比較獨立的、個人化的青春敘事。發展至後來極度依賴官方的「國片輔導金」維繫製作，也愈來愈脫離普通觀眾。臺灣青春電影在 21 世紀初回歸文藝片傳統，充當了臺灣電影業復興中的龍頭。在 21 世紀以來蔚爲大觀的這類臺灣青春電影中，衝突被極大地弱化了，所有對抗的審美期待總會在它抵達爆發的前一刻踏空，小清新情調成爲臺灣青春電影的一大標識，各類差異性顯著的因素皆能在其中怡然並存，那些不緊不慢地、絮絮叨叨、自說自道的青春故事，似乎絲毫不擔心其被拒絕的可能性（相比香港電影導演對被市場拒絕的焦慮），背後是青春電影主體的自足、自戀、自我認同。

　　當代華語青春電影從「規訓」主導轉變爲以「建構認同」爲主要訴求，其背後是華語世界的現代性進程。現代性初期空間的分配往往是權力藉以實施規訓的手段，是「政治性的和策略性的」，80 年代至 90 年代前期華語青春電影城市與鄉村的空間對壘也表現爲一種由傳統而現代的時間體驗。華語青春電影中的城市作爲夢想舞臺與作爲水泥森林的雙重意象反映了個體對於現代性的曖昧態度；鄉村，則通過其在兩個層面的——審美的與現代性的——意義的建構過程，折射出個體對於傳統的複雜態度。電影中的空間是一種想像的空間，但大眾在銀幕構想的空間中獲取空間觀念，並將其投射到經驗世界，因而空間是被生產的，同時又具有生產性。在「現代化」這種「特定的發展模式」下，城市或鄉村之類的空間形式傳達並實施國家的諸種權力關係」，與此同時烙上了「被壓制的主體反抗的烙印」，壓制與反壓制的衝突亦體現爲空間的界定與突破。90 年代後期以來華語青春電影的地域指涉意義變得含混猶疑，此前承載著規訓意味的空間性一步步瓦解，取代而之的是多元混成的異質空間。

　　80 年代以來大陸、臺灣、香港三地皆處在現代性進程當中，作爲意識形態機器之一的青春電影主要通過對銀幕現代性主體的建構策略實施社會規訓、促進社會認同。青春個體「成長」爲現代性主體，是青春電影反覆講述的母題。從某種層面上說，個體將外在的社會規訓內化爲一種「高階認同」（或主動尋找「高階認同」），努力調整自我與外在期許的差距是一種「成長」，而個體以自我認同爲出發點、向外尋求「相似認同」，以之達成主體的強大亦是一種「成長」。現代性進程本身帶有對於個體的壓制性，暴力－對抗是成長敘事的重要議題，個體在對抗現代性的暴力的過程中，強化自我的認知。同樣，通往「自我」的愛情亦是現代性主體成長的必經之途，主體在愛情中發現自我、強化關於自我的想像。個體接受暴力的規訓、將暴力的邏輯內在化，或反抗暴力的壓制、尋求其他層面的認同是兩種不同的「成長」敘事，同樣，當愛情作爲獎賞機制發揮作用時，它確也能起到類似暴力規訓的功效，而當愛情是投射認同、尋求認同的表述時，它僅僅與自我相關、無涉規訓。

　　80 年代以來大陸、臺灣、香港三地青春電影的暴力－對抗及愛情主題大體經過了一個以現代性的規訓爲主導，到建構多元認同的過程。由於大陸、臺灣、香港社會發展水平及意識形態方面的差異，三地青春電影關於「規訓」與「認同」的敘事亦存在差異。比如，暴力－對抗主題在 80 年代華語青春電影中大體承載著主流意識形態實施規訓的意圖，暴力的出現總與懲戒相關聯，但三地青春電影在規訓的角度、方式上不盡相同。80 年代大陸青春電影因處於新舊兩種意識形態交替的時刻，青年一代反抗陳腐體制的行爲被賦予了追隨「新主流」的合法性，是以「反抗」亦是一種潛在的「皈依」的姿態。臺灣 80 年代新電影帶有濃厚的「黨營」特色，「父」「子」之間的衝突往往被比附爲「黨國」與「臺灣」之間的角力，故所有「子輩」的反抗行爲最終都要被主流收編；而秉承商業理性的香港電影則一方面大力開發青少年暴力的消費潛質，一方面又要將這些暴力的對抗引向一種懲戒性的結局。故 80 年代前期香港青春電影中的青少年暴力十足血腥，臺灣青春電影中的「父」「子」之間的張力格外凸顯，然大陸銀幕上「時代之子」的抗爭之銳氣是同時期香港、臺灣青春電影中的「子輩」遠不可比擬的。80 年代中期以來臺灣和大陸皆經歷了強大的主流意識形態逐步失去其影響力的過程，銀幕暴力由 80 年代的規訓之手段轉變爲 90 年代一種自在自爲的存在，存在主義式的個人性暴力無從被施以道德評判，暴力的反抗成了一種尋求認同的方式。同

樣，80 年代大陸青春電影中的愛情敘事往往無關愛情、「愛情」的結果是對響應新主流之規訓的年輕人附帶的「獎賞」，而 90 年代起愛情敘事的主要訴求已轉向建構認同，在這些空前多元的「愛情」中，第六代導演投注了強烈的自我認同。

　　總體而言，21 世紀以來臺灣青春電影中的銀幕青年愈來愈呈現爲一種「自足的現代性個體」，作爲臺灣電影的主流，青春電影及其所承載的青年主體的意識形態已然成爲社會主流的一部分，這些慵懶、自如的銀幕青年極端注重自我認同的表達，相對而言忽略觀眾的接受，然也不致令人太過有違和感，其背後是整體社會環境的「小確性」心態以及對於小成本青春電影而言的平和、寬容的創作環境。與臺灣社會經濟發展水平相似的香港卻不然。香港回歸後特區政府扶持小製作電影，香港諸多初執導筒的年輕導演得以拍攝自己及周圍人的青春故事。這些原生態的香港青春故事汲汲於謀求他者的認同，在國際化都市香港，青春個體顯得空前無著落，急於借投注認同來固著自身。一種急於標誌自身的差異性策略往往失之平和，帶有某種無法言明的「焦躁」。相比之下，晚近的大陸青春電影中，無論是皈依主流的第六代，還是正當率意的新生代，他們的青春主人公還在試圖通過取得他者認同、來建立自我認同，其背後是大陸尚未完成的現代性進程。大陸地域發展差異極大，處於中心區域者的青春敘述不可避免地帶有俯瞰「邊緣」的優越感，然又深懷著被放逐至「邊緣」的恐懼，一切都在變動中，創作者的心態、乃至觀者的心態亦往往失之平和。相反，近年來隨著數字技術普及與影像傳播便利湧現的草根青春敘述傳達了一種自在自爲者的姿態。「中心」與「邊緣」，或曰「大眾青春」與「小眾青春」都是一個相對的概念，恰恰是低成本的小眾青春電影講述了中國社會「沉默的大多數」湮沒的青春。在階層差異蓋過代際差異的當下，年輕的同齡人之間儘管也能擁有一些共識，然更多的是歧見。在一個歧見叢生、躁動不安的時代氛圍中，能夠整合不同群體間認同的銀幕現代性主體尚在孕育過程中。

參考文獻

一、著　作

1. David M. Considine, *The Cinema of Adolescence*, Jefferson & London: Mcfarland, 1985。

2. 李恒基、楊遠嬰主編：《外國電影理論文選》，北京，三聯書店，2006。

3. 戴錦華：《霧中風景——中國電影文化 1978～1998》，北京大學出版社，2006 年。

4. 戴錦華：《隱形書寫——90 年代中國文化研究》，南京，江蘇人民出版社，1999 年。

5. 戴錦華：《電影批評》，北京大學出版社，2004。

6. 戴錦華：《電影理論與批評》，北京大學出版社，2007。

7. 戴錦華主編：《光影之隙》，北京大學出版社，2011。

8. 張頤武：《跨世紀的中國想像：張頤武電影文章自選集》，北京大學出版社，2015。

9. 鄭樹森編：《文化批評與華語電影》，桂林，廣西師範大學出版社，2003。

10. 陳旭光：《當代中國影視文化研究》，北京大學出版社，2004。

11. 陳旭光：《影像當代中國：藝術批評與文化研究》，北京大學出版社，2011。

12. 〔美〕梭羅門（S. J.Solomon）著：《電影的觀念》，齊宇譯，北京，中國電影出版社，1983。

13. 齊格弗里德・克拉考爾：《從卡里加利到希特勒——德國電影心理史》，黎靜譯，上海人民出版社，2008。

14. 〔蘇〕葉・魏茨曼：《電影哲學概說》，北京，中國電影出版社，2002。

15. 陳犀禾主編：《當代電影理論新走向》，文化藝術出版社，2005。

16. 陸紹陽：《中國當代電影史──1977年以來》，北京大學出版社，2004。

17. 李道新：《中國電影文化史：1905～2004》，北京大學出版社，2005。

18. 丁亞平：《中國當代電影史》，北京，中國電影出版社，2011。

19. 中國電影家協會編：《中國民營影視企業現狀與發展》，北京，中國電影出版社，2005。

20. 〔美〕大衛‧波德維爾（David Bordwell）：《香港電影的秘密》，何慧玲譯，海口，海南出版社，2003。

21. 趙衛防：《香港電影史》，北京，中國廣播電視出版社，2007。

22. 廖金鳳：《消逝的影像：臺語片的電影再現與文化認同》，臺北，遠流出版公司，2001。

23. 盧非易：《臺灣電影：政治、經濟、美學（1949～1994）》，臺北，遠流出版事業股份有限公司，2000。

24. 陳飛寶：《臺灣電影史話》，北京，中國電影出版社，2008。

25. 小野：《一個運動的開始》，臺北，時報文化出版企業有限公司，1986。

26. 周華山：《解構香港電影》，香港，青文出版社，1990。

27. 許樂：《香港電影文化歷程1958～2007》，北京，中國電影出版社，2009。

28. 石琪：《香港電影新浪潮》，上海，復旦大學出版社，2006。

29. 湯禎兆：《香港電影血與骨》，54頁，上海，復旦大學出版社，2010。

30. 張江藝、吳木坤：《映畫神州：中國電影地域紛呈》，北京大學出版社，2005。

31. 林文淇等編：《戲戀人生──侯孝賢電影研究》，臺北：麥田出版公司，2000。

32. 梁良：《論兩岸三地電影》，臺北，茂林出版社，1998。

33. 〔美〕羅伯特‧麥基著，周鐵東譯：《故事──材質、結構、風格和銀幕劇作的原理》，北京，中國電影出版社，2001。

34. 錢穆：《中國文學論叢》，北京，三聯書店，2002。

35. 陳曉明：《表意的焦慮──歷史祛魅與當代文學變革》，北京，中央編譯出版社，2002。

36. 李楊：《抗爭宿命之路──「社會主義現實主義」（1942～1976）研究》，長春，時代文藝出版社，1993。

37. 李楊：《50～70年代中國文學經典作品再解讀》，濟南，山東教育出版社，2003。

38. 安迪‧班尼特、基思‧哈恩－哈里斯主編：《亞文化之後：對於當代青年文化的批判研究》，中國青年政治學院青年文化譯介小組譯，北京，中國青年出版社，2012。

39. 〔美〕霍華德‧貝克爾：《局外人：越軌的社會學研究》，張默雪譯，南京大學出版社，2011。

40. 〔美〕道格拉斯‧凱爾納著，丁寧譯：《媒體文化》，北京，商務印書館，2004。

41. 陶東風、胡疆鋒主編：《亞文化讀本》，北京大學出版社，2010。

42. 〔美〕詹姆斯‧克利福德、喬治‧E‧馬庫斯編：《寫文化——民族志的詩學與政治學》，高丙中、吳曉黎、李霞等譯，北京，商務印書館，2006。

43. 李銀河：《同性戀亞文化》，北京，今日中國出版社，1998。

44. 〔美〕迪爾（Michael J. Dear）：《後現代都市狀況》，李小科等譯，上海教育出版社，2004。

45. 劉紀蕙編：《他者之域：文化身份與再現策略》，臺北，麥田出版公司，2001。

46. 李歐梵：《尋回香港文化》，桂林，廣西師範大學出版社，2003。

47. 李有成，張錦忠主編：《離散與家國想像——文學與文化研究集稿》，香港，允晨文化實業股份有限公司，2010。

48. 包亞明等著：《上海酒吧——空間、消費與想像》，南京，江蘇人民出版社，2001。

49. 包亞明主編：《現代性與空間的生產》，上海教育出版社，2003。

50. 齊格蒙‧鮑曼：《生活在碎片之中——論後現代道德》，郁建興、周俊、周瑩譯，上海，學林出版社，2002。

51. 齊格蒙‧鮑曼：《後現代性及其缺憾》，郇建立、李靜韜譯，上海，學林出版社，2002。

52. 齊格蒙‧鮑曼：《流動的現代性》，歐陽景根譯，上海三聯書店，2002。

53. 李澤厚：《中國現代思想史論》，天津社會科學出版社，2003。

54. 愛德華‧W‧蘇賈：《後現代地理學：重申批判社會理論的空間》，北京，商務印書館，2004。

55. 〔美〕羅麗莎：《另類的現代性——改革開放時代中國性別化渴望》，黃新譯，南京，江蘇人民出版社／鳳凰出版傳媒集團，2006。

56. 〔美〕曼紐爾‧卡斯特：《網絡社會的崛起》，夏鑄九等譯，北京，社會科學文獻出版社，2001。

57. 〔美〕卡林內斯庫：《現代性的五副面孔》，顧愛彬、李瑞華譯，北京，商務印書館，2002。

58. 〔英〕安東尼‧吉登斯：《現代性的後果》，田禾譯，上海，譯林出版社，2000。

59. Arjun Appadurai: *Modernity at Large: Cultural Dimensions of Globalization,*

University of Minnesota Press, Minneapolis, 2005.

60. 〔英〕約翰‧湯姆林森著:《全球化與文化》,郭英劍譯,南京大學出版社,2002。

61. 〔美〕詹姆遜:《文化轉向》,胡亞敏等譯,北京,中國社會科學出版社,2000。

62. 丹納:《藝術哲學》,傅雷譯,北京,人民出版社,1963。

63. 米歇爾‧福柯:《規訓與懲罰:監獄的誕生》,劉北成、楊遠嬰譯,北京,生活‧讀書‧新知三聯書店,1999。

64. 米歇爾‧福柯:《詞與物》,莫偉民譯,上海三聯書店,2001。

65. 汪民安主編:《福柯讀本》,北京大學出版社,2010。

66. 〔英〕阿蘭‧謝里登:《求真意志——密歇爾‧福柯的心路歷程》,尚志英等譯,上海人民出版社,1997。

67. 〔加〕查爾斯‧泰勒《自我的根源:現代認同的形成》,韓震等譯,南京,譯林出版社,2001。

68. 〔美〕霍華德‧貝克爾:《局外人:越軌的社會學研究》,張默雪譯,南京大學出版社,2011。

69. 〔澳〕邁克爾‧A.豪格／〔英〕多米尼克‧阿布拉姆斯:《社會認同過程》,高明華譯,北京,中國人民大學出版社,2011。

70. 伊格爾頓:《後現代主義的幻象》,華明譯,北京,商務印書館,2000。

71. 阿爾貝‧加繆:《西西弗神話》,沈志明譯,上海譯文出版社,2010。

72. 〔美〕傑姆遜著:《晚期資本主義的文化邏輯》,陳清僑等譯,北京,生活‧讀書‧新知三聯書店,1997。

73. 〔蘇聯〕伊‧謝‧康:《青少年心理學》,楊宏、謝平譯,哈爾濱,黑龍江人民出版社,1986。

二、主要參考論文

1. 于欣、邊靜:《中國影院觀眾的十年變化與影院經營服務》,載《當代電影》,2015年第12期。

2. 周學麟:《表現青年:青年電影研究和新中國青年電影發展》,載《當代電影》,2012年第4期。

3. 張慧瑜:《青春片需要多種可能性》,《人民日報》,2014年12月6日。

4. 陳犀禾:《跨區(國)語境中的華語電影現象及其研究》,載《文藝研究》,2007年第1期。

5. 金丹元、徐文明:《1990年代以來中國電影「方言化」現象解析》,載《戲劇藝術》,2008年第4期。

6. 張英進：《20 世紀 90 年代以來中國電影的政治經濟結構》，載《電影藝術》，2006 年 03 期。

7. 趙宜：《新時期以來大陸電影中的青年銀幕形象與文化景觀研究》，復旦大學博士論文，2012。

8. 萬傳法：《當代中國電影的工業和美學 1978～2008》，上海大學博士論文，2009。

9. 趙斌：《亞洲類型片的流變：規律與趨勢》，載《當代電影》，2005 年第 6 期。

10. 邵明：《化蛹爲蛾——1990 年代以來「成長小説」的文化立場》，載《當代文壇》，2006 年第 1 期。

11. 施戰軍：《論中國式的成長小説的生成》，載《文藝研究》，2006 年第 11 期。

12. 程光煒：《「傷痕文學」的歷史局限性》，載《文藝研究》，2005 年第 1 期。

13. 王瓊：《「傷痕文學」：作爲話語的權力書寫》，載《文藝理論與批評》，2006 年第 5 期。

14. 黃蜀芹：《眞摯的生活眞誠地反映——我拍影片〈青春萬歲〉》，載《電影新作》，1983 年第 6 期。

15. 張暖忻：《〈青春祭〉導演闡述》，載《當代電影》，1985 年第 4 期。

16. 韓琛：《漂流的中國青春——中國當代先鋒電影思潮論（大陸 1977 年以來）》，山東師範大學博士論文，2007。

17. 武力：《1978～2000 年中國城市化進程研究》，載《中國經濟史研究》，2002 年第 3 期。

18. 張旭東：《重訪 80 年代》，載《讀書》，1998 年第 2 期。

19. 陳昊蘇：《中國當代娛樂片研討會述評》，載《當代電影》，1989 年第 1 期。

20. 孫旦：《農村男女比例失衡對農民進城務工意願的影響》，載《人口研究》，2012 年第 6 期。

21. 鄧希泉：《中國青年人口與統計報告（2015）》，載《中國青年研究》，2015 年第 11 期。

22. 梁良：《爲什麼總長不大——從學生片流行看臺灣製片環境的局限》，載《北京電影學院學報》，1990 年第 2 期。

23. 孫慰川：《臺灣電影輔導金政策的嬗變》，載《北京電影學院學報》，2012 年第 5 期。

24. 胡延凱：《從臺灣電影輔導策略觀察臺灣電影現況》，載《當代電影》，2012 年第 8 期。

25. 梁良：《九十年代臺灣電影的政策》，載《電影藝術》，2001 年第 4 期。

26. 付曉：《重繪香港電影新浪潮創作圖譜（1978～1984）》，載《浙江藝術職業學院學報》，2014 年第 3 期。

27. 祁志勇：《90 年代香港電影工業狀況》，載《世界電影》，2002 年第 2 期。

28. 陳野：《1990 年代香港電影掃描》，載《電影藝術》，2001 年第 4 期。

29. 劉曉寧：《香港電影愛情文藝片發展概述》，載《電影文學》，2007 年 10 月上半月刊。

30. 左亞男：《黑色江湖：類型中的對話——後九七香港強盜片研究》，載《北京電影學院學報》，2005 年第 4 期。

31. 汪暉：《當代電影中的鄉土與都市——尋找歷史的解釋與生命的歸宿》，載《當代電影》，1989 年第 2 期。

32. 楊紅菊：《中國鄉村電影的生存現狀與發展前瞻》，載《電影文學》，2007 年第 1 期（下）。

33. 尹曉麗：《試論新中國電影視野中的鄉村景觀》，載《文藝理論與批評》，2005 年第 6 期。

34. 韓琛：《臺灣新電影三十年：鄉土與本土的糾結》，載《臺灣研究集刊》，2012 年第 1 期。

35. 葛紅兵：《農耕文化背景下的都市書寫》，載《文匯報》，2006 年 2 月 9 日。

36. 梁良：《香港新浪潮與臺灣新電影》，載《北京電影學院學報》，1989 年第 2 期。

37. 陳孔立：《臺灣去中國化的文化動向》，載《臺灣研究集刊》，2011 年第 3 期。

38. 周桂君：《福柯「異托邦」對中國文化的誤讀》，載《湖南師範大學社會科學學報》，2009 年第 6 期。

39. 嚴敏：《第 28 屆金馬獎述評（外二篇）》，載《電影評介》，1992 年第 2 期。

40. 鄭曉嫻：《方言電影熱的社會學分析》，載《福建論壇》，2007 年第 8 期。

41. 賀彩虹：《詼諧中的消解與堅守——論近期喜劇電影中的方言言說》，載《東嶽論叢》，2010 年第 2 期。

42. 馬可：《方言電影：文化意識的蘇醒與深化》，載《觀察》，2006 年第 18 期。

43. 魯曉鵬：《21 世紀漢語電影中的方言和現代性》，載《上海大學學報（社會科學版）》，2006 年第 4 期。

44. 轟偉：《想像的「本邦」與「看不見」的都市——試論新世紀以來上海電

影敘事的空間轉向》，載《當代電影》，2009 年第 6 期。

45. 張英進：《全球化與中國電影的空間》，易前良譯，載《文藝研究》，2010 年第 7 期。

46. 胡克：《香港電影對大陸的影響》，載《電影藝術》，1997 年第 4 期。。

47. 李道新：《意識形態氛圍與中國恐怖電影的不可預期》，載《電影新作》，2004 年第 5 期。

48. 許皆清：《臺灣地區有組織犯罪與對策研究》，中國政法大學博士論文，2005。

49. 孫紹誼：《「無地域空間」與懷舊政治：「後九七」香港電影的上海想像》，載《文藝研究》，2007 年第 11 期。

50. 理查德・本傑明：《終結之意義：青春啓示電影》，陳瑋譯，載《世界電影》，2006 年第 4 期。

51. D. 麥金尼：《暴力：強度與輕度》，犁耜譯，載《世界電影》，1998 年第 3 期。

52. 郭翔：《中國當代犯罪與控制戰略研究》，載《中央政法管理幹部學院學報》，1998 年第 4 期。

53. 曾盛聰：《臺灣社會轉型與青少年犯罪》，載《臺灣研究》，2000 年第 1 期。

54. 郝建：《美學的暴力與「暴力美學」——雜耍蒙太奇新論》，載《當代電影》，2002 年第 5 期。

55. 關鋒：《國家行政的凸顯與「個體的政治技術」——福柯 Police 概念解析》，載《吉林大學社會科學學報》，2015 年第 6 期。

56. 〔澳〕貝・庫柏：《九十年代的中國青年》，王天林譯，《青年研究》，1992 年第 8 期，。

57. 趙衛防：《蔡明亮——都市叢林中寂寞的潛行者》，載《當代電影》，2003 年第 1 期。

58. 李正光：《「以醜爲美」——第六代導演的審美觀》，福建師範大學博士論文，2006 年 6 月。

59. 〔法〕Nadege Brun 著，劉捷譯：《何建軍訪談錄》，載《南京藝術學院學報（音樂及表演版)》，2000 年第 1 期。

60. 尹鴻：《「第五代」與「新生代」電影時代的交差與過渡》，載《電影藝術》，1998 年第 1 期。

61. 〔美〕鄭樹森：《「涉世」的意識形態——論侯孝賢的五部電影》，吳小俐、唐夢譯，載《世界電影》，1998 年第 4 期。

62. 戴錦華：《歷史敘事與話語：十七年歷史題材影片二題》，載《北京電影

《學院學報》，1991 年第 2 期。

63. 弗雷德里克・傑姆遜：《處於跨國資本主義時代中的第三世界文學》，張京媛譯，載《當代電影》，1989 年第 6 期。

64. 陶家俊：《身份認同導論》，載《外國文學》，2004 年第 2 期。

65. 唐小兵：《英雄與凡人的時代》，載《讀書》，2000 年第 5 期。

66. 孫頻捷：《身份認同研究淺析》，載《前沿》，2010 年第 2 期。

67. 尹岩：《弗・特呂弗其人》，載《北京電影學院學報》，1988 年第 1 期。

三、主要參考網站

1. 豆瓣電影 https://movie.douban.com/

2. 藝恩諮詢 http://www.entgroup.com.cn/research/views.aspx

3. 電影網 http://www.1905.com/

4. 中國電影資料館 http://www.cfa.org.cn/

四、參考影片清單（附後）

1. 參考影片片清單—大陸導演部分

年份	片名／導演（出生年）				
1980	廬山戀／黃祖模				
1981	沙鷗／張暖忻（1940）	被愛情遺忘的角落／張其、李亞林（1944）	小街／楊延晉（1945）		
1982	逆光／丁蔭楠（1938）	都市裡的村莊／滕文驥（1944）			
1983	青春萬歲／黃蜀芹（1939）	女大學生宿舍／史蜀君（1939）	快樂的單身漢／宋崇（1941）	我們的田野／謝飛（1942）	鍋碗瓢盆交響曲／滕文驥（1944）
1984	街上流行紅裙子／齊興家（1930）	雅瑪哈魚檔／張良（1933）	人生／吳天明（1939）		
1985	少年犯／張良（1933）	青春祭／張暖忻（1940）	紅衣少女／陸小雅（1941）		
1986	失蹤的女中學生／史蜀君（1939）				
1987	太陽雨／張澤鳴（1951）	孩子王／陳凱歌（1952）	最後的瘋狂／周曉周（1954）		
1988	頑主／米家山（1947）	搖滾青年／田壯壯（1952）	輪迴／黃建新（1954）	瘋狂的代價／周曉文（1954）	
1989	一半是海水一半是火焰／夏鋼（1953）	豆蔻年華／徐耿（1955）			
1990	北京·你早／張暖忻（1940）	本命年／謝飛（1942）			
1991	青春無悔／周曉文（1954）				
1992	大撒把／夏鋼（1953）	血色清晨／李少紅（1955）	頭髮亂了／管虎（1968）		

年份									
1993	鳳凰琴/何群 (1956)	北京雜種/張元 (1963)							
1994	湮沒的青春/胡雪楊	感光時代/阿年 (1965)							
1995	與往事乾杯/夏鋼 (1953)	陽光燦爛的日子/姜文 (1963)	郵差/何建軍 (1960)	周末情人/婁燁 (1965)	極度寒冷/王小帥 (1966)	談情說愛/李欣 (1969)			
1996	巫山雲雨/章明 (1961)	東宮西宮/張元 (1963)	扁擔姑娘/王小帥 (1966)						
1997	有話好好說/張藝謀 (1950)	花季雨季/戚健 (1958)	長大成人/路學長 (1964)	冬日愛情/阿年 (1965)	小武/賈樟柯 (1970)				
1998	天浴/陳沖 (1961)	過年回家/張元 (1963)	網絡時代的愛情/金琛 (1969)						
1999	我的父親母親/張藝謀 (1950)	月蝕/王全安 (1965)	美麗新世界/施潤玖 (1969)						
2000	藍色愛情/霍建起 (1958)	我是你爸爸/王朔 (1958)	非常夏日/路學長 (1964)	蘇州河/婁燁 (1965)	十七歲的單車/王小帥 (1966)	上車走吧/管虎 (1968)	菊花茶/金琛 (1969)	站臺/賈樟柯 (1970)	
2001	夏日暖洋洋/寧瀛 (1959)	開往春天的地鐵/張一白 (1963)	昨天/張楊 (1967)	動詞變位/唐曉白 (1970)	今年夏天/李玉 (1973)				
2002	周漁的火車/孫周 (1954)	巴爾扎克與小裁縫/戴思傑 (1954)	冬日細語/王瑞 (1962)	我愛你/張元 (1963)	天上的戀人/蔣欽民 (1963)	二弟/王小帥 (1966)	那時花開/高曉松 (1969)	花眼/李欣 (1969)	任逍遙/賈樟柯 (1970)
2003	美人草/呂樂 (1957)	暖/霍建起 (1958)	綠茶/張元 (1963)	姐姐詞典/蔣欽民 (1963)	蝴蝶的十七歲/章家瑞 (1963)				
2004	戀愛中的寶貝/李少紅 (1955)	孔雀/顧長衛 (1957)	茉莉花開/侯詠 (1960)	驚蟄/王全安 (1965)	世界/賈樟柯 (1970)	旅程/楊超 (1974)			
2005	生死劫/李少紅 (1955)	情人結/霍建起 (1958)	花腰新娘/章家瑞	青紅/王小帥 (1966)	向日葵/張楊 (1967)	青春愛人事件/顯然 (1969)	紅顏/李玉 (1973)	孩子的故事/潘寶昌 (1973)	青春等待/伍仕賢 (1975)
2006	十三棵泡桐/呂樂 (1957)	雲水謠/尹力 (1957)	天狗/戚健 (1958)	租期/路學長 (1964)	江城夏日/王超 (1964)	芳香之旅/章家瑞	頤和園/婁燁 (1965)	賴小子/韓傑 (1977)	
2007	立春/顧長衛 (1957)	盲山/李楊 (1959)	愛情的牙齒/莊宇新	男孩都想有輛車/周偉 (1975)	馬烏甲/趙曄 (1979)	青鴨子的男孩/應亮 (1977)			

年份								
2008	李米的猜想／曹保平（1968）	一半海水一半火焰／劉奮鬥（1969）	青年／耿軍（1976）	雙食記／趙天宇				
2009	高考1977／江海洋（1955）	春風沉醉的夜晚／婁燁（1965）	白蜻蜓／張瀾亦（1982）					
2010	山楂樹之戀／張藝謀（1950）	日照重慶／王小帥（1966）	玩酷青春／孔令晨（1973）	杜拉拉升職記／徐靜蕾（1974）	11度青春之老男孩／肖央（1980）	80後／李芳芳		
2011	最愛／顧長衛（1957）	郎在對門唱山歌／章明（1961）	將愛情進行到底／張一白（1963）	藍炒飯／陳宇（1971）	觀音山／李玉（1973）	萬有引力／趙天宇	失戀33天／滕華濤	轉山／杜家毅
2012	我11／王小帥（1966）	那年初夏／李彥廷（1980）	美姐／郝傑（1981）					
2013	藍色骨頭／崔健（1961）	狗十三／曹保平（1968）	青春派／劉傑（1968）	北京遇上西雅圖／薛曉路（1970）	致青春／趙薇（1976）	街口／王晶（1981）	小時代／郭敬明（1983）	初戀未滿／劉娟（1983）
2014	匆匆那年／張一白（1963）	推拿／婁燁（1965）	少女哪吒／李霄峰（1978）	同桌的你／郭帆（1980）	後會無期／韓寒（1982）	前任攻略／田羽生（1983）	心迷宮／忻鈺坤（1984）	
2015	萬物生長／李玉（1973）	不朽的時光／閆然（1974）	黑處有什麼／王一淳（1977）	少年班／肖洋（1979）	我的青春期／郝傑（1981）	少年巴比倫／相國強（1983）	滾蛋吧！腫瘤君／韓延（1983）	夏洛特煩惱／閆非·彭大魔（1983）
2016	北京遇上西雅圖之不二情書／薛曉路（1970）	八月／張大磊（1982）	我心雀躍／劉紫微（1982）	28歲未成年／張末（1983）	脫軌時代／五百（1980）	不朽的時光／閆然（1974）		

2. 參考影片清單－臺灣導演部分

年份	片名/導演（出生年）						
1979	早安臺北／李行 (1930)						
1980	一個問題學生／林清介 (1944)						
1981	學生之愛／林清介 (1944)						
1982	光陰的故事／楊德昌 (1947) 等						
1983	小畢的故事／陳坤厚 (1939)	看海的日子／王童 (1942)	臺上臺下／林清介 (1944)	風櫃來的人／侯孝賢 (1947)	兒子的大玩偶／萬仁 (1950)	搭錯車／虞戡平 (1950)	竹劍少年／張毅 (1951)
1984	小爸爸的天空／陳坤厚 (1939)	安安／林清介 (1944)					
1985	最想念的季節／陳坤厚 (1939)	青梅竹馬／楊德昌 (1947)	超級市民／萬仁 (1950)				
1986	我們都是這樣長大的／柯一正 (1949)	孽子／虞戡平 (1950)					
1987	戀戀風塵／侯孝賢 (1947)						
1988	隔壁班的男生／林清介 (1944)						
1989	童黨萬歲／余為彥	七匹狼／朱延平 (1952)					
1990	國中女生／陳國富 (1958)						

年份							
1991	牯嶺街少年殺人事件/楊德昌 (1947)						
1992	夢醒時分/張艾嘉 (1953)	少年吔，安啦/徐小明 (1955)	青少年哪吒/蔡明亮 (1957)				
1993	月光少年/余為彥						
1994	獨立時代/楊德昌 (1947)	旋風小子/朱延平 (1952)	飛俠阿達/賴聲川 (1954)	愛情萬歲/蔡明亮 (1957)			
1995	好男好女/侯孝賢 (1947)	少女小漁/張艾嘉 (1953)	我的美麗與哀愁/陳國富 (1958)	熱帶魚/陳玉勳 (962)			
1996	麻將/楊德昌 (1947)	放浪/林正盛 (1959)	忠仔/張作驥 (1961)				
1997	美麗在唱歌/林正盛 (1959)						
1998	徵婚啟事/陳國富 (1958)	愛情來了/陳玉勳 (962)					
1999	心動/張艾嘉 (1953)	黑暗之光/張作驥 (1961)					
2000	第一次親密接觸/金國釗	轉運手之戀/陳以文 (1966)	起毛球了/吳米森 (1967)	晴天娃娃/陳長綸			
2001	初戀的故事/林清介 (1944)	千禧曼波/侯孝賢 (1947)	你那邊幾點/蔡明亮 (1957)	愛你愛我/林正盛 (1959)	美麗時光/張作驥 (1961)	深深太平洋/潘光遠 葉基固	
2002	想飛/張艾嘉 (1953)	藍色大門/易智言 (1959)	鹹豆漿/王明臺 (1966)	臺北晚九朝五/戴立忍 (1966)	殺人計劃/瞿友寧 (1970)	愛情靈藥/蘇照彬 (1970)	
2003	飛躍情海/王毓雅						
2004	五月之戀/徐小明 (1955)	心戀/尹祺	經過/鄭文堂 (1958)	臺北二一/楊順清 (1965)	豔光四射歌舞團/周美玲 (1969)	十七歲的天空/陳映蓉 (1980)	夢遊夏威夷/徐輔軍

年份							
2005	最好的時光／侯孝賢（1947）	戀愛地圖／易智言（1959）	月光下‧我記得／林正盛（1959）	愛麗絲的鏡子／姚宏易	人魚朵朵／李芸嬋（1972）	等待飛魚／曾文珍	
2006	單車上路／李志薔（1966）	六號出口／林育賢（1974）	一年之初／鄭有傑（1977）	盛夏光年／陳正道（1981）	練習曲／陳懷恩	指間的重量／潘志遠	
2007	夏天的尾巴／鄭文堂（1958）	蝴蝶／張作驥（1961）	最遙遠的距離／林靖傑（1967）	刺青／周美玲（1969）	沉睡的青春／鄭芬芬（1970）	不能說的秘密／周傑倫（1979）	再見夏天／林英作
2008	花吃了那女孩／陳宏一（1967）	海角七號／魏德聖（1968）	漂浪青春／周美玲（1969）	囧男孩／楊雅喆（1971）	九降風／林書宇（1976）	渺渺／程孝澤	愛的發聲練習／李鼎
2009	聽說／鄭芬芬（1970）	夏天協奏曲／傅天餘（1973）	帶我去遠方／傅天餘（1973）	陽陽／鄭有傑（1977）			
2010	當愛來的時候／張作驥（1961）	第四張畫／鍾孟宏（1965）	第三十六個故事／蕭雅全（1967）	臺北星期天／何蔚庭（1971）	一頁臺北／陳駿霖（1978）	街角的小王子／林孝謙（1980）	有一天／侯季然
2011	翻滾吧！阿信／林育賢（1974）	雞排英雄／葉天倫（1975）	他們在畢業的前一天爆炸／鄭有傑（1977）	命運化妝師／連奕琦（1977）	星空／林書宇（1976）	那些年，我們一起追的女孩／九把刀（1978）	賽米恰恰／楊貽茜（1981）
2012	陣頭／馮凱（1961）	愛／鈕承澤（1966）	痞子英雄之全面開戰／蔡岳勳（1968）	女朋友‧男朋友／楊雅喆（1971）	逆光飛翔／張榮吉（1980）	大野狼和小綿羊的愛情／侯季然	對面的女孩殺過來／謝駿毅
2013	總舖師／陳玉勳（962）	志氣／張柏瑞					
2014	不能說的夏天／王維明（1966）	我的少女時代／陳玉珊（1974）	甜蜜殺機／連奕琦（1977）	等一個人的咖啡／江金霖（1979）	到不了的地方／李鼎		
2015	念念／張艾嘉（1953）	左耳／蘇有朋（1973）	十七歲／周格泰（1973）	重返20歲／陳正道（1981）			
2016	六弄咖啡館／吳子雲（1976）						

3. 參考影片清單－香港導演部分

年份	片名／導演（出生年）				
1980	喝彩／蔡繼光(1946)	夜車／嚴浩(1952)			
1981	忌廉溝鮮奶／單慧珠(1951)	失業生／霍耀良(1958)			
1982	彩雲曲／吳小雲	檸檬可樂／蔡繼光(1946)	投奔怒海／許鞍華(1947)	靚妹仔／黎大煒	烈火青春／譚家明(1948)
1983	男與女／方育平(1947)		家在香港／敬海林	鼓手／楊權	
1984	省港旗兵／麥當雄(1949)	愛情麥芽糖／單慧珠(1951)	似水流年／嚴浩(1952)		
1985	非法移民／張婉婷(1950)				
1987	秋天的童話／張婉婷(1950)	省港旗兵2／麥當傑			
1988	童黨／劉國昌(1949)	學校風雲／林嶺東(1955)			
1989	阿郎的故事／杜琪峰(1955)	旺角卡門／王家衛(1958)			
1990	阿飛正傳／王家衛(1958)	朋黨／劉偉強(1960)	天若有情／陳木勝(1961)		
1991	雞鴨戀／唐基明(1945)	棋王／嚴浩(1952)	逃學威龍／陳嘉上(1960)	雙城故事／陳可辛(1962)	
1992	天若有情2／陳木勝(1961)			記得香蕉成熟時／趙良駿	
1993	天長地久／劉鎮偉(1952)	新不了情／爾冬昇(1957)	新難兄難弟／陳可辛(1962)		
1994	重慶森林／王家衛(1958)		我和春天有個約會／高志森(1958)	金枝玉葉／陳可辛(1962)	記得香蕉成熟時2／馬偉豪(1964)
1995	墮落天使／王家衛(1958)				
1996	色情男女／爾冬昇(1957)	古惑仔之人在江湖／劉偉強(1960)	天涯海角／李志毅(1962)	甜蜜蜜／陳可辛(1962)	百分百感覺／馬偉豪(1964)
1997	春光乍洩／王家衛(1958)	香港製造／陳果(1959)	飛一般愛情小說／葉錦鴻		
1998	美少年之戀／楊凡(1947)	緣·妙不可言／曹建南			
1999	千言萬語／許鞍華(1947)	星願／馬楚成(1957)		星月童話／李仁港(1960)	
2000	無人駕駛／劉國昌(1949)	孤男寡女／杜琪峰(1959)	榴槤飄飄／陳果(1959)		喜劇之王／周星馳(1962)

年					
2001	北京樂與路／張婉婷 (1950)	藍宇／關錦鵬 (1957)	玻璃少女／黎妙雪 (1966)	哥哥／麥婉欣 (1970年代)	初戀滋味／周惠坤
2002	新紮師妹／馬偉豪 (1964)	一碌蔗／葉錦鴻	六樓後座／黃真真		
2003	向左走·向右走／杜琪峰 (1955)	戀之風景／黎妙雪 (1966)			
2004	鴛鴦蝴蝶／嚴浩 (1952)	旺角黑夜／爾冬陞 (1957)	大城小事／葉偉信 (1964)	當碧咸遇上奧雲／黃修平	蝴蝶／麥婉欣
2005	早熟／爾冬陞 (1957)	頭文字D／劉偉強 (1960)	如果·愛／陳可辛 (1962)	青春夢工廠／彭浩翔 (1973)	B420／鄧漢強
2006	得閒飲茶／林子聰 (1976)				
2007	生日快樂／馬楚成 (1957)	十分愛／葉念琛 (1975)	魔術男／黃修平	時光倒流的話／麥啓光	
2008	圍城／劉國昌 (1949)	我的最愛／葉念琛 (1975)	烈日當空／麥羲茵 (1984)		
2009	新宿事件／爾冬陞 (1957)	如夢／羅卓瑤 (1957)			
2010	囡囡／畢國智 (1967)	志明與春嬌／彭浩翔 (1973)	戀人絮語／尹志文	分手說愛你／黃真真	前度／麥羲茵 (1984)
2011	大藍湖／曾翠珊				
2012	春嬌與志明／彭浩翔 (1973)				
2013	我是路人甲／爾冬陞 (1957)	中國合夥人／陳可辛 (1962)	狂舞派／黃修平 (1975)	被偷走的那五年／黃真真	全城高考／鍾少雄
2014	撒嬌女人最好命／彭浩翔 (1973)	曖昧不明關係研究會／麥羲茵 (1984)			
2015	尋找心中的你，王家欣／劉偉恆 (1973)	哪一天我們會飛／黃修平 (1975)			
2016	七月與安生／曾國祥 (1979)	29+1／彭秀慧 (1975)			